Ally Trust

The Guardian Angels ~

Himmlische Verführung

Das Buch

Die junge Studentin Jamie lebt mit ihrer Familie in Portland / Oregon und führt ein normales Leben. Doch dieses ändert sich, als sie den gutaussehenden und mysteriösen Sixt kennenlernt. Die Ereignisse überschlagen sich, als seltsame Dinge geschehen, die sie sich nicht erklären kann, und Sixt ihr gesteht, dass er kein Mensch, sondern ihr Schutzengel ist. Zudem schwebt Jamie in großer Gefahr. Kann Sixt ihr Leben retten?

Die Autorin

Ally Trust ist in Deutschland geboren und lebt dort in einem kleinen ruhigen Ort. Schon in der Kindheit hat sie sich Geschichten ausgedacht und begann in ihrer Jugend mit dem Schreiben. Seitdem schreibt sie leidenschaftlich gerne. 2011 veröffentlichte sie ihr erstes Buch. Vor ihren Büchern hat sie schon einige Kurzgeschichten geschrieben und veröffentlicht.

Ally Trust

The Guardian Angels –

Himmlische Verführung

Bibliografische Informationen der Deutschen Nationalbibliothek: Die
Deutsche Nationalbibliothek verzeichnet diese Publikation in der
Deutschen Nationalbibliografie; detaillierte bibliografische Daten sind im
Internet über http://dnb.dnb.de abrufbar.

Impressum

Copyright: © 2014 Ally Trust
Cover und Gestaltung: © Ally Trust
Herstellung und Verlag: BoD – Books on Demand, Norderstedt
Alle Rechte vorbehalten

ISBN: 9783746000169

Kapitel 1

Der Wecker klingelte. Es war Montagmorgen sieben Uhr. Ich stöhnte auf, als ich mich zu meinem Nachttisch reckte, um den Wecker auszustellen. Das Wochenende war so schnell vergangen. Es war wie immer. Die Woche zog sich und am Wochenende, wenn man Zeit hatte, rasten die Stunden nur so dahin. Ich zwang mich zum Aufstehen und ging erst einmal ins Badezimmer um mich zu waschen. Der Blick in den Spiegel verriet mir, dass ich meine schulterlangen braunen Haare zuerst entwirren musste. Ich hatte nicht allzu viel Zeit. Um halb neun begann meine Vorlesung an der Uni. Ich studierte an der Portland State University, im US-Bundesstaat Oregon, Wirtschaftswissenschaften. Da meine Familie und ich in Portland lebten, war ich nicht auf ein Zimmer im Studentenwohnheim angewiesen. Es war sowieso sehr schwer gewesen, ein Zimmer zu bekommen. Die Wartelisten waren voll. Allerdings wollte ich auch nicht mehr bei meinen Eltern wohnen. Es war doch schließlich so, ging man auf ein College oder auf eine Universität, so wollte man auch selbstständig sein und von Zuhause ausziehen. Meine Eltern boten mir das Gästehaus, was auf unserem großen Grundstück stand, an. Da es nie benutzt wurde, nahm ich es. So sparte ich mir die Miete für eine Wohnung. Meine Eltern bezahlten zwar die Studiengebühren, aber das Geld, welches ich zum Leben brauchte, verdiente ich mir selbst, indem ich drei Mal die Woche in einer Boutique arbeitete. Das Gästehaus bestand aus zwei Etagen. Im Erdgeschoss befand sich ein kleiner Flur, von wo es aus ins Wohnzimmer, in die Küche und durch eine Treppe in die obere Etage ging. Oben befanden sich das Schlafzimmer und das Badezimmer. Das Haus war nicht sehr groß, aber es reichte mir vollkommen. Hier wohnte ich schon seit einem Jahr und hatte es mir nach meinen Wünschen eingerichtet.

Nachdem ich mich im Bad fertiggemacht hatte, ging ich ins Schlafzimmer und suchte mir aus dem Kleiderschrank etwas zum Anziehen heraus. Ich zog mir eine kurzärmlige weinrote Bluse und eine dunkelgraue Jeans an. Anschließend band ich meine Haare zu einem Zopf zusammen. Als ich damit fertig war, ging ich die Treppe hinunter in die Küche, wo ich mir einen Müsliriegel und eine Flasche Wasser holte. Ich ging in den Flur, wo meine Tasche stand und verstaute in ihr die Wasserflasche. Den Müsliriegel aß ich währenddessen. Das war mein Frühstück. Ich brauchte morgens nicht viel zum Essen. Ab und zu ließ ich auch das Frühstück ausfallen und aß das Erste am Tag erst am Mittag. Ich nahm meine Tasche und verließ das Haus. Es war ein sehr schöner Augustmorgen. Die Sonne schien, es war sehr warm und es befand sich keine einzige Wolke am Himmel. Wir wohnten am Rande der Stadt. Unser Grundstück war zudem das Letzte in der Straße und an diesem grenzte an der Seite ein Feld. Ich ging den Kiesweg entlang, an dem Haus meiner Eltern vorbei zu meinem Wagen, den ich vor der großen Doppelgarage geparkt hatte, welche an das Feld grenzte. Ich öffnete gerade meine Autotür, als mein Vater aus der Haustür kam und zu seinem Wagen ging, der neben meinem stand. Er trug wie jeden Tag, wenn er zur Arbeit fuhr, einen Anzug. Mein Vater war ein Meter neunzig groß und trug seine blonden kurzen Haare oftmals zurückgegelt, wie es auch an diesem Tag der Fall war. Von seiner Figur her war er nicht ganz so sportlich und hatte einen kleinen Bauchansatz.

„Guten Morgen, Jamie. Fährst du zur Uni", fragte er.

„Morgen Dad. Ja, ich habe heute eine Vorlesung in Finanzwirtschaft, wo wir nächste Woche Mittwoch eine Klausur schreiben und noch zwei weitere Kurse."

„Das Semester hat doch vor zwei Wochen erst angefangen und da schreibt ihr schon eine Klausur?" Erstaunt schaute er mich an.

„Ja. Die Professoren legen gleich richtig los. Nach der Uni gehe ich noch arbeiten. Aber zum Essen heute Abend bin ich da", erwiderte ich.

„Na da hast du aber viel vor. Ach, bevor ich es vergesse. Denk daran, dass dein Wagen diesen Monat zur Inspektion muss und das du schon einmal einen Termin in der Werkstatt ausmachst. Du weißt ja, wie voll die Werkstatt immer ist", erinnerte er mich. Ja, das wusste ich. Es war die beste Werkstatt in Portland, und wenn es nicht gerade ein Notfall war, konnte man schon mal Wochen warten, bis man einen Termin bekam. Ich nahm mir vor, mittags dort anzurufen und einen Termin zu vereinbaren.

„So jetzt muss ich aber los. Sonst komme ich zu spät zur Arbeit", sagte mein Vater und stieg in seinen Wagen, einen silbernen Mercedes-Kombi, ein. „Ja, ich muss auch los. Bis heute Abend dann", erwiderte ich und stieg in meinen Wagen. Ich startete den Motor, fuhr auf die Straße und machte mich auf dem Weg zur Universität. Ich hatte wirklich Glück mit meinen Eltern. Sie ließen mich in Ruhe und mich mein Leben leben. Klar, sie waren immer für mich da, wenn ich Hilfe brauchte oder auch einfach nur so, wie Eltern halt für ihre Kinder da sein sollten. Aber sie akzeptierten meine Privatsphäre und kamen nicht ständig in mein Häuschen, um zu schauen, ob alles in Ordnung war oder mit anderen Ausreden, nur weil sie neugierig waren, was bei mir so los oder wer gerade zu Besuch war. Mein Vater Andrew Miller war fünfundvierzig Jahre alt und arbeitete bei einer Bank als stellvertretender Geschäftsführer. Durch seinen Job war er oft bis spät abends an der Arbeit. Früher hatte er es an den Wochenenden immer versucht, wieder gut zu machen, weil er so wenig Zeit für mich und meine inzwischen siebzehnjährige Schwester Leslie hatte, indem wir Ausflüge machten. In den letzten Jahren wurde es dann weniger. Die Interessen änderten sich, und wie es halt bei Teenagern so war, unternahm man am Wochenende lieber etwas mit gleichaltrigen, als mit den Eltern. Meine Eltern hatten sich ein Hobby zugelegt, wo sie meistens am Wochenende unterwegs waren. Sie hatten mit Freunden eine Bowlingmannschaft gegründet und waren mittlerweile so gut, dass sie an Turnieren teilnahmen. Diese waren an Wochenenden. Aber an einem Tag im Monat versuchten wir etwas zusammen zu unternehmen, sowie wir auch versuchten abends zusammen zu essen. Meine Mutter Nelli war zweiundvierzig Jahre alt und arbeitete vormittags in einem Versicherungsbüro. Sie war ein herzensguter Mensch und mit ihr konnte ich über alles reden. Eine Eigenschaft von Mom war es, sie merkte sofort, wenn ich ein Problem hatte. Allerdings fragte sie nicht mehrmals nach, wenn ich darüber nicht reden wollte. Ich wusste, dass ich immer zu ihr kommen konnte, wenn ich etwas auf dem Herzen hatte.

Der Weg zur Uni war nicht soweit, trotzdem dauerte es länger, weil ich durch die Stadt musste und in den Berufsverkehr geriet. Ich fuhr auf den Parkplatz vom Campus, suchte mir einen freien Parkplatz, nahm meine Tasche und stieg aus dem Auto aus.

7

Als ich die Tür zuschloss, sah ich, dass ich meinen Wagen mal wieder waschen sollte. Ich fuhr einen weißen VW-Scirocco, den meine Eltern mir vor zwei Jahren zum Highschoolabschluss geschenkt hatten. Das Weiß leuchtete nicht mehr. Es hatte sich ein grauer Schleier von Schmutz darauf gebildet. Ich nahm mir vor, sobald ich Zeit hatte, in die Waschstraße zu fahren. Ich ging zum Nebengebäude, indem sich der Vorlesungssaal befand, wo heute die Vorlesung für Finanzwirtschaft stattfand. Die Front des Gebäudes bestand zum größten Teil aus Glas. Die Seitenwände waren aus Backstein. Die Universität war von dem Aussehen der Gebäude modern gehalten. Das Gelände war sehr groß, und wenn es keine Lagepläne gegeben hätte, die in Abständen an den Wegen standen, hätte man sich verlaufen können. Ich war fast beim Gebäude angekommen, als ich über einen Stein, der auf dem Weg lag, stolperte. Dabei fielen meine Kursbücher, die ich unter meinem Arm trug, auf den Boden.

„So ein Mist", dachte ich und ging in die Hocke um die Bücher wieder aufzuheben, als mir jemand zuvorkam. Ich schaute auf und sah direkt in zwei eisblaue freundlich schauende Augen.

„Kann ich dir helfen", fragte ein gutaussehender Junge und hatte die Bücher schon zu einem Stapel gepackt.

„Danke, das ist sehr nett", erwiderte ich und konnte meinen Blick nicht von seinen Augen wenden. Sie hatten etwas Magisches, Anziehendes. Es war einfach nicht zu erklären. Wir standen auf und er reichte mir die Bücher. Er war einen Kopf größer als ich. Ich schätzte ihn auf ein Meter fünfundachtzig. Er war schlank, sportlich gebaut und hatte ein sehr schönes Gesicht. Seine dunkelbraunen Haare waren kurz geschnitten und mit Gel etwas verwuschelt. Sein Geruch nebelte mich ein. Er roch richtig gut. Es hatte etwas Süßliches, aber auch etwas Männliches.

„Ich heiße übrigens Sixt", sagte er und lächelte mich an.

„Jamie." Mehr bekam ich nicht heraus. Zum Glück hatte ich nicht gestottert. Das wäre mir unglaublich peinlich gewesen. Er sah so atemberaubend schön aus, dass mir die Worte im Halse stecken blieben. Bei seinem himmlischen Lächeln schmolz ich dahin.

„Kannst du mir vielleicht sagen, wie ich zum Sekretariat komme", fragte er und lächelte immer noch.

„Ähm, ja. Einfach da vorne in das Hauptgebäude und dann gleich rechts die zweite Tür. Dann bist du schon da", erklärte ich ihm und

deutete mit der Hand auf das Gebäude, in das er gehen musste.
„Danke. Das werde ich schon finden", sagte er und machte sich auf den Weg. „Also dann, wir sehen uns", rief er mir noch zu. „Ja", flüsterte ich und stand wie verdattert da. Noch immer konnte ich den Blick nicht von ihm wenden und schaute ihm hinterher. Auch er drehte sich noch einmal zu mir um und lächelte mir zu, bevor er im Gebäude verschwand. Ich schüttelte kurz den Kopf, um die Benommenheit loszuwerden und ging ins Gebäude zum Vorlesungssaal.

„Wer war das denn", hörte ich eine Stimme hinter mir fragen. Ich drehte mich um und sah, dass es Monica war. Monica kannte ich schon von der Highschool. Sie war im selben Jahrgang wie ich gewesen und war auch dort schon wie jetzt sehr neugierig. Sie studierte ebenfalls Wirtschaftswissenschaften, wobei ihre Noten nicht besonders gut waren.

„Das war nur jemand, der das Sekretariat gesucht hat." Das reichte. Mehr brauchte sie nicht zu wissen. Ich ging in den Saal und setzte mich auf den erstbesten Platz in der letzten Reihe. Monica folgte mir und nahm neben mir platz. Anscheinend reichte ihr meine Antwort nicht und sie wollte mehr hören.

„Ihr standet aber lange zusammen."

„Nun ja, er hat mir geholfen meine Bücher aufzusammeln, die mir heruntergefallen sind und dann habe ich ihm den Weg erklärt." Wieso musste sie immer so neugierig sein?

„Er hat dir aber noch zugerufen, dass ihr euch seht. Habt ihr euch verabredet", fragte sie und ihr Blick wurde noch neugieriger.

„Nein haben wir nicht. Er meinte damit, dass wir uns bestimmt auf dem Campus irgendwann noch einmal sehen." Das Wort irgendwann betonte ich absichtlich, damit sie daraus nicht doch noch etwas schließen konnte. Es war ja auch nichts. Ob ich ihn überhaupt noch einmal sehen würde, bei der Größe der Uni, war fraglich. Schade eigentlich. Ich wollte ihn sehr gerne wiedersehen. Seine Augen gingen mir nicht aus dem Kopf. Immer wieder hatte ich das Bild von seinem Gesicht vor mir. Es war so schön und hatte etwas Göttliches, Himmlisches. Monica gab sich endlich mit der Aussage zufrieden und die Vorlesung begann. Mr. Parker, der Dozent, der diese Vorlesung hielt, redete von Investition und Kapital, was das Thema der Klausur sein würde und zeigte dabei verschiedene Diagramme auf dem Projektor. Viel bekam ich nicht mit. Immer wieder sah ich Sixt, wie er vor mir gestanden und mich angelächelt hatte. Dabei hatte ich allerdings ein komisches Gefühl, als ob ich beobachtet werden würde. Ich drehte mich um, aber da war niemand. Auch von vorne oder der Seite schaute niemand zu mir. Ich konnte zumindest niemanden entdecken, der mich beobachtete.

„Was ist", flüsterte Monica und schaute mich an.

„Nichts", erwiderte ich und sah wieder nach vorne zu Mr. Parker. Aber das Gefühl wurde ich nicht los.

Die Vorlesung war nach zwei Stunden vorbei und ich ging in die Mensa, um etwas zu essen. Ich hatte eine Stunde Zeit, bevor ich zu den zwei weiteren Kursen musste und diese nutzte ich für das vorgezogene Mittagessen. Danach kam ich nicht dazu. Zwischen den beiden nächsten Kursen hatte ich nur zehn Minuten, um von einem zum anderen Kursraum zu kommen. Nach der Uni würde ich direkt zur Boutique fahren und dort bis 18 Uhr arbeiten. Monica folgte mir auf dem Fuße. Wir holten uns jeder ein Tablett, nahmen uns etwas zu essen und gingen zur Kasse, um zu bezahlen. Ich hatte mir einen gemischten Salat und dazu noch ein Ciabatta-Brötchen genommen. Zusätzlich hatte ich mir noch ein Sandwich gekauft. Dieses würde ich vor der Arbeit essen. Anschließend gingen wir zu dem Tisch, wo schon einige unserer alten Schulkameraden saßen. Wir trafen uns eigentlich jeden Tag in der Mensa, wenn unsere Kurse es zuließen. An dem Tisch saßen noch Josh, Claire, Bill, Dave und Emma. Ich stellte mein Tablett ab und setzte mich neben Claire. Ich ließ meinen Blick durch die Mensa schweifen, um zu schauen, was so los war und da sah ich ihn. Sixt saß mit vier weiteren Personen an einem Tisch in der hintersten Ecke des Raumes. Bei den vier Personen handelte es sich um zwei Mädchen, die eine hatte auberginefarbenes langes Haar, was sie offen über ihre schmalen Schultern fallen ließ. Sie trug ein schwarzes Kleid, wobei ihre langen makellosen Beine zur Geltung kamen. Ich kannte sie vom Sehen her, da wir einige Kurse zusammen hatten. Das andere Mädchen hatte dunkelbraune kinnlange Haare. Sie war ebenfalls schlank und trug ein rotes Top und einen blauen Jeansrock. Dann gab es noch zwei Jungs. Der eine war groß und muskulös. Er hatte blonde längere Haare, die er zu einem Zopf zusammengebunden hatte. Der Andere war ebenfalls

groß, hatte einen durchtrainierten Körper und schwarze, kurze Haare. Beide trugen T-Shirts und Jeans. Sie saßen sich alle zugewandt und unterhielten sich. Ich hörte, wie Claire meinen Namen rief und schaute von dem Tisch weg zu ihr.
„Hallo bist du noch da? Ich habe dich jetzt schon dreimal gerufen", sagte sie.
„Oh entschuldige. Was ist denn?"
„Ich wollte mal wissen, ob ihr in der Boutique auch diese Leggings habt, die im Moment in sind?"
„Ja die haben wir. In verschiedenen Farben und Mustern." Claire war einen halben Kopf größer als ich und hatte kurz geschnittene blonde Haare. Sie ging mehrmals die Woche ins Fitnessstudio und achtete sehr auf ihre schlanke Figur. Viele Leute, die sie sahen, hielten sie für eingebildet. Aber das war sie gar nicht. Sie war nett und man konnte sich mit ihr auch mal über andere Themen, außer Klamotten und Kosmetik unterhalten. Also anders als mit Monica. Für sie zählte in erster Linie ihr Aussehen und sie selbst. Wenn sie nicht glücklich war, durfte es auch niemand anders sein. Sie gönnte anderen Menschen einfach nichts. So war sie schon immer gewesen und ich hatte schon einige Male ihren Neid zu spüren bekommen. „Gut, dann komme ich heute Nachmittag mal vorbei. So eine muss ich unbedingt haben", sagte sie und wandte sich wieder den Anderen zu. Ich piekste eine Cocktailtomate, von meinem Salatteller auf die Gabel, schob sie mir in den Mund und schaute noch einmal zu dem Tisch herüber, als Sixt genau in meine Richtung schaute. Unsere Blicke trafen sich und er lächelte mich an. Ich lächelte, nachdem ich die Tomate gekaut und heruntergeschluckt hatte, zurück und wandte meinen Blick schnell ab. Ich versuchte mich auf das Gespräch an meinem Tisch zu konzentrieren und bekam mit, dass sie einen Ausflug zu einem Freizeitpark planten. Alle wurden gefragt, ob sie mitkämen. Nur ich nicht. Ich wollte mich aber auch nicht aufdrängen. So war ich nicht. Wenn ich nicht gefragt wurde, würde ich auch nicht mitfahren. Ich wurde von dem Gespräch ausgeschlossen. Niemand beachtete mich. Aber es war mir egal. Ich hatte nicht wirklich Freunde. Ich sah sie mehr als Kollegen und Bekannte an.
Ich hatte einige schlechte Erfahrungen mit Freunden gemacht, die mich ausgenutzt, belogen und betrogen hatten. Meine frühere „beste Freundin", wie sie sich genannt hatte, namens Maggie, wollte

von einem auf den anderen Tag nichts mehr mit mir zu tun haben und ich wusste nicht warum. Ich hatte ihr nichts getan. Wir gingen auf verschiedene Highschools. Deshalb sah ich sie nie in der Schule. Wenn ich anrief und ihre Eltern mir sagten, dass sie nicht da wäre, rief sie nicht zurück. Ich wusste nicht, ob ihre Eltern ihr ausgerichtet hatten, dass ich angerufen hatte. Aber ich nahm es einfach an. Wieso sollten sie es nicht tun? Ich vermutete, dass sie sich von ihren Eltern verleugnen ließ und in Wirklichkeit zu Hause war, als ich anrief. Wenn ich sie auf der Straße oder in einem Geschäft traf, tat sie entweder so, als ob sie mich nicht sah, und haute regelrecht vor mir ab oder wenn sie nicht mehr verschwinden konnte, wimmelte sie mich ab und sagte immer nur, dass sie keine Zeit hätte. Ich hatte sie gefragt, was ich ihr getan hätte, aber ich bekam darauf nie eine richtige Antwort. Nach einigen Malen hatte ich es dann auch aufgegeben. Ich wollte ihr nicht hinterherlaufen. Es tat weh, eine Freundin zu verlieren, denn wir kannten uns schon seit dem Kindergarten an, hatten uns immer gut verstanden und viel zusammen erlebt. Ein anderes Mädchen, von dem ich dachte, sie wäre eine Freundin, hatte mir meinen damaligen Freund Matt ausgespannt. Das war jetzt ein halbes Jahr her. Als herauskam, dass er mich mit ihr betrog, hatte ich die Beziehung sofort beendet. Ich wusste, dass er immer noch Gefühle für mich hatte. Aber es war zu viel passiert und für mich war klar, dass ich ihn niemals zurückhaben wollte. Wir waren zwei Jahre zusammen gewesen. Die erste Zeit war es auch schön. Er war liebe- und verständnisvoll. Aber dann veränderte er sich. Er fing an, über mein Leben bestimmen zu wollen. Ständig forderte er von mir, mich zwischen ihm und meiner Familie zu entscheiden. Wenn ich mal etwas vorgehabt hatte, der Geburtstag von einem aus meiner Familie zum Beispiel, wo ich hingehen wollte, war er sauer gewesen, obwohl er ebenfalls eingeladen war. Er wollte nie hingehen und ich sollte es dann auch nicht. Genauso war er einmal sauer gewesen, weil ich nicht mit ihm in den Urlaub gefahren war. Es war mitten im Semester und ich konnte nicht zwei Wochen bei den Vorlesungen fehlen. Matt studierte nicht. Er ging arbeiten und konnte sich einfach Urlaub nehmen. Bei mir ging das nicht. Ich musste bis zu den Semesterferien warten. Ich konnte zwar mal ein oder zwei Tage in der Uni fehlen, aber zwei Wochen waren dann doch sehr viel und ich hätte einiges in den Vorlesungen verpasst. Das wollte Matt aber einfach nicht verstehen. Er kontrollierte mich regelrecht. Immer wieder wollte er wissen, wo ich war, was ich tat oder mit wem ich mich traf. Er rief ständig an oder schrieb SMS. Antwortete ich ihm nicht sofort, war er sauer und unterstellte mir, dass ich keine Zeit für ihn hätte und andere Leute wichtiger wären, als er. Sogar wenn ich in der Uni war, ließ er mich nicht in Ruhe. Er engte mich zu sehr ein und so etwas mochte ich nicht. Ich brauchte etwas Freiheit und wollte weder etwas vorgeschrieben bekommen, was ich zu tun hatte, noch wollte ich kontrolliert werden. Vertrauen war für mich in einer Beziehung sehr wichtig. Doch Matt vertraute mir nicht, obwohl ich ihm keinen Grund gegeben hatte, es nicht zu tun. Denn ein weiterer wichtiger Punkt in einer Beziehung war für mich die Treue. Und ich war ihm immer treu gewesen. Er dagegen belog mich mehrmals und ich nahm an, dass er sich mit anderen Frauen traf. Er klaute mir sogar Geld von meinem Bankkonto. Er hatte sich meine Bankkarte aus meinem Portemonnaie genommen und hatte am Geldautomaten Geld abgehoben. Woher er die Pin-Nummer hatte, wusste ich nicht. Vielleicht hatte er sie ausspioniert, als ich am Geldautomaten gewesen war. Er war öfter dabei gewesen. Aber eigentlich hatte er immer Abstand gehalten, während ich Geld abgehoben hatte. Er hätte eigentlich die Eingabe der Pin-Nummer nicht sehen können, weil ich immer darauf geachtet hatte, dass niemand sehen konnte, was ich eingab. Wenn ich ihn nicht dabei erwischt hätte, wie er die Bankkarte wieder zurück in mein Portemonnaie gesteckt hatte, hätte er es wahrscheinlich wieder getan. Seitdem hatte ich sehr auf die Karte aufgepasst. Zu seiner Entschuldigung meinte er nur, dass er das Geld dringend für seinen Wagen gebraucht hatte. Aber richtig entschuldigt hatte er sich nicht und das Geld hatte ich auch nicht zurückbekommen. Und dann kam Terina. Lange blonde Haare, große Oberweite und eine schlanke Figur. Wir lernten sie auf einer Party kennen. Terina und ich verstanden uns gut und konnten uns prima unterhalten. Wir freundeten uns an und unternahmen einiges zusammen. Dabei merkte ich erst gar nicht, wie sie sich an Matt heranmachte. Sie war eigentlich bekannt dafür, dass sie nur mit den Jungs ins Bett wollte. Das hatte ich hinterher von anderen Leuten gehört. Da war es aber schon zu spät gewesen. Matt fiel auf sie herein. Ich wusste nicht, ob sie noch zusammen waren. Es interessierte mich auch nicht. Ich hatte mit der Beziehung abgeschlossen und wollte mit ihm auch nichts mehr zu tun haben, genauso wenig wie mit ihr. Ab und zu bekam ich von ihm eine E-Mail, wo drinstand, wie sehr ich ihm fehlen würde und das er mich zurück wollte. Aber die löschte ich sofort, ohne zu antworten. SMS schickte er mir ebenfalls gelegentlich, genauso wie er mich ab und an anrief. Ich reagierte weder auf die SMS noch auf die Anrufe und wechselte meine Handynummer. Es war noch nicht einmal wegen ihm. Mein Vertrag lief aus und ich wechselte zu einem günstigeren Anbieter. Nach all diesen Erkenntnissen, dass ich ausgenutzt, belogen und betrogen worden war, hatte ich mir geschworen, mich nie wieder zu schnell auf jemanden einzulassen und zu vertrauen, damit ich nicht wieder enttäuscht wurde.

Ich schaute noch einmal zu dem Tisch herüber, aber da saß niemand mehr. Verwundert schaute ich mich in der Mensa um. Ich hatte gar nicht mitbekommen, dass sie gegangen waren. Ich stand auf, brachte mein Tablett zur Rückgabestation und ging zu meinem nächsten Kurs.

Kapitel 2

Nachdem meine Kurse vorbei waren, rief ich schnell in der Werkstatt an. Ich hatte Glück. Für die nächste Woche Donnerstag war noch ein Termin frei. Ich stieg in meinen Wagen, aß mein Sandwich, welches ich mir in der Mensa gekauft hatte, und fuhr anschließend zur Arbeit. Mein Auto parkte ich auf der anderen Straßenseite in einer freien Parklücke und ging in die Boutique. Elisabeth Evans war unsere Nachbarin und ihr gehörte der Laden. Sie war eine sehr nette Frau Anfang fünfzig, und als sie vor zwei Jahren von meiner Mutter gehört hatte, dass ich einen Job suchte, überlegte sie nicht lange und bot mir die Stelle an. Sie kannte mich schon, seit ich ein Baby war. Ihr Sohn John ging mit mir in den gleichen Jahrgang der Highschool und studierte nun in Kalifornien. Allerdings hatten wir nie großartig Kontakt gehabt. Mal ein Hallo aber mehr gab es nicht.

„Hallo Jamie", sagte Mrs. Evans lächelnd, als ich den Laden betrat. „Hallo."

„Kannst du bitte die neue Ware auspacken, die im Lagerraum steht und in die Regale räumen", fragte sie und zeigte auf die hintere Wand des Ladens.

„Kein Problem. Ich bringe nur schnell meine Tasche weg", erwiderte ich und ging durch den Laden zum Aufenthaltsraum. Dort saßen zwei weitere Angestellte, Megan und Katie, die gerade Mittagspause machten. Sie unterhielten sich über etwas, doch als ich hereinkam, hörten sie auf zu reden. Es kam mir vor, als hätten sie über mich gesprochen. Es konnte aber auch sein, dass ich es mir nur einbildete. Ich wusste, dass Megan mich nicht mochte. Aber auch nur weil Mrs. Evans zu mir immer so freundlich war und sie Megan ab und zu mal anmeckerte. Wobei und das wollte Megan nicht verstehen, war es so, dass sie oft nur dasaß und nichts im Laden tat oder mit einer unfreundlichen Miene im Laden stand und die Kunden, wenn sie sich mal nicht entscheiden konnten, angiftete. Es kam mir so vor, als ob sie überhaupt keine Lust hatte zu arbeiten. Deshalb war es auch verständlich, dass sie dann Ärger bekam. Wenn ich einen Laden hätte, würde ich auch nicht dulden, dass meine Angestellten nicht arbeiteten oder mir die Kunden vergraulten. Schließlich würde ich dann mit dem Laden meinen Lebensunterhalt verdienen. Aus Megans Sicht wurde ich von Mrs. Evans bevorzugt. Das stimmte aber nicht. Mrs. Evans behandelte alle gleich. Sie machte keine Unterschiede. Wenn ich einen Fehler gemacht hatte, bekam ich dafür genauso Ärger wie die Anderen auch. Bei Katie war es anders. Mit ihr verstand ich mich recht gut, wobei sie in letzter Zeit immer weniger mit mir redete. Es kam wahrscheinlich daher, dass Megan versuchte sie auf ihre Seite zu ziehen. Mir kam es vor wie im Kindergarten. „Du darfst nicht mit ihr reden. Du bist jetzt meine Freundin." Wenn Megan nicht da war, kam Katie zu mir und tat, als ob nichts gewesen wäre. Ich redete dann zwar mit ihr aber mehr über allgemeine Themen, nichts Persönliches oder schon gar nicht über Megan. Sie würde es ihr sofort erzählen.

„Hallo", grüßte ich und ging zu meinem Schrank um meine Tasche hineinzustellen.

„Hallo", hörte ich beide sagen. Es war eher ein Gemurmel. Ich nahm mein Namensschild, klippte es an die kleine Brusttasche, die sich an meiner Bluse befand, und machte mich auf dem Weg zum Lagerraum. Der Karton mit der neuen Ware stand neben der Tür und ich packte ihn aus. Es handelte sich um mit Blumen bedruckte T-Shirts in verschiedenen Farben. Ich sortierte sie gerade im Laden ins Regal ein, als Claire hereinkam.

„Hi Jamie", sagte sie und kam auf mich zu.

„Hallo Claire. Die Leggings, ich weiß schon. Komm mit, ich zeige sie dir." Ich führte sie zu einem Ständer, an dem die Leggings auf Bügeln hingen.

„Oh, ihr habt aber eine große Auswahl. Welche steht mir besser", fragte sie und nahm eine Leggings vom Ständer um sie sich anzuhalten. Sie probierte mehrere aus, bis sie sich für zwei Leggings in verschiedenen Farben entschieden hatte. Nach den Leggings schaute sie sich noch weiter im Laden um. Als Angestellte des Ladens musste ich ihr zur Seite stehen und sie beraten. Sie schaute sich als Nächstes die Shirtkleider, die jetzt in Mode waren, an.

„Das Rote würde dir gutstehen", sagte ich und hielt es ihr an.

„Das finde ich auch sehr schön. Es würde gut zu der dunkelblauen Leggings passen. Ich probiere es mal an", erwiderte sie und wir gingen zur Anprobe. Claire ging in die Kabine und ich wartete davor, bis sie fertig war. Sie trat heraus und schaute sich im Spiegel an.

„Ich finde, das Shirtkleid steht dir und die Farbe sieht gut aus."

„Danke. Ich nehme es", sagte sie, ohne lange zu überlegen, ging wieder in die Kabine und zog sich um. Anschließend schaute sie noch nach einer Hose.

Nach einer Stunde war sie fertig und ging zur Kasse, um zu bezahlen. Ich tippte den Preis in die Kasse ein, nahm den Hundertdollarschein, den mir Claire reichte, und gab ihr das Wechselgeld zurück.

„Danke für die Beratung", sagte sie. „Wir sehen uns dann morgen in der Uni."

„Ja bis dann", erwiderte ich und reichte ihr die Einkaufstüte. Als sie zur Tür heraus war, wendete ich mich wieder der neuen Ware zu, um sie weiter ins Regal zu räumen. Weder Megan, noch Katie hatten in der Zeit, wo ich mit Claire zu tun hatte, weiter eingeräumt. Stattdessen standen sie nur im Laden herum und unterhielten sich. Ich glaubte fest daran, dass Mrs. Evans sich das nicht mehr lange ansehen und sie bald kündigen würde.

Um 18 Uhr hatte ich Feierabend. Ich nahm meine Tasche, legte das Namensschild in den Schrank und ging an die Kasse, wo Mrs. Evans stand.

„Kann ich Ihnen noch etwas helfen", fragte ich.

„Nein. Es ist alles schon erledigt. Geh ruhig nach Hause. Ich mache nur noch die Abrechnung und dann werde ich auch Feierabend machen", erwiderte sie.

„Gut dann bis Mittwoch", sagte ich und ging zur Tür.

„Ja bis Mittwoch. Tschüss." Katie und Megan waren schon weg. Sie hielten nicht viel von Überstunden und Pünktlichkeit. Aber wenn es um den Feierabend ging, ließen sie um Punkt achtzehn Uhr alles fallen und gingen nach Hause. Ich verließ den Laden, ging über die Straße zu meinem Wagen und fuhr nach Hause. Ich parkte vor der Garage, stellte den Motor ab und stieg aus. Nachdem ich den Wagen abgeschlossen hatte, brachte ich meine Bücher zu mir ins Haus und ging zu meinen Eltern herüber, um zu Abend zu essen.

„Hallo Jamie", sagte meine Mutter, als ich ins Esszimmer kam.

„Hallo Mom. Was gibt es denn heute zu essen", fragte ich. Abends

17

ging ich meistens zum Essen zu meinen Eltern. Für mich alleine zu kochen lohnte sich nicht und so verbrachte ich etwas Zeit mit meiner Familie, die mir sehr wichtig war.

„Ich habe Steaks gemacht. Dazu gibt es Kartoffeln und Salat." „Hört sich gut an", sagte ich und ging ins Esszimmer. Mein Vater und Leslie saßen schon dort am Esstisch. Sie begrüßten mich kurz und setzten ihre Unterhaltung fort. Sie redeten gerade über die Schule. Es ging anscheinend um eine Englischarbeit, die Leslie geschrieben hatte. Nachdem meine Mutter das Essen auf den Tisch gestellt hatte, setzte sie sich dazu.

„Ach Dad, bevor ich es vergesse. Nächste Woche Donnerstag habe ich um drei Uhr einen Termin in der Werkstatt wegen der Inspektion", teilte ich ihm mit.

„Das ging ja schnell."

„Ja, da hat jemand den Termin abgesagt und jetzt habe ich ihn bekommen. Ich werde dann gleich nach der Uni dort hinfahren."

„Gut. Wie war denn die Arbeit", fragte er mich.

„Es ging so. Megan und Katie haben wie immer fast nichts getan und dann kam noch Claire vorbei, die ich beraten habe", antwortete ich.

„Ich verstehe nicht, warum Mrs. Evans die beiden nicht kündigt. Immer wenn ich in den Laden komme, sitzen sie nur herum", kam es von meiner Mutter.

„Das verstehe ich auch nicht. Katie ist eigentlich nicht so arbeitsfaul. Sie wird nur sehr von Megan beeinflusst", erwiderte ich.

„Mrs. Evans wird es aber bestimmt nicht mehr lange mitmachen", meinte meine Mutter.

„Das glaube ich auch."

In den folgenden Tagen sah ich Sixt jeden Mittag in der Mensa. Er saß immer mit seinen Freunden am gleichen Tisch. Ich schaute sehr oft herüber und fast jedes Mal trafen sich unsere Blicke. Er sah so atemberaubend schön aus. Seine eisblauen Augen leuchteten von Weitem. Ich hatte schon überlegt, ob ich nicht zu ihm herüber an den Tisch gehen sollte. Aber ich traute mich nicht. Ich war zu schüchtern. Was hätte ich denn auch sagen sollen? Ich wusste ja noch nicht einmal, ob er mich mochte. Vielleicht wollte er auch nur freundlich sein und lächelte deshalb zurück. Vielleicht hielt er mich auch für so eine Art Stalkerin, weil ich öfter zu ihm herüberschaute und es nervte ihn. Aber würde er dann zurücklächeln? Er würde doch eher genervt reagieren und mir das auch zeigen. Ich wusste nicht, ob er mich mochte oder nicht. Fakt war zumindest, dass ich bei so einem gutaussehenden Jungen keine Chance hatte. Ich war mit meinen ein Meter fünfundsechzig und den fünfundfünfzig Kilo nur ein einfaches, durchschnittliches Mädchen. Ab und zu trieb ich Sport. Ich hatte mir einen Crosstrainer gekauft, der zu Hause in meinem Wohnzimmer stand. Abends vor dem Fernseher trainierte ich mit ihm, wenn ich Lust hatte. Aber ich war nicht auf einen Dauerdiättrip, sondern aß, worauf ich Hunger hatte. Wobei ich schon drauf achtete, dass es mit den Süßigkeiten nicht zu viel wurde. Vom Äußeren war ich eher durchschnittlich. Blaue Augen, braune schulterlange Haare. Meine Haare trug ich mal offen, mal zum Zopf. Schminken tat ich mich eher dezent. Also nur die Augen. Ich hatte keine Lust mir tonnenweise Make-up ins Gesicht zu schmieren und nach ein paar Jahren, ohne Schminke alt auszusehen. Meine Augenbrauen waren gezupft und die Fingernägel gepflegt, aber ich ging nie auf eine Sonnenbank nur, um braun zu sein oder benutzte verschiedene Cremes. So etwas brauchte ich nicht. Ich sah etwas jünger aus, als ich war. Darüber war ich froh. Bei Ausweiskontrollen sah ich es als Kompliment an, wenn jemand sagte „Das hätte ich nicht gedacht. Ich hätte dich jünger geschätzt." Es gab an dieser Uni Mädchen, die viel hübscher waren als ich. Also warum sollte Sixt etwas von mir wollen, wenn er doch jedes Mädchen haben konnte?

Als ich am Dienstag nach der Uni zu meinem Auto ging, bemerkte ich, dass mein Vorderreifen auf der Fahrerseite platt war. „Oh nein, das kann doch nicht wahr sein", dachte ich und legte erst einmal meine Bücher und die Tasche ins Auto. Anschließend hockte ich mich neben dem Wagen und schaute mir den Reifen an. Ich sah einen Riss im Reifen. Jemand hatte ihn mir zerstochen. Was sollte ich jetzt tun? Ich hatte noch nie einen Reifen gewechselt und wusste gar nicht, was ich zu tun hatte. Ich beschloss, meinen Vater anzurufen. Er konnte mir bestimmt sagen, wie ich den Reifen zu wechseln hatte. Ich holte mein Handy aus meiner Tasche und wollte gerade die Dienstnummer von meinem Vater wählen, als ich eine Stimme neben mir hörte.
„Kann ich dir helfen", fragte die Stimme. Sie kam mir bekannt vor.

Ich drehte mich um und schaute in ein lächelndes Gesicht. Es war Sixt.

„Wenn du Reifen wechseln kannst. Ich kann es nämlich nicht", erwiderte ich, lächelte zurück und steckte das Handy wieder ein. „Natürlich kann ich das. Ich brauche nur einen neuen Reifen, einen Wagenheber und ein Radkreuz. Hast du so etwas?"

„Ich glaube schon. Das müsste alles im Kofferraum sein", sagte ich und ging hinter mein Auto. Dabei sah ich einige Meter weiter von mir entfernt Terina stehen, die mich anstarrte. Was wollte sie denn hier? Sixt kam zu mir und ich sah, wie sie mit einem wütenden Ausdruck im Gesicht verschwand. Ich wusste nicht, was das sollte. Es war mir aber auch egal. Ich stand hier mit dem gutaussehendsten Jungen auf der Welt und er wollte mir helfen. Ich öffnete den Kofferraum und fand die Sachen, die Sixt brauchte, unter der Kofferraumabdeckung.

„Hier ist es. Ich hoffe, es ist auch alles dabei", sagte ich und schaute ihn an. „Ähm, du brauchst das aber nicht tun. Ich meine, wenn du etwas anderes vorhast... . Ich will dich nicht aufhalten."

„Nein das tust du nicht. Ich helfe dir gerne", erwiderte er und nahm die Sachen aus dem Kofferraum. Ich schloss die Heckklappe und wir gingen zur Vorderseite des Wagens.

„Hat dir nie jemand gezeigt, wie man einen Reifen wechselt", fragte er.

„Nein, noch nie. Allerdings hatte ich auch noch nie einen platten Reifen", gab ich zu.

„Dann zeig ich dir das jetzt mal. Es ist gar nicht schwer", grinste er.

„Na gut. Dann kann ich es das nächste Mal selbst." Wir hockten uns beide auf den Boden und Sixt schaute sich den Reifen genauer an.

„Dir hat jemand in den Reifen gestochen", stellte er fest und sein Gesicht wurde ernst.

„Ich weiß. Ich habe es vorhin schon entdeckt. Ich weiß nur nicht, wer so etwas tut."

„Es gibt immer solche Verrückten, die anderer Leute Sachen kaputtmachen", entgegnete er, nahm den Wagenheber und stellte ihn unter das Auto. „So als Erstes musst du das Auto aufbocken. Das geht so." Er nahm den Hebel und betätigt ihn einige Male. „Dann musst du die Radmuttern aus dem Rad drehen." Er schnappte sich das Radkreuz und begann die Radmuttern herauszuholen. Ich schaute ihm aufmerksam zu, was nicht so einfach war, da ich ihn ständig anschauen musste. Seine Schönheit zog mich einfach regelrecht an.

„Jetzt kannst du das Rad einfach abnehmen und das Neue draufsetzen", sagte er und tauschte den Reifen. „Dann nur noch die Radmuttern wieder festschrauben, das Auto herunterlassen und fertig ist es." Sixt war sehr geschickt und schnell darin. Als er fertig war, stand er auf.

„So das war es schon", lächelte er.

„Danke, ohne dich wäre ich aufgeschmissen gewesen", sagte ich und stand ebenfalls auf.

„Kein Problem. Das mache ich doch gerne." Er hob die Sachen vom Boden auf. „Wo soll das hier hin?"

„Erst mal in den Kofferraum. Ich entsorge den Reifen dann zu Hause." Ich ging hinter das Auto und öffnete den Kofferraum. Sixt legte die Sachen hinein und ich schloss die Heckklappe wieder. Ich musste daran denken, mir einen neuen Reifen als Ersatz zu kaufen. Zum Glück hatte ich einen vollwertigen Reifen, von der gleichen Marke und Größe wie die Anderen, die ich am Auto hatte, so brauchte ich nicht das Ersatzrad gegen einen richtigen Reifen austauschen. Mit einem Ersatzrad durfte man nur bis zur nächsten Werkstatt fahren, um es dann gegen einen normalen Reifen zu tauschen.

„So ich muss dann mal los", sagte er.

„Danke noch mal."

„Kein Problem", erwiderte er. „Wir sehen uns." Er lächelte mich mit einem atemberaubenden Lächeln an. Bei dem Anblick schmolz ich dahin.

„Ja", sagte ich nur. Er ging zu seinem Wagen und stieg ein. Ich stieg in mein Auto ein und fuhr aus der Parklücke. Sixt fuhr vor mir. An der Straße schaute er in den Rückspiegel und lächelte. Ich lächelte ebenfalls. Die ganze Fahrt nach Hause dachte ich an ihn. An sein Lächeln, sein Aussehen, seine Stimme. Er ging mir nicht mehr aus dem Kopf. Anscheinend nervte ich ihn weder mit meinen Blicken in der Mensa, noch hielt er mich für eine Stalkerin. Das hoffte ich zumindest. Aber wenn es so wäre, hätte er mir doch bestimmt nicht geholfen. Er hätte einen großen Bogen um mich gemacht. Er schien mich zu mögen und ich mochte ihn.

Am Donnerstagnachmittag fuhr ich nach der Uni zur Werkstatt. Ich stellte meinen Wagen auf den Parkplatz ab und ging zur Serviceannahme. Eine nette Dame mittleren Alters an der Anmeldung nahm die Daten von mir auf und ich überreichte ihr meinen Autoschlüssel.

„Wie lange wird denn die Inspektion dauern", fragte ich.

„So ungefähr zwei Stunden. Sie können entweder noch einmal weggehen oder Sie können in unserem Wartebereich warten. Dort steht auch ein Kaffeeautomat", sagte sie herzlich.

„Dann warte ich", erwiderte ich und ging in den Wartebereich. Dort setzte ich mich auf einen Stuhl und nahm mir mein Buch, woran ich gerade am Lesen war, aus der Tasche. Es war ein Liebesroman. Es ging um einen Mann und eine Frau, die sich nach einigen Jahren wieder trafen und sich ineinander verliebten. Das Problem war, beide waren jeder in einer festen Partnerschaft. Die Inspektion hatte etwas Gutes. Nicht nur, dass mein Auto durchgecheckt wurde, sondern weil ich so etwas Zeit zum Lesen hatte.

Ich war gerade in mein Buch vertieft, als jemand in den Wartebereich kam und sich neben mich setzte.

„Hi", sagte eine bekannte Stimme und ich schaute auf. Ich blickte in eisblaue, strahlende Augen. Es war Sixt.

„Hi", mehr brachte ich nicht heraus.

„Was machst du hier? Ist dein Auto kaputt, oder wieder der Reifen", fragte er lächelnd und seine weißen Zähne blitzten auf.

„Nein. Die Inspektion war wieder fällig. Und jetzt warte ich, bis sie fertig ist. Und was machst du hier?"

„Die Bremsklötze sind abgefahren und müssen gewechselt werden. Naja, ich habe dich hier sitzen sehen und habe mich dazu entschlossen hier zu warten bis mein Auto fertig ist. Möchtest du einen Kaffee", fragte er und ging zu dem Automaten.

„Gerne. Mit Milch und Zucker bitte", sagte ich und kramte in der Tasche nach meinem Portemonnaie.

„Du brauchst dein Portemonnaie nicht herausholen. Ich lade dich ein." Sixt warf Geld in den Automaten und drückte auf die passende Taste.

„Danke. Das ist sehr nett von dir." Sixt kam mit zwei Kaffeebechern zurück und stellte sie auf den Tisch vor uns ab. Ich nahm einen der Becher und trank einen Schluck.

„Hast du dich an der Uni schon eingelebt", fragte ich ihn.

„Ja habe ich. Was studiert du eigentlich", wollte er wissen.

„Wirtschaftswissenschaften."

„Und was möchtest du nach der Uni gerne machen?"

„Ich weiß es noch nicht genau. Vielleicht etwas Richtung Marketing", antwortete ich „Und was studierst du?"

„Literatur. Naja, vielleicht liegt es daran, dass ich immer schon gerne und viel gelesen habe."

„Ich lese auch gerne, wenn ich Zeit habe."

„Das habe ich gesehen, als ich hier hereinkam", sagte er und deutete auf das Buch, was ich auf den Tisch gelegt hatte. „Habe ich dich beim Lesen gestört?" Sein Blick, mit dem er mich ansah, hatte etwas Entschuldigendes.

„Nein hast du nicht. Mit dir zu reden ist viel besser", sagte ich und wurde durch mein Geständnis rot im Gesicht.

„Das ist schön zu hören", erwiderte er sanft und lächelte mich an.

„Was liest du so", fragte ich.

„Verschiedenes. Was mich gerade interessiert. Am liebsten allerdings Thriller. Und du?"

„Ich lese ebenfalls verschiedene Bücher. Mal sind es Liebesromane oder Thriller. Wenn mich ein Buch interessiert ist es mir egal, welches Genre es ist."

„So ist es bei mir auch. Außer Liebesromane. Die muss ich nicht unbedingt lesen", grinste er. „Wie alt bist du? Ich weiß, das fragt man eigentlich keine Frau, aber ich bin halt neugierig."

„Stimmt, das fragt man eigentlich nicht", grinste ich ihn an. „Aber ich verrate es dir trotzdem. Ich bin zwanzig und du?"

„Oh da bin ich ja älter als du. Ich bin dreiundzwanzig." Wir unterhielten uns über die Uni und Sixt fragte mich noch über meine Studienfächer aus. Die Zeit verging wie im Fluge. Plötzlich stand der Mechaniker im Warteraum.

„Miss Miller. Ihr Wagen ist fertig. Es ist alles in Ordnung. Wir haben keinen Fehler gefunden."

„Das ist gut", sagte ich. „Ich komme gleich wieder. Ich muss nur eben bezahlen gehen", wandte ich mich zu Sixt. Ich ging mit dem Mechaniker zur Anmeldung und zahlte die Inspektionskosten. Er gab mir meinen Schlüssel und die Papiere.

„Ihr Wagen steht draußen auf dem Parkplatz", sagte er.

„Danke", erwiderte ich.

„Mr. Summers, Ihr Wagen ist auch fertig", hörte ich einen Mechaniker hinter mir sagen. Er musste mit Sixt sprechen. Es war sonst niemand anderes da. Jetzt wusste ich zumindest schon mal seinen Nachnamen. Sixt kam zur Anmeldung und bezahlte ebenfalls. Zusammen verließen wir die Werkstatt und gingen zum Parkplatz. Unsere Autos standen nebeneinander. Sixt fuhr einen weinroten BMW X6 mit beigen Ledersitzen, so wie ich es von außen sehen konnte. Er sah ziemlich teuer aus und war recht groß. Ich fand ihn irgendwie protzig. Meiner dagegen wirkte richtig klein. Aber ich fand ihn schön. Was Jungs immer an protzigen und schnellen Autos fanden. Die Hauptsache war doch, dass das Auto fuhr.

„So ich muss jetzt mal los", sagte Sixt und öffnete seine Autotür. „Wir sehen uns ja in der Uni."

„Ja, ich muss jetzt auch mal los", erwiderte ich und warf meine Tasche auf den Beifahrersitz.

„Also bis dann. Ich fand, es war eine sehr angenehme Wartezeit."

„Das fand ich auch", entgegnete ich. Sixt stieg in seinen Wagen und fuhr los. Ich stieg ebenfalls in meinen ein. Schade, dass er schon wegmusste. Ich hätte mich gerne noch weiter mit ihm unterhalten. Ich fuhr vom Parkplatz herunter und machte mich auf den Weg nach Hause.

Nach dem Abendessen saß ich noch mit meinen Eltern und Leslie zusammen am Esstisch. Meine Mutter brachte zum Nachtisch Eis und stellte jedem ein Schälchen hin. Ich nahm mir einen Löffel und begann das Eis zu essen.

„Wie war denn die Inspektion", fragte mich mein Vater,

„Gut. Es ist alles in Ordnung."

„Das ist schön."

„Ach Dad, ich brauche einen neuen Reifen", sagte ich und nahm noch einen Löffel von dem Eis. Mein Vater war die letzten zwei Abende bei Geschäftsessen gewesen und so konnte ich ihm von dem zerstochenen Reifen noch nichts erzählen.

„Wieso? Was ist denn passiert", fragte er überrascht.

„Am Dienstag hat mir jemand an der Uni den linken Vorderreifen zerstochen", erzählte ich.

„Oh. Es gibt immer solche Idioten, die gerne etwas kaputt

machen", sagte er ernst. „Hast du den Reifen alleine gewechselt?"
„Nein. Mir hat ein Junge von der Uni geholfen", erwiderte ich und
hoffte, dass sie mich jetzt nicht ausfragen würden.
„Das war aber nett von ihm", sagte meine Mutter.
„Ja, das war es." Ich schaute Leslie flehend an. Sie verstand sofort,
dass ich keine Lust auf Fragen von meinen Eltern über den netten
Jungen hatte, der mir den Reifen gewechselt hatte, und wechselte
das Thema. Mit Leslie verstand ich mich richtig gut. Sie war nicht
so nervig, wie man es von kleineren Geschwistern kannte. Leslie
ging noch zur Highschool. Das war ihr letztes Highschooljahr.
Danach wollte sie Jura studieren und Anwältin werden. Sie hatte
blonde Haare, war etwas kleiner als ich und hatte eine schlanke
Figur. Sie kam vom Aussehen eher nach meinem Vater. Sie hatte die
gleiche Haarfarbe und man sah Ähnlichkeiten im Gesicht. Ich
dagegen ähnelte mehr meiner Mutter. Ich hatte nicht nur ihre
Gesichtszüge, sondern auch ihre Haarfarbe geerbt. Sie war ein
Meter sechzig groß oder klein, wie mein Vater oft sagte, um sie zu
ärgern. Na gut gegen seine Größe war sie wirklich klein. Oft trug
sie Schuhe mit hohen Absätzen, damit der Größenunterschied nicht
so groß war. Ihre Haare trug sie zu einer flotten Kurzhaarfrisur.
Ihre schlanke Figur und ihre Gene nicht gleich von einem Stück
Schokolade zuzunehmen, hatten Leslie und ich zum Glück von ihr
geerbt. Darüber war ich sehr froh. So musste ich nicht ständig
darauf achten, was ich aß.
„Mom, Dad, ich brauche noch eine Unterschrift für den
Schulausflug am Montag, dass ich mitdarf", warf sie schnell ein. Ich
sah sie dankend an.
„Wo wollt ihr denn hin", fragte mein Vater.
„Wir wollen ins Oregon Museum of Sience and Industry." Es war
ein Technikmuseum, was neben Chemie und Physik auch ein U-
Boot und ein Planetarium besaß. Die Lehrer der Highschool fuhren
gerne mit ihren Schülern dorthin, weil man dort sehr viel lernen
konnte. Allerdings brauchten die Schüler eine Einwilligung der
Eltern, dass sie mitfahren durften.
„Da kannst du viel lernen. Schau dir das U-Boot an. So etwas kriegt
man nicht jeden Tag zu sehen. Hast du das Formular denn hier",
fragte mein Vater.
„Ja, ich hole es eben." Leslie ging in den Flur, wo ihre Schultasche
stand und holte das Formular und einen Stift. Meine Eltern

unterschrieben es und sie packte es wieder ein.

„So ich werde dann mal herübergehen", sagte ich und stand auf.

„Danke für das Essen, Mom."

„Gute Nacht Schatz", erwiderte sie.

„Gute Nacht. Bis morgen", sagte ich und ging hinüber in mein Haus. Ich setzte mich im Wohnzimmer auf die Couch, schaltete den Laptop ein und stellte ihn auf meinen Schoß. Ich schaute nach meinen E-Mails. Es hatte sich einiges angesammelt, weil ich schon seit fast einer Woche nicht mehr nachgeschaut hatte. Als Erstes löschte ich die Werbemails, die zwei Drittel der gesamten E-Mails ausmachten. Die Übrigen schaute ich mir an. Es waren fünf E-Mails von Matt dabei. Ich las nur den Betreff, wo er immer wieder betonte, wie sehr er mich liebte und vermisste. Ohne die E-Mails gelesen zu haben, löschte ich sie. Ich wollte nichts mehr mit ihm zu tun haben. Ich hatte auch keine Gefühle mehr für ihn. Für mich war Matt Vergangenheit. Nie wieder würde ich mich auf ihn einlassen. Ich beschloss, meine E-Mail-Adresse zu wechseln. Sollte er doch schreiben, wie viel er wollte. Sie würden jetzt nicht mehr bei mir ankommen. Ich richtete mir eine neue E-Mail-Adresse ein und löschte die Alte. Anschließend schrieb ich nur den wichtigsten Personen, also meiner Familie, jeweils eine E-Mail, dass ich eine neue E-Mail-Adresse hatte, und surfte noch etwas im Internet herum. Es hatte einen Vorteil, dass ich eine neue E-Mail-Adresse hatte, abgesehen davon, dass Matt mich nicht mehr belästigen konnte, bekam ich auch keine lästigen Werbemails mehr. Etwas Kaltes strich mir über den Arm und ich bekam eine Gänsehaut. Erschrocken schaute ich mich um. Aber ich sah niemanden. Ich beugte mich über die Couchlehne. Aber auch dahinter war niemand. Ich nahm an, ich hätte es mir nur eingebildet und setzte mich wieder hin. Allerdings hatte ich den ganzen Abend das Gefühl, das ich nicht alleine war. Es war genau das gleiche Gefühl, wie eine Woche zuvor im Vorlesungssaal. Es verschwand erst, als ich mich ins Bett legte.

Das Wochenende fing schon gut an. Eigentlich wollte ich ausspannen, aber am Samstag rief um neun Uhr Mrs. Evans an, ob ich nicht im Laden aushelfen könnte, da Megan sich krankgemeldet hatte. Ich sagte zu und machte mich, nachdem ich mich gewaschen und angezogen hatte, auf den Weg zur Boutique. War sie wirklich krank oder hatte sie nur keine Lust? Ich tippte eher auf keine Lust, wollte ihr aber nichts unterstellen. Andererseits konnte ich das Geld für die Extrastunden gut gebrauchen. In der Boutique war heute einiges los. Mrs. Evans hatte wieder neue Ware bekommen, die ich auspackte und Katie sollte die Leute beraten. Unter den Kunden waren auch Emma und Monica, die unbedingt von mir beraten werden wollten.

„Na was kann ich denn für euch tun", fragte ich sie.

„Wir suchen ein Partyoutfit. Wir sind heute Abend zu einer Studentenverbindungsfeier eingeladen", kam es von Monica und sie betonte das Wort Studentenverbindungsfeier. Sie wollte mich damit anscheinend ärgern und neidisch machen, weil ich nicht eingeladen war. Aber das ließ mich kalt. Ich war nicht unbedingt so scharf darauf zu so einer Feier zu gehen. Ich war einmal bei einer gewesen und das hatte mir gereicht. Die Leute betranken und blamierten sich, als sie im betrunkenen Zustand Sachen taten, die sie sonst nicht tun würden. Es gab auch eine Schlägerei und am Ende kam die Polizei und beendete die Party. Auf so etwas konnte ich wirklich verzichten. Ich wusste, sie war da nur eingeladen, weil sie sich wieder an irgendeinen Jungen aus der Studentenverbindung herangemacht hatte.

„Habt ihr denn schon Vorstellungen was es sein soll?"

„Noch nicht richtig. Ich dachte vielleicht an ein Partykleid", antwortete Emma. Sie tat mir etwas leid. Emma war ein sehr hübsches Mädchen mit hellbraunen langen Haaren und grünen Augen. Ihr Problem war, sie war sehr schüchtern und sprach nur mit Leuten, die sie richtig gut kannte. Emma war eher eine Mitläuferin, die kaum eine eigene Meinung hatte und sich schnell beeinflussen ließ. Ich zeigte verschiedene Kleider, Tops, Blusen, Röcke und Hosen. Emma entschied sich schnell für ein weinrotes knielanges Kleid. Es passte wunderbar zu ihrer dünnen Figur und den hellbraunen Haaren. Bei Monica dauerte es länger, bis sie sich endlich für einen grau-schwarz karierten Rock und dazu eine weiße kurzärmlige Bluse entschied. Ich war froh, als sie endlich aus dem Laden waren. Monica hatte die ganze Zeit über nur von der Party gesprochen, wie toll sie doch werden würde und was für süße Typen dort wären. Sie wollte mich wirklich neidisch machen. Aber das war ich nicht im Geringsten. Monica war mir mit ihrem Gerede eher auf die Nerven gegangen. Die restliche Zeit bis zum

Feierabend verging schnell. Samstags hatte die Boutique nur bis vier Uhr geöffnet. Mrs. Evans meinte, sie bräuchte auch etwas vom Wochenende, wobei Samstagsnachmittags sowieso nicht mehr viele Kunden in den Laden kamen.

Als ich wieder zu Hause war, setzte ich mich im Garten in den Liegestuhl und genoss noch etwas die Sonne und die Ruhe. Nur leider währte die Ruhe nicht lange. Meine Eltern hatten eine Grillparty geplant und begannen Stühle und Tische im Garten aufzubauen. Mein Vater stellte den Grill auf und breitete auf dem Tisch daneben sein Grillequipment aus.

„Dad, wer kommt denn alles", fragte ich neugierig aber auch ein wenig gequält, da ich wusste, dass es keinen ruhigen Abend zum Entspannen geben würde, so wie ich es eigentlich geplant hatte. „Nur unsere Bowlingmannschaft, ihre Kinder und einige Nachbarn." Na das konnte ja was werden. Leslie freute sich, weil einige ihrer Freundinnen unter den Gästen waren. Für mich würde es ein langweiliger Abend werden. Mit den Leuten, die in meinem Alter waren, hatte ich nicht soviel zu tun. Und ich konnte mir auch nicht vorstellen, dass sie mitkämen. Die Meisten waren auf Colleges in anderen Staaten und der Rest würde doch eher ausgehen wollen, als zu einer Grillparty mit den Eltern zu gehen. Ich überlegte noch eine Runde im Pool schwimmen zu gehen, den meine Eltern vor ein paar Jahren Leslie und mir im Garten bauen gelassen hatten, bevor die Gäste kamen.

„Jamie", hörte ich meine Mutter rufen. „Kannst du bitte eben in den Supermarkt fahren. Wir haben keinen Ketchup mehr."

„Ja mache ich", erwiderte ich, stand auf und ging in mein Haus, um meine Tasche zu holen. Na super jetzt konnte ich noch nicht einmal meinen Feierabend genießen und schwimmen hatte sich nun auch erledigt. Etwas genervt darüber nahm ich meine Tasche, verließ mein Haus und ging zu meinem Wagen. Ich schloss ihn auf und setzte mich hinein. Ich startete den Motor und fuhr zum Supermarkt. Dort angekommen stellte ich den Wagen auf dem Parkplatz ab und ging in den Laden. Ich hielt mich gar nicht lange im Laden auf, denn ich wollte, so schnell es ging, wieder nach Hause und wenigstens noch etwas die Sonne in Ruhe genießen, bis die Gäste kamen. Deshalb schnappte ich mir aus dem Regal zwei Ketchupflaschen, ging zur Kasse und bezahlte. Als ich aus dem

Laden wieder herauskam, lief mir Sixt über den Weg.
„Hi." Ich war etwas überrascht, weil ich nicht damit gerechnet
hatte, ihn zu treffen.
„Hi, na füllst du deinen Ketchupvorrat auf", grinste er und deutete
mit der Hand auf die zwei Flaschen, die ich im Arm trug.
„Nein, meine Eltern machen eine Grillparty und meiner Mutter fiel
ein, dass wir keinen Ketchup mehr Zuhause haben."
„Du siehst aber nicht erfreut darüber aus", stellte er fest.
„Bin ich auch nicht. Für mich wird es ziemlich langweilig und Ruhe
werde ich auch nicht haben", entgegnete ich. Und dann kam mir
eine Idee und mein Gesicht hellte sich auf. „Möchtest du vielleicht
auch kommen. Ich meine natürlich nur, wenn du heute Abend
nichts vor und Lust hast", lud ich ihn ein.
„Ich würde gerne vorbeikommen. Ich meine, wenn deine Eltern
nichts dagegen haben?"
„Nein haben sie nicht. Mein Vater hat soviel Fleisch gekauft, das
reicht auch für eine Person mehr. Und mich würde es sehr freuen."
Nervös stand ich da. Es wäre so schön, wenn er auch kommen
würde.
„Na dann nehme ich deine Einladung gerne an", sagte er lächelnd.
„Es kann aber etwas später werden. Ich muss gleich noch einem
Freund helfen. Er und seine Freundin sind gerade umgezogen und
ich habe ihm versprochen, ihm beim Aufbau des
Wohnzimmerschrankes zu helfen."
„Das ist kein Problem. Du wirst mich auch schnell finden. Ich bin
diejenige, die gelangweilt auf ihrer Terrasse sitzt", erwiderte ich.
„Ich versuche, mich zu beeilen. Dann brauche ich jetzt nur noch
deine Adresse."
„Everton Road 52. Es ist das letzte Haus in der Straße."
„Das werde ich schon finden. Dann sehen wir uns nachher", sagte
er lächelnd.
„Ja, bis nachher." Ich ging zum Auto und fuhr nach Hause. Mein
Herz machte Luftsprünge. Er würde vorbeikommen. Der Abend
war also doch noch gerettet. Ich ging in den Garten und stellte die
Ketchupflaschen auf den Tisch. Meine Eltern standen beide auf
der Terrasse.
„Mom, Dad, ihr habt doch nichts dagegen, wenn ein Freund von
mir auch vorbeikommt", fragte ich.
„Nein. Er kann ruhig kommen. Woher kennt ihr euch", wollte

meine Mutter wissen.

„Von der Uni. Er kommt aber erst etwas später. Er muss noch einem Freund helfen, der umgezogen ist."

„Das ist doch kein Problem. Essen und Getränke sind genug da", sagte mein Vater.

„Das habe ich mir gedacht", grinste ich und freute mich riesig darüber, dass Sixt heute Abend zu uns kommen würde.

Die Grillparty war voll im Gange und wie ich es geahnt hatte waren die Leute in meinem Alter gar nicht gekommen. Also saß ich, wie ich es Sixt auch schon gesagt hatte, auf meiner Terrasse. Es dämmerte schon, als ich seine Stimme neben mir hörte.

„Hi." Er grinste, als ich zu ihm hochschaute und seine Augen strahlten.

„Hi. Weißt du eigentlich, dass du mir gerade das Leben rettest", fragte ich ihn. Verdutzt schaute er mich an. „Ich wäre vor Langeweile gleich gestorben. Es hätte nicht mehr viel gefehlt", erklärte ich ihm.

„Na dann bin ich ja noch rechtzeitig gekommen."

„Ja. Möchtest du etwas essen", fragte ich. „Es ist noch genug da."

„Eigentlich habe ich gar keinen Hunger, aber etwas zu trinken wäre nicht schlecht", gab Sixt zu.

„Was möchtest du denn. Wir haben Bier, Wasser, Cola", zählte ich auf.

„Ich nehme eine Cola."

„Okay. Ich bin gleich zurück", entgegnete ich und verschwand in das Haus von meinen Eltern. Ich ging in die Küche und holte aus dem Kühlschrank zwei kleine Flaschen Cola. Anschließend ging ich wieder in den Garten, wo Sixt auf mich wartete und reichte ihm eine der Flaschen.

„Danke. Wie wäre es, wenn wir uns da hinten am Wald hinsetzen. Dann haben wir ein bisschen Ruhe", schlug er vor.

„Ja das können wir gerne tun." Wir gingen quer durch den Garten, wobei wir einigen Leuten ausweichen mussten, durch das Gartentor zum Waldrand, an dem unser Grundstück an der Rückseite grenzte, und setzten uns ins Gras.

„Ihr habt ein schönes großes Grundstück. Gehört das kleine Haus dir?"

„Ja, es war einmal das Gästehaus. Aber es wurde nie benutzt. Naja, und als ich mit der Uni anfing, wollte ich eigentlich eine eigene Wohnung haben. Da haben mir meine Eltern das Haus angeboten", erklärte ich.

„Das ist doch schön. Du hast dein eigenes Reich und deine Ruhe."

„Ja, das habe ich. Meine Eltern sind zum Glück nicht so nervig. Wenn etwas ist, kann ich immer zu ihnen kommen. Aber sie stören nicht alle paar Minuten, wenn ich Besuch habe oder so. Und zum Essen gehe ich meistens zu ihnen herüber. Für mich alleine lohnt es sich nicht etwas zu kochen", gestand ich.

„Das würde ich auch so machen", erwiderte Sixt.

„Und wie wohnst du", fragte ich ihn.

„Ich wohne in einer WG."

„Oh, da ist bestimmt immer etwas los."

„Ja sehr oft. Wenn es mir zu viel werden sollte, ziehe ich einfach zu dir", sagte er und lächelte mich mit einem unwiderstehlichen Lächeln an. Es kribbelte in meinem Bauch.

„Ok. Aber wir müssen uns dann ein Zimmer teilen. Ich habe nämlich nur ein Schlafzimmer."

„Das geht schon. Ich würde sagen, ich nehme das Bett und du den Boden", scherzte er.

„Das Bett gehört mir. Wenn du aber ganz nett zu mir bist, darfst du das Fußende haben", bot ich ihm lachend an.

„Ich brauche nachts viel Platz beim Schlafen. Kann dann also passieren, dass ich zu dir ans Kopfende komme und dich versehentlich, also im Schlaf, aus dem Bett werfe", grinste er.

Mittlerweile war es schon dunkel geworden. Meine Eltern hatten im Garten Girlanden aufgehängt und das Licht strahlte bis zu uns.

„Ist dir kalt", fragte er besorgt, als ich mir die Arme rieb.

„Nur ein bisschen frisch", erwiderte ich.

„Hier nimm die", sagte er und reichte mir seine Jacke.

„Danke, aber jetzt ist dir doch bestimmt kalt", stellte ich fest, denn Sixt saß im T-Shirt neben mir.

„Nein mir ist nicht kalt. Außerdem kannst du sie gut gebrauchen, wenn du auf der Terrasse schläfst", sagte er grinsend.

„Wenn ich da schlafen muss, dann musst du es auch." So ging es den ganzen Abend weiter. Wir scherzten, lachten und unterhielten uns über alles Mögliche.

Als Sixt nach Hause fahren wollte, brachte ich ihn noch bis zum Auto und gab ihm seine Jacke zurück.
„Sehen wir uns am Montag in der Uni", fragte ich.
„Ja. Das heißt, wenn ich es mit meinem Kurs bis zur Mittagspause schaffe. Mr. Bennett hängt gerne mal eine Stunde dran, ansonsten wie sieht es nach der Uni aus?"
„Da muss ich leider arbeiten", erwiderte ich.
„Das macht ja nichts. Dann sehen wir uns auf jeden Fall Dienstag", sagte er. „Es war ein sehr schöner Abend. Schlaf gut", fügte er hinzu.
„Das fand ich auch. Schlaf du auch gut." Sixt stieg in seinen Wagen ein, startete den Motor und fuhr los. Ich winkte ihm noch kurz hinterher und machte mich auf den Weg in mein Häuschen.

Am Montag sah ich Sixt mittags nicht in der Mensa. Ich nahm an, dass sein Kurs länger ging, wie er es schon erwähnt hatte. Ich war schon enttäuscht. Ich hätte ihn gerne wiedergesehen. In der Boutique war nicht viel los gewesen. Ich hatte nur zwei Kunden zu bedienen. Wie immer waren Megan und Katie mit Unterhaltungen beschäftigt gewesen, anstatt zu arbeiten. Nach Feierabend verließ ich den Laden und machte mich auf den Weg zu meinem Wagen, den ich auf der anderen Straßenseite geparkt hatte. Ich überquerte die Straße, als plötzlich ein silberner Mercedes SLR Coupé auf mich zugerast kam. Der Wagen fuhr bestimmt hundert Stundenkilometer, obwohl auf dieser Straße nur fünfzig erlaubt waren. Es ging alles so schnell, dass ich kaum reagieren konnte. Wo kam der Wagen auf einmal her? Die Straße war doch leer gewesen, als ich sie betreten hatte. Der Wagen kam immer näher. Ich erkannte, dass eine blondhaarige Frau am Steuer des Wagens saß. Eigentlich hätte ich zur Seite springen sollen, aber ich war wie gelähmt und konnte mich nicht bewegen. Plötzlich merkte ich, wie ich gepackt und auf den Bürgersteig gerissen wurde. Gerade noch rechtzeitig, denn der Wagen sauste in diesem Moment vorbei. Etwas benommen lag ich auf dem Boden. Jemand hielt mich im Arm. Als ich aufschaute, sah ich in die eisblauen Augen und erkannte Sixt. Er schaute mich erschrocken an, ließ mich blitzschnell los und verschwand vor meinen Augen. Verwirrt schaute ich mich um. Wo war er? Es sah so aus, als ob er sich in Luft aufgelöst hatte. Aber das konnte doch gar nicht sein. So etwas gab es doch nicht. Ich raffte mich auf und sah, dass der Bürgersteig leer war. Ich drehte mich zu allen Seiten um, aber niemand war da. Niemand hatte mitbekommen, was gerade passiert war. Auch der Mercedes war verschwunden. Ich verstand selbst nicht, was passiert war. Verwirrt und noch etwas benommen ging ich zu meinen Wagen und setzte mich hinein. Allerdings fuhr ich noch nicht los. Ich musste mich erst einmal beruhigen und atmete tief durch. Ein Auto raste auf mich zu. Sixt hatte mich gerettet. Aber warum war er so schnell verschwunden? Wo kam er eigentlich her? Und warum war der Wagen nicht langsamer geworden? Die Fahrerin hätte doch sehen müssen, dass ich auf der Straße war. Oder hatte sie mich gar nicht bemerkt? Ich hatte auf die Fragen keine Antwort. Als ich aus dem Laden kam, hatte ich Sixt gar nicht gesehen. Also musste er gerade erst gekommen sein, als ich schon auf der Straße stand. Ein Schmerz fuhr mir durch den Arm. Ich schaute nach und sah eine Schürfwunde an meinen Unterarm. Das musste passiert sein, als Sixt mich auf den Bürgersteig gerissen hatte. Es sah aber nicht so schlimm aus. Einigermaßen beruhigt, startete ich den Motor und fuhr nach Hause. Dort ging ich als Erstes ins Badezimmer und wusch mit Wasser die Wunde aus, damit sie sich nicht durch den Dreck, der hineingelangt war, entzündete. Anschließend nahm ich ein Pflaster und klebte es auf die Wunde.

In dieser Nacht schlief ich nicht gut. Ich träumte, dass ich auf einer Straße stand. Sie war menschenleer. Ein Auto kam auf mich zu. Es lief alles in Zeitlupe ab. Eine Frau mit blonden Haaren saß in dem Wagen. Sie sah mich direkt an und lachte. Ich konnte mich nicht bewegen. Ich wollte weglaufen aber meine Beine blieben stehen. Ich sah Sixt auf dem Bürgersteig stehen. „Jamie", rief er und gab mir Zeichen, dass ich zu ihm kommen sollte. Noch immer konnte ich mich nicht bewegen. Das Auto kam immer näher.
„Jamie", rief Sixt wieder und es hörte sich panisch an. In dem Moment erfasste mich der Wagen und ich erwachte mit einem Schrei aus diesem Albtraum. Ich saß im Bett und mein Herz schlug schnell. Ich atmete mehrmals tief durch und beruhigte mich langsam wieder. Das Mondlicht schien durch das Fenster in mein Zimmer und erhellte etwas den Raum. Ich konnte in einem dunklen Raum nicht schlafen und musste immer etwas Licht im Zimmer

haben, damit ich alles sehen konnte. Naja okay, ich hatte Angst im Dunklen. Ich bekam richtige Panikattacken, wenn ich in einem stockdunklen Raum war. Nachdem ich mich wieder beruhigt hatte, legte ich mich wieder hin. Ich drehte mich auf die Seite und schaute zur Wand. Dabei erschrak ich. Eine weiße Gestalt stand neben meinem Bett an der Wand. Ich hatte sie zuvor gar nicht bemerkt gehabt. Sie war am Flackern, so als ob sie jeden Moment verschwinden würde. Ich schaute mehrmals hin, um mich zu vergewissern, dass ich nicht träumte. Ich hatte Angst und mein Herz schlug wieder schneller. Ich wusste nicht, was diese Gestalt von mir wollte. War sie friedlich oder wollte sie gar etwas Böses? Eisige Schauer liefen mir über den Rücken. Ich schloss die Augen und traute mich nicht sie wieder zu öffnen. Ich merkte, wie etwas ganz nah an mein Gesicht kam, und spürte etwas Kaltes auf der Stirn. Wie ein Kuss. Dann verschwand es. Ich wollte meine Augen nicht öffnen. Ich traute mich einfach nicht. Vor lauter Angst war ich ganz steif und bewegte mich keinen Zentimeter. Nach einigen Minuten nahm ich meinen ganzen Mut zusammen und schlug die Augen auf, aber die Gestalt war weg. Ich tastete nach dem Schalter von meiner Nachttischlampe und schaltete sie ein. Was war das gewesen? War es ein Geist? Aber was wollte er von mir? Gab es überhaupt Geister? Immer noch erschrocken saß ich im Bett. Immer wieder schaute ich zu der Wand, aber da war nichts. Ich legte mich wieder hin, ließ das Licht dennoch an. Doch an Schlaf war erst einmal nicht zu denken. Mein Herz schlug immer noch wie wild in meiner Brust und ich musste mich erst einmal beruhigen. Doch immer wieder stellte ich mir die Frage, was diese Gestalt gewesen sein mochte und warum sie ausgerechnet bei mir in diesem Zimmer gewesen war. Ebenfalls fragte ich mich, ob die Berührung wirklich echt gewesen war, oder ob ich es mir nur eingebildet hatte. Dabei war ich mir sicher, dass es keine Einbildung gewesen war. Ich war hellwach gewesen und ich hatte diese Berührung gespürt. Nach einer Weile übermannte mich die Müdigkeit und ich schlief ein.

Auf dem Weg zur Uni ließ ich das Geschehene von gestern Abend noch einmal Revue passieren und nahm mir vor Sixt zur Rede zu stellen. Ich hoffte nur, dass ich ihn heute sehen würde. Der Schrecken von der Nacht lag mir noch in den Knochen und ich merkte, dass ich müde war. Ich suchte mir einen Parkplatz und stieg aus. Ich wollte gerade in Richtung der Gebäude gehen, als ich Sixt an seinem Wagen einige Meter von mir entfernt stehen sah, der lächelnd zu mir herüberschaute. Ich ging zu ihm, denn ich wollte wissen, wieso er einen Tag zuvor, nachdem er mich gerettet hatte, einfach verschwunden war.

„Hi", sagte er.

„Hi. Ich muss mal mit dir reden", nervös stand ich vor ihm und schaute ihn an.

„Kein Problem. Schieß los."

„Es geht um gestern Abend." Ich beobachtete ihn dabei genau. Aber er blieb ganz ruhig. „Ich wollte mich dafür bedanken, dass du mich vor dem Auto gerettet hast. Aber warum bist du einfach abgehauen?"

„Wovon redest du", fragte er und sah verwirrt aus.

„Na von gestern Abend auf der 56. Avenue. Ich kam von der Arbeit und wollte über die Straße zu meinem Auto. Da kam ein Wagen angerast und du hast mich von der Straße gerissen, bevor das Auto mich erfassen konnte", erklärte ich ihm.

„Da scheinst du etwas zu verwechseln. Ich war das nicht."

„Doch. Ich habe dich doch gesehen. Du warst da und dann warst du allerdings auch sehr schnell wieder verschwunden. Ich frage mich nur warum?" Ich verstand nicht, warum er leugnete, da gewesen zu sein. Ich wusste doch, was ich gesehen hatte.

„Jamie, ich war wirklich nicht da. Du musst mich verwechselt haben. Ich muss jetzt allerdings auch los. Mein Kurs fängt gleich an", sagte er schnell und ging davon. Ich schaute ihn verwirrt nach. Was war das denn jetzt? Wieso stritt er ab, dass er da gewesen war? Ich hatte ihn doch gesehen. Hatte ihm direkt in die Augen geschaut. Ich schaute meinen Unterarm an. Das Pflaster klebte noch dort, wo die Wunde war. Ich hatte mir das alles nicht eingebildet. Immer noch verwirrt ging ich zum Gebäude, in dem mein erster Kurs stattfinden würde. Ich betrat das Gebäude und ging in den Kursraum, wo ich mir, einen Platz in der letzten Reihe suchte. Nach und nach fanden sich die Studenten in dem Saal ein. Darunter war auch das Mädchen mit den auberginefarbenen Haaren, die zu Sixts Freunden gehörte. Sie lächelte mir kurz zu, was ich erwiderte, bevor sie sich einen Platz zwei Reihen vor mir suchte. Mr. Parker kam in den Saal und begann mit der Vorlesung. Wie immer hörte ich aufmerksam zu und machte mir Notizen. Ich würde nicht sagen, dass ich eine Streberin war. Aber ich nahm mein Studium sehr ernst und wollte einen guten Abschluss haben. Nicht nur weil meine Eltern das Studium bezahlten und ich nicht wollte, dass sie das Geld umsonst ausgaben, sondern auch, weil ich etwas aus meiner beruflichen Zukunft machen wollte. Ich schrieb gerade etwas auf meinen Block, als mich etwas Kaltes am rechten Arm berührte. Es fühlte sich genauso an, wie in der Nacht, als ich eine Berührung an der Stirn gefühlt hatte. Das konnte doch nicht sein. Sollte diese Gestalt etwa hier im Raum sein? Ich schaute mich zu allen Seiten um, konnte aber diese Gestalt nicht sehen. Auch sonst war niemand in meiner Nähe. Ich saß in der letzten Reihe. Rechts neben mir war der Gang und auf der linken Seite war der Platz frei. Selbst wenn dort eine Person gesessen hätte, so hätte sie sich hinter mir herüberbeugen müssen, um mich am Arm berühren zu können, weil vor mir, hätte ich es doch gesehen. Aber warum hätte die Person das dann tun sollen? Es war irgendwie merkwürdig und es machte mir langsam Angst. Was hatte das alles zu bedeuten?

Kapitel 3

Am Nachmittag saß ich in der Bibliothek und lernte für Finanzwirtschaft. Es war bei dieser einen Berührung geblieben und ich hatte die nächsten Stunden darüber nachgegrübelt, was es gewesen sein könnte. Fakt war zumindest, ich hatte es mir nicht eingebildet. Ich hatte diese Berührungen wirklich gespürt und die Gestalt gesehen. Meine Unterlagen hatte ich auf den Tisch ausgebreitet. Die Bibliothek war ein toller Platz zum Lernen. Hier war ich gerne. Wenn mir etwas in meiner Mitschrift fehlte oder ich etwas nachschlagen musste, standen hier die richtigen Bücher. Ich saß an meinen Stammplatz im hintersten Bereich am Fenster und las etwas über Investitionen, als sich jemand gegenüber von mir setzte. Ich schaute auf und sah direkt in eisblaue Augen.

„Hi. Ich sah dich durch das Fenster mit den ganzen Büchern und dachte mir, du könntest den hier gut gebrauchen", lächelte er und reichte mir einen Kaffeebecher.

„Danke. Ja den kann ich wirklich gebrauchen. Finanzwirtschaft ist nicht gerade einfach", seufzte ich und nahm den Kaffeebecher. Eigentlich war ich noch etwas sauer auf ihn, weil er mich heute Morgen einfach so stehen gelassen hatte. Aber ich wollte das Thema nicht wieder ansprechen. Anscheinend tat es ihm leid, dass er mich stehen gelassen hatte und kam deshalb vorbei.

„Ich dachte, an Unis gibt es Lerngruppen?"

„Eigentlich schon, aber meine beiden Kurskameradinnen, mit denen ich lernen wollte, sind gerade zum Parkplatz verschwunden und weggefahren."

„Das ist aber nicht nett von ihnen."

„Das ist mir egal. Dann lerne ich eben alleine." Es war mir wirklich egal. Ich legte nicht soviel Wert auf unzuverlässige Menschen. Ich verstand mich mit Carla und Mandy eigentlich recht gut, deshalb hatte ich auch zugesagt, als sie mich gefragt hatten, ob wir zusammen lernen wollten. Vergessen haben konnten sie es eigentlich nicht, denn wir hatten vor der Mittagspause noch darüber geredet, dass wir heute lernen wollten. Nun waren sie einfach zum Parkplatz verschwunden. Wenn sie nicht mit mir zusammen lernen wollten, brauchten sie es ja nicht. Aber ich fragte mich schon, warum sie mich dann überhaupt gefragt hatten. Zumindest hätten sie mir absagen können. „Kann ich dir vielleicht helfen? Ich kenne mich mit dem Thema aus", bot er an. „Gerne, danke. Das ist wirklich nett von dir. Aber nur, wenn du nichts anderes vorhast. Ich möchte nicht deine Zeit verschwenden", sagte ich und in meinen Bauch kribbelte es vor Freude. Er kam zu mir herüber und setze sich neben mich. „Das tust du gar nicht. Ich helfe dir wirklich gerne. Was nehmt ihr denn gerade durch", fragte er und schaute sich meine Unterlagen an. „Die verschiedenen Arten der Investitionsrechnung. Nur das Problem ist, ich verstehe es nicht so ganz", gestand ich ihm. „Das kriegen wir schon hin. Ich bringe es dir bei und danach bist du ein Profi auf dem Gebiet", sagte er lächelnd. „Das wäre gut."

Sixt war ein richtig guter Lehrer, der dazu auch noch so unglaublich gut aussah, sodass ich mich zwingen musste, mich auf das Thema zu konzentrieren. So schwer war es gar nicht, wie ich immer dachte und ich verstand alles, was er mir erklärte. Ich war irgendwie schon froh darüber gewesen, dass Carla und Mandy mich versetzt hatten. So konnte ich Zeit mit Sixt verbringen, was mir natürlich viel besser gefiel. „Hast du alles verstanden", fragte er und schaute mich an. „Ja soweit schon. Ich glaube, ich bekomme es morgen schon hin", erwiderte ich und packte meine Unterlagen zusammen. Wir verließen zusammen die Bibliothek und gingen zu unseren Autos auf dem Parkplatz. „Wenn noch etwas ist, kannst du mich jederzeit fragen", sagte er sanft und reichte mir einen Zettel mit seiner Handynummer. Ich konnte es kaum fassen. Er gab mir seine Nummer. „Danke. Das werde ich", erwiderte ich und nahm den Zettel. „Aber sagt deine Freundin denn nichts, wenn du mir deine Handynummer gibst", hakte ich nach. „Ich habe keine Freundin", grinste er mich an. Hatte ich das richtig verstanden? Er hatte keine Freundin? Damit hatte ich nicht gerechnet. Er sah so gut aus und die Frauen liefen ihm doch bestimmt in Scharen hinterher. Ein kleiner Hoffnungsschimmer machte sich in mir breit, obwohl ich wusste, dass ich sowieso keine Chance bei ihm hatte.

„Oh, na dann ist ja gut."

„Alles klar, wir sehen uns", erwiderte er und stieg in seinen Wagen ein. Ich lächelte ihn an und stieg dann in mein Auto und machte mich auf den Heimweg.

Am Abend saß ich auf der Couch und schaute mir immer wieder die Nummer auf den Zettel an. Ich war kurz davor ihn anzurufen, wusste aber nicht, was ich ihm dann hätte sagen sollen. Wahrscheinlich würde ich vor lauter Nervosität kein Wort herausbekommen. Ich wusste ja auch gar nicht, ob er das Gleiche für mich empfand wie ich für ihn. Ich empfand mehr für ihn als nur Freundschaft. Nur war ich mir noch nicht sicher, was es genau war. War ich etwa in ihn verliebt oder war es nur eine Schwärmerei? Ich speicherte seine Nummer in mein Handy ein, entschloss mich aber ihn nicht anzurufen. Auch wenn ich gerne seine Stimme gehört hätte. Aber ich war keine gute Lügnerin und konnte alles, was er mir erklärt hatte. Er hätte es bestimmt gemerkt, dass mein Anruf nur ein Vorwand wäre und wenn er nicht die gleichen Gefühle für mich hatte, wie ich für ihn, wäre es unglaublich peinlich geworden. Vielleicht hätte er es dann bereut, dass er mir die Nummer gegeben hatte, und hätte sich von mir distanziert, weil er mir nicht weiter Hoffnungen machen wollte. Mit einem Seufzen stand ich von der Couch auf und ging nach oben, um mich fürs Bett fertigzumachen.

Ich stieg am nächsten Morgen aus meinen Wagen aus und sah, dass Sixt auf mich zu kam.

„Und bist du bereit für die Klausur oder ist noch etwas unklar", fragte er und lächelte mich an.

„Nein, soweit ist alles klar. Ich bin heute Morgen noch mal die Themen durchgegangen und weiß noch alles."

„Das ist gut. Ich habe hier noch etwas für dich. Einen kleinen Glücksbringer", sagte er und reichte mir einen kleinen Stoffbären mit Engelsflügeln.

„Der ist ja süß. Danke. Na dann kann ja eigentlich nichts mehr schief gehen", erwiderte ich lächelnd.

„Das hoffe ich doch", grinste Sixt.

„Sehen wir uns heute in der Mensa", fragte ich, als wir auf dem Weg zu den Gebäuden waren.

„Ich glaube nicht. Ich habe nachher noch einen Kurs, der um ein Uhr erst endet. Aber wie sieht es mit heute Nachmittag aus?"

„Da muss ich wieder arbeiten. Aber morgen habe ich auf jeden Fall Zeit."

„Ja ich auch. Halten wir das mal so fest. Also viel Glück bei der Klausur. Ich muss jetzt mal los", verabschiedete er sich und machte sich auf zu seinem Vorlesungsraum.

„Danke", erwiderte ich und verschwand zu meinem Raum. Ich setzte mich wieder in die hinterste Reihe und wartete, dass Mr. Parker den Raum betrat und die Klausur geschrieben wurde.

„Hallo Jamie", hörte ich eine Stimme neben mir. Ich schaute zur Seite und sah Carla und Mandy neben mir stehen. „Es tut uns leid, dass wir gestern nicht in die Bibliothek kamen. Uns ist etwas Wichtiges dazwischengekommen und wir mussten schnell weg", sagte Carla. Ich glaubte ihnen nicht, dass es etwas Wichtiges gewesen war. Vielleicht wollten sie lieber shoppen gehen, als zu lernen. Es konnte allerdings auch sein, dass sie keine Lust hatten, mit mir zusammen zu lernen. Mir war es egal. Ich hatte einen schönen Nachmittag mit einem gutaussehenden Jungen gehabt und das war viel besser gewesen, als meine Zeit mit zwei unzuverlässigen Menschen zu verbringen.

„Ist schon gut. Ihr hättet aber zumindest absagen können", erwiderte ich.

„Ja das hätten wir. Es tut uns wirklich leid", kam es von Mandy. Mr. Parker betrat den Raum und die beiden setzten sich schnell neben mich. Mr. Parker verteilte die Aufgabenblätter und wir konnten mit der Arbeit beginnen. Die Klausur verlief recht gut. Zum einen Teil waren es Multiple Choice Fragen und zum anderen, wo man Begriffe in kleinen Texten erklären sollte. Es waren zwanzig Aufgaben und wir hatten zwei Stunden Zeit.

Am Donnerstagmorgen wartete Sixt auf dem Parkplatz auf mich.

„Na wie war die Klausur", fragte er, als ich zu ihm kam.

„Ganz gut. Ich habe alles gewusst und das habe ich nur dir und dem Glücksbringer zu verdanken. Du solltest Lehrer werden."

„Ich werde es mir überlegen", sagte er lachend.

„Kann ich dich zum Dank heute Nachmittag zu einem Eis einladen", fragte ich ihn etwas nervös, weil ich nicht wusste, wie er auf die Einladung reagieren würde.

„Gerne. Aber einladen brauchst du mich nicht. Ich helfe dir gerne. Wann hast du Schluss? Ich hole dich dann ab."

„Doch, ich lade dich ein. Ohne deine Hilfe hätte ich es bestimmt nicht geschafft. Um zwei Uhr auf dem Parkplatz"?

„Gut, dann um zwei. Oh ich glaube, wir müssen los. Der Unterricht fängt gleich an. Auch ein Aushilfslehrer sollte nicht zu spät zum Unterricht kommen", stellte er lachend fest.

„Stimmt. Er sollte ein Vorbild für die Schüler sein", stimmte ich in sein Lachen ein.

Die Stunden vergingen zum Glück schnell. Ich konnte es kaum erwarten, dass es endlich zwei Uhr wurde. Auf den Unterricht konnte ich mich nicht richtig konzentrieren. Immer wieder dachte ich an Sixt. Sein wunderschönes Gesicht, diese eisblauen Augen, die immer am Strahlen waren. Diese Samtstimme, mit der er mit mir sprach. Ich konnte mir nicht vorstellen, dass er sich für mich interessierte. Ich war doch einfach nur durchschnittlich. Trotzdem fragte ich mich, was so ein schöner Junge, mit einem engelsgleichen Gesicht, an mir finden konnte. Oder nahm er die Einladung nur an, um mir nicht wehzutun? Den Gedanken schüttelte ich schnell ab.

Um zwei Uhr ging ich wie verabredet zum Parkplatz. Ich sah Sixt, der an seinem Wagen stand und mit jemand redete. Als ich etwas näherkam, sah ich, dass es Monica war. Was wollte sie denn von ihm? Wollte sie sich etwa an ihn heranmachen oder hatte Sixt vielleicht seine Meinung geändert und interessierte sich nun für Monica? Ich blieb weiter entfernt von ihnen stehen und war drauf und dran in mein Auto einzusteigen und nach Hause zu fahren, da sah ich, wie Sixt mich ansah und seinen Blick nicht von mir wendete.

„Tut mir leid. Ich bin schon verabredet", hörte ich ihn sagen und winkte mich zu sich. Also wollte sie sich doch an ihn heranmachen. Typisch Monica. Sie versuchte es ständig bei den Jungs. Monica war etwas kleiner als ich. Sie hatte etwas mehr auf den Rippen, kleidete sich aber so, dass man es nicht sah. Sie hatte braune Augen und

eigentlich ein hübsches Gesicht, trug aber meistens zu viel
Schminke auf. Ihre langen blonden Haare trug sie meist offen. Sie
ging oft mit Jungs aus, mit denen sie fast immer im Bett landete.
Zumindest prahlte sie nach ihren Dates damit herum. Wenn sie mal
eine Beziehung mit einem Jungen hatte, dauerte sie aber in den
meisten Fällen nicht lange. Zwei oder drei Wochen. Länger
dauerten ihren Beziehungen eigentlich nie. Monica stellte es dann
immer so dar, als wenn sie die Beziehung beendet hätte. Entweder
wäre der Typ zu langweilig gewesen, oder sie hätten einfach nicht
zusammengepasst. Von den Jungs hörte man eine andere Version.
Sie hätten mit Monica Schluss gemacht, weil sie es mit ihr nicht
ausgehalten hätten. Monica war halt wegen ihres Charakters keine
einfache Person. Sie drehte sich zu mir um und schaute mich
grimmig an, bevor sie sich wieder an Sixt wandte.
„Na gut, wenn du nicht willst. Das wirst du noch bereuen. Du
weißt gar nicht, was du verpasst", spie sie und ging wütend zu
ihrem Wagen. Ich ging zu ihm und er strahlte übers ganze Gesicht.
„Können wir", fragte er.
„Wenn du nichts anderes vorhast", sagte ich vorsichtig und zeigte in
Monicas Richtung. „Ich meine, wenn du lieber mit ihr weg
möchtest, ist das kein Problem", fuhr ich fort und in meiner
Stimme klang etwas Trauriges mit.
„Nein, nur mit dir. Im Übrigen ist sie auch gar nicht mein Typ. Ich
stehe auf blaue Augen", dabei strahlte er mich wieder an. Ich
lächelte zurück. Mein Herz machte Luftsprünge. Er wollte wirklich
mit mir Eisessen gehen. Ich konnte es kaum glauben.
„Willst du erst dein Auto nach Hause fahren? Dann brauchst du
heute Abend nicht erst wieder hier zur Uni und ich bringe dich
dann nach Hause", bot er an.
„Ja das wäre gar nicht schlecht", erwiderte ich.
„Gut dann bis gleich bei dir. Ich fahr dir hinterher." Er stieg in
seinem Wagen ein und wartete, bis ich mit meinem Auto vor ihm
auf der Straße war.

   Die Fahrt dauerte nur zehn Minuten, da mittags kein
großes Verkehrsaufkommen auf den Straßen war. Ich parkte
meinen Wagen vor der Garage und stieg aus. Ich wollte gerade zu
Sixts Wagen gehen, als Leslie aus dem Haus kam.
„Wo willst du denn hin", fragte sie.

„Ich gehe Eisessen."

„Oh", sagte sie und schaute kurz zu Sixts Auto, das an der Straße hielt. „Na dann viel Spaß."

„Danke. Wir sehen uns dann heute Abend", erwiderte ich, ging zu Sixts Wagen und stieg ein. Leslie war zum Glück nicht so eine neugierige kleine Schwester, die alles wissen wollte. Ihr genügte eine Antwort.

„Was magst du für Musik", fragte Sixt und stellte das Radio an. „Verschiedenes. Am liebsten Guards of the Soul. Deren Musik finde ich richtig klasse". Guards of the Soul war eine Rockband, die aus vier männlichen Mitgliedern bestand und sehr beliebt und erfolgreich war. Ein großer Teil ihrer Lieder war rockig, allerdings hatten sie auch sehr schöne ruhige, romantische Lieder. Ich mochte sie alle. Schon seit einigen Jahren war ich ein großer Fan dieser Band und hatte alle CDs von ihnen.

„Ja, die sind wirklich gut."

„Eigentlich wollte ich auf das Konzert nächsten Monat hier in Portland gehen, aber es gab sehr schnell keine Karten mehr und es ist ausverkauft. Schade eigentlich. Ich würde sie gerne einmal Live sehen", gab ich zu. Sixt sagte nichts dazu. Als ich zu ihm herübersah, lächelte er vor sich hin.

„An was denkst du gerade", wollte ich von ihm wissen.

„Ich dachte gerade daran, wo ich für das Konzert noch Karten herbekomme, damit wir dahingehen können." Bei dem Wort wir bekam ich ein Kribbeln im Bauch. Er wollte mit mir zu dem Konzert gehen.

„Ich glaube nicht, dass du noch welche bekommst", erwiderte ich.

„Ich sage dir Bescheid, wenn ich welche habe." Und wieder lächelte er verschwörerisch. Was hatte er vor?

Wir fuhren zur nächsten Eisdiele. Sixt parkte das Auto und wir stiegen aus. Wir suchten uns einen freien Tisch und setzen uns. Die Eisdiele lag am Stadtwald und war bei schönem Wetter immer gut besucht. Der Kellner kam, brachte die Eiskarten, und nachdem wir uns bedankt hatten, verschwand er zu einem anderen Tisch, um dort die Bestellung aufzunehmen.

„Was nimmst du", fragte Sixt und schaute über die Karte hinweg mich an.

„Ich glaube, ich nehme einen Erdbeerbecher", entschied ich mich und legte die Eiskarte auf den Tisch.

„Alles klar", sagte er und winkte den Kellner zu sich. „Einen Erdbeerbecher und einen Schoko-Krokant-Becher bitte."

„Kommt sofort", erwiderte der Kellner und ging, nachdem er sich die Bestellung auf seinem Notizblock geschrieben hatte, davon.

„Jetzt erzähl mal was von dir", forderte Sixt mich auf.

„Was willst du denn wissen?" Erschrocken schaute ich ihn an.

„Eigentlich möchte ich alles von dir erfahren."

„So interessant ist mein Leben eigentlich nicht."

„Das werden wir ja sehen", grinste er.

„Gut aber ich möchte auch mehr über dich erfahren."

„Einverstanden. Oh unser Eis kommt schon", sagte er lächelnd und schaute an mir vorbei. Der Kellner kam und brachte die Eisbecher. Beide sahen sehr lecker aus. Ich nahm den Löffel und fischte eine Erdbeere aus dem hohen Glas. Auch Sixt begann, sein Eis zu essen.

„Darf ich", fragte er und deutete auf eine Erdbeere.

„Ja klar", gab ich zurück und schob ihm den Becher hin. Er nahm sich eine und steckte mir dafür sein Schokoherz in die Sahne.

„Danke."

„Gern geschehen", sagte er lächelnd. Bei seinem Lächeln schmolz ich dahin.

„War das vorhin deine Schwester bei dir Zuhause", fragte er.

„Ja, das war Leslie. Sie ist drei Jahre jünger als ich."

„Hast du noch mehr Geschwister?"

„Nein, nur eine Schwester."

„Und was machen deine Eltern? Beruflich meine ich", fragte Sixt neugierig.

„Mein Vater ist stellvertretender Geschäftsführer bei einer Bank und meine Mutter arbeitet halbtags bei einer Versicherung", erzählte ich ihm.

„Das ist doch gut. Dann ist sie mittags für euch da."

„Ja das ist sie. Leslie und ich sind mittlerweile alt genug. Eigentlich bräuchte sie jetzt nicht mehr mittags für uns da sein. Aber es ist trotzdem schön, dass sie es immer noch ist." Sixt schien traurig zu sein. Er hatte seinen Kopf gesenkt und schaute auf den Tisch.

„Was machst du in deiner Freizeit am liebsten", fragte er schnell und seine Traurigkeit schien wie weggeblasen zu sein. Jetzt sah er mich an und seine Augen strahlten.

„Naja abgesehen vom Lesen, bin ich auch gerne draußen in der Natur. Ich gehe gerne spazieren, höre Musik und gehe auch gerne mal aus. Und du?"

„Wir haben vieles gemein. Ich würde sagen, deine Hobbys sind auch meine. Ich mache genau die gleichen Dinge gerne wie du", sagte er lächelnd.

„Das ist wirklich ein Zufall."

„Finde ich auch. Wo arbeitest du eigentlich", fragte er.

„In der Boutique in der 56. Avenue", erwiderte ich.

„Zahlst du dein Studium selbst?"

„Nein, meine Eltern bezahlen mir das Studium. Aber ich will nicht auf ihre Kosten leben und mein Leben selbst finanzieren. Deshalb gehe ich arbeiten", erklärte ich und nahm noch einen Löffel von meinem Eis.

„Das finde ich gut", sagte er. Mit Sixt war es so einfach zu reden. Er interessierte sich für mein Leben und verstand mich.

„Was schaust du lieber für Filme Action- oder Liebesfilme?"

„Actionfilme. Ganz klar. Aber am schönsten sind die, wo auch etwas Romantik darin vorkommt", sagte ich. „Und du", grinste ich.

„Na, das ist doch wohl klar. Ich bin ein Mann. Also Action natürlich", sagte er mit einer gespielten Entrüstung. Danach gingen die Fragen weiter. Sixt fragte mich regelrecht aus und ich hatte keine Chance selbst eine Frage zu stellen. So schlimm fand ich es allerdings nicht, denn ich erfuhr trotzdem einiges über ihn, denn er beantwortete seine eigenen Fragen ebenfalls. Nur erfuhr ich nichts über seine Familie. Er erwähnte sie nicht einmal und schien dieses Thema zu meiden. Ich traute mich nicht nachzufragen. Vielleicht hatte er keine Familie oder seinen Eltern war etwas Schreckliches passiert. Vielleicht waren sie auch nur zerstritten und er wollte einfach nicht über sie reden. Ich beschloss, einfach abzuwarten. Vielleicht würde er mir von alleine von ihnen erzählen, wenn er dazu bereit war.

Als wir fertig waren, fragte ich den Kellner nach der Rechnung.

„Lass mal, ich mache das", sagte Sixt und holte sein Portemonnaie aus der Gesäßtasche.

„Nein, ich will dich doch einladen", protestierte ich.

„Und ich möchte die Rechnung übernehmen", erwiderte er und

schob dem Kellner das Geld hin. „Stimmt so", sagte er an den Kellner gewandt. Dann stand er auf und ging zur Straße, wo er auf mich wartete. Leicht schmollend folgte ich ihm.

„Hast du noch Zeit oder musst du noch lernen", fragte Sixt.

„Nein, ich habe noch Zeit. Wieso?"

„Wie wäre es mit einem Spaziergang durch den Wald?"

„Klar, ich bin dabei", sagte ich und freute mich, dass ich noch mehr Zeit mit ihm verbringen konnte. Das war ein kleiner Trost dafür, dass er das Eis bezahlt hatte und nicht ich, wie ich es eigentlich geplant hatte. Wir gingen zusammen in den Forest Park, dem größten Stadtwald in Portland. Hier gab es Wander- und Radwege oder man konnte sich auch einfach nur erholen und die Natur genießen.

„Komm ich zeige dir etwas." Sixt führte mich vom Weg ab durch die Büsche und an den Bäumen vorbei bis zu einem See. Hier war es sehr friedlich, ruhig und es schien so, als kämen hier kaum Leute vorbei. Er setzte sich auf einen Baumstamm, der am Ufer lag, und gab mir ein Zeichen, dass ich mich neben ihm setzen sollte. Das tat ich und schaute über den See, der von Bäumen umringt war. Ab und zu tauchte zwischen den Bäumen ein Busch auf.

„Es ist sehr schön hier", sagte ich und sah zu Sixt.

„Ja. Ich bin gerne hier, wenn ich mal abschalten möchte. Der See hat etwas Beruhigendes." Er schaute mir tief in die Augen. Mein Herz schlug schneller und in meinem Bauch flatterten Schmetterlinge. Sixts Gesicht kam immer näher zu mir heran. Sein Blick hatte etwas Hypnotisches. Er zog mich regelrecht an und sein Geruch vernebelte mir die Sinne. Er nahm meine Hand. Das Kribbeln im Bauch nahm zu. Seine Hand war warm, und obwohl sie grob aussah und die Adern auf seinem Handrücken zu spüren waren, war sie sanft und weich. Plötzlich hielt er inne. Seine Augen weiteten sich. Sein Körper war angespannt. In seinem Blick lag Entsetzen. Und dann zog er mich in Windeseile von dem Baumstamm, sodass ich ins Gras fiel, und warf sich schützend auf mich. In dem Moment knallte ein dicker Ast vom Baum herunter und krachte mit einem lauten Knall gegen den Baumstamm. Genau da, wo wir beide zuvor gesessen hatten. Erschrocken blickte ich zu dem großen Ast. Der hätte uns beide wahrscheinlich erschlagen. Ich schaute zu Sixt, der sich aufgesetzt hatte und mit einem ausdruckslosen Blick in die Bäume schaute, als suchte er dort jemanden. Mir war ein wenig schwindelig.

„Was ... was war das? Wo ... woher wusstest du ... das", stammelte ich.

„Ich habe es knacken gehört und sofort geschaltet", sagte er und schaute dabei immer noch in die Bäume. Dann sah er zu mir herüber, als ob ihm etwas eingefallen wäre. „Geht es dir gut? Hast du dich verletzt", wollte er wissen.

„Nein. Mir geht es gut. Nur etwas schwindelig."

„Komm ich bringe dich nach Hause."

„Gut", sagte ich. Der Schock saß immer noch in meinen Knochen. Sixt half mir beim Aufstehen und legte mir einen Arm um die Schulter, um mich zu stützen. Dann ging er im schnellen Schritt zurück zum Auto. Immer wieder sah er sich dabei um. Ich hatte Mühe mit ihm Schritt zu halten. Ich fragte mich, was los war. Warum hatte er es denn so eilig? Ein Ast brach zwar nicht einfach so ab, aber es konnte doch schon passieren. Beim Sturm zum Beispiel, auch wenn es in den letzten Tagen keinen gegeben hatte. Aber ich konnte mir nicht vorstellen, dass ein Mensch auf den Baum geklettert war und den Ast abgebrochen hatte und das ausgerechnet dann, wo wir unter dem Baum gesessen hatten. Am Wagen hielt er mir die Tür auf und ich stieg ein. Als er anschließend ebenfalls im Auto saß, fuhr er los.

„Wie geht es dir", fragte er und in seiner Stimme lag Sorge.

„Es geht wieder. Der Schwindel ist weg. Ich verstehe immer noch nicht, was das gerade war. Du hast so schnell reagiert. Das war nicht menschlich. Woher wusstest du, dass der Ast herunterkommt? Ich habe kein Knacken gehört. Und blitzschnell hast du mich vom Stamm gezogen. Wie geht das?" Meine Fragen sprudelten nur so aus mir heraus. Ich schaute ihn an, um zu sehen, wie er reagierte. Aber er blieb ganz ruhig, als er mir antwortete. Den Blick dabei auf die Straße gerichtet.

„Anscheinend habe ich ein gutes Reaktionsvermögen. Und mein Gehör scheint auch besser zu sein als deines. Du solltest mal zum Ohrenarzt gehen." Er wich mir aus. Seine Augen waren noch immer ausdruckslos. Aber er verheimlichte mir etwas. Irgendetwas machte ihm Angst und gleichzeitig Sorgen.

„Mit meinen Ohren ist alles in Ordnung. Trotzdem stimmt da doch etwas nicht. Jetzt hast du mir zum zweiten Mal auf übersinnliche Weise das Leben gerettet und streitest es ab." Langsam wurde ich wütend.

„Wieso zum zweiten Mal", fragte er und tat, als ob er es nicht wüsste.

„Na am Montag, wo du mich vor dem Auto gerettet hast und dann jetzt schon wieder."

„Ich habe dir schon einmal gesagt, dass ich das am Montag nicht war. Und an das hier mit dem Ast war nichts Übersinnliches. Du bildest dir etwas ein." Jetzt war auch er wütend.

„Tue ich nicht. Ich weiß, was ich gesehen habe!"

„Was hast du denn gesehen", fragte er wütend. Sein Blick war immer noch auf die Straße gerichtet. Seine Hände umklammerten das Lenkrad fester. Seine Knöchel färbten sich weiß.

„Dass du mich blitzartig vor dem Auto gerettet und dich dann in Luft aufgelöst hast und gerade hast du mich genauso schnell auf den Boden geworfen und somit vor dem herabfallenden Ast gerettet."

„Ich habe mich in Luft aufgelöst. Natürlich", sagte er spöttisch.

„Anders kann ich es nicht beschreiben. So schnell, wie du gekommen bist, so schnell warst du auch wieder weg."

„Jamie, ich war das nicht. Wie oft soll ich dir das noch sagen?" Langsam wurde er wieder ruhiger.

„Sag mir einfach nur die Wahrheit", forderte ich.

„Das kann ich nicht", flüsterte er und seine Augen wurden traurig.

„Warum nicht?"

„Es ist nicht so einfach. Du musst mir vertrauen. Wenn ich könnte, würde ich es sofort tun." Wir fuhren gerade in die Straße, in der ich wohnte, und er hielt vor meinem Haus. „Ich glaube, es ist besser, wenn du jetzt gehst", sagte er.

„Okay", erwiderte ich, stieg aus und machte die Tür zu.

„Jamie", fragte er und seine Stimme war samtweich.

„Ja." Ich drehte mich um. Er hatte das Fenster auf der Beifahrerseite heruntergelassen und schaute mich an.

„Tu mir einen Gefallen und pass auf dich auf, ja? Ich will dich nicht verlieren."

„Ja, mache ich."

„Danke", sagte er und fuhr davon. Verwirrt stand ich an der Straße und schaute ihm nach. Was hatte das zu bedeuten, dass er mich nicht verlieren wollte und warum konnte er mir nicht die Wahrheit sagen? Wie sollte ich ihm denn vertrauen? In meinen Kopf schwirrten so viele Fragen herum. Nur die Antworten fehlten.

Kapitel 4

An diesem Abend ging ich zum Abendessen zu meinen Eltern herüber ins Haus. Nachdem Sixt mich Zuhause abgesetzt hatte, war ich in mein Haus gegangen und hatte mich im Wohnzimmer auf die Couch gesetzt, um über alles nachzudenken. Trotzdem war ich zu keine Antwort auf meine Fragen und auf Sixts Verhalten gekommen. Meine Mutter hatte Gulasch gekocht, wozu es Kartoffeln und Rotkohl gab. Ich setzte mich an den gedeckten Esstisch und wartete, bis der Rest meiner Familie ebenfalls saß. „Na Jamie, wie war dein Tag", fragte meine Mutter. „Gut. Erst war ich an der Uni und heute Nachmittag war ich Eisessen", erwiderte ich. „Oh, mit wem denn?" Auf die Frage hatte ich gewartet. „Mit einem Jungen von der Uni." Ich hoffte, dass die Antwort reichte. Ich schaute Hilfe suchend zu Leslie, die mich nur angrinste. Jetzt kamen bestimmt eine Menge Fragen, auf die ich doch selbst noch keine Antwort hatte. „Dein neuer Freund", fragte jetzt mein Vater. „Nein. Nur Freunde", erwiderte ich. Und genau genommen waren wir das ja auch nur. Ich fragte mich, was passiert wäre, wenn der Ast nicht heruntergefallen wäre. Hätten wir uns dann geküsst? Wären wir dann jetzt ein Paar? Ich wurde mit Fragen von meinen Eltern aus den Gedanken gerissen. Sie wollten alles wissen. Vom Alter, bis was er nach der Uni vorhatte. „Mom, wir haben uns gerade erst kennengelernt. Alles weiß ich auch noch nicht von ihm", erklärte ich. „Wir wollen ihn aber mal kennenlernen", sagte mein Vater." Lad ihn doch mal ein." Meine Eltern waren in Sachen Jungs auf den altmodischen Stand, den Freund der Tochter durch ein Essen kennenzulernen. Zum Glück stellten sie nie peinliche Fragen. „Ach Dad, wir sind nur Freunde. Mehr nicht. Außerdem kennt ihr ihn doch schon. Er war letzten Samstag auch auf der Grillparty." „Da hatte ich ja gar keine Zeit mich mit ihm zu unterhalten", sagte mein Vater. „Cool dann gibt es ein Doppeltreffen", sagte Leslie erfreut. Ich schaute sie fragend an.

„Naja, Mom und Dad möchten meinen neuen Freund Greg auch kennenlernen. Dann können wir es ja auf einen Tag legen."

„Ja, müssen wir mal sehen", gab ich schließlich nach.

Nach dem Essen ging ich in mein Häuschen. Im Wohnzimmer setzte ich mich auf die Couch und schaltete den Fernseher ein. Da aber auf keinen Sender etwas Interessantes für mich lief, nahm ich mein Buch, was ich gerade las und versuchte mich darauf zu konzentrieren. Immer wieder trat mir Sixts Name in den Kopf. Seine schönen Augen, sein wunderschönes Gesicht. Ich konnte diese Gedanken auch nicht abschütteln. Ich beschloss mich für das Bett fertigzumachen und legte das Buch seufzend weg. Ich ging die Treppe hinauf ins Badezimmer, zog mich aus und stellte das Wasser in der Dusche an. Ich stellte mich unter den Duschstrahl, schloss die Augen und entspannte mich ein wenig. Ich wusch mich und trocknete mich, nachdem ich das Wasser abgestellt hatte und aus der Duschkabine getreten war, mit einem Badehandtuch ab. Anschließend putzte ich die Zähne und zog mich für die Nacht um. Nachdem ich mir die Haare gekämmt hatte, ging ich in mein Schlafzimmer. Ich stellte meinen Wecker auf sieben Uhr und legte mich ins Bett. Ich löschte das Licht meiner Nachttischlampe, konnte allerdings nicht einschlafen. Die ganzen Fragen gingen mir wieder durch den Kopf. Vor allem gab es eine neue Frage. Würde ich ihn wiedersehen? Wollte er nach diesen Geschehnissen noch etwas mit mir zu tun haben? Eines war mir klar. Ich war absolut in ihn verliebt. Mehr als ich es zulassen wollte. Eigentlich wollte ich mich langsam herantasten, um nicht enttäuscht zu werden. Ich wollte nicht schon wieder so etwas erleben, wie mit Matt. Allerdings war Sixt ganz anders als Matt. Er war liebevoll, fürsorglich, hilfsbereit, intelligent und gutaussehend. Er interessierte sich für mich und wir hatten die gleichen Interessen. Das war bei Matt ganz anders gewesen. Wir hatten überhaupt nicht zueinandergepasst. Alleine unsere Hobbys waren verschieden. Er interessierte sich in erster Linie für sein Auto und für Sport. Dafür ließ er auch schon mal Verabredungen mit mir platzen und stellte mich hinten an. Ich fühlte mich sehr oft von ihm vernachlässigt. Bei Sixt hatte ich das Gefühl, das ich ihm wichtig war. Schließlich hatte er nicht nur Monika abgewiesen, um mit mir

Eisessen zu gehen, sondern er hatte gesagt, dass er mich nicht verlieren wollte. Ich wusste nur nicht, ob er für mich das Gleiche empfand, wie ich für ihn.

Nach langem Grübeln schlief ich dann doch ein. Allerdings blieb ich von einem Albtraum nicht verschont. Ich saß auf einem Baumstamm im Park, wo ich am Nachmittag mit Sixt gewesen war. Sixt stand am Ufer des Sees. Er sah in die Bäume hinter mir und sah mich dann entsetzt an. „Jamie. Jamie, komm her", rief er. In seiner Stimme lag Angst und Entsetzen. Sixt streckte die Hand nach mir aus und wollte das ich zu ihm kam. „Nun komm schon." Was war denn los? Warum sollte ich unbedingt zu ihm kommen? Ich hörte ein knacken und schaute nach oben in die Bäume. In dem Moment brach ein Ast ab und stürzte auf mich zu. Schreiend wachte ich auf und saß im Bett. Ich schaute mich im Schlafzimmer um und sah wieder diese weiße Gestalt an der Wand stehen. Angst überkam mich, da ich nicht wusste, was diese Gestalt von mir wollte und doch war meine Neugierde geweckt. Ich wollte unbedingt wissen, wer diese Gestalt war und was sie in meinem Schlafzimmer zu suchen hatte. Sie flackerte und drohte zu verschwinden.
„Warte", sagte ich leise, doch es war zu spät. Genau in diesem Moment verschwand sie. Im Zimmer wurde es wieder dunkel und nur das Mondlicht schien herein. Das nächste Mal sollte ich schneller sein und sie versuchen aufzuhalten, wenn sie wieder verschwinden wollte. Wenn es ein nächstes Mal geben würde. Vielleicht hatte ich die Gestalt auch verschreckt und sie wusste nicht, dass ich sie sehen konnte. Ich legte mich wieder hin und überlegte, was diese Gestalt sein könnte. Eingebildet hatte ich sie mir auf jeden Fall nicht. Es war schon das zweite Mal, dass ich sie gesehen hatte. Und was hatte es mit diesen seltsamen Berührungen auf sich? War es vielleicht auch diese Gestalt gewesen? Der Gedanke erschreckte mich, denn das hieße, dass sie mich regelrecht verfolgte. Ich dachte noch etwas darüber nach und schlief dann vor Müdigkeit wieder ein.

Am nächsten Morgen war ich noch richtig müde. Ich ging gerade zu meinem Auto, um zur Universität zu fahren, als Leslie aus dem Haus gestürmt kam.

„Jamie warte bitte. Kannst du mich eben bis zur Highschool mitnehmen? Ich habe den Schulbus verpasst", rief sie mir zu. „Ja kein Problem. Steig ein." Die Highschool lag auf dem Weg zur Uni. Also war es für mich kein Umweg. Leslie war gerade dabei ihren Führerschein zu machen und durfte noch kein Auto fahren. „Du siehst müde aus", stellte Leslie fest, als wir Richtung Schule fuhren.

„Ich habe nicht gut geschlafen."

„Sag mal was läuft denn da mit dem Jungen", fragte sie. Mit Leslie konnte ich über alles reden. Auch wenn sie ein paar Jahre jünger war, verstand sie die Probleme und versuchte Lösungen zu finden. Genauso vertrauten wir uns Geheimnisse an und bei ihr konnte ich mir sicher sein, dass sie diese für sich behielt.

„Ich weiß nicht genau. Ich glaube ich bin verliebt. Aber ich weiß nicht, wie es bei ihm ist. Dazu kommen noch so komische Ereignisse, wo ich nicht weiß, was ich davon halten soll und ich glaube, er ist jetzt sauer auf mich, weil wir uns gestern gestritten haben." Ich erzählte ihr, wie wir uns kennengelernt hatten, wie er mich vor dem Auto gerettet hatte. Es aber abstritt. Wie er mit mir lernte, er Monica abgewiesen hatte und wir Eisessen gingen. Ich erzählte ihr auch, dass er mich vor dem Ast rettete, wir danach stritten und er sagte, er wollte mich nicht verlieren. Ich ließ allerdings die Gestalt und die Berührungen aus, denn ich wusste nicht, ob sie mich deswegen für verrückt erklären würde. Ich war mir ja selbst nichts sicher, was es gewesen war.

„Naja, es hört sich schon mysteriös an. Auf jeden Fall hattest du einen guten Schutzengel. Ich glaube aber, dass er auch mehr für dich empfindet, sonst hätte er nicht zu dir gesagt, dass er dich nicht verlieren will. Und das mit der Straße, vielleicht hast du es dir doch nur eingebildet. Im Schockzustand kann so etwas schon mal passieren."

„Langsam glaub ich das auch", sagte ich nachdenklich.

„Du wirst schon sehen, es wendet sich alles zum Guten", versicherte sie mir. Wir waren an der Schule angekommen und Leslie stieg aus.

„Danke, dass du mich mitgenommen hast. Bis später", rief sie und machte die Tür zu. Ich fuhr weiter zur Uni. Sie hatte recht. Mysteriös hörte es sich wirklich an. Es musste also doch eine Einbildung gewesen sein. Was hatte sie noch gesagt? Ich hatte einen guten Schutzengel? Schutzengel! Das könnte es doch gewesen sein. Soweit ich wusste, war ein Schutzengel immer da, wenn man in Schwierigkeiten geriet. Doch was hatte das mit Sixt zu tun? Ich fuhr auf dem Parkplatz und schaute mich nach seinem Wagen um. Er war nicht da. Hatte ich Sixt doch so verärgert, dass er mich nicht mehr sehen wollte, mit mir auch nichts mehr zu tun haben wollte? Kam er deshalb nicht mehr zur Uni? Aber warum sollte er die Uni wegen mir schmeißen. Das glaubte ich nicht. Vielleicht hatte er auch erst später Unterricht. Ich sah ihn den ganzen Vormittag nicht. Er schien wirklich nicht an der Uni zu sein. Mir ging die Sache mit dem Schutzengel einfach nicht aus dem Kopf. Nur wollte ich nicht glauben, dass es ein Zusammenhang zwischen ihm und Sixt gab. Das konnte doch gar nicht sein.

In der Mittagspause würdigte mich Monica keines Blickes. Mir war klar, dass sie sauer auf mich war, obwohl ich doch gar nichts dafürkonnte, dass sie von Sixt eine Abfuhr erhalten hatte. Aber bei Monica war es so, dass sie die Schuld gerne bei jemand anderen suchte. Sie konnte so gemein werden, dass sie andere Leute gegen einen aufhetzte und ihnen zum Teil lügen erzählte. Ich merkte, dass sie es dieses Mal auch getan hatte. Die Anderen schauten mich so komisch an. Mir reichte es. Ich wollte sie jetzt auf der Stelle auf ihr Benehmen ansprechen, und wenn ich sie bloßstellen würde, wäre mir das auch egal.
„Na was ist jetzt schon wieder? Warum bist du sauer auf mich", fragte ich sie.
„Das weißt du ganz genau. Du hast mir den Jungen weggenommen", zischte sie. Schaute mich aber immer noch nicht an.
„Du weißt, dass das nicht stimmt. Er hat dir eine Abfuhr erteilt und das kannst du nicht ertragen. Ich habe damit gar nichts zu tun", verteidigte ich mich. Ein Raunen ging am Tisch herum. Anscheinend hatte sie das nicht erzählt.
„Wenn du nicht gewesen wärst, wäre er mit mir ausgegangen."
„Das glaub ich nicht. Ich habe ihm sogar noch die Wahl gelassen, dass er mit dir ausgehen kann, wenn er will. Aber er wollte nicht und du kannst es nicht ertragen, wenn du zurückgewiesen wirst. Ich habe keine Lust mehr auf dein Getue. Wenn du meinst, du musst

hier so eine Show abziehen bitte. Aber suche die Schuld nicht immer bei anderen", sagte ich, stand auf und ging zu einem der leeren Tische, wo ich mich hinsetzte. Die Anderen sahen mir verwundert nach. So kannten sie mich nicht. Sonst hatte ich immer nur alles geschluckt. Jetzt war ich richtig erleichtert, dass ich mal meine Meinung gesagt hatte. Ich fühlte mich richtig gut. Monica war früher schon einige Male auf mich sauer gewesen, wenn ich mich mal mit jemand anderen getroffen oder weil ich lernen musste und für sie keine Zeit gehabt hatte. Sie konnte es nicht ertragen, wenn man sie versetzte oder es mal nicht um sie ging. Ich merkte das Sixts Freunde, die an ihrem Stammtisch saßen, zu mir herüberschauten. Bestimmt hatten sie das gerade mitbekommen. Sixt selbst war nicht da. Ich nahm mir ein Buch aus der Tasche und aß, während ich darin las, dabei mein Mittagessen. Ich hörte, wie Monica über mich sprach. Anscheinend wollte sie es wieder so darstellen, dass ich die Böse war und lügen würde. Es war mir egal. Es war bestimmt das erste Mal, dass sich jemand gegen sie gestellt hatte. Das kannte sie nicht.

Mein letzter Kurs viel aus und ich beschloss, in die Bibliothek zu gehen. Hier gab es über sämtliche Themen Bücher. Sogar über das Übersinnliche. Ich hatte mir überlegt, etwas über Schutzengel zu recherchieren. Vielleicht bekam ich so heraus, was es mit dieser Gestalt auf sich hatte. Ich schaute im Computer unter dem Stichwort Schutzengel nach und er zeigte mir an, wo ich die passenden Bücher finden konnte. Schnell schrieb ich mir die Regal- und Büchernummern auf und begann die Bücher zu suchen. Ich fand sie nach kurzem Suchen und ging mit ihnen zu einem Tisch. Ich setzte mich und begann nachzuschlagen. Es dauerte einige Zeit, bis ich etwas über Schutzengel gefunden hatte. Erst stand ein langer Text über die Herkunft. Dieses übersprang ich und fand anschließend die Fähigkeiten. Es stand geschrieben, dass Schutzengel den Wunsch hätten, jeden zu retten. Genauso konnten sie in Menschengestalt auftreten oder sich unsichtbar machen. Sie konnten blitzschnell erscheinen und genauso wieder verschwinden. Und sie konnten und dabei erschrak ich, sich in weißes Licht verwandeln. War es das, was ich in den zwei Nächten gesehen hatte? War es ein Schutzengel? Beziehungsweise war es Sixt gewesen? Ich überlegte, ob diese Fähigkeiten auf ihn zutrafen. Er hatte mir geholfen, als mir die Bücher heruntergefallen waren und mir den Reifen gewechselt. Gut das hätte vielleicht auch jeder wohlerzogene Junge getan. Er war am Montag aus dem nichts aufgetaucht, hatte mich gerettet und war blitzartig verschwunden. Gestern hatte er mich blitzschnell vom Baumstamm gezogen. Das stimmte überein. Ich musste sofort mit Sixt reden. Er musste mir endlich die Wahrheit sagen. Aber wo war er? Hier an der Uni hatte ich ihn noch nicht gesehen. Ich wusste nicht, wo er wohnte. Per Handy wollte ich ihn nicht fragen. Vielleicht würde er auch gar nicht herangehen, oder auflegen, wenn er wüsste, dass ich ihn anrief. Ich musste ihn sehen. Also musste ich wohl bis Montag warten und hoffen das er wieder zur Uni kam. Ich stellte die Bücher wieder weg und machte mich auf dem Weg zur Arbeit. Mir kamen Zweifel, ob ich mich nicht doch irrte und es nur Zufälle waren, die übereinstimmten. Ich kam mir albern vor, dass ich in Büchern nachgeschlagen hatte und von Sixt dachte, er wäre ein Schutzengel. So etwas gab es doch nur in Büchern und Filmen. Reden musste ich trotzdem mit ihm. Ich wollte mich für den Streit von gestern entschuldigen. Ich hatte ein schlechtes Gewissen, das ich ihn meine albernen Theorien an den Kopf geworfen hatte. Was musste er jetzt von mir denken? Dass ich verrückt war? Vielleicht dachte er das ja schon von mir. Auf dem Parkplatz sah ich seine Freunde. Von Sixt war weit und breit nichts zu sehen. Sie schauten zu mir herüber, als ich zu meinem Wagen ging. Er hatte ihnen wahrscheinlich von gestern Nachmittag erzählt. Sie dachten bestimmt auch, dass ich verrückt wäre. Ich fuhr vom Parkplatz und sah im Rückspiegel, dass sie mich mit ihren Blicken noch verfolgten.

In dieser Nacht war mein Traum anders. Ich sah Sixt in einem weißen Gewand. Hinter ihm standen seine Freunde, die ebenfalls weiß gekleidet waren. Sixt lächelte mich an. Dann veränderte sich sein Gesichtsausdruck. Er wurde ernst und seine Augen funkelten wütend. Er schaute auf etwas, was hinter mir befinden musste. Ich drehte mich um und sah diese blonde Frau hinter mir stehen. Sie grinste und kam immer näher auf mich zu. Ich kannte sie irgendwo her. Mir fiel nur nicht ein woher. „Jamie, komm her. Na los. Sie ist gefährlich", rief Sixt mir zu. „Ich kann nicht", erwiderte ich, denn meine Beine bewegten sich nicht. Er schaute mich entsetzt an und streckte seine Hand nach mir aus.

„Versuch es. Du musst zu mir kommen." Die Frau kam immer näher. Ich streckte meinen Arm aus und versuchte seine Hand zu ergreifen aber er war zu weit weg. Die Frau stand jetzt direkt hinter mir. Ich drehte mich um und schaute sie an. Ihre Augenfarbe veränderte sich in diesem Moment von Braun in glühend Rot. Ich erschrak und wachte dabei auf. Ich saß im Bett und schnappte nach Luft. Ich schaute auf meinen Wecker, der auf den Nachttisch stand. Es war fünf Uhr. Draußen färbte sich der Himmel heller. Ich blickte zur Wand und da stand wieder diese weiße Gestalt. Ich sah sie an. Doch plötzlich fing sie an zu flackern. Anscheinend wollte sie gerade wieder verschwinden.

„Nein warte. Bleib bitte hier", rief ich. Die Gestalt schien zu zögern. „Bitte", flüsterte ich. Es war die Neugier, die mich so mutig machte. Normalerweise wäre ich schreiend davongelaufen, so ein Angsthase war ich. Die Gestalt veränderte sich. Sie nahm immer mehr menschliche Formen an, bis das Licht ganz verschwand. Es war dunkel im Zimmer und ich konnte nicht erkennen, wer nervös vor meinem Bett stand. Ich reckte mich zu der Nachttischlampe und schaltete sie ein. Es dauerte etwas, bis meine Augen sich an das Licht gewöhnten. Ich schaute zur Wand. Irgendwie war ich nicht so überrascht, wie ich es sein sollte, als ich Sixt da stehen sah.

„Bitte erschreck dich nicht", sagte er leise und lächelte nervös.

„Tu ich nicht. Ich glaube, du musst mir da mal etwas erklären. Wieso wanderst du als Lampe durch die Gegend und tauchst nachts bei mir im Schlafzimmer auf", fragte ich.

„Ich brauche dir gar nicht mehr soviel erklären. Du weißt es schon. Du hast es heute herausgefunden." Er setzte sich zu mir auf das Bett und schaute mich eindringlich an. Ich schaltete schnell. Aber das konnte doch nicht sein. Hatte ich wirklich recht gehabt?

„Nein, das glaube ich jetzt nicht. Das kann nicht sein. Das war doch nur so eine alberne Theorie und ich schäme mich dafür, dass ich überhaupt in Büchern nachgeschlagen habe."

„Es ist wirklich so", sagte er.

„Du bist wirklich ein ... Schutzengel", fragte ich zögernd.

„Nein. Ich bin dein Schutzengel." Er lächelte mich liebevoll an.

„Aber wo sind denn deine Engelsflügel? Haben Schutzengel denn nicht auch weiße Gewänder an und blonde gelockte Haare?"

57

„Das sind alles Mythen. Die Menschen haben sie erfunden, um ein Bild von einem Schutzengel zu bekommen. Ehrlich gesagt würde ich auch nicht unbedingt mit blonden lockigen Haaren und einer Harfe in der Hand herumlaufen wollen", grinste Sixt.

„Das würde dir bestimmt gutstehen", erwiderte ich.

„Nein, lass mal. Das muss nicht sein."

„Warum bist du gestern nicht geblieben? Ich habe doch noch gesagt, dass du warten sollst", fragte ich ihn.

„Naja, du hast geschrien und ich dachte, es wäre meinetwegen, deshalb bin ich dann verschwunden", erklärte er.

„Ich hatte einen Albtraum und deshalb habe ich geschrien. Es war nicht deinetwegen", erwiderte ich lächelnd.

„Na das ist schön zu hören."

„Warum hast du mir nicht gesagt, dass du ein Schutzengel bist?"

„Ich konnte es nicht. Hättest du es mir denn geglaubt? Du hättest doch gedacht ich wäre verrückt." Sixt nahm meine Hand in seine und strich mit dem Finger darüber. Seine Haut war warm und in meinem Bauch kribbelte es. „Als Schutzengel hat man einige Regeln, die man befolgen muss. Man muss auf den Schützling aufpassen, dass ihm nichts passiert. Dann muss man darauf achten, dass man nicht gesehen wird, wenn man die Fähigkeiten einsetzt. Eigentlich sollen wir uns so gut es geht von Menschen fernhalten und nur Kontakt zu ihnen haben, wenn es unbedingt nötig ist, was mir gar nicht gefällt. Und schon gar nicht dürfen wir einem Menschen sagen, dass wir Schutzengel sind. Mal ganz davon abgesehen, dass es uns sowieso niemand glauben würde. Naja, ich habe drei Regeln auf jeden Fall gebrochen. Ich habe den Fehler gemacht, dass ich sichtbar war, als ich dich vor dem Auto gerettet habe und ich wollte dich unbedingt kennenlernen. Du weißt nun auch, dass ich ein Schutzengel bin. Ich musste erst einmal über einiges nachdenken. Deshalb war ich heute auch nicht in der Uni. Aber ich weiß was ich will", sagte er und schaute mir wieder in die Augen. Sie strahlten und das Eisblau leuchtete. Bei dem Anblick schmolz ich dahin.

„Und was willst du", fragte ich vorsichtig.

„Ich möchte dich nicht nur als Schützling. Jamie, ich habe mich in dich verliebt. Du musst dazu nichts sagen. Und wenn du nicht mit einem Schutzengel zusammen sein willst, ist das kein Problem. Ich lasse dich dann in Ruhe und du bekommst einen anderen

58

Beschützer", sagte er und schaute mich erwartungsvoll an. Mein Herz machte Luftsprünge und schlug schneller. Ich konnte es kaum glauben. Er hatte sich wirklich in mich verliebt. In mich. Einem durchschnittlichen Mädchen.

„Nein, ich will keinen anderen Beschützer. Ich will nur dich. Es ist mir egal, was du bist. Ob du ein Schutzengel oder ein Mensch oder sonst etwas bist. Ich habe noch nie einen Jungen kennengelernt, für den ich soviel empfinde, wie für dich. Du bist so einfühlsam, ehrlich und interessierst dich für mich. Für mein Leben. Ich kann mir keinen besseren Freund vorstellen, der auch gleichzeitig mein Beschützer ist." Bei dem Geständnis wurde ich rot im Gesicht und automatisch senkte ich den Kopf. Er hob mit seiner Hand mein Kinn an und strich mir mit den Fingern über die Wange.

„Du brauchst dich nicht zu schämen. Ich bin froh, wenn du mir die Wahrheit sagst. Außerdem bin ich glücklich darüber, dass wir beide das Gleiche füreinander empfinden", sagte er und seine Stimme war samten.

„Das bin ich auch", erwiderte ich lächelnd.

„Jetzt habe ich allerdings noch eine Regel gebrochen."

„Welche Regel", fragte ich verdutzt.

„Uns Schutzengeln ist es strengstens verboten, eine Beziehung mit einem Menschen zu haben. Aber das ist mir egal", sagte Sixt.

„Aber wirst du denn keinen Ärger bekommen, wenn du mit mir zusammen bist", fragte ich ihn.

„Nein, denn sie werden es nicht mitbekommen. Außerdem ist es mir egal, denn du bist mir wichtiger."

„Wer sind sie", gähnte ich und hielt mir die Hand vor dem Mund.

„Der Engelsrat. Ich erkläre dir nachher alles. Du solltest jetzt noch etwas schlafen", kam es von Sixt.

„Aber ich habe doch noch so viele Fragen", warf ich ein, denn ich wollte eigentlich nicht schlafen, obwohl ich zugeben musste, dass ich noch sehr müde war. Aber wenn ich schlafen würde, hieße es, dass Sixt gehen würde und das wollte ich nicht.

„Die kannst du mir alle nachher noch stellen. Ich werde sie dir alle beantworten."

„Na gut. Aber eine Frage habe ich noch", versuchte ich es, da mir etwas eingefallen war.

„Na los. Aber nur die eine", lächelte er.

„Du hast doch vorhin gesagt, ich hätte es heute herausgefunden.

Aber du meintest auch, du warst nicht an der Uni. Woher wusstest du das?"

„Ich war auch nicht da. Aber Sasha, die mit den auberginefarbenen Haaren. Sie hat mit dir einige Kurse zusammen. Sie war durch Zufall in der Bibliothek und hat gesehen nach was du gesucht hast. Du warst anscheinend so in dem Buch vertieft, dass du das gar nicht mitbekommen hast, wie sie dir über die Schulter geschaut hat. Sie hat es mir erzählt."

„Oh, da muss ich wirklich sehr vertieft in das Buch gewesen sein. Normalerweise merke ich sofort, wenn jemand hinter mir steht."

„Das habe ich schon gemerkt", grinste er.

„Warst du das, der mich im Wohnzimmer und in der Uni berührt hat und warum warst du nachts bei mir", wollte ich wissen.

„Naja ich habe mich schon an dem Tag, wo ich dein Schutzengel wurde, in dich verliebt. Ich musste einfach bei dir sein und sehen, ob es dir gut geht. Genauso, wie ich dich einfach berühren musste. Naja, wobei es schon witzig war, wie du dich zu allen Seiten umgedreht hast", grinste er.

„Ich hatte wirklich Zweifel, ob ich es mir nur eingebildet hatte", gähnte ich.

„Du solltest jetzt wirklich noch etwas schlafen. Ich werde jetzt gehen und dich in Ruhe lassen", sagte er und stand vom Bett auf.

„Gehe nicht", bat ich ihn.

„Du brauchst Ruhe, und wenn ich hierbleibe, wirst du mich weiterhin mit Fragen löchern und nicht schlafen. Ich verspreche dir, ich werde nachher wiederkommen."

„Wirklich", hakte ich nach.

„Ja." Er strich mir mit dem Handrücken sanft über die Wange und lächelte. „Gute Nacht. Schlaf noch gut. Bis nachher."

„Gute Nacht", erwiderte ich und Sixt verschwand vor meinen Augen. Ich schaltete die Nachttischlampe aus und legte mich wieder hin. Es dauerte nur wenige Minuten, bis ich in einen tiefen Schlaf fiel.

60

Kapitel 5

Als ich wieder erwachte, schien die Sonne schon durch das Fenster. Ich war völlig verwirrt. War das alles nur ein Traum? Hatte ich nur geträumt, dass Sixt hier gewesen und mir gestanden hatte, dass er ein Schutzengel war? Ich drehte mich zur Seite, um auf die Uhr zu schauen. Es war zehn Uhr. Solange schlief ich selten. Meistens war ich um halb neun schon wach. Es sei denn, ich kam erst in der Nacht nach Hause. Unten in der Küche hörte ich etwas klappern. Ich stand auf und ging herunter, um nachzusehen, wer da war. Ich ging in die Küche und war ganz überrascht, als ich sah, was da los war. Sixt stand in der Küche an der Anrichte und werkelte herum. Der Küchentisch war gedeckt und frische Brötchen standen auf dem Tisch.

„Oh, guten Morgen. Habe ich dich geweckt? Das tut mir leid. Ich habe schon versucht leise zu sein", sagte er entschuldigend und lächelte mich an.

„Nein ist schon gut. Du hast mich nicht geweckt. Was machst du hier", fragte ich verdutzt.

„Na, Frühstück natürlich. Ich hoffe, es macht dir nichts aus, dass ich einfach in dein Haus gekommen bin? Setz dich. Es ist alles fertig", sagte er lächelnd. Ich nahm am Küchentisch platz und er setzte sich mir gegenüber.

„Nein, es macht mir nichts aus. Isst du mit", fragte ich.

„Ja natürlich. Wieso?" Er tat so, als wäre es selbstverständlich.

„Ihr esst?"

„Ja, wir brauchen es zwar nicht unbedingt zum Leben, wie ihr Menschen aber es schadet auch nicht. Außerdem schmeckt es ja auch. Schließlich war ich doch auch mit dir Eisessen."

„Stimmt. Also könnt ihr auch ohne Essen auskommen", stellte ich fest.

„Ja. Theoretisch bräuchten wir gar nicht essen. Wir tun es aber häufig. Und um deine nächste Frage vorweg zu nehmen. Nein wir haben keine Verdauung. Bei uns wird das Essen und Trinken sofort restlos in Energie umgewandelt. Das Einzige was wir zum Leben brauchen ist Luft."

„Ihr atmet also." Es war keine Frage, sondern eher eine Feststellung.

„Ja, das müssen wir", sagte er und nahm sich ein Brötchen. Ich nahm mir erst mal eine Tasse, goss mir Kaffee aus der Kanne, die auf dem Tisch stand, ein und trank einen Schluck.

„Sag mal, wie ist das mit dem Verschwinden und Wiederkommen? Löst du dich da in Luft auf?"

„So in der Art. Man kann dazu beamen oder teleportieren sagen, aber wir nennen es springen. Wir können von einem Ort zum anderen springen. Zum Beispiel jetzt bin ich hier", zeigte er und war auf einmal vom Stuhl verschwunden und stand an der Küchentür „Und jetzt sitze ich wieder am Tisch", sagte er, als er wieder auf dem Stuhl saß.

„Und wie funktioniert das? Stellst du dir den Ort vor, wo du hin möchtest", fragte ich und meine Neugierde wurde geweckt. Ich nahm mir ein Brötchen und strich etwas Marmelade darauf.

„Ja. Wir können aber nur an Orte springen, also nicht zu Personen, die wir uns vorstellen. Eine Ausnahme gibt es allerdings. Wenn du, also mein Schützling, in Gefahr bist, dann sehe ich das und kann zu dir springen und dich retten", erklärte er.

„Du kannst sehen, wenn ich in Gefahr bin? Das heißt, du bist gar nicht vierundzwanzig Stunden bei mir?"

„Das ist so wie Hellsehen oder Visionen bekommen. Nur ich sehe es einige Sekunden, bevor es passiert. Genauso können wir auch sehen, wenn einer von uns Schutzengeln in Gefahr ist. Es ist recht praktisch. So brauche ich also nicht ständig da zu sein und kann auch anderen Tätigkeiten nachgehen."

„Wie zum Beispiel zur Uni zu gehen. Das tust du doch oder ist das nur zum Schein", fragte ich und biss vom Brötchen ab.

„Nein da gehe ich wirklich hin. Ich will ja noch etwas lernen."

„Du kannst dich aber auch unsichtbar machen. Sonst hätte ich dich ja gesehen, als du mich berührt hattest."

„Ja. Das sollen wir zum Beispiel auch, wenn wir bei unseren Schützlingen sind. Viele Menschen wissen zwar, dass sie einen Schutzengel haben, trotzdem sollen wir uns eigentlich nicht zeigen. Das ist wieder eine der Regeln, die ich breche, um mit dir zusammen sein zu können. Du willst mich doch schließlich sehen. Ich kann allerdings auch so herumlaufen", grinste er und begann sich unsichtbar zu machen.

„Nein komm wieder zurück. Ich sehe dich doch jetzt nicht mehr und weiß auch nicht, was du tust", erwiderte ich und schaute auf den leeren Stuhl. Ehe ich mich versah, war Sixt wieder sichtbar. „So ist es besser. Warum fühlt es sich eigentlich kalt auf meiner Haut an, wenn du mich berührst? Du hast doch sonst eine warme Haut?" „Die Unsichtbarkeit gleicht sich mit einer Geistergestalt, die kalthäutig ist. Und wir sind es auch, wenn wir unsichtbar sind", erklärte er.

„Könnt ihr denn dann trotzdem sprechen."

„Ja, meistens flüstern wir dann allerdings, damit die Leute es nicht mitbekommen und derjenige, der sichtbar ist, für verrückt gehalten wird, wenn er mit jemandem spricht, der gar nicht zu sehen ist. Auch wenn mehrere Schutzengel unsichtbar sind, unterhalten wir uns im Flüsterton. Sonst denkt ein Mensch noch er würde Stimmen hören."

„Und wie ist das mit dem weißen Licht, in das du dich verwandeln kannst."

„Es ist eigentlich eine überflüssige Fähigkeit, die wir nicht brauchen. Allerdings auch prima, wenn man Licht braucht und keine Taschenlampe da ist", sagte er lachend.

„Da hast du recht", stimmte ich in sein Lachen mit ein. „Das bringt mich glatt zu meiner nächsten Frage. Warum warst du als weißes Licht bei mir im Schlafzimmer? Du hättest doch einfach unsichtbar dort auftauchen können."

„Ich wollte dich sehen. Wir können zwar im Dunkeln besser sehen, als die Menschen, aber so konnte ich noch besser dein wunderschönes Gesicht betrachten", lächelte er und ich wurde durch seinen Kommentar rot im Gesicht.

Nach dem Frühstück räumte ich den Tisch ab.

„Das brauchst du nicht tun. Ich mach das schon. Du kannst dich schon mal umziehen. Oder willst du den ganzen Tag in Schlafsachen herumlaufen", fragte er und schob mich sanft zur Treppe.

„Na gut", erwiderte ich und lief die Treppen hoch. Als Erstes ging ich ins Bad und wusch mich. Meine Haare waren vom Schlafen verwuschelt und ich hatte Mühe sie zu entknoten. Ich war erschrocken, dass Sixt mich so gesehen hatte. Anschließend ging ich ins Schlafzimmer und suchte im Kleiderschrank etwas Passendes zum Anziehen. Es dauerte einige Zeit, bis ich das Passende gefunden hatte. Ich entschloss mich für eine graue Jeans, ein rotes Top und dazu eine kurzärmlige blau-grau-rot karierte Bluse, die ich offen trug. Meine Haare ließ ich offen über die Schultern fallen. Als ich fertig angezogen war, ging ich noch einmal ins Bad, schminkte mich dezent und nahm etwas Parfüm. Anschließend lief ich wieder die Treppe herunter.

„Fertig", sagte ich, als ich in der Küche auftauchte. Sixt hatte die komplette Küche aufgeräumt und das Geschirr gespült. „Was machen wir heute?"

„Wie wäre es, wenn wir rausgehen. Es ist so ein schönes Wetter. Oder möchtest du lieber hierbleiben", fragte er und kam zu mir herüber.

„Nein, raus gehen ist gut. Wie wäre es, wenn wir Richtung Küste fahren? Da gibt es einen schönen Ort zum Spazierengehen."

„Das hört sich doch gut an. Wann wollen wir los?"

„Von mir aus gleich. Ich packe nur etwas zu trinken ein", entgegnete ich, nahm zwei Flaschen Wasser aus dem Kühlschrank und stellte sie in meinen Rucksack. Zusätzlich packte ich noch eine Packung Schokoladenplätzchen ein. Anschließend nahm ich meinen Schlüssel und mein Portemonnaie und ging zur Tür.

„Wir können", sagte ich freudestrahlend. „Fahren wir mit deinem oder meinem Wagen?"

„Wie wäre es mit meinem", schlug Sixt vor. Wir gingen aus dem Haus und ich schloss die Tür ab. Sein Auto stand an der Straße.

„Warte kurz", sagte ich. „Ich möchte nur kurz meinen Eltern Bescheid sagen, dass ich den ganzen Tag weg bin. Nicht das sie sich Sorgen machen." Ich ging schnell zum Haus meiner Eltern hinüber, aber als ich hineinging, sah ich nur Leslie im Wohnzimmer sitzen.

„Wo sind Mom und Dad", fragte ich und schaute mich um.

„Die sind doch heute zum Bowlingtunier nach Seattle gefahren. Mom sagte, es wird heute erst spätabends das sie nach Hause kommen."

„Ach so. Und was hast du heute vor?"

„Ich treffe mich nachher mit Greg. Wir gehen in die Stadt. Und du", fragte sie im Gegenzug.

„Ich fahr mit Sixt zur Küste. Wir sind mit seinem Auto unterwegs. Es kann auch erst abends werden, bis ich wiederkomme. Kann ich dich denn alleine lassen? Sonst bleib ich hier." Das war meine typische Große-Schwester-Fürsorge, obwohl ich wusste, dass Leslie alleine klarkommen würde.

„Nein fahrt ihr nur. Ich komme alleine klar. Und außerdem gibt es ja noch Handys, wenn etwas sein sollte", winkte sie ab.

„Na dann ist gut. Viel Spaß und stell nichts an."

„Nein mach ich nicht. Dir auch viel Spaß."

„Danke. Bis später", rief ich ihr zu und ging zur Haustür. Ich verließ das Haus und lief zum Auto. Sixt wartete auf der Beifahrerseite und hielt mir die Tür auf. Als wir eingestiegen waren, fuhr er los und ich erklärte ihm den Weg.

„Wissen deine Eltern eigentlich, dass du mit mir unterwegs bist", fragte er, als wir unser Ziel fast erreicht hatten, und schaute mich an.

„Nein. Sie waren nicht da. Meine Schwester weiß aber Bescheid. Warum?"

„Nur interessehalber. Es kann ja sein, dass ich dich in den Himmel entführe", erwiderte er und nahm meine Hand.

„Naja keine schlechte Idee mit dem Entführen, allerdings wollen meine Eltern dich bald mal bei einem Essen kennenlernen. Das heißt, da musst du mich dann wieder zurückbringen. Sie sind da etwas altmodisch mit den Freunden ihrer Töchter."

„Nicht schlimm. Ich komme gerne. Woher wissen sie von mir?"

„Donnerstagabend beim Essen hatte ich erzählt, dass ich mit dir unterwegs war", sagte ich. „Meine Eltern ließen sich nicht davon abbringen, dass ich dich ihnen vorstelle."

„Wann soll das Essen denn stattfinden", fragte er.

„Ich weiß es noch nicht. Leslie will daraus ein Doppeltreffen machen, weil ihr Freund auch zum Essen kommen soll. Meine Eltern kennen ihn auch noch nicht. Ich sage dir aber noch Bescheid, wann das sein wird."

„Na das wird ja was", sagte er lachend und bog gerade auf dem Parkplatz am Wald ein.

„Mir graut es davor. Obwohl ich weiß, dass sie keine schlimmen Fragen stellen werden." Wir stiegen aus dem Wagen aus und gingen in den Wald. Er lag direkt an den Klippen am Meer. Der salzige Geruch von Meerwasser stieg mir in die Nase und ich atmete tief ein.

„Und wie viele Jungs musstest du schon bei deinen Eltern

vorstellen", fragte er und legte mir einen Arm um die Taille. Ich erstarrte. Mit der Frage hatte ich nicht gerechnet. „Bis jetzt nur ... einen", brachte ich stockend heraus. „Ach so", erwiderte er. „Du musst es mir nicht erzählen, wenn du nicht willst. Ich dachte nur, bei so einem wunderschönen, klugen Mädchen, wie du es bist, stehen die Jungs doch Schlange bei dir." „Nicht im Geringsten. Es gab nur einen Interessenten aber anscheinend aus anderen Gründen. Naja, es ist für mich eine abgehakte Sache, mit der ich nichts mehr zu tun haben will", erklärte ich ihm. Wir kamen zu der Lichtung, die ich früher schon geliebt hatte. Von hier aus konnte man auf das Meer hinaussehen. Wir setzten uns nebeneinander ins Gras. Sixts Arm lag noch immer an meiner Taille und ich lehnte mich an seine Schulter. Ich schaute auf das Meer hinaus und haderte mit mir, ob ich ihm die Geschichte mit Matt erzählen sollte. Einerseits sollte er alles aus meinen Leben wissen. Andererseits hatte ich Angst ihn zu verletzen, wenn ich von meinen Ex sprach. Denn wer wollte schon gerne Geschichten von den Verflossenen seiner neuen Partnerin oder seines Partners hören. Sixt nahm mir die Entscheidung ab. „Anscheinend ist es richtig schlimm. Wenn du darüber reden möchtest, ich höre dir zu", bot er an und zog mich näher an sich heran.

„Also gut", sagte ich und begann die Geschichte zu erzählen. Ich erzählte ihm, dass es am Anfang so etwas wie Liebe war. Ich dachte, er wäre meine große Liebe. Mir wurde hinterher erst klar, dass es nicht so war. Anschließend erzählte ich, wie Matt sich verändert hatte, mir das Geld gestohlen hatte und verlangte das ich mich für ihn vom Verhalten her änderte. Dann kam der Teil, wo Matt mit Terina fremdgegangen war. Ich hatte es erst nicht gemerkt. Aber, nachdem ich ihm mein Auto geliehen hatte, weil seines in der Werkstatt gewesen war, hatte ich blonde lange Haare, die nicht von mir waren, im Wagen gefunden. Da war mir klar gewesen, dass etwas nicht gestimmt hatte und ich hatte es schließlich herausgefunden, was Matt getan hatte. Ich erzählte ihm, wie ich von Matt ausgenutzt, belogen und betrogen wurde. Bei dem Namen Terina fiel mir auf, dass Sixt zusammenzuckte. Ich schaute ihn an, aber er tat so, als ob nichts gewesen wäre, deshalb sprach ich weiter. „Und dann habe ich mit ihm Schluss gemacht. Er versucht zwar immer wieder Kontakt zu mir zu bekommen, aber ich möchte das

66

alles nicht mehr. Weder spreche ich mit ihm, noch beantworte ich seine E-Mails. Ich will keinen Kontakt mehr zu ihm haben."
„Das ist verständlich. Ich verstehe nur nicht, wie dieser Mistkerl dir das antun konnte. Ich werde dich nie verletzen. Das könnte ich auch gar nicht. Dafür bist du mir zu wichtig." Er strich mir mit seiner freien Hand über den Arm. Bei ihm fühlte ich mich geborgen und verstanden. Es war so einfach mit ihm zu reden. „Anscheinend war ich für ihn nur Mittel zum Zweck. Krass gesagt suchte er jemanden fürs Bett und den er ausnehmen konnte. Und ich war so blöd und fiel auf ihn herein. Dadurch bin ich vorsichtiger geworden, was Freundschaften und Beziehungen angeht. Ich möchte es gerne ruhiger angehen lassen, wenn du verstehst, was ich meine. Ich meine, könnt ihr ... kannst du ... geht das überhaupt?" Die Frage war mir peinlich und ich wurde rot. Bei dem Gedanken mit ihm intim zu werden kribbelte es wieder in meinem Bauch.
„Klar können wir das. Wir sind zwar keine Menschen aber die menschlichen Bedürfnisse haben wir trotzdem", erklärte er und drehte sich zu mir um. Er schaute mir tief in die Augen. „Keine Angst. Ich lasse dir alle Zeit der Welt. Wir brauchen nichts zu überstürzen", fügte er hinzu und strich mit den Fingern über meine Wange.
„Danke", flüsterte ich und schmiegte mich wieder an seine Schulter.
„Darf ich dich mal etwas fragen"?
„Alles, was du willst", sagte er mit seiner samtweichen Stimme.
„Wie bist du denn zum Schutzengel geworden oder warst du es schon immer?"
„Vor vier Jahren, also mit neunzehn. Es war ein kalter Winterabend. Ich war auf dem Weg zu einem Freund und wollte ihn abholen. Wir wollten in einem Club, wo ein Freund von uns seinen Geburtstag feierte. Er wohnte außerhalb der Stadt. Ich hatte damals noch einen schwarzen dreier BMW, auf dem ich sehr stolz war. Meine Eltern hatten ihn mir zu meinem bestandenen Führerschein geschenkt." Er schaute auf das Meer hinaus. „Ich hatte die Musik lauter gedreht. Die Straße führte erst durch einen Wald und dann über einen Hügel. Auf diesem Hügel war die Straße spiegelglatt. Obwohl ich schon langsamer fuhr, passierte es. Ich kam mit meinen Wagen ins Rutschen und auf die gegnerische Fahrbahn. Ein entgegenkommender LKW, der nicht mehr

67

ausweichen konnte, erfasste meinen Wagen und ich stürzte den Abhang hinunter. Ich war sofort tot", sagte er traurig. Ich zuckte zusammen. Sofort drehte er sich zu mir um. „Habe ich dich erschreckt?"

„Nein ist schon gut. Erzähl ruhig weiter", forderte ich ihn auf. „Als ich in den Himmel kam, stellte der Engelsrat mich vor die Wahl. Entweder ich wurde ein Schutzengel und durfte zurück auf die Erde oder ich würde als Engel im Himmel bleiben. Ich wollte zurück. Ich bin ja noch jung und auf die ganzen Sachen, die man hier auf der Erde machen kann, wollte ich nicht verzichten." „Das kann ich verstehen. Wie ist das denn mit dem Engelsrat und wird jeder der stirbt vor die Wahl gestellt?" „Also der Engelsrat setzt sich aus drei obersten Engeln zusammen. Agron, Elias und Isidor. Über ihnen steht noch der Engelspräsident. Er heißt Eoghan und ist der oberste und mächtigste aller Engel. Eigentlich hat jeder Mensch, der gestorben ist, die Wahl, ob er ein Schutzengel wird oder als Engel in den Himmel möchte. Bei Kindern allerdings ist es etwas anders. Sie sind noch zu klein, um auf einen Menschen aufzupassen. Deshalb kommen sie gleich in den Himmel. Meistens sind es junge Leute, die sich für den Job als Schutzengel entscheiden. Die älteren Leute wollen einfach nur im Himmel ihre Ruhe genießen. Die Fähigkeiten, die wir haben, bekommen wir, wenn wir uns dazu entschließen ein Schutzengel zu werden." „Wofür sind der Präsident und der Engelsrat genau da", wollte ich nun wissen. „Also der Präsident wacht über alle Engel, währenddessen der Engelsrat hauptsächlich für die Schutzengel da ist und darauf achtet, dass wir uns auch an die Regeln halten." „Wie ist das denn mit uns? Du sagtest doch, dass es verboten wäre, eine Beziehung zu einem Menschen zu haben. Was ist, wenn sie es herausbekommen", fragte ich ihn. „Das werden sie nicht. Diese Regel gibt es erst seit ein paar Jahren. Niemand weiß aus was für einen Grund sie aufgestellt wurde, denn früher waren Schutzengel/Mensch-Beziehungen erlaubt. Der Engelsrat kann nicht sehen, was wir auf der Erde tun. Sie kommen auch nie auf die Erde, um eine Stippvisite zu machen. Wir sind so viele, dass sie nur noch auf der Erde wären, um nach dem Rechten zu schauen und ihre anderen Aufgaben nicht mehr wahrnehmen könnten. Wir Schutzengel halten alle zusammen und es ist eine Art Kodex, seit es diese Regel gibt, dass niemand beim Engelsrat verpetzt wird. Du darfst es allerdings auch niemanden erzählen, denn auch wenn der Engelsrat uns nicht sehen kann, so könnten sie doch von den Beziehungen erfahren, wenn Menschen darüber reden und jemand, der gerade gestorben ist, sich beim Engelsrat verplappert."

„Ich würde es nie irgendjemanden erzählen. Außerdem müsste ich doch dann befürchten, dass sie dann alle so einen gutaussehenden, liebevollen Schutzengel, wie du es bist, haben wollen und dich mir wegnehmen."

„Das wird nie passieren. Ich werde dich nie verlassen", sagte er und strich mir zärtlich mit der Hand über die Wange.

„Was würde mit dem Schutzengel passieren, wenn der Engelsrat die Beziehung zu einem Menschen herausbekäme", wollte ich wissen.

„Der Schutzengel würde dann von seinem Schützling abgezogen und in den Himmel geschickt werden. Er dürfte nie wieder als Schutzengel arbeiten."

„Das hieße, wenn sie es bei uns herausbekämen, würde ich dich erst wiedersehen, wenn ich sterbe", mutmaßte ich.

„Soweit wird es nicht kommen. Sie werden es nie herausbekommen", versicherte er mir.

„Das hoffe ich", entgegnete ich. „Wie ist das eigentlich mit deinen Freunden? Sind sie auch alle Schutzengel?"

„Ja, Timothy, Nathan und Sasha sind auch welche."

„Und was ist mit der anderen. Da fehlt doch noch eine", stellte ich fest.

„Ach ja, Maya. Sie ist ein Mensch so wie du und mit Timothy zusammen. Sie ist letztes Jahr zu uns ins Haus gezogen. Naja nach vier Jahren wurde es auch mal Zeit, dass sie zusammenziehen."

„Ihr wohnt alle zusammen?"

„Ja. Ich hatte dir doch erzählt, dass ich in einer WG wohne. Naja nur ist diese hier etwas ungewöhnlicher, als die von Menschen. Ich wohne nur drei Straßen von dir entfernt. Ich zeig dir das Haus mal."

„Seit wann wohnst du mit ihnen zusammen", wollte ich wissen.

„Eigentlich, seitdem ich ein Schutzengel bin."

„Sag mal bist du seit vier Jahren schon mein Beschützer? Wenn dich meine Fragen nerven, musst du es nur sagen." Ich wollte schließlich keine Nervensäge sein.

„Nein ist schon gut. Ich habe dir doch gesagt, dass du mich alles fragen kannst. Ich bin erst seit einem Monat dein Schutzengel", sagte er und verzog unmerklich das Gesicht.

„Was ist denn mit dem Vorgänger gewesen?"

„Das weiß ich nicht. Der Engelsrat hat dazu nichts gesagt. Sie haben mich halt zu dir geschickt. Glücklicher Umstand würde ich es nennen", sagte er und biss sich dabei auf die Unterlippe. Irgendetwas stimmte nicht. Er wusste es bestimmt und wollte es nur nicht sagen. Ich wollte aber auch nicht weiter nachfragen. Vielleicht war es etwas Schlimmes, worüber er nicht reden wollte. Er hielt mich fest im Arm. Als ich zu ihm aufschaute, trafen sich unsere Blicke. Seine Augen strahlten so viel Liebe aus und von dem Schmerz, den er eben noch zu fühlen schien, war nichts mehr zu erkennen. Unsere Gesichter waren so nah, dass ich seinen Atem spüren konnte.

„Was hältst du von einem Kuss", fragte er leise und lächelte.

„Ich habe nichts dagegen einzuwenden." Mein Herz schlug schneller. Mein Bauch kribbelte. Sein Gesicht kam immer näher bis unsere Lippen sich berührten. Seine Lippen waren weich und warm. Der Kuss war leidenschaftlich und zärtlich. Ich schlang meine Arme um seinen Hals und er zog mich enger an sich heran. Schauer liefen durch meinen Körper und mein Atem ging schneller. Viel zu schnell löste er sich von meinen Lippen und ich schnappte nach Luft. Mir war etwas schwindelig. Er lachte leise und nahm mich wieder in seine Arme. Eine Weile saßen wir so da, als sein Handy klingelte.

„Ja", sagte er, als er es aus der Tasche geholt hatte und dranging. „Das hört sich gut an. Warte mal ich frage sie." Er wandte sich zu mir. „Sasha ist dran. Sie wollen heute Abend in die Salsa Bar und sie fragt, ob wir mitmöchten. Wie sieht es aus? Hast du Lust?"

„Klar warum nicht."

„Alles klar dann treffen wir uns um neun in der Bar", sagte er zu Sasha und legte auf. Dann wandte er sich zu mir. „Kannst du Salsa tanzen", fragte er.

„Ja. Ich habe vor zwei Jahren mal einen Tanzkurs gemacht. Ich bin vielleicht etwas eingerostet."

„Keine Angst. Das kriegen wir schon hin. Ich kann gut führen", sagte er lächelnd.

Die Zeit verging wie im Flug. Als ich auf die Uhr schaute, war es schon nach fünf.
„Wie wäre es, wenn wir noch etwas Essen gehen", fragte Sixt.
„Ja das wäre gut. Langsam bekomme ich nämlich Hunger", erwiderte ich.
„Gibt es hier ein Restaurant oder sollen wir erst zurückfahren", fragte Sixt.
„Unten am Strand ist ein Italiener. Da können wir hin, wenn du möchtest."
„Ich richte mich da ganz nach dir."
„Gut dann gehen wir zum Italiener", entschied ich und wir standen auf. Sixt legte mir den Arm um die Taille und wir gingen zurück zum Auto. Nachdem wir in den Wagen eingestiegen waren, fuhren wir die Straße hinunter zum Strand und gingen zum Restaurant. Wir setzten uns an einem Tisch am Rand der Terrasse, die an dem Strand grenzte. Die Kellnerin kam und brachte uns die Speisekarten.
„Darf ich Ihnen schon einmal etwas zu trinken bringen", fragte sie freundlich.
„Was möchtest du", fragte Sixt mich.
„Ich nehme eine Cola", sagte ich.
„Gut dann zwei Gläser Cola", bestellte Sixt. Dann nahm er die Speisekarte und schaute hinein. Ich schaute ebenfalls in die Karte. Die Kellnerin kam mit den Getränken und stellte sie vor uns auf den Tisch.
„Haben Sie schon gewählt", fragte sie.
„Ich nehme die Spaghetti Bolognese", sagte ich und reichte ihr die Karte zurück.
„Ich nehme die Lasagne." Sixt reichte ihr ebenfalls die Karte. Dann wandte er sich mir zu. Er nahm meine Hand und schaute mich an.
„Sag mal, ist es eigentlich schwer auf einen Schützling aufzupassen", fragte ich leise, damit die anderen Leute, die ebenfalls auf der Terrasse saßen, nichts mitbekamen.
„Es kommt drauf an. Es gibt einige denen passiert gar nichts und anderen dafür umso mehr."
„Zu welcher Kategorie gehöre ich?"
„Na das müsstest du auch selber wissen. Wie oft du schon vor Autos gerannt wärst, wenn man dich nicht zurückgehalten hätte.

Und du hast Gleichgewichtsstörungen, das habe ich schon gemerkt", lachte er.

„Nein das habe ich nicht", verteidigte ich mich.

„Doch wie oft du schon die Treppen herauf oder heruntergefallen wärst, wenn ich nicht da gewesen wäre. Am besten trage ich dich nur noch rauf und runter", scherzte er.

„Abgemacht!" Die Kellnerin brachte unser Essen.

„Ich muss auch gestehen, ich habe mich im Vorfeld etwas über dich und deine Fast-Unfälle schlaugemacht. Da kamen interessante Sachen bei heraus", gestand Sixt, als die Kellnerin wieder gegangen war.

„Was denn zum Beispiel", fragte ich skeptisch.

„Na da wäre zum Beispiel das Klippenklettern."

„Oh", erwiderte ich und wurde rot. „Naja das war damals im Urlaub mit einer Jugendreise. Wir wollten vom einen Strand zum anderen und sind über die Klippen geklettert. Ich war da sechzehn. Aber wir waren doch vorsichtig."

„Das vielleicht aber eure Schutzengel habt ihr in den Wahnsinn getrieben. Sie mussten mit über die Klippen und aufpassen das euch nichts passiert. Und wie ich gehört habe, waren die Wege recht schmal."

„Ja einige. Es war halt jugendlicher Leichtsinn. Das werde ich auch nie wieder tun." Ich schämte mich etwas dafür. Ich war noch jung und es war so eine Art Gruppenzwang. Alle meiner damaligen Freundinnen kletterten darüber. Da konnte ich nicht einfach sagen, dass ich es nicht tun würde. Zumindest dachte ich damals so. Jetzt würde ich es nie wieder tun.

„Genauso, wie du mit den Inlinern eine Straße heruntergefahren bist, ohne auf den Verkehr zu achten."

„Da war ich noch jünger und die Straße war kaum befahren", verteidigte ich mich. „Sonst noch etwas?"

„Nein, das waren die gefährlichsten Sachen."

„Von wem weißt du das denn?"

„Ich habe mich beim Engelsrat schlaugemacht beziehungsweise hatte mir mein Vorgänger früher schon davon erzählt, was du so alles angestellt hast. Da kannte ich dich aber noch nicht. Ich wollte einfach nur wissen, wie gefährlich es wird."

„Und ist es sehr gefährlich für dich", wollte ich wissen.

„Nein. Ich glaube, ich kann einiges verhindern, solange du bei mir bist", sagte er und schaute mich liebevoll an. Bei dem Blick schmolz ich dahin.

„Sag mal, werden Schutzengel eigentlich älter?"

„Nein wir altern nicht. Aber wir feiern Geburtstag und zählen die Jahre weiter."

„Das heißt, du wirst immer so jung bleiben und ich werde immer älter", stellte ich entsetzt fest.

„Das ist ein Grund, warum ich gerne wieder ein Mensch wäre. Ich möchte mit dir zusammen alt werden."

„Geht das? Kannst du wieder ein Mensch werden", fragte ich.

„Es gibt wohl eine Möglichkeit. Man muss einen sehr guten Grund vorlegen, warum man eine zweite Chance als Mensch haben möchte und auch gute Taten verrichtet haben, wie zum Beispiel auf den Schützling sehr gut aufpassen. Man darf sich halt keinen Fehler leisten. Aber die Entscheidung liegt ganz beim Engelsrat. Und bis jetzt wurde nur sehr wenigen Schutzengel die Chance gegeben wieder ein Mensch zu werden", erwiderte er traurig.

„Ich könnte auch ein Schutzengel wer …."

„Schlag dir das gleich wieder aus dem Kopf. Ich will nicht, dass du stirbst", unterbrach er mich wütend.

„Es war ja nur so ein Gedanke", brachte ich eingeschüchtert heraus. Sein Gesicht war schmerzverzerrt. Dann schaute er mich mit einem sanften Blick an.

„Versprich mir, dass du nie wieder an so etwas denkst", flehte er.

„Ich verspreche es." Ich aß von meinen Spaghettis. Sie schmeckten richtig gut. Eine Weile sagte keiner von uns etwas. Dann brach ich das Schweigen.

„Können Schutzengel sterben", wollte ich von ihm wissen.

„Ja. Dann kommen wir als Engel in den Himmel und dürfen nicht mehr auf die Erde als Schutzengel zurückkommen."

„Das heißt, ihr seid eigentlich unsterblich, wenn man es mal so betrachtet, da ihr als Engel doch weiterlebt, wenn auch nur im Himmel."

„Ja so kann man es sehen."

„An was kann denn ein Schutzengel so gesehen sterben", fragte ich.

„Wir sterben nicht an einem natürlichen Tod, wie zum Beispiel einen Herzinfarkt oder an einem Herzstillstand. Wenn wir sterben dann durch einen danebengehenden Rettungsversuch unseres Schützlings."

„Zum Beispiel wenn du es nicht rechtzeitig gemerkt hättest und der Ast auf uns geknallt wäre?"

„Zum Beispiel", sagte er und ich erschrak.

Nach dem Essen gingen wir zurück zum Auto und fuhren nach Hause. Wir hatten noch fast zwei Stunden zu fahren und ich wollte mich noch umziehen, bevor wir zur Bar fuhren. Sixt hielt die ganze Fahrt über meine Hand.

„Ich wollte dich noch etwas fragen", setzte er an.

„Was denn?"

„Naja ich habe von den Anderen gehört, dass es gestern wohl einen Streit mit Monica gab. Was war denn da los?"

„Ach Monica hat herumerzählt, dass ich dich ihr weggenommen habe. Sie wollte wohl anscheinend die Anderen gegen mich aufhetzen. Da habe ich ihr mal die Meinung gesagt und habe mich anschließend weggesetzt", erzählte ich.

„Und jetzt hast du meinetwegen mit deiner Freundin Streit. Das tut mir leid", sagte er bedauernd.

„Dir muss es nicht leidtun. Von Freundin ist, da keine Rede. Früher dachte ich, wir wären befreundet. Doch dann habe ich gemerkt, wie hinterhältig und egoistisch sie ist. Für mich ist sie nur noch eine Bekannte. Vor allem versucht sie ständig, die Schuld auf andere zu schieben. Es wurde halt mal Zeit, dass ich ihr die Meinung sage. Es hat mir gereicht, für alles und jeden der Sündenbock zu sein. Und sie hat mich oft so dargestellt. Ich habe gelernt, dass ich solche Leute nicht brauche."

„Da hast du recht. So etwas musst du dir nicht antun."

„Naja wahre Freunde zu finden ist halt sehr schwer. Ich habe schon so viele Rückschläge erlitten, dass es für mich sehr schwer ist, mich auf eine Freundschaft einzulassen", gestand ich ihm.

„Das kann ich verstehen. Ich werde immer für dich da sein", sagte er und zog mich zu sich heran.

„Weißt du, ich bin so froh, dass ich mit dir über alles reden kann und das du mich ernst nimmst."

„Ich nehme dich immer ernst. Solange du nicht wieder über Klippen kletterst, ist alles gut", sagte er lächelnd.

„Nein das werde ich nicht mehr. Versprochen." Sanft strich Sixt mir über das Haar und küsste mich auf die Stirn, bevor er wieder auf die Straße sah.

Kapitel 6

Als wir bei mir zu Hause ankamen und ins Haus gegangen
waren, ging ich als Erstes hoch ins Schlafzimmer um mich
umzuziehen. Sixt verschwand kurz, um sich ebenfalls etwas anderes
anzuziehen. Er versprach sofort wieder zurück zu sein und löste
sich in Luft auf. Ich empfand diese Fähigkeit als recht praktisch. So
konnte man blitzschnell überall hin, wo man wollte. Ich
durchwühlte meinen Kleiderschrank und fand mein rotes
knielanges Kleid. Dazu holte ich noch die passenden roten
hochhackigen Schuhe heraus und zog mich um. Ich ging ins
Badezimmer, kämmte meine Haare durch, zog noch den
Lidschatten und den Kayalstrich nach und legte ein Spritzer meines
Lieblingsparfums auf. Als ich die Treppen wieder herunterging, saß
Sixt schon im Wohnzimmer auf der Couch. Er hatte ein hellblau-
weiß gestreiftes Poloshirt an, indem seine Muskeln richtig zur
Geltung kamen. Ich hatte vorher gar nicht bemerkt, dass er so viele
Muskeln hatte. Das machte ihn noch viel schöner, als er sowieso
schon war. Dazu trug er eine graue Jeans. Ich ging zur Couch und
stellte mich vor ihm hin.
„Kann ich so gehen", fragte ich etwas nervös.
„Du siehst wunderschön aus", sagte er und zog mich zu sich auf
die Couch.
„Ehrlich?"
„Ja, natürlich." Er schaute mir tief in die Augen. Sein Blick war so
eindringlich. Diese eisblauen Augen hatten wieder etwas
Hypnotisches, was mich in seinen Bann zog. Er kam immer näher
und dann lagen seine Lippen auf Meinen. Mein Atem ging
schneller. Mein Herz pochte. Sein Kuss war so zärtlich. Dann löste
er sich von mir.
„Ich glaube, wir müssen los", sagte er und zog mich von der
Couch.
„Ich hole nur noch meine Tasche und dann können wir." Ich nahm
meine schwarze Handtasche und packte alles, was ich brauchte,
hinein. Sixt stand schon neben mir und wir gingen aus dem Haus.
„Ich möchte nur noch mal kurz nach Leslie sehen. Sie ist doch

alleine zu Hause", sagte ich und zog ihn zum Haus meiner Eltern. Ich schloss die Tür auf und wir gingen gleich durch ins Wohnzimmer, wo Leslie und Greg auf der Couch saßen und einen Film schauten.

„Hi", rief Leslie, als sie uns hereinkommen sah. „Du bist bestimmt Sixt. Jamie hat schon viel von dir erzählt." „Ach wirklich", fragte er und schaute mich lächelnd an. „Das stimmt doch gar nicht", protestierte ich und wurde rot. „Naja, vielleicht war es auch nur das eine oder andere. Wo wir gerade beim Vorstellen sind, das ist Greg." Leslie zeigte auf den großen sportlichen Jungen mit dunkelblonden kurzen Haaren neben sich.

„Hallo", sagte er schüchtern.

„Hi", kam es von mir und Sixt, wie aus einem Mund.

„Ich wollte dir nur eben Bescheid sagen, dass wir noch ausgehen. Sagst du bitte Mom und Dad Bescheid, wenn sie wiederkommen?" „Klar mache ich", erwiderte sie lächelnd.

„Danke. Stellt nichts an", erwiderte ich. Wir verließen das Haus und gingen zum Auto.

„Deine Schwester ist wirklich nett", stellte Sixt fest und schloss den Wagen auf. „Ich kenne kleine Geschwister eigentlich nur als Nervensägen."

„So war sie früher mal, als sie noch jünger war. Jetzt verstehen wir uns wirklich gut und ich kann mit ihr über alles reden."

„Ja über mich", sagte er lachend.

„Soviel habe ich gar nicht erzählt", stellte ich klar, öffnete die Wagentür und stieg ein.

„Ich hoffe, es war nur Gutes. Komm raus mit der Sprache", forderte er mich auf, als er ebenfalls im Wagen saß und den Motor startete. Er lächelte immer noch.

„Na gut. Also ich habe ihr vom Kennenlernen und vom Eisessen erzählt. Naja und von den Vorkommnissen." Beschämt schaute ich zu ihm herüber. Er schaute immer noch freundlich, während er den Wagen durch den Straßenverkehr lenkte. Also war es wohl nicht so schlimm.

„Und was hat sie dazu gesagt?"

„Sie tippte auf Einbildung und das ich einen guten Schutzengel gehabt haben muss. Sie hat mich ja erst darauf gebracht."

„Den hattest du aber auch", grinste er.

„Ja das stimmt", erwiderte ich und begann aus dem Fenster zu schauen. Die Sonne war gerade am Untergehen und der Himmel war rot gefärbt. Je näher wir der Salsa Bar kamen, desto nervöser wurde ich. Dazu machte ich mir etwas Sorgen. Würden Sixts Freunde mich mögen? Was wäre wenn nicht?

„Was ist los", fragte Sixt und schaute mich besorgt an.

„Ich bin nur etwas nervös."

„Weswegen denn?"

„Naja, ich weiß nicht, wie deine Freunde auf mich reagieren. Ob sie mich mögen werden", gestand ich.

„Da brauchst du dir keine Gedanken machen. Sie wollen dich alle kennenlernen. Besonders Sasha freut sich schon darauf. Keine Sorge sie sind alle sehr nett", versicherte er mir und nahm meine Hand in seine. Wir fuhren auf dem Parkplatz von der Salsa Bar, und nachdem Sixt den Wagen geparkt hatte, stiegen wir aus. Sixt schloss den Wagen ab, kam zu mir und legte mir einen Arm um die Taille. Wir gingen in die Bar und er führte mich direkt zu den Tischen. An einem großen Tisch saßen schon seine Freunde. Als sie uns sahen, lächelten alle.

„Hi Leute", sagte Sixt. „Darf ich vorstellen. Das ist Jamie. Jamie das sind Sasha, Nathan, Timothy und Maya." Er stellte sie so, wie sie saßen vor.

„Hallo", sagte ich und war jetzt richtig nervös.

„Hi", sagten sie wie im Chor. Sixt bot mir den Platz neben Sasha an und setzte sich dann neben mich. Er nahm meine Hand und streichelte mit dem Finger darüber. Mir fiel auf, dass auch die anderen Schutzengel eisblaue Augen, wie auch Sixt hatten.

„Was möchtest du trinken", fragte er mich.

„Ich nehme eine Cola."

„Alles klar. Ich bin gleich zurück", sagte er und verschwand zum Tresen. In dieser Bar konnte man die Getränke am Tresen selber holen, was schneller ging, als wenn die Bedienung sie brachte. Die Bar war meistens recht voll und dadurch hatten die Kellner immer gut zu tun. Allerdings musste man die Getränke am Tresen dann auch gleich bezahlen.

„Hey ich glaube, wir haben einige Kurse zusammen", wandte Sasha sich zu mir. Ihre auberginefarbene Haare leuchteten in dem Licht von der Bar. Sie trug ein lilafarbiges kurzes Kleid, was ihre schlanke Figur betonte.

„Ja genau."

„Am schwersten finde ich Finanzwesen. Mr. Parker erklärt es so schnell, dass ich Mühe habe es zu verstehen. Wie war für dich denn die Klausur", fragte sie.

„Ich weiß nicht genau. Ich glaube, sie ist recht gut gelaufen. Sixt hatte am Dienstag noch mit mir gelernt und mir einiges beigebracht. Jetzt verstehe ich es besser."

„Ja, er ist ein guter Lehrer. Abends hat er mir auch noch einiges erklärt, sonst wäre ich noch verrückt geworden. Was hast du denn nach dem Studium vor?"

„Ich weiß es noch nicht genau. Ich glaube etwas in Richtung Marketing." In dem Moment schaute ich zum Tresen und sah, wie Monica neben Sixt stand und anscheinend ihn anmachen wollte. Ich schaute weiterhin zu ihnen herüber und sah, wie Monica ihm einen Arm um die Schulter legte.

„Keine Sorge. Er lässt sie abblitzen", sagte Sasha, die ebenfalls zu ihnen herübersah.

„Meinst du wirklich?" Ich hatte Angst, dass er sich doch noch anders entscheiden und lieber Monica nehmen würde.

„Ja. Er hat nur Augen für dich. Er redet ständig nur über dich, wenn wir uns sehen." Es war tatsächlich so, wie Sasha gesagt hatte. In dem Moment schüttelte Sixt ihren Arm ab und trat einen Schritt zur Seite. Es sah so aus, als würde er ihr gar nicht zuhören und auf die Getränke warten. Als er sie hatte, ließ er Monica einfach stehen, ohne sie auch nur eines Blickes zu würdigen und kam zum Tisch zurück.

„Ich habe es doch gesagt", flüsterte Sasha mir zu und ich war froh, dass es so war. Mir viel ein Stein vom Herzen, obwohl es sich wie ein ganzes Gebirge anfühlte. Ich traute mich nicht ihn darauf anzusprechen, als er wieder neben mir saß. Aber Sasha platzte damit heraus.

„Na was wollte die denn", fragte sie und deutete mit dem Kopf in Monicas Richtung. Ich sah zu Monica herüber, die verblüfft und doch zornig zu uns herüberschaute. Dann wandte sie sich um und ging.

„Keine Ahnung. Sie plapperte etwas von, dass wir uns mal treffen sollten und sie die bessere Partie für mich wäre als Jamie", sagte er herablassend. „Ich habe ihr nicht weiter zugehört. Denn schließlich liebe ich nur dich." Jetzt hatte er sich zu mir gewandt. Ich schaute ihn an und lächelte schüchtern. Er nahm meine Hand und drückte sie sanft.

„Sollen wir tanzen gehen", fragte mich Sixt.

„Oh ja lass uns tanzen gehen", rief Nathan lachend, bevor ich etwas sagen konnte, und band seine blonden längeren Haare zu einem Zopf zusammen.

„Dich habe ich gar nicht gemeint", rief Sixt zurück. „Und wollen wir, Jamie?" Er betonte meinen Namen absichtlich, damit sich nicht wieder jemand anderes angesprochen fühlte.

„Ja gerne", sagte ich und wir gingen zur Tanzfläche. Sasha und Nathan folgten uns.

„Ich hoffe, ich kann das noch", flüsterte ich mehr zu mir selbst und stand nervös vor ihm. Im Kopf ging ich die Schritte noch einmal durch. Ich wollte mich nicht blamieren.

„Ich führe und dann klappt das schon", sagte Sixt zuversichtlich und nahm meine Hand. Ich legte meinen Arm an seine Schulter und dann tanzten wir los. Ich hatte es doch noch nicht verlernt, wie ich gedacht hatte.

„Geht doch", stellte Sixt fest und lächelte.

„Ja. Ich habe es mir schlimmer vorgestellt." Ich lächelte ihn an. Dann passierte das, wovor es mir gegraut hatte. Nach einer Drehung rutschte ich mit dem Fuß weg und wäre fast auf dem Boden gelandet, wenn Sixt mich nicht aufgefangen hätte.

„Ups, danke", brachte ich heraus.

„Kein Problem." Er hielt mich fest im Arm. Ich legte meine Arme um seinen Hals und zog seinen Kopf zu mir heran. Unsere Lippen trafen sich und wir küssten uns. Um uns herum tanzten die Leute, aber das war mir egal. Ich hörte, trotz der lauten Musik, mein Herz pochen.

„Immer diese Verliebten", sagte Nathan lachend, als er mit Sasha an uns vorbei wirbelte. Wir schauten uns beide an und lachten mit. Anschließend tanzten wir weiter. Sixt war ein sehr guter Tänzer. Nach drei Liedern setzten wir uns wieder an den Tisch. Ich nahm mein Glas und trank einen großen Schluck.

„Hey, wollt ihr nicht tanzen", fragte Sixt Timothy und Maya, die noch immer am Tisch saßen.

„Doch wir wollen gleich gehen", erwiderte Timothy. „Jamie möchtest du auch einen Cocktail? Ich hole einen für Maya und würde dir einen mitbringen", fuhr er fort. Timothy war der schwarzhaarige Junge und er war es auch, der wie Sixt mir erzählt hatte, ebenfalls mit einem Menschen zusammen war.

„Danke, nein ich möchte keinen."

„Du kannst ruhig einen trinken. Ich fahre doch, falls du dir darüber Sorgen machst", sagte Sixt.

„Nein das ist es nicht. Ich mag nicht so gerne Alkohol. Ich trinke höchstens mal ein Glas Sekt zum Geburtstag oder zu Silvester."

„Ich trinke auch selten Alkohol. Aber der Cocktail ist einfach gut. Du kannst ihn ja mal probieren, wenn du möchtest", gab Maya zu. Sie war also auch ein Mensch wie ich. Darüber war ich froh. So hatte ich jemanden, mit dem ich über Schutzengel reden konnte, denn ich durfte doch niemanden von ihrer Existenz erzählen. Naja die meisten Menschen würden mir sowieso nicht glauben, dass es Schutzengel gab. Sie glaubten nicht an das Übersinnliche.

„Danke, aber ich möchte wirklich nicht. Mir schmeckt Alkohol nicht so besonders."

„Musst du ja auch nicht, wenn du nicht möchtest", erwiderte sie lächelnd. Maya schien richtig nett und verständnisvoll zu sein. Auch Timothy und Sixt nickten zustimmend. Es war ein richtig schönes Gefühl mit Leuten zusammen zu sein, die einen verstanden.

Timothy machte sich auf dem Weg zur Theke. Im nächsten Moment kamen Nathan und Sasha wieder zum Tisch zurück.

„Jamie, wir müssen unbedingt mal zu dritt shoppen gehen. Ich bräuchte mal wieder ein neues Outfit. So ein richtig schöner Mädelsausflug", schoss es aus Sasha heraus, als sie sich neben mich setzte. Die Jungs verdrehten die Augen.

„Ja das können wir machen. Neue Klamotten könnte ich auch gebrauchen", erwiderte ich.

„Oh Nathan, schließ schon mal die Kreditkarte weg", sagte Timothy, der gerade wieder an dem Tisch kam.

„Ha ha, so schlimm bin ich auch wieder nicht", verteidigte sich Sasha.

„Nein", kam es von den drei Jungs wie aus einem Mund und lachten. Mir wurde plötzlich so heiß. Ich wusste nicht, woher es auf einmal kam. In der Bar war die Klimaanlage voll aufgedreht und es war angenehm kühl hier drin.

„Ich muss mal kurz zur Toilette", sagte ich und stand auf. Ich schlängelte mich durch die tanzenden Leute hindurch zum anderen Ende des Raumes und ging zum Damenklo. Ich ging zum

Waschbecken und wusch mir das Gesicht mit kaltem Wasser. Ich schaute in den Spiegel und hielt mich am Waschtisch fest, da mir etwas schwindelig war. Ich atmete ein paar Mal tief durch, aber der Schwindel blieb. Ich tupfte mir das Gesicht mit einem Papiertuch ab und wollte gerade wieder zurückgehen, als Terina plötzlich vor mir stand.

„Hi, na wie geht´s", fragte sie überfreundlich und tat, als ob nie etwas gewesen wäre.

„Lass mich in Ruhe."

„Warum denn so aggressiv."

„Du sollst mich in Ruhe lassen", fauchte ich und ging Richtung Tür. Dabei wankte ich etwas.

„Na zu viel getrunken? Frusttrinken weil Matt dich verlassen hat", fragte sie sarkastisch.

„Nein. Erstens habe ich nichts getrunken. Zweitens habe ich mit ihm Schluss gemacht und drittens kann er mir genauso wie du gestohlen bleiben." In dem Moment kam Sasha in den Vorraum.

„Gibt es hier ein Problem", fragte sie in Terinas Richtung.

„Nein es ist alles gut", antwortete sie und ging zur Tür. Sie drehte sich noch einmal zu mir um und lächelte mich hämisch an. Dann verschwand sie zur Tür hinaus.

„Ist alles in Ordnung", fragte mich Sasha und zog sich gerade vor dem Spiegel die Lippen mit dem Lippenstift nach.

„Ja es ist alles gut", log ich. Mir war immer noch schwindelig, aber ich wollte es nicht sagen. Ich wollte nicht, dass sie sich unnötig Sorgen machte.

„Wer war denn das", wollte sie wissen.

„Das war Terina, die Neue von meinen Ex, mit der er, als wir noch zusammen waren fremdgegangen ist", erzählte ich ihr.

„Oh. Und was wollte sie von dir?"

„Ich weiß es nicht. Es war Zufall, dass wir uns hier getroffen haben. Aber sie tat so, als ob nie etwas gewesen wäre. Aber ich will mit ihr nichts zu tun haben."

„Das kann ich verstehen. Komm, lass uns wieder zu den Anderen gehen." Wir verließen den Toilettenraum und gingen wieder zurück zum Tisch, an dem wir uns setzten. Ich hatte einen trockenen Hals und trank noch einen Schluck von meiner Cola. Zu meinem Schwindel kam jetzt noch Müdigkeit hinzu. Ich bekam von dem Gespräch der Anderen gar nicht mehr viel mit. In meinem Kopf drehte sich alles. Es kam mir vor, als ob die Stimmen weit weg wären. Ich merkte, dass Sixt mich am Arm berührte. Ich schaute ihn an.

„Ist alles in Ordnung mit dir", fragte er besorgt.

„Mir ist nur etwas schwindelig, aber es geht schon", versicherte ich ihm.

„Komm wir gehen mal kurz raus an die frische Luft", sagte er und zog mich hoch. Ich schwankte hin und her und er fing mich auf. „Wir sind mal eben draußen. Jamie geht es nicht gut", rief er den Anderen zu. Er legte mir einen Arm um die Taille und führte mich langsam und stützend hinaus. Wir gingen zu einer Bank, die neben der Bar stand, und setzen uns. Sixt hielt mich fest in seinem Arm und ich legte meinen Kopf an seine Schulter.

„Geht es dir schon besser", fragte er und die Sorge wich nicht aus seiner Stimme.

„Ich weiß nicht. Mir ist so komisch. Es kommt mir alles so weit weg vor und müde bin ich auch."

„Das hört sich nicht gut an. Hast du irgendeine Tablette genommen oder doch Alkohol getrunken, was du vielleicht nicht verträgst?"

„Nein, gar nichts. Ich habe nur die Cola getrunken. Und wenn ich darüber nachdenke, ist es auch erst, nachdem ich sie getrunken habe", antwortete ich. In dem Moment kamen die Anderen aus der Bar zu uns.

„Timothy, Maya, war noch jemand bei uns am Tisch, als wir tanzen waren", fragte Sixt sie.

„Nein, wir hatten die ganze Zeit alles im Blick. Da war niemand. Wieso", erwiderte Timothy.

„Naja, Jamie geht es erst schlecht, seitdem sie die Cola getrunken hat. Ich habe den Verdacht, dass ihr jemand etwas ins Glas getan hat."

„Wir nicht", setzte Maya an.

„Das weiß ich. Aber es kann ja sein, dass jemand es getan hat, als ihr kurz mal nicht hingesehen habt", unterbrach Sixt sie. Jetzt redeten alle durcheinander. Ich bekam nichts mehr mit. Ich sah, wie Sasha noch einmal in die Bar ging. Ich hatte solche Mühe meine Augen offen zu halten. Nach noch nicht einmal einer Minute war sie wieder da.

„So wie es aussieht, hat Sixt recht. In dem Glas ist nicht nur Cola, sondern auch noch etwas anderes. Es kann ein Schlafmittel sein. So genau konnte ich es nicht riechen", erklärte sie.

„Ihr könnt so etwas riechen", fragte ich.

„Ja. Unsere Sinne sind viel stärker als die vom Menschen. Auch hören, sehen und schmecken können wir viel besser", erklärte mir Nathan.

„Wir müssen sie ins Krankenhaus bringen", sagte Sixt und strich mir liebevoll über das Haar.

„Nein. Ich will nicht ins Krankenhaus. Meine Eltern kriegen das dann mit und ich will nicht, dass sie sich unnötig Sorgen machen. Mir geht es schon wieder gut", log ich stand auf und sackte zusammen. Wieder fing Sixt mich auf, bevor ich auf den Boden fiel. „Oh", sagte ich.

„Im Krankenhaus können sie dir aber helfen", erwiderte Sixt.

„Ich möchte aber nach Hause. Bitte", flehte ich ihn an. Mir wurde übel. „Auch das noch", dachte ich. „Bitte nicht jetzt. Nicht vor allen Anderen." Mir war es so peinlich. Die Leute würden doch denken, dass ich betrunken wäre. Das dachten sie bestimmt jetzt schon. So wie alle um mich herumstanden. Allerdings konnte ich es auch nicht mehr aufhalten. So schnell ich konnte, drehte ich mich um und beugte mich über die Banklehne, um mich zu übergeben. Sixt hielt mir die Haare zurück und strich mir sanft über den Rücken.

„Das ist gut so. Spuck es alles aus", sagte er sanft. Ich blieb noch einige Minuten so sitzen, bevor ich mich wieder umdrehte. Sasha reichte mir ein Taschentuch.

„Danke", sagte ich und putzte mir den Mund ab. Ich wurde immer müder und legte mich auf Sixts Schoß.

„Timothy, du studierst doch Medizin. Habt ihr schon Vergiftungen durchgenommen", fragte Sasha ihn.

„Wir sind gerade dabei. Also wenn es ein Schlafmittel war, dann ist Erbrechen schon mal das Beste, was sie machen kann und soll. Jetzt kommt es darauf an, wie hoch die Dosis war und wie viel sie getrunken hat. Es heißt nämlich, dass eine gefährliche Vergiftung ab ca. fünfzehn Schlaftabletten anfängt. Es kann aber auch sein, dass es K.o.-Tropfen waren", erklärte er.

„Jamie", fragte Sixt.

„Ja?" Ich war so müde, dass ich nicht aufschauen konnte.

„Wie viel hast du von der Cola getrunken?"

„Ich glaube ein halbes Glas", erwiderte ich.

„Wichtig ist auch, dass sie wach bleibt. Sie darf nicht einschlafen", fügte Timothy hinzu.

„Hast du gehört Jamie. Nicht einschlafen. Bleib wach", sagte Sasha und kniete sich vor mich hin.

„Ich bin aber so müde", erwiderte ich.

„Du darfst jetzt aber nicht schlafen", sagte Sixt sanft aber auch bestimmend zugleich und setzte mich aufrecht hin. „Was machen wir denn jetzt?"

„Ich will nach Hause", sagte ich und versuchte meine Augen offen zu halten. Mein Magen meldete sich und wieder hing ich über der Bank.

„Vielleicht bringen wir sie doch erst mal nach Hause. Dass sie sich übergibt, ist ein gutes Zeichen dafür, dass ihr Körper gegen das Schlafmittel ankämpft", hörte ich Timothy sagen. Mein Magen hatte sich wieder beruhigt und ich drehte mich zu den Anderen um.

„Na gut", sagte Sixt. „Dann fahren wir. Kannst du laufen", fragte er mich.

„Ich weiß es nicht", erwiderte ich und stand auf. Meine Beine fühlten sich weich an und ich schwankte wieder.

„Ich trage dich lieber." Sixt nahm mich auf den Arm. Er trug mich zu seinem Wagen und öffnete die Tür.

„Ich fahre", rief Nathan und nahm Sixt den Autoschlüssel ab. Sixt setzte mich auf den Rücksitz und nahm ebenfalls auf der Rückbank platz. Liebevoll nahm er mich in den Arm und streichelte mir über die Wange.

„Bleib wach. Nicht einschlafen", hörte ich ihn immer wieder sagen. Der Schwindel war nicht mehr so schlimm. Nur die Müdigkeit wurde immer stärker. Timothy und Maya fuhren mit seinem Wagen hinter uns her. Sasha saß bei uns im Auto auf den Beifahrersitz.

Als wir bei mir zu Hause ankamen, trug mich Sixt ins Haus. Ich hatte gesehen, dass meine Eltern auch schon wieder zu Hause waren. Ihr Wagen stand vor der Garage. Bei ihnen im Haus brannte kein Licht mehr und sie schienen schon zu schlafen. Das war gut, denn ich wollte nicht, dass sie irgendetwas mitbekamen. Sixt setzte mich auf der Couch ab.

„Ich habe Durst", klagte ich. Mein Hals war trocken und ich hatte noch den Geschmack vom Erbrochenen im Mund. Sixt schaute Timothy fragend an.

„Wasser kann sie ruhig trinken. Da kann nichts passieren. Allerdings sollten wir doch den Notarzt rufen. Sie muss Aktivkohle trinken. Das bindet das Gift beziehungsweise das Schlafmittel und das hat nur der Notarzt."

„Ich will keinen Arzt", protestierte ich leise.

„Es muss sein. Das Schlafmittel muss aus deinem Körper raus. Vor allem kann nur der Arzt sagen was wir machen sollen", redete Sixt behutsam auf mich ein.

„Aber er schickt mich ins Krankenhaus."

„Das kann sein. Aber es ist doch nur zu deinem Besten. Wir schauen erst einmal, was der Arzt sagt. Vielleicht ist es gar nicht so schlimm." Er schaute mich mit einem sanften Blick an. „Wie geht es dir denn?"

„Naja, ich bin so müde. Aber der Schwindel ist so gut wie weg."

„Das hört sich doch gut an. Schlaf aber bitte nicht ein. Das ist wichtig. Ich hol dir ein Glas Wasser", sagte er und ging in die Küche. Ich hörte, wie Timothy mit dem Notarzt telefonierte. Er erklärte ihm, was passiert war, dass ich mich schon zweimal übergeben hatte und das der Schwindel fast weg wäre. Er teilte ihm auch mit, dass ich müde wäre und das sie annahmen, dass es ein Schlafmittel gewesen wäre.

„Ja ist gut, bis gleich", sagte er und legte auf. „Der Notarzt ist auf den Weg", wandte er sich zu allen. Sixt kam aus der Küche und reichte mir das Glas Wasser. Ich nahm einen Schluck und stellte es auf den Wohnzimmertisch.

„Jetzt habe ich euch den Abend verdorben", klagte ich leise.

„Ach Quatsch. Das hast du nicht. Du kannst doch gar nichts dafür", beruhigte mich Sixt.

„Doch und jetzt sitzt ihr alle hier. Nur meinetwegen."

„Nein wegen uns. Wenn wir besser aufgepasst hätten, hätte dir auch keiner etwas ins Glas getan", fuhr Maya dazwischen.

„Das ist doch alles Quatsch. Niemand kann etwas dafür. Hört auf euch selbst die Schuld zu geben", kam es von Sixt. Ich legte mich wieder auf seinen Schoß.

„Bleib wach, ja", sagte er und strich mir über das Haar.

„Ich möchte schon gern wissen, wer ihr etwas ins Glas getan hat. Wer macht so etwas und vor allem warum", fragte Nathan. Ich war schon im Halbschlaf, als ich hörte, wie Sasha leise von dem Zusammentreffen mit Terina erzählte. Aber was hatte sie damit zu tun? Oder träumte ich das gerade. Ich wurde aus dem Halbschlaf gerissen, als es an der Haustür klingelte. Timothy öffnete die Tür und ließ den Notarzt herein. Er stellte sich als Dr. Smith bei uns vor und kam direkt zu mir. Als Erstes fragte er noch mal nach, wie viel ich von der Cola getrunken hatte. Dann schien er mir mit einer kleinen Lampe in die Augen, um die Pupillenreaktion zu testen. Durch die Müdigkeit hatte ich Mühe die Augen offen zu halten. Anschließend fühlte er meinen Puls, maß den Blutdruck und nahm mir noch Blut ab, um zu sehen, um welches Mittel es sich genau handelte.

„Wie fühlen Sie sich", fragte Dr. Smith.

„Soweit ganz gut. Ich bin nur so müde."

„Das ist ganz normal. Ist Ihnen denn noch übel?"

„Nur noch ein bisschen", antwortete ich.

„Sie haben ganz großes Glück gehabt. Hätten Sie das ganze Glas getrunken, wäre es anders ausgegangen. Ich gebe Ihnen jetzt noch Aktivkohle und dann müsste es bessergehen. Ein Glas Wasser und einen Löffel bräuchte ich bitte mal." Sixt holte ihm aus der Küche ein Glas Wasser und einen Löffel. Dr. Smith rührte das Kohlepulver ins Wasser und reichte mir das Glas, welches ich leicht zitternd entgegennahm. Ich musste das ganze Glas auf einmal austrinken. Es schmeckte nicht gerade gut und ich verzog das Gesicht.

„Wie geht es denn jetzt weiter", fragte Sixt besorgt.

„Ins Krankenhaus muss sie nicht. Es ist zum Glück nicht so schlimm, dass ein Aufenthalt notwendig wäre." Ich atmete erleichtert auf. „Sollte sich der Zustand aber verschlechtern, dann rufen Sie entweder einen Krankenwagen oder bringen Sie sie ins Krankenhaus. Aber eigentlich sollte das Aktivpulver wirken und es müsste ihr morgen wieder gut gehen. Sie darf etwas trinken, heute sollte es erst einmal nur Wasser sein. Und mit dem Essen sollte sie bis morgen warten", fuhr Dr. Smith fort.

„Wie sieht es denn mit schlafen aus", fragte Sixt.

„Das darf sie. Allerdings sollte sie heute Nacht unter Beobachtung bleiben. Vielleicht alle zwei Stunden den Wecker stellen. Sie sollten sie auch wecken, um zu sehen, ob alles in Ordnung ist. Sie sollten eine Anzeige erstatten. Hier handelt es sich schließlich um versuchten Mord." Ich zuckte zusammen. Mich hatte jemand versucht umzubringen? Aber warum? Was hatte ich demjenigen denn getan? „Rufen Sie morgen in der Klinik an wegen der Blutergebnisse. Dann können wir Ihnen auch sagen, um welches Mittel es sich gehandelt hat", wandte er sich mir zu. „Ja das mache ich. Und vielen Dank", erwiderte ich. „Das ist mein Job. Halten Sie sich nur demnächst von herumstehenden Gläsern fern", sagte er lächelnd und ging zur Tür. Timothy brachte ihn noch hinaus. Sixt nahm mich in seine Arme. Ich schmiegte mich ganz eng an ihn heran. „Braucht ihr uns noch, sonst machen wir uns langsam auf den Heimweg", fragte Nathan. „Nein den Rest schaffen wir schon", antwortete Sixt. „Aber kannst du meinen Wagen mitnehmen? Es muss ja nicht sein, dass ihre Eltern ihn morgen früh hier stehen sehen. Was sollen sie denn denken. Kaum zusammen und schon übernachte ich hier." „Klar, mache ich", grinste er. „Wenn etwas ist, meldet euch." „Das werden wir." Nathan ging zur Haustür und die Anderen folgten ihm. „Tschüss ihr beiden und Jamie gute Besserung", rief Sasha. „Tschüss und danke", sagte ich schläfrig. Kaum waren sie zur Tür hinaus, nahm Sixt mich auf den Arm und trug mich die Treppen hoch ins Schlafzimmer, wo er mich auf dem Bett absetzte. „Willst du dich noch umziehen", fragte er. „Das wäre nicht schlecht." Ich suchte mein Schlafzeug, was auf meinem Bett zerstreut lag, zusammen. „Ich gehe in der Zeit herunter und mache das Licht aus", sagte Sixt und verschwand. Ich hatte Mühe mir das Kleid auszuziehen. Immer wieder fielen mir die Augen zu und ich wäre fast im Sitzen eingeschlafen. Mir kam es wie eine Ewigkeit vor, bis ich endlich mein T-Shirt und die kurze Hose, die ich zum Schlafen nahm, angezogen hatte. Leise klopfte es an der Tür. „Bist du fertig", fragte Sixt. „Ja, du kannst reinkommen", rief ich. Als Sixt ins Zimmer kam, versuchte ich gerade noch mal aufzustehen. Meine Beine waren immer noch wackelig und ich musste mich am Bett festhalten, um nicht umzukippen. „Wo willst du denn hin?" „Ich müsste noch mal eben ins Bad", sagte ich und tastete mich weiter vor. Sixt war gleich neben mir und legte mir stützend den Arm um die Schulter. Im Badezimmer putzte ich mir schnell die

Zähne. Ich hatte noch den Geschmack vom Erbrochenen im Mund, den ich loswerden wollte und ging auf die Toilette. Als ich fertig war, brachte Sixt, der vor dem Bad gewartet hatte, mich zurück ins Bett.

„Jetzt kannst du schlafen", sagte er sanft.

„Und was ist mit dir? Schläfst du auch", fragte ich und gähnte.

„Ja wir Schutzengel schlafen auch. Aber es ist eher ein leichter Schlaf und wir bekommen es mit, wenn Gefahr für uns oder unseren Schützling besteht", erklärte er.

„Bleibst du bei mir?" Ich wollte nicht, dass er ging. Ich wollte nicht alleine sein.

„Natürlich. Wenn du möchtest", sagte er und legte sich neben mich. Gut, dass ich so ein großes Bett hatte, dass zwei Personen drin platz hatten. Sonst wäre es eng geworden. Er nahm mich liebevoll in den Arm. „Und jetzt schlaf", flüsterte er mir ins Ohr und küsste mich auf die Stirn.

Sixt hielt sich daran, was Dr. Smith gesagt hatte. Alle zwei Stunden weckte er mich, um zu schauen, ob alles in Ordnung war. Als es schon hell wurde, weckte er mich das letzte Mal.

„Jamie", fragte er sanft.

„Mhhhmhh", machte ich nur, da ich zu Müde war, um zu sprechen.

„Wie geht es dir?"

„Besser", antwortete ich und legte mich auf seine Brust.

„Gut. Dann schlaf weiter."

„Mhhhmhh", machte ich wieder. Ich hörte Sixt leise lachen. Er strich mir sanft übers Haar und ich schlief wieder ein.

Kapitel 7

Als ich am nächsten Morgen erwachte, schien schon die Sonne ins Zimmer. Ich reckte mich und bemerkte, dass noch jemand neben mir lag. Ich drehte mich zu Sixt um, der mich anlächelte.

„Guten Morgen. Wie geht es dir", fragte er.

„Gut. Der Schwindel ist weg, mir ist nicht mehr übel und müde bin ich auch nicht mehr. Ich habe nur Hunger." Ich merkte, wie mein Magen knurrte.

„Das hört sich gut an. Wie wäre es mit Frühstück im Bett?"

„Das wäre super", erwiderte ich.

„Gut. Ich bin gleich zurück." Und schon war Sixt verschwunden. Ich drehte mich auf den Rücken und streckte mich. Ich ließ den Abend noch einmal Revue passieren. Es fing doch alles so schön an. Wir hatten getanzt und Spaß gehabt. Aber wer hatte mir etwas ins Glas getan und vor allem warum? Ich dachte an Monica, die schon zum zweiten Mal eine Abfuhr von Sixt bekommen hatte. Oder was war denn mit Terina? Sie war doch am Grinsen gewesen, als sie ging. Hatte sie das getan, weil sie mir etwas ins Glas geschüttet hatte und wusste, dass ich es getrunken hatte? Ich konnte es mir nicht vorstellen, dass eine von beiden so etwas tun könnte. Vor allem warum? Für die Abfuhr, die Monica von Sixt bekommen hatte, konnte ich nichts. Und Terina hatte Matt doch bekommen. Warum sollte sie dann noch so etwas tun? Sie hatte doch gar keinen Grund. Sixt unterbrach mich in der Grübelei. Ich hatte gar nicht mitbekommen, dass er schon wieder da war. Er stellte das Tablett auf das Bett und setze sich neben mich.

„Wo hast du die Brötchen her", fragte ich verdutzt, als ich sie auf dem Tablett liegen sah.

„Der Bäcker eine Straße weiter hat Sonntagsmorgens geöffnet."

„Das heißt, du warst gerade weg", stellte ich fest.

„Ja. Aber siehst du, ich war so schnell wieder da, dass es dir gar nicht aufgefallen ist. Außerdem hätten wir sonst keine Brötchen", erklärte er lächelnd und bestrich eine Hälfte vom Brötchen, das er sich aufgeschnitten hatte, mit Erdbeermarmelade. „Ich habe mir überlegt, dass wir nach dem Frühstück zur Polizei fahren", fuhr er fort.

„Warum das denn", fragte ich verwundert.

„Dr. Smith riet dir doch, du solltest Anzeige erstatten. Und das werden wir dann tun." „Meinst du wirklich, sie werden denjenigen finden, der das gewesen ist", fragte ich skeptisch. Ich konnte mir nicht vorstellen, dass die Anzeige etwas bringen würde. Es waren so viele Menschen gestern Abend in der Bar gewesen. Vor allem aber wussten weder die Polizei noch die Barangestellten, wer alles da gewesen war. „Ich weiß es nicht. Aber ein Versuch ist es wert. Du musst dann aber gleich noch im Krankenhaus wegen der Blutwerte anrufen", erinnerte er mich.

„Es tut mir wirklich leid, dass ich euch den Abend verdorben habe", klagte ich.

„Du brauchst dich für gar nichts zu entschuldigen. Du kannst gar nichts dafür. Ich bin nur froh, dass es dir wieder bessergeht. Du hast mir gestern einen riesen Schrecken eingejagt. Ich zweifelte schon an mir, dass ich nicht auf dich aufpassen könnte."

„Aber ...", setzte ich an, doch Sixt legte mir einen Finger auf den Mund.

„Nichts aber", sagte er und küsste mich. Ich ließ mich zurück in die Kissen sinken und zog ihn an mich. Mein Atem ging schneller. Sixt strich sanft mit seiner Hand über meinen Arm. Seine Lippen wanderten von meinem Mund zum Ohr, hinunter zum Hals und wieder zurück.

„Ich liebe dich", hauchte er an meinem Ohr.

„Ich liebe dich auch", erwiderte ich und ließ meine Hände über seine Brust gleiten. Dabei bemerkte ich etwas, wovon ich dachte, dass es gar nicht mehr sein konnte, denn schließlich war Sixt kein Mensch mehr.

„Dein Herz schlägt ja", sagte ich verdutzt und ließ meine Hand an der Stelle liegen, wo sein Herz in der Brust schlug.

„Ja, wenn man ein Schutzengel wird, schlägt das Herz weiter. Es ist für uns Schutzengel eher eine Täuschung für den Menschen, falls wir mal in eine Situation kämen, wo ein Mensch unseren Puls messen und keinen finden würde. Er würde ziemlich komisch gucken, wenn er keinen finden würde. Aber mein Herz schlägt nur für dich", lächelte er.

„Wirklich", fragte ich etwas ungläubig, weil ich es immer noch nicht glauben konnte, dass dieser atemberaubende Engel wirklich mich wollte.

„Ja. Nur für dich."

Nachdem wir zu Ende gefrühstückt hatten, schnappte ich mir frische Klamotten und ging ins Bad. Sixt sprang zu sich nach Hause und machte sich dort fertig. Nachdem ich geduscht, mir die Zähne geputzt und mich angezogen hatte, nahm ich das Tablett, welches noch auf dem Bett stand und brachte es nach unten in die Küche. Ich nahm mir das Telefon und rief in der Klinik an, um wegen der Blutergebnisse zu fragen. Ich sprach mit Dr. Smith. Der Arme hatte nachts Notdienst gehabt und musste noch die Frühschicht im Krankenhaus machen, da ein Kollege krank geworden war und er für ihn einsprang. Er hatte mir gesagt, dass es ein Schlafmittel gewesen war, welches in flüssiger Form in mein Glas geschüttet wurde. Ich hätte sehr viel Glück gehabt, dass ich nur wenig davon getrunken hatte. Nachdem ich das Gespräch beendet hatte, räumte ich die Lebensmittel weg und begann das Geschirr zu spülen. Eine Spülmaschine besaß ich nicht. Aber das wenige Geschirr, was ich alleine benutzte konnte ich auch selbst spülen. Im Augenwinkel sah ich, wie Sixt in der Küche auftauchte. Er kam zu mir, legte mir seine Arme um den Bauch und ich lehnte mich an seine Brust.

„Kann ich dir helfen", fragte er.

„Ich bin gleich fertig. Nur noch dieser Teller", sagte ich und trocknete ihn ab. Danach räumte ich alles schnell in den Schrank und trocknete die Spüle ab. Sixt setzte sich auf den Küchenstuhl und schaute mir zu.

„Sag mal, wie ist das eigentlich ...", zögerte ich.

„Na komm raus mit der Sprache", forderte Sixt mich auf.

„Naja, wenn ein Mensch sich umzieht oder duschen geht oder so, ist der Schutzengel dann auch immer da?" Bei der Vorstellung jemand könnte mir, ohne dass ich es wollte, zuschauen wurde mir mulmig.

„Nein. Also ich zumindest nicht. Ich habe Anstand und warte vor der Tür. Aber normalerweise ist es so, dass wir nicht immer bei unserem Schützling sind und sehen können, wenn er in Gefahr ist", erklärte Sixt mir.

„Stimmt, das hattest du mir erzählt."

„Hast du schon in der Klinik angerufen", wollte er wissen.

„Ja, als du weg warst. Sie haben herausgefunden, dass es ein Schlafmittel in flüssiger Form gewesen ist. Die Tropfen waren geschmacksarm, sodass ich es nicht gemerkt habe. Da ich das meiste aber ausgebrochen habe, wäre nicht soviel in den Blutkreislauf gelangt", erklärte ich ihm.

„Das müssen wir dann der Polizei mitteilen. Ich nehme mal an die lassen sich aber auch den Arztbericht schicken", sagte er.

„Ich bin immer noch nicht überzeugt, dass eine Anzeige etwas bringen wird", erwiderte ich.

„Aber du willst den Typen doch nicht unbestraft davonkommen lassen."

„Nein natürlich nicht. Aber die Polizei muss ihn erst einmal finden", sagte ich betrübt.

„Das werden sie. Oh, ich muss mal kurz verschwinden. Bin gleich wieder da", kam es von Sixt und schon war er weg. Ich stand verdutzt da. Warum war er denn jetzt verschwunden? In dem Moment klingelte es an der Haustür. Ich ging zur Tür und öffnete sie.

„Hallo Mom. Komm rein", sagte ich.

„Ich will dich nicht stören. Ich wollte nur fragen, ob Sixt morgen Abend nicht Lust hätte zum Abendessen zu kommen. Leslie hat den Tag vorgeschlagen, weil Greg morgen Zeit hat", fragte meine Mutter.

„Ich werde ihn fragen. Wir sehen uns gleich und dann sage ich dir heute Abend Bescheid. Ich nehme aber mal an, dass er Zeit hat."

„Was macht ihr denn heute Schönes?" Es war keine Neugierde. Es hörte sich eher interessiert an.

„Ich weiß noch nicht genau. Ich fahr erst mal zu ihm und dann schauen wir mal. Vielleicht gehen wir auch raus, bei dem schönen Wetter." Ich hasste es zu lügen, aber ich konnte ihr kaum erzählen, dass ich gestern fast vergiftet wurde und ich bei der Polizei eine Anzeige machen wollte. Ich wollte nicht, dass sie sich unnötig Sorgen machte, vor allem, weil großartig nichts passiert war.

„Ja, dein Vater und ich sind auch am Überlegen, wo wir mal hinfahren könnten. Und Leslie will wohl nachher mit Greg weg. So ich werde dann auch mal wieder herübergehen. Dein Vater hat die Straßenkarte schon auf dem Wohnzimmertisch ausgebreitet. Bis heute Abend dann", verabschiedete sie sich und verschwand zur Tür hinaus. Ich drehte mich wieder zur Küche um und da saß Sixt schon wieder auf dem Stuhl. „Ich dachte, du kannst nur sehen, wenn ich in Gefahr bin. Meine Mutter ist aber keine Gefahr für mich", sagte ich und schaute ihn an.

„Kann ich auch nur. Aber deine Mutter habe ich durch das Küchenfenster kommen sehen. Und ich glaube nicht, dass du ihr erklären wolltest, warum ich hier bin, aber mein Auto nicht." Er grinste und ich wusste, worauf er anspielte. Meine Mutter würde glatt denken, dass er bei mir übernachtet hätte. Hatte er auch, aber das musste sie nicht wissen. Gerade deshalb, weil wir doch erst seit noch nicht mal zwei Tagen zusammen waren. Meine Mutter würde meinen, dass es noch viel zu früh wäre, bei dem anderen zu übernachten.

„Nein das wäre zu kompliziert geworden. Wo warst du?"

„Ich war die ganze Zeit hier. Ich war nur unsichtbar. Ach so und ja ich komme morgen zum Essen." Sein Grinsen wurde breiter.

„Du hast zugehört. Ich glaube, ich muss mich daran erst einmal gewöhnen, dass du auch da sein kannst, wenn ich dich nicht sehe."

„Wenn ich nicht zuhören darf, musst du es nur sagen."

„Nein, ist schon in Ordnung. Ich habe keine Geheimnisse vor dir. Von mir aus kannst du alles mitbekommen."

„Das ist schön zu hören. Wollen wir so langsam mal los", fragte er.

„Ich bin soweit fertig. Wir können gerne los", sagte ich und ging zur Tür. Sixt machte sich unsichtbar, damit meine Eltern ihn nicht sahen. Wir verließen das Haus und gingen zu meinem Wagen. Nachdem wir eingestiegen waren, startete ich den Motor und fuhr los. Als ich in die nächste Straße einbog, wurde Sixt wieder sichtbar.

„Dein Auto ist bequem. Nur zu langsam. Wie viel PS hat der denn", fragte Sixt.

„Ähm ich glaube hundertsechszig."

„Nur?"

„Ja. Für mich reicht es. Ich weiß, du magst schnelle Autos. Ich bin zufrieden, wenn ich von A nach B komme und das schafft mein Scirocco prima", erklärte ich. „Wie viel PS hat deiner denn?"

„Dreihundertsechs", erwiderte er und grinste stolz. „Ein hübsches Cabrio würde dir auch gutstehen."

„Kein Geld."

„Kein Problem ich kaufe dir eins", schlug er vor.

„Und woher hast du soviel Geld?"

„Naja, das ist wiederum ein Vorteil, wenn man ein Schutzengel ist. Du kriegst von Anfang an ein volles Bankkonto, und wenn du schlau bist, legst du es noch gut an. In vier Jahren hat sich halt einiges angesammelt."

„Ihr bekommt ein Haufen Geld", fragte ich verdutzt.

„Ja. Wir müssen uns doch hier auf der Erde anpassen, und wenn du nämlich einen Schützling hast, den du ständig retten musst, dann fällt es irgendwann auf, wenn du arbeiten gehst und auf der Arbeit ständig fehlst. Deshalb ist es ziemlich schlecht für uns, nebenher noch arbeiten zu gehen. Wir würden sonst recht schnell wieder gekündigt werden. Und eigentlich arbeiten wir ja, wenn man es so sehen will. Für manche von uns ist es halt eine Schwerstarbeit auf seinen Schützling aufzupassen", erklärte er grinsend.

„Und für dich?"

„Für mich ist es eher ein Vergnügen", sagte er lächelnd und strich mir über das Haar. Wir fuhren auf den Parkplatz des Polizeireviers und ich parkte den Wagen. Nachdem wir ausgestiegen waren und ich den Wagen abgeschlossen hatte, legte Sixt mir den Arm um die Taille und wir gingen zum Gebäude. Wie ein Gentleman hielt Sixt mir die Tür zum Polizeirevier auf und wir gingen hinein. Am Empfang erklärte ich der netten Empfangsdame kurz, weswegen wir da waren und sie führte uns gleich in ein Büro.

„Einen kleinen Moment bitte. Kommissar Gibson wird gleich zu Ihnen kommen", sagte die Empfangsdame freundlich und verließ den Raum. Sixt und ich setzten uns jeweils auf einen der Stühle, die vor einem großen massiven Holzschreibtisch standen. Wir mussten gar nicht lange warten, als ein großer, stämmiger Mann mit leicht angegrauten Haaren das Büro betrat.

„Oh guten Tag. Mein Name ist Kommissar Carl Gibson. Was kann ich denn für Sie tun", fragte er freundlich und reichte uns nacheinander die Hand, bevor er auf dem Stuhl hinter dem Schreibtisch platz nahm.

„Ich würde gerne Anzeige wegen versuchten Mordes erstatten. Jemand hat mir ein Schlafmittel ins Glas gekippt", sagte ich und erzählte ihm genau, was passiert war und was die Klinik zu den Blutergebnissen gesagt hatte. Sixt hielt die ganze Zeit meine Hand. Kommissar Gibson nahm noch meine persönlichen Daten auf und schrieb alles mit, was ich erzählte.

„Ich werde die Anzeige gegen unbekannt aufnehmen, weil wir ja nicht wissen, wer es war. Haben Sie denn einen konkreten Verdacht?"

„Leider nein. Mir fällt auch niemand ein, der zu so etwas fähig wäre." „Nun gut, dann brauch ich hier noch eine Unterschrift, dass die Klinik uns die Blutergebnisse zuschicken darf. Die bräuchten wir für die Akte", sagte er und schob mir das Formular für die Schweigepflichtentbindung herüber. Ich nahm einen Stift, der auf den Schreibtisch lag und unterschrieb. „Und dann brauch ich auf dem Anzeigenformular noch eine Unterschrift, dass ihre Aussage auch der Wahrheit entspricht", fuhr er fort und schob mir das Formular ebenfalls zu. Auch dieses unterschrieb ich.

„Wie geht es denn jetzt weiter", fragte Sixt.

„Nun ja, ich werde die Ermittlungen einleiten, wobei es natürlich recht schwierig wird. Das Glas ist bestimmt schon gespült worden und somit sind die Fingerabdrücke, wenn der Täter das Glas berührt hat, schon weg. Wir werden uns aber in der Bar umhören, ob den Angestellten etwas aufgefallen ist. Und dann sehen wir weiter. Wir werden uns bei Ihnen melden, wenn wir etwas oder sogar den Täter gefunden haben", sagte Kommissar Gibson.

„Danke", erwiderte ich und stand auf. Sixt erhob sich ebenfalls.

„Auf Wiedersehen Miss Miller und halten Sie sich von herumstehenden Gläsern fern", verabschiedete sich Kommissar Gibson.

„Ja, das hat mir der Notarzt heute Nacht auch schon geraten. Das werde ich tun. Auf Wiedersehen und vielen Dank", erwiderte ich und ging zur Tür hinaus. Nachdem sich Sixt auch verabschiedet hatte, folgte er mir und zusammen verließen wir das Gebäude.

„Siehst du so schlimm war es gar nicht", stellte Sixt fest und nahm mich in seine Arme.

„Ich habe auch nie gesagt, dass es schlimm wird. Nur ich befürchte, dass es nichts bringt. Aber warum rät mir eigentlich jeder, dass ich mich von herumstehenden Gläsern fernhalten soll", fragte ich empört.

„Sie wollen alle nur dein Bestes. Ich glaube, das sind so Standardsprüche. Du bist nicht die Erste, der so etwas passiert ist."

„Naja, dann werde ich demnächst gar nichts mehr trinken, oder mein Glas überall hin mitnehmen. Dann müssen wir nur vorsichtig tanzen, damit ich nichts verschütte."

„Wir finden schon eine Lösung. Ich werde aber nicht zulassen, dass du mir verdurstest", sagte Sixt und küsste mich auf die Stirn. „Was wollen wir denn heute noch Schönes machen? Oder willst du nach Hause", fragte er.

„Nein nach Hause will ich nicht. Hm, wie wäre es, wenn du mir euer Haus zeigst", schlug ich vor.

„Ja das kann ich machen. Darf ich fahren", fragte er grinsend und hielt die Hand für den Autoschlüssel auf.

„Mein Auto ist dir doch nicht schnell genug", erinnerte ich ihn.

„Ich will mal sehen, wie er sich so fahren lässt", versuchte er sich herauszureden.

„Na gut. Aber du musst dir den Schlüssel erst verdienen." Ich hielt den Schlüssel fest in meiner Hand und legte meine Arme um seinen Hals. Er wusste genau, was ich meinte, und zog mich enger an sich heran.

„Du bist ganz schön gerissen. Weißt du das", sagte er leise. Dann lagen seine Lippen auf Meinen und er küsste mich zärtlich. Mit einer Hand ließ er mich los und griff hinter sich nach meiner Hand, in der sich der Schlüssel befand. Sanft löste er meinen Griff und nahm den Schlüssel. Seine Lippen lösten sich von Meinen und er schaute mich grinsend an.

„Ich habe ihn", triumphierte er.

„Das ist unfair. Das war viel zu schnell", protestierte ich aber es brachte nichts, denn Sixt war schon auf der Beifahrerseite und hielt mir die Tür auf.

Das Haus der Schutzengel war das letzte Haus in der Straße. Es stand direkt am Wald, der daneben begann. Ich hatte das Haus schon öfter gesehen, als ich die Straße entlanggefahren war, die in eine Landstraße überging. Es war der schnellere Weg, wenn ich zur Arbeit wollte, da ich so nicht durch die Stadt musste. Allerdings hätte ich nie gedacht, dass in diesem Haus Schutzengel wohnten. Gut wer hätte auch gedacht, dass es wirklich Schutzengel gab? Wir fuhren eine lange asphaltierte Auffahrt entlang, an der sich auf beiden Seiten Rasenflächen erstreckten. Das Grundstück war sehr groß und war rundherum mit einem hohen Zaun und Bäumen vor Blicken der Leute geschützt. In der Mitte stand ein

großes weißes Haus, wovor Sixt seinen Wagen parkte.
„Und wie gefällt es dir", fragte Sixt, als wir aus dem Auto stiegen.
„Es ist traumhaft. So groß", brachte ich nur heraus. Das Haus war
einfach atemberaubend. Es war in einem modernen Stil mit großen
Fenstern und Balkonen, dessen Brüstungen aus Milchglas
bestanden. Ich zählte vier Etagen und nahm an, dass es noch einen
Keller gab. Über der Haustür gab es ein Vordach, dass von zwei
Säulen rechts und links neben der Tür gestützt wurde. Neben den
Säulen erstreckten sich zwei Blumenbeete an der Hauswand
entlang, die mit Rosen bepflanzt waren. Zwei große Garagen
standen rechts neben dem Haus und boten zusammen mit der
großen asphaltierten Fläche vor dem Haus genug platz zum Parken.
Den brauchten die Schutzengel und Maja auch, denn jeder von
ihnen besaß ein Auto.
„Sollen wir reingehen", fragte Sixt.
„Ja gerne. Ich bin schon ganz gespannt, wie es von drinnen
aussieht", erwiderte ich und war neugierig darauf, was mich im
Haus erwarten würde.
„Na dann komm." Sixt nahm meine Hand und zog mich sanft zum
Haus. Er schloss die Tür auf und führte mich hinein. Im Haus
wirkte alles noch imposanter. Wir standen in einem großen Flur.
Der Boden war mit weißen Fließen ausgelegt und die Wände waren
in einem Braunton gestrichen.
„Komm, ich mache mit dir eine Hausführung", schlug Sixt vor.
„Also hier haben wir das Gäste-WC." Er deutete auf die erste Tür
gleich auf der linken Seite. Als Nächstes zeigte er mir auf der
rechten Seite einen Raum. „Das ist unser Spielzimmer", grinste er.
„Euer Spielzimmer", hakte ich verdutzt nach, sah aber gleich, was
er meinte. In der Mitte des Raumes stand ein Billardtisch. An der
Wand hing ein großer Flachbildfernseher und darunter befand sich
ein Schrank mit Spielkonsolen und Spielen. Davor standen eine
Couch und ein kleiner Tisch. Neben der Tür befand sich eine Bar
mit Tresen und Barhockern.
„Und was ist das für ein Raum", fragte ich und deutete auf den
Durchgang an der linken Seite.
„Da geht es ins Wohnzimmer. Das zeige ich dir gleich. Lass uns
erst einmal weitergehen." Er führte mich wieder in den Flur und
zeigte mir den nächsten Raum auf der linken Seite gleich neben
dem Gäste-WC. „Das hier ist die Küche", sagte er und betrat den

Raum. Ich folgte ihm und schaute mich um. Die Küche bestand aus weißen Ober- und Unterschränken. Die Arbeitsplatten glänzten in Schwarz, sowie auch die Griffe an den Schränken. In der Mitte der Küche befand sich eine Kochinsel, über die ein Gitter angebracht war, an dem verschiedene Kochutensilien an Haken hingen. Gegenüber der Tür stand ein großer Kühlschrank. Den brauchte man auch bei einem Fünfpersonenhaushalt.

„Die Küche ist sehr schön und so groß."

„Ja, wir haben hier viel platz", erwiderte Sixt grinsend.

„Das ist mir schon aufgefallen. Wohin führt die Tür", fragte ich und deutete auf die Tür rechts an der Seite.

„Sie führt ins Esszimmer. Komm, ich zeige es dir." Sixt öffnete die Tür und führte mich in den nächsten Raum. Das Esszimmer hatte die gleiche Größe, wie die Küche. Hier waren die Wände in einem Beigeton gestrichen und der Boden war mit einem hellbraunen Laminat ausgelegt. Neben der Tür stand ein Sideboard aus dunklem Holz. Links und auch gegenüber der Tür befanden sich zwei große Fenster, die bis zum Boden gingen. In der Mitte vom Raum stand ein großer Esstisch und um ihn herum acht Stühle. An der rechten Seite befand sich eine weitere Tür. Durch die führte mich Sixt als Nächstes und wir kamen wieder in den Flur. Wir standen nun vor den großen Treppen, die in die oberen Stockwerke und in den Keller führten. Sie befanden sich gegenüber der Haustür und waren mir schon aufgefallen, als wir das Haus betreten hatten. Allerdings war ich so mit den Eindrücken des Hauses beschäftigt gewesen, dass mir gar nicht aufgefallen war, was sich daneben befand. Jetzt wo ich es sah, konnte ich es nicht glauben.

„Ein Fahrstuhl", fragte ich ungläubig und deutete auf den Lift neben den Treppen.

„Ja. Ich weiß auch nicht, warum wir einen haben, da wir Schutzengel schließlich springen können. Aber Maya findet ihn praktisch. So braucht sie nicht die Treppen zu ihrem Zimmer hochlaufen, wenn Timothy nicht da ist, um mit ihr zu springen.

„Ihr könnt Leute mitnehmen, wenn ihr springt", fragte ich nun.

„Ja, wir können Personen und Gegenstände mitnehmen. Ich zeige es dir mal."

„Hey, ihr beiden. Na Jamie, geht es dir wieder gut", rief Nathan aus dem Raum, vor dem wir nun standen. Es war der letzte Raum in dieser Etage, den ich noch nicht gesehen hatte und musste, wie Sixt schon gesagt hatte, das Wohnzimmer sein.

„Hallo. Ja mir geht es wieder gut", erwiderte ich und ging mit Sixt zu Nathan, der mit Sasha auf der Couch saß. Nun ließ ich meinen Blick durch das Wohnzimmer wandern. Die Wände waren in einem Vanilleton gestrichen. Dazu passend standen zwei beigefarbige große Sofas und der gleichfarbige Sessel in der Mitte des Raumes. Davor stand ein Wohnzimmertisch. An der linken Seite neben dem Durchgang zum Männerspielzimmer stand in der Ecke ein Regal, auf dem ein riesengroßer Flachbildfernseher stand. Im Regal selbst befand sich ein DVD-Player. Der Boden war mit einem dunklen Laminat ausgelegt. An der linken Seite befand sich eine große Fensterfront mit einer Terrassentür, die in den Garten führte. Auf der rechten Seite der Tür stand ein Wohnzimmerschrank.

„Hat das Krankenhaus herausbekommen, was für ein Zeug in deinem Glas gewesen ist", fragte Sasha.

„Ja, es war ein Schlafmittel gewesen. Aber ich hatte zum Glück nicht so viel davon im Körper. Sixt und ich waren gerade auch schon bei der Polizei um Anzeige gegen unbekannt zu erstatten."

„Dann hoffen wir mal, dass sie den Täter finden werden", erwiderte sie.

„Wo sind denn die anderen beiden", fragte Sixt und schaute sich um.

„Die sind bei Mayas Eltern zum Mittagessen", sagte Nathan.

„Apropos Mittagessen. Hast du Hunger? Ich muss ja daran denken, auch wenn ich nichts essen brauche, dass du es aber musst", wandte sich Sixt schnell zu mir.

„Nein, ich habe noch keinen Hunger. Wir haben doch auch erst gefrühstückt. Das reicht mir. Ich brauche nicht soviel zu essen. In der Uni ist das, was ich in der Mensa esse, meistens das Erste am Tag", erklärte ich.

„Ja und ich habe gesehen, was das ist. Entweder Cornflakes oder Salat. Morgen suche ich dir das Essen aus und dann bekommst du etwas Richtiges." Nathan und Sasha begannen zu lachen.

„Du hörst dich an wie meine Mutter", neckte ich ihn.

„Komm ich zeige dir den Rest des Hauses", sagte er und zog mich mit sich. Ich hörte Sasha und Nathan hinter mir immer noch lachen. Als Erstes gingen wir die Treppe herunter ins Untergeschoss.

„Das ist bestimmt der Keller", vermutete ich, wobei ich mir nicht

sicher war, was mich in diesem Haus noch alles erwarten würde.
„Nicht ganz", grinste Sixt und führte mich nach unten. Wir kamen
in einen Flur an, von dem aus vier Türen abgingen. Sixt führte mich
gleich in den ersten Raum auf der rechten Seite. Mich traf fast der
Schlag. Es war kein Kellerraum, wie ich es erwartet hatte, sondern
ein Fitnessraum. Die Wände waren weiß gestrichen und der
Fußboden war mit Laminat ausgelegt. Überall standen die
modernsten Fitnessgeräte herum. Hantelbank, Crosstrainer,
Laufband und noch einiges mehr. Dieser Raum umfasste von der
Größe her das Esszimmer und die Hälfte der Küche.
„Das ist unglaublich. Aber wofür braucht ihr denn einen
Fitnessraum?"
„Wir müssen uns doch auch fit halten", lächelte Sixt. „Du kannst
ihn benutzen, wann immer du möchtest."
„Danke", sagte ich und war immer noch überwältigt von dem
Anblick.
„Das ist aber noch nicht alles", grinste Sixt und führte mich durch
den Durchgang, der in den angrenzenden Raum führte. „Hier
haben wir noch unseren Wellnessbereich. Den darfst du natürlich
auch benutzen." Der Wellnessbereich bestand aus einer Sauna,
einer Sonnenbank und einem Whirlpool.
„Wahnsinn", entkam es mir und ich kam aus dem Staunen nicht
mehr heraus. Sixt zeigte mir noch die anderen beiden Räume, die zu
meiner Überraschung ein Abstell- und ein Waschraum waren.
Damit hatte ich, nachdem was ich in den ersten beiden Räumen
gesehen hatte, gar nicht gerechnet. Sixt wollte gerade die Treppe
wieder heraufgehen, als ich mich vor dem Fahrstuhl stellte und auf
den Knopf drückte, damit er nach unten kam.
„Ist da etwa jemand zu faul zum Laufen", fragte Sixt grinsend und
kam zu mir.
„Nein. Aber ich muss doch mal den Fahrstuhl ausprobieren",
erwiderte ich ebenfalls grinsend. Der Aufzug kam und wir fuhren in
die erste Etage. Hier gab es zwei Zimmer, die von einem kleineren
Flur zu beiden Seiten abgingen.
„Das ist Sashas Zimmer", sagte Sixt und deutete auf die linke Tür.
„Und das ist Nathans Zimmer." er zeigte auf die andere Tür.
„Haben sie kein Zimmer zusammen? Sie sind doch ein Paar, oder",
fragte ich verdutzt.
„Doch das sind sie. Aber erst seit zwei Jahren. Sie wohnen

zusammen in Nathans Zimmer. Vorher hatte jeder sein Eigenes",
erklärte Sixt. „Sasha nutzt ihr Zimmer aber noch für ihre
Klamotten oder wenn sie ins Bad muss. Das kann bei ihr schon mal
länger dauern, wenn sie sich morgens für die Uni fertigmacht."
„Ach so. Hat jeder von euch ein eigenes Bad?"
„Ja. Das ist auch gut so. Morgens würde es sonst nur Chaos geben,
wenn jeder ins Bad will. Komm, ich zeige dir jetzt noch den Rest
des Hauses." Wir nahmen dieses Mal die Treppen und gingen in
den zweiten Stock. Hier waren die Zimmer genauso aufgeteilt, wie
in der ersten Etage.
„Das ist Timothys und Mayas Zimmer", sagte Sixt und zeigte auf
die Tür auf der rechten Seite.
„Und das ist dann dein Zimmer", vermutete ich und deutete auf
die Tür auf der anderen Seite.
„Nein, mein Zimmer ist eine Etage höher", grinste er.
„Oh und wer wohnt dann hier", fragte ich überrascht, denn ich
dachte eigentlich, dass ich schon alle Hausbewohner kannte.
„Niemand. Das Zimmer ist leer", erwiderte er und wirkte so
traurig, wie schon den Tag zuvor, als wir auf meinen früheren
Schutzengel zu sprechen kamen. Vielleicht war er es, der in diesem
Zimmer gewohnt hatte. Irgendetwas musste passiert sein, weil Sixt
so traurig wirkte. Ich würde ihn darauf ansprechen. Nur nicht jetzt.
Vielleicht wollte er auch nicht darüber reden.
„Oh ach so. Dann zeig mir doch jetzt dein Zimmer", versuchte ich
ihn von seiner Traurigkeit abzulenken. Es funktionierte, denn die
Traurigkeit verschwand und ein Lächeln erschien auf seinem
Gesicht.
„Na dann komm. Ich bin gespannt, wie du es findest", sagte er,
nahm meine Hand und zusammen gingen wir die Treppe nach
oben ins Dachgeschoss. Hier war der Flur kleiner, als in den
vorherigen Stockwerken und führte nach wenigen Schritten zur
Zimmertür. Sixt öffnete die Tür und führte mich in sein Zimmer.
Ich staunte, denn das Zimmer war so groß, wie eine der unteren
Etagen. Allerdings wurde der Stellraum durch die Dachschrägen
eingeschränkt. Gegenüber der Tür befand sich eine riesen
Fensterfront mit einer Balkontür, die auf einen großen Balkon
führte. Der Boden war mit einem hellen Laminat ausgelegt und die
Wände waren in einem Champagnerton gestrichen. An der rechten
Seite entdeckte ich neben dem Fenster eine kleine Bar mit einem

Kühlschrank.

„Wohin führt denn diese Tür", fragte ich und deutete auf die gleich rechts neben der Zimmertür.

„Das ist das Badezimmer", erwiderte er und zeigte es mir. Das Bad war wirklich schön. Die Fliesen an der Wand waren hellgrau. Den Kontrast dazu boten die Fliesen auf dem Boden, die in einem dunkelgrau waren. Dazu passend gab es eine ebenerdige Dusche, eine Badewanne, ein Waschbecken und die Toilette ebenfalls in Dunkelgrau. Durch das große Fenster wirkte der Raum trotzdem sehr hell und man hatte genügend Licht.

„Das ist sehr schön", sagte ich.

„Ja, mir gefällt es auch", lächelte Sixt.

„Aber wofür habt ihr denn eigentlich eine Toilette, wenn ihr sie doch nie benutzt?"

„Das ist eher zum Schein, wenn doch mal ein Mensch ins Haus kommen sollte. Sei es, falls wir Schutzengel ausziehen und das Haus verkaufen würden, oder aber auch für die Bauarbeiter, die es gebaut haben. Die Menschen würden sich schließlich fragen, warum es keine Toiletten gäbe und würden es merkwürdig finden. Erkläre doch dann mal, warum es keine gibt. Aber abgesehen davon braucht Maya eine, da sie hier wohnt und du doch auch, wenn du jetzt öfter hier bist."

„Da hast du recht." Wir verließen das Badezimmer und ich schaute mich weiter um. In die Mitte des Raumes ragte eine beige Couch hinein. Daneben befand sich am Fenster ein Sessel. Davor stand ein Wohnzimmertisch aus Glas. Gegenüber der Couch stand an der Wand auf einem Schrank ein großer Flachbildfernseher. Im Schrank selbst, dessen Türen aus Glas waren, befanden sich DVDs und ein DVD-Player. In diesem Zimmer fehlte allerdings etwas.

„Sag mal, hast du kein Bett", fragte ich Sixt und schaute mich noch einmal um.

„Doch natürlich. Da oben", grinste er und deutete nach oben. Jetzt erst fiel mir die Wendeltreppe auf, die auf der rechten Seite der Zimmertür neben einer weiteren Tür war. Ich schaute nach oben und sah, dass es über der Tür noch eine Empore gab. „Geh ruhig hoch", sagte Sixt. Ich ging die Treppe hinauf und er folgte mir. Die Empore war mit einem Geländer geschützt, damit man nicht herunterfiel. Hier oben stand ein großes gemütliches Bett mit zwei Nachtschränken zu jeder Seite. Über dem Bett gab es ein kreisrundes Fenster. An beiden Seiten vor den Dachschrägen standen Regale, die mit Büchern gefüllt waren. Darüber befand sich jeweils ein Dachfenster.

„Wahnsinn", stieß ich heraus. Mehr konnte ich nicht sagen. Ich war sprachlos, was ich in diesem Haus alles zu sehen bekam. Und allein dieses Zimmer war ein Traum.

„Du hast noch nicht alles gesehen", grinste Sixt.

„Es gibt noch mehr", fragte ich verdutzt.

„Ja. Es gibt noch etwas, wofür mich Sasha und Maya sehr beneiden. Komm, ich zeige es dir." Er nahm meine Hand und führte mich die Treppe herunter. Unten öffnete er die Tür, die ich zwar schon gesehen hatte, aber noch nicht wusste, was sich dahinter befand. Ich traute meinen Augen nicht, als ich sah, was sich hinter der Tür befand. Ein Traum jeder Frau.

„Ein begehbarer Kleiderschrank." Es war eigentlich keine Frage. Eher eine Feststellung. Erst jetzt fiel mir auf, dass ich gar keinen Kleiderschrank im Zimmer gesehen hatte. „Kein Wunder, dass dich Sasha und Maya deswegen beneiden. So einen hätten sie bestimmt auch gerne."

„Ja. Sie haben schon einige Male versucht mich zu überreden, die Zimmer zu tauschen. Aber ich möchte gar nicht tauschen. Jetzt hat Sasha aus ihrem Zimmer einen begehbaren Kleiderschrank gemacht. Ihr Kleiderschrank reichte für ihre vielen Klamotten auch nicht mehr aus."

„Hat sie wirklich so viele Klamotten", hakte ich nach und wir verließen den Raum.

„Oh ja das hat sie. Shoppen ist ihr Hobby", grinste er. „Wie gefällt dir denn das Zimmer."

„Es ist ein Traum von einem Zimmer. Du hast es sehr schön eingerichtet."

„Naja, Sasha hat mir etwas geholfen. Sie hat sowieso das ganze Haus eingerichtet und gestaltet. Man durfte ihr nur für das eigene Zimmer dazwischen reden sonst nicht", gestand er.

„Das hat sie aber sehr gut gemacht. Das Haus ist einfach atemberaubend. Und der Balkon erst. So groß", sagte ich und trat zur Balkontür.

„Ich habe wirklich Glück gehabt mit diesem Zimmer. Die Dachschrägen stören zwar etwas, aber die Empore und der Balkon entschädigen sie. Ich habe übrigens den größten Balkon von allen.

Er ist zwanzig Quadratmeter groß. Geh ruhig mal raus." Ich öffnete die Tür und trat hinaus. Von hier aus konnte man über einen Teil der Stadt sehen. Sixt trat hinter mich und legte seine Arme um meinen Bauch.

„Und Prinzessin, gefällt es dir", fragte er flüsternd in mein Ohr.

„Es ist wunderschön. Wie in einem Märchenschloss und du bist mein Prinz", flüsterte ich, reckte meinen Kopf zu ihm nach oben und küsste ihn.

„Es freut mich, dass es dir gefällt. Was möchtest du denn jetzt machen", fragte er mich. Wir gingen zurück in sein Zimmer, da dunkle Wolken aufgezogen waren und es zu regnen begann.

„Ich weiß es nicht. Wie wäre es, wenn wir einen Film anschauen. Darauf hätte ich mal Lust", erwiderte ich.

„Okay, suche dir einen aus. Ich hole in der Zeit etwas zu trinken", sagte er und ging zu seiner Bar. Ich ging zum Schrank, wo die DVDs standen und schaute, was er für Filme hatte. Sixt hatte eine große Auswahl an Action- und Horrorfilmen. Einige davon mochte ich sehr gerne und hatte sie des Öfteren schon gesehen. Ich entschied mich für einen Horrorfilm, der sich von der Beschreibung her gut anhörte. In dem Moment kam Sixt mit einer Flasche Cola und zwei Gläsern zurück und stellte sie auf den Wohnzimmertisch ab.

„Na, hast du einen Film gefunden?"

„Ja, den hier", sagte ich und reichte ihm die DVD.

„Okay, aber nicht das du davon Albträume bekommst", lachte er und legte den Film in den DVD-Player ein, nachdem er den Fernseher eingeschaltet hatte.

„Nein tue ich nicht." Ich setzte mich auf die Couch. Sixt kam zu mir und drückte auf der Fernbedienung die Starttaste. Er legte einen Arm um meine Schulter und ich lehnte mich an ihn an. Der Film handelte von einer Gruppe Jugendlicher, die durch eine Autopanne in einem alten Haus übernachten mussten. Sie wussten allerdings nicht, dass dort ein Massenmörder hauste und sie umbringen wollte. Als er in einer Szene ein Mädchen von hinten überraschte, erschrak ich so sehr, dass ich mein Gesicht an Sixts Brust versteckte.

„Hey Süße, es ist doch alles gut", sagte Sixt sanft und streichelte mir über die Haare.

„Ich habe mich nur erschrocken", erklärte ich und linste durch die

104

gespreizte Hand, die ich vor meinen Augen hielt, wieder zum Film. So blieb ich bis zum Ende sitzen.

„Du bist ein kleiner Angsthase", neckte mich Sixt und schaltete den Film aus.

„Nein, bin ich nicht", verteidigte ich mich. „Der Typ war nur so schrecklich."

„Immer diese Ausreden", neckte er weiter. Ich drehte mich um und tat, als ob ich schmollen würde. Sixt rückte näher an mich heran und küsste mich im Nacken, am Hals und wanderte hoch zu meinem Ohr. Mich überkam ein Schauer der Erregung.

„Und schmollst du immer noch", hauchte er an meiner Wange und küsste mich wieder.

„Ja", sagte ich und mein Atem ging schneller. Er legte mir einen Arm um den Bauch und zog mich eng an sich. Ich merkte, wie auch sein Atem an meinen Hals schneller ging.

„Gibst du auf", fragte er und strich mit den Lippen von meinem Hals zum Ohr.

„Nein", japste ich und schnappte nach Luft. Er strich mit seinen Lippen weiter über die Wange bis fast zu meinem Mund und wieder zurück.

„Und jetzt", flüsterte er.

„Ich gebe auf", ergab ich mich japsend, drehte mich zu ihm um und schon trafen unsere Lippen aufeinander. Ich schlang meine Arme um seinen Hals und vergrub meine Hände in seinen Haaren. Seine Küsse waren so leidenschaftlich und zärtlich zugleich.

„Interessant. So kann ich also deinen Willen brechen", stellte er lachend fest, als er sich von mir löste.

„Das wird aber nicht immer funktionieren."

„Wann denn zum Beispiel nicht?"

„Wenn ich wirklich wütend bin", erwiderte ich.

„Auf einen Versuch käme es dann an", grinste er, zog mich wieder zu sich und küsste mich. Ich wollte gerade den Kuss vertiefen, als es an der Tür klopfte.

„Komm rein", rief Sixt, als wir uns voneinander lösten und Sasha öffnete die Tür.

„Ich wollte nur fragen, ob ihr mit zu Abend essen wollt. Nathan kocht", fragte sie.

„Nathan ist unser Kochspezialist. Er kann am besten von uns allen kochen und tut es auch gerne. Es ist ein Hobby von ihm", erklärte

105

Sixt. „Wie sieht es aus, bleibst du zum Essen?"

„Ja gerne", erwiderte ich.

„Gut. Ich sage ihm dann mal Bescheid, dass ihr mitessen werdet. Maya und Timothy sind auch da", sagte Sasha und verschwand aus dem Zimmer.

„Ich rufe meine Mutter an und sage ihr Bescheid, dass sie nicht für mich mitkochen muss", sagte ich und holte mein Handy aus der Tasche. Ich wählte die Nummer von meinen Eltern und es dauerte nicht lange, bis am anderen Ende abgehoben wurde.

„Miller", meldete sich meine Mutter.

„Mom, ich bin es Jamie. Ich wollte nur Bescheid sagen, dass ich heute bei Sixt esse. Du brauchst also nicht für mich mitzukochen."

„Ja ist gut. Hast du ihn wegen morgen Abend gefragt", fragte sie.

„Ja. Er kommt morgen zum Essen", sagte ich und lächelte Sixt an.

„Gut dann sehen wir uns ja morgen. Kommst du heute Abend nach Hause?"

„Ja, nach dem Essen komme ich heim."

„Okay mein Schatz. Bis morgen dann."

„Tschüss Mom", erwiderte ich und legte auf.

Als das Essen fertig war, saßen wir alle zusammen im Esszimmer am Tisch. Es gab Chili con Carne mit Reis. Das Essen schmeckte richtig gut, und wie Sixt mir schon erzählt hatte, konnte Nathan wirklich gut kochen.

„Wollen wir am Dienstag shoppen gehen", fragte Sasha Maya und mich.

„Von mir aus gern. Ich habe da nichts vor", erwiderte ich.

„Ja bei mir geht es auch", sagte Maya.

„Okay, dann fahren wir gleich nach der Uni", bestimmte Sasha.

„Nathan bestell schon mal einen neuen Kleiderschrank", scherzte Timothy.

„Ja das werde ich wohl machen müssen. Beziehungsweise müssen wir wohl bald anbauen, damit deine Klamotten alle in dein Zimmer hineinpassen", wandte Nathan sich an Sasha.

„So schlimm bin ich gar nicht", verteidigte sie sich.

„Nein", riefen alle drei Jungs gleichzeitig und lachten.

Nach dem Essen fuhr ich nach Hause. Sixt begleitete mich. Ich stellte meinen Wagen an der Garage ab und wir stiegen aus.

106

„Sollen wir noch eine Runde spazieren gehen", fragte Sixt mich.
„Ja, das wäre schön", erwiderte ich und schaute ihn lächelnd an.
„Na dann komm", sagte er sanft, legte einen Arm um meine Taille und wir gingen zum Wald hinter unserem Grundstück. Der Regen hatte aufgehört und die Sonne versuchte sich, durch die Wolken zu drängen. Ich liebte den Wald und ging gerne dort spazieren. Ich atmete tief ein und roch die frische Waldluft.
„Schau mal da sitzt ein Hase", sagte Sixt leise und zeigte zu einem Busch, vor dem ein hellbrauner Hase saß.
„Der ist ja süß. Und schau mal da sind ja noch ganz kleine", erwiderte ich ebenfalls leise, um sie nicht zu verscheuchen. Vier kleine Hasen kamen aus dem Gebüsch und blieben neben dem großen Hasen stehen. Ich liebte Tiere. Wenn ich im Fernsehen Not leidende Tiere sah, hätte ich sie am liebsten alle gerettet und zu mir geholt. Wir schauten den Hasen noch etwas zu und gingen dann weiter.
„Ich hatte mal ein Zwergkaninchen. Er hieß Snow, weil er schneeweiß war. Eigentlich war er schon fast wie ein Hund gewesen und lief mir überall hinterher. Er war den ganzen Tag und auch in der Nacht draußen gewesen und war nur in seinem Käfig zum Fressen und um sein Geschäft zu erledigen. Er war sehr zutraulich. Wenn ich auf meinem Bett saß, kam er zu mir hochgesprungen und setzte sich neben mich, um von mir gestreichelt zu werden", erzählte ich.
„Und wo ist er jetzt", fragte Sixt.
„Naja vor zwei Jahren hatte er plötzlich eine Zahnentzündung. Mir ist das gar nicht aufgefallen, als er zwei Tage nichts mehr gefressen hat. Das hatte er öfter nicht gemacht und dafür danach das doppelte gefressen. Er lag vor seinen Käfig und war so schwach. Mein Vater und ich sind mit ihm zum Tierarzt gefahren. Aber es hatte keinen Sinn mehr. Der Tierarzt sagte, er hätte die Nacht nicht mehr überlebt und für eine Narkose um den Zahn zu behandeln wäre es auch zu spät gewesen. Er musste eingeschläfert werden", sagte ich traurig.
„Es war bestimmt schlimm für dich."
„Ja war es. Ich hatte ihn vier Jahre. Meine Eltern wollten mir einen Neuen kaufen, aber ich wollte nicht. Zumindest nicht in der ersten Zeit."
„Möchtest du denn wieder einen haben?"

107

„Gerne. Hasen gehören zu meinen Lieblingstieren. Sag mal ...", fing ich an.

„Ja?"

„Kommen Tiere auch in den Himmel?"

„Natürlich. Sie können halt keine Schutzengel werden, aber dafür warten sie im Himmel auf ihren Besitzer", erklärte Sixt sanft.

„Wirklich", fragte ich ungläubig.

„Ja. Wenn sie ihren Besitzer im Himmel sehen, laufen sie zu ihm."

„Irgendwie klingt es süß. Wenn man dafür halt nicht sterben müsste, um seine Liebsten wiederzusehen."

„Ja so ist es leider", sagte er zog mich an sich und küsste mich auf mein Haar. Es donnerte und als ich durch die Bäume in den Himmel blickte, sah ich, dass sich über uns dicke dunkle Wolken befanden. In dem Moment fing es auch schon leicht an zu regnen an.

„Komm, lass uns zurückgehen, bevor es noch richtig anfängt zu regnen und wir nass werden", schlug Sixt vor. Wir traten den Rückweg an, und kurz bevor wir mein Haus erreicht hatten, begann es wie aus Eimern zu schütten.

„Du solltest dich umziehen gehen, bevor du noch krank wirst", sagte Sixt, nachdem wir mein Haus mit vollkommen durchnässten Klamotten betreten hatten.

„Du auch", erwiderte ich.

„Ich kann nicht krank werden", grinste er. „Aber ich werde mich auch eben umziehen gehen. Bis gleich." Er gab mir einen Kuss und verschwand.

Kapitel 8

Ich fuhr auf dem Parkplatz der Universität, wo Sixt schon auf mich wartete. Er war zwar über Nacht bei mir gewesen, musste aber noch mal nach Hause seine Bücher und sein Auto holen. Als ich ihn sah, überkam mich ein Gefühl der Freude und des Glückes. Ich hatte wirklich Glück ihn zu haben. Sixt sah so unglaublich gut aus, dass er jedes Mädchen hätte haben können. Aber er wollte nur mich. Ich konnte es immer noch nicht so ganz verstehen, warum. Aber es war mir auch egal. Er liebte mich und das war das Wichtigste. Ich parkte mein Auto und stieg aus. Sixt war schon zu mir herübergekommen und schaute mich mit freudestrahlenden eisblauen Augen an.

„Hi", sagte ich und küsste ihn. Seine Arme legten sich eng um meinen Körper. Ich schaute kurz zur Seite und sah, dass Monica uns wütend anstarrte. Mein Blick fiel auf die Person neben ihr, mit der sie redete. Terina. Was machte sie denn hier? Sie studierte doch gar nicht. Und wieso redete Monica mit ihr? Sie kannten sich doch überhaupt nicht. Ich konnte allerdings nicht hören, über was sie redeten. Doch als Terina ebenfalls zu uns herüberschaute, konnte ich mir denken, dass es um mich und Sixt ging.

„Was ist los", fragte Sixt.

„Nichts. Monica schaut nur herüber und neben ihr steht Terina. Ich kann mir vorstellen, dass sie über uns reden", sagte ich.

„Lass sie doch."

„Ja, aber ich frage mich, was Terina hier macht? Sie studiert nicht an dieser Uni."

„Vielleicht hat sie sich doch entschlossen zu studieren und hat gerade eine neue Freundin gefunden. So wie es aussieht, versteht sie sich gut mit Monika."

„Vom Charakter her passen die beiden gut zusammen", erwiderte ich.

„Komm wir gehen. Ich bring dich noch zu deinem Raum." Sixt legte mir einen Arm um die Taille und brachte mich zu meinem Kursraum. Davor bleiben wir stehen und er gab mir einen Kuss.

„Wir sehen uns nachher in der Mensa", sagte er und strich mir sanft über die Wange.

„Ja bis nachher. Viel Spaß bei deinen Vorlesungen."

„Danke. Dir auch viel Spaß", erwiderte er. Ich ging in den Raum und setzte mich, wie immer, in die letzte Reihe. Gleich darauf kam Sasha herein und setzte sich zu mir.

„Na wie geht es dir", fragte sie fröhlich.

„Mir geht es gut."

„Was habt ihr gestern noch so gemacht?"

„Erst waren wir spazieren und dann haben wir noch etwas ferngesehen und ihr", fragte ich sie.

„Ich musste noch meinen Schützling retten. Sie ist fünfundsiebzig Jahre alt, meint aber sie wäre noch so fit, wie eine Zwanzigjährige. Echt schlimm, auf welche Ideen sie so kommt. Gestern ist sie vollbepackt die Treppe bei sich zu Hause heruntergegangen und wäre fast gestürzt. Die Anderen waren zu Hause und haben sich einen Film angeschaut", sagte sie leise, dass es niemand anderes mitbekam.

„Oh da hattest du ja noch etwas zu tun." Ich sah aus dem Augenwinkel, wie Monica zusammen mit Terina in den Raum kam und zu den vorderen Plätzen ging. Ich fragte mich, was Terina hier zu suchen hatte. Selbst wenn sie gerade angefangen hatte zu studieren, so wäre sie in diesem Kurs falsch. Wir waren alle schon zwei Jahre weiter. Die Anfänger hatten ihre eigenen Kurse.

„Was macht die denn hier", fragte Sasha.

„Das frage ich mich auch", erwiderte ich.

In der Mittagspause gingen Sasha und ich in die Mensa. Die anderen vier warteten schon an deren Stammtisch auf uns. Als Sixt mich sah, stand er auf und kam zu mir.

„Hey, ich hole dir jetzt etwas zu essen", sagte er, gab mir einen Kuss und ging zur Theke.

„Ich hoffe nur, dass er nicht mit einem vollen Tablett wiederkommt", murmelte ich, als Sasha und ich zum Tisch gingen. Mir graute es bei der Vorstellung, er würde mit einem vollen Tablett nur für mich zurückkommen. Sasha lachte und setzte sich neben Nathan. Ich nahm ihnen gegenüber platz.

„Wo ist denn Sixt hin", fragte Maya.

„Er will mir etwas zu essen holen, weil er der Meinung ist, ich würde nichts Vernünftiges essen", erklärte ich ihr.

„Das kenne ich", grinste sie und schaute in Timothys Richtung.
„Er hat doch recht. Du hast, bevor wir zusammenkamen, auch nie etwas Richtiges gegessen. Wir kümmern uns halt um unsere Schützlinge, dass sie nicht vom Fleisch fallen", verteidigte sich Timothy. Sixt kam zurück und ich atmete erleichtert auf, als er das Tablett auf den Tisch stellte. Es befanden sich nur ein Stück Salami Pizza und ein Schokoladenpudding darauf.
„Ich habe schon befürchtet du kommst mit einem vollen Tablett wieder", sagte ich.
„Nein, heute hatten sie nicht so tolle Sachen zur Auswahl. Ich hoffe aber, das magst du."
„Ja. Aber wo ist denn dein Essen?"
„Ich habe im Moment keinen Hunger", antwortete er. Ich hörte, wie Monica laut über mich sprach. Anscheinend wollte sie, dass ich es mitbekam.
„Schaut mal, jetzt sitzt sie schon bei denen am Tisch. Wir sind ihr nicht mehr gut genug", ätze sie. Sixt und die Anderen bekamen es ebenfalls mit und schauten mich an. Ich ballte unterm Tisch die Hände zu Fäusten.
„Meinst du ihr Schutzengel hätte etwas dagegen, wenn ich ihr das Tablett ins Gesicht schlage", fragte ich Sixt leise.
„Nein ich glaube nicht, dass Brian etwas dagegen hätte, aber sie ist es nicht wert, dass du Ärger vom Direktor bekommst", erwiderte er.
„Du kennst ihren Schutzengel", fragte ich überrascht.
„Ja und er kann sie nicht leiden. Aber er muss ihr helfen", erklärte er mir.
„Ist er gerade hier", fragte ich neugierig.
„Nein. Ich glaube, er ist auch nur da, wenn sie in Not ist."
„Könnt ihr euresgleichen sehen, auch wenn sie unsichtbar sind", fragte ich leise.
„Ja das können wir. Nur haben die Unsichtbaren dann einen hellen Schein um sich, damit wir sie nicht versehentlich ansprechen und die anderen Leute uns für verrückt erklären, wenn wir mit der Luft reden", erklärte Sixt.
„Ignoriere sie einfach. Das ist purer Neid", sagte Nathan.
„Ja, werde ich auch", erwiderte ich.
„Außerdem würdest du so etwas auch gar nicht tun. Dafür bist du viel zu lieb", sagte Sixt und strich mir über die Wange.

Nach der Uni brachte Sixt mich noch zu meinen Wagen.
„Ich bin dann um halb sieben bei dir", sagte er.
„Ja ist gut. Bis nachher." Er zog mich an sich und küsste mich.
„Bis nachher, Süße. Viel Spaß an der Arbeit."
„Danke. Werde ich wahrscheinlich haben. Zumindest, wenn ich
wieder alles alleine machen darf, da meine beiden
Arbeitskolleginnen keine Lust haben zu arbeiten", erwiderte ich
und löste mich von ihm.
„Ich kann vorbeikommen und dir helfen", bot Sixt mir an.
„Das brauchst du nicht. Genieße deinen Nachmittag. Ich schaffe
das schon. Außerdem musst du dich auf einen Abend mit meinen
Eltern und einer Menge Fragen vorbereiten", grinste ich.
„Da hast du recht. Das wird ein anstrengender Abend", grinste er
zurück.
„Du schaffst das schon." Ich stellte mich auf Zehenspitzen und
gab ihm einen Kuss. „Bis Später." Ich stieg in meinen Wagen und
fuhr zur Arbeit.

In der Boutique war nicht viel los. Eigentlich das Übliche.
Megan und Katie saßen nur herum und taten nichts und die ganze
Arbeit blieb bei mir und Mrs. Evans hängen. So wie ich es schon
Sixt gesagt hatte. Ich war froh, als endlich Feierabend war,
besonders weil ich mich auf den Abend mit meinem Schutzengel
freute. Gut erst mussten wir das Essen bei meinen Eltern
überstehen. Ich kannte meine Eltern und wusste, dass es so
schlimm nicht werden würde. Sie wollten einfach nur erfahren, ob
Sixt ein netter Junge war. Vor allem nach dem Theater mit Matt. Ich
holte meine Tasche, verabschiedete mich von Mrs. Evans und
verließ den Laden. Ich stieg in mein Auto und fuhr nach Hause.
Dort angekommen parkte ich meinen Wagen vor der Garage, stieg
aus und ging zu meinem kleinen Haus. Ich schloss die Tür auf und
ging hinein. Meine Tasche stellte ich, nachdem ich die Tür
geschlossen hatte, an der Garderobe ab. Ich konnte es nicht
erwarten bis Sixt endlich kam. Ich ging in die Küche und trank
etwas, als es an der Haustür klingelte. Als ich sie öffnete, stand Sixt
lächelnd vor mir.
„Komm rein", sagte ich. „Wir können gleich herübergehen." Ich
wollte gerade zur Garderobe gehen, um mein Handy aus der

Tasche zu holen, doch Sixt hielt mich fest und zog mich in seine Arme. Wir schauten uns tief in die Augen und das Eisblau leuchtete in seinen. Wieder war der Blick so magisch. Ich konnte mich nicht abwenden.

„Ich habe dich vermisst", sagte er sanft.

„Und ich dich erst", erwiderte ich und küsste ihn. Sixt erwiderte den Kuss und vertiefte ihn. Als er den Kuss beendete, schnappte ich keuchend nach Luft.

„Ich sollte dich vielleicht nicht so überfordern", lachte er.

„Das kannst du aber gerne tun", grinste ich.

„Nachher kannst du noch mehr davon haben. Wir müssen jetzt aber erst einmal essen gehen. Ich möchte doch keinen schlechten Eindruck bei deinen Eltern hinterlassen und gleich bei der ersten Einladung zu spät kommen."

„Würdest du nicht. Ich würde einfach die Schuld auf mich nehmen." Ich löste mich aus seinen Armen, schnappte mir aus meiner Tasche mein Handy, nahm meinen Schlüssel und wir verließen zusammen das Haus. Hand in Hand gingen wir zum Haus meiner Eltern hinüber. Vor der Haustür blieben wir stehen.

„Bist du soweit", fragte ich ihn.

„Klar", antwortete er und grinste. Ich öffnete die Haustür und wir gingen hinein.

„Mom, Dad, wir sind da", rief ich. Meine Eltern kamen gleich zu uns in den Flur.

„Hallo ihr beiden", begrüßte uns meine Mutter. „Sixt dürfen wir du sagen", fragte sie.

„Ja gerne", antwortete er.

„Gut. Also wir sehen das mit dem Siezen auch nicht so eng. Du kannst auch ruhig du sagen. Ich bin Nelli und das ist mein Mann Andrew", stellte sie sich und meinen Vater vor. Meine Eltern waren, was das Du anging, recht locker und boten es gerne an.

„Hallo Sixt", sagte mein Vater. „Geht doch schon mal ins Esszimmer. Leslie und Greg müssten auch gleich kommen."

„Ist gut", erwiderte ich und führte Sixt ins Esszimmer.

„Deine Eltern sind wirklich nett", sagte Sixt.

„Ja das sind sie."

„Möchtet ihr etwas trinken", fragte mein Vater, als er ins Zimmer kam.

„Ja, ich nehme eine Limo und was möchtest du", wandte ich mich

113

an Sixt.

„Ich nehme das Gleiche."

„Du kannst auch gerne, wenn du möchtest, ein Bier haben", bot mein Vater an.

„Nein. Aber danke. Ich muss noch fahren und da trinke ich keinen Alkohol", erwiderte Sixt.

„Das ist eine vernünftige Einstellung. Ich bringe euch gleich die Limos", sagte mein Vater und ging in die Küche.

„Hat Alkohol bei euch eigentlich die gleiche Wirkung wie bei uns Menschen", fragte ich flüsternd.

„Nein. Es wird auch nur in Energie umgesetzt."

„Das heißt, ihr könntet beim Wetttrinken mitmachen, ohne betrunken zu werden, und würdet gewinnen", stellte ich leise fest.

„Ja genau, aber so etwas machen wir nicht. Schließlich sollen wir uns so unauffällig wie möglich verhalten. Und es würde auffallen, wenn ein Schutzengel nach einer Menge Alkohol nicht betrunken wäre", erklärte er mir. Mein Vater kam mit den Getränken herein und reichte sie uns. In dem Moment kamen Leslie und Greg zur Haustür herein und das Vorstellen, mit meinen Eltern ging von vorne los. Wir setzten uns an den Esstisch und meine Eltern stellten die Schüsseln und Schalen auf den Tisch. Meine Mutter hatte Rouladen mit Rotkohl und Klößen gemacht. Zum Nachtisch gab es grünen Wackelpudding mit Vanillesoße. Das war mein Lieblingsnachtisch. Das Essen schmeckte sehr gut und währenddessen erzählten wir uns, was wir den Tag über gemacht hatten.

„Sixt, wohnen deine Eltern auch hier in Portland", fragte meine Mutter, nachdem wir mit dem Essen fertig waren. Nun gingen also die Fragen los. Ich schluckte, weil ich wusste, wie traurig es ihn machte über seine Eltern zu reden. Als ich zu ihm herübersah, schaute er zwar ernst aber er sah nicht traurig aus.

„Nein. Meine Eltern sind vor vier Jahren bei einem Autounfall gestorben. Sie haben in Boston gelebt und ich habe nach ihrem Tod die Uni gewechselt und bin hier hingezogen. Ich brauchte einen Ortswechsel", log er. Ich hielt unter dem Tisch seine Hand und streichelte sanft mit dem Daumen über seinen Handrücken.

„Das tut mir so leid. Das ist ja schrecklich. Hast du denn noch Geschwister", fragte sie geschockt.

„Nein. Ich bin ein Einzelkind", sagte er. Ich wusste nicht, ob es gelogen war. Wir hatten bis jetzt noch nicht groß über seine Familie gesprochen. Ich wollte ihn auch nicht dazu drängen, weil ich mir vorstellen konnte, dass es ihm sehr schwer fallen würde, darüber zu sprechen. Ich würde ihm noch etwas Zeit geben und ihn in Ruhe darauf ansprechen.

„Dann bist du ja jetzt ganz alleine."

„Nein. Ich wohne ja mit meinen Freunden zusammen und habe Jamie", sagte er und schaute mich liebevoll an. Ich lächelte zurück.

„Wenn du mal einen elterlichen Rat brauchst, kannst du jederzeit zu uns kommen", bot meine Mutter ihm an.

„Danke, darauf werde ich zurückkommen."

„Gehst du eigentlich auch noch neben der Uni arbeiten, so wie Jamie", fragte mein Vater.

„Nein. Mein Vater besaß eine große Firma. Nach dem Tod von meinen Eltern habe ich deren Vermögen und die Firma geerbt. Ich wollte sie aber nicht weiterleiten, weil ich etwas anderes machen wollte, und verkaufte mit großem Gewinn die Firma und mein Elternhaus. Ein Teil des Geldes habe ich gewinnbringend angelegt und mit dem anderen Teil finanziere ich die Uni und mein Leben", erklärte er. Meine Eltern machten große Augen. Der neue Freund ihrer Tochter war also reich. Ich war froh, dass er es ihnen erzählt hatte. So wunderten sie sich wenigstens nicht, wo das ganze Geld herkam, was er ausgab. Irgendwann hätten sie mich schon danach gefragt, woher er das Geld hätte. Und so wussten sie es schon.

„Es ist immer gut, wenn man für die Zukunft vorsorgt", sagte mein Vater anerkennend. „Was möchtest du denn nach der Uni beruflich machen?"

„Das weiß ich noch nicht genau. Ich bin am Überlegen, ob ich nach dem Literaturstudium einen Buchverlag gründe, denn ich lese selbst sehr gerne Bücher und ich könnte mir gut vorstellen, einen Verlag zu leiten. Ich habe, bevor meine Eltern gestorben sind, Wirtschaftswissenschaften studiert und habe das Studium, als ich hier nach Portland gezogen bin, an einer anderen Uni beendet. So habe ich auch Erfahrungen in betriebswirtschaftlichen Dingen."

Ich hatte gar nicht gewusst, dass Sixt Wirtschaftswissenschaften studiert hatte. Deshalb kannte er sich so gut in Finanzwirtschaft aus und konnte mir beim Lernen helfen.

„Das hört sich doch gut an. So kannst du dein Hobby mit in den

Beruf einbinden. Dieses Land braucht junge Unternehmer", sagte mein Vater anerkennend. So wie es aussah, mochten meine Eltern Sixt und ich war froh darüber.

Nachdem sie Sixt noch einige Fragen über verschiedene Dinge gestellt hatten, kam Greg an die Reihe und wurde über die Familie, seine berufliche Zukunft und seine Hobbys ausgefragt. Im Anschluss unterhielten wir uns noch eine Weile. Meine Eltern erzählten etwas über sich und die Familie. Es wurde peinlich für Leslie und mich, als sie lustige Kindheitsgeschichten von uns erzählten. Sie meinten es ja eigentlich nicht böse und wollten uns nicht blamieren, aber sie fanden die Geschichten lustig.

„So das reicht jetzt aber mal", beschwerte sich Leslie, als meine Eltern etwas über sie erzählten. „Greg und ich müssen auch so langsam los. Wir wollen noch ins Kino", fuhr sie fort.

„Jetzt noch. Wir haben neun Uhr und morgen ist Schule", stellte mein Vater fest.

„Wir haben morgen schulfrei. Lehrerausflug", erwiderte sie grinsend und stand auf.

„Wir werden auch mal langsam gehen", sagte ich. „Danke für das Essen Mom." Wir standen auf und gingen zur Tür.

„Danke für die Einladung. Es war sehr schön und das Essen hat richtig gut geschmeckt", sagte Sixt.

„Schön, dass es dir gefallen hat", erwiderte meine Mutter lächelnd. Wir verabschiedeten uns und verließen das Haus.

„Entschuldige für die vielen Fragen von meinen Eltern", sagte ich, als wir zu meinem Haus gingen.

„Ist doch nicht so schlimm. So sind Eltern doch nun mal. Sie wollen über die Freunde ihrer Töchter Bescheid wissen. Außerdem fand ich den Abend ganz lustig. Besonders die Geschichten über dich", erwiderte er grinsend.

„Ja das kann ich mir vorstellen", entgegnete ich und schloss die Haustür auf.

Am nächsten Tag fuhr ich mit Sasha und Maya nach der Uni in die Innenstadt einkaufen. Sasha war den ganzen Tag schon aufgedreht gewesen und freute sich auf den Mädchentag. Immer wieder erzählte sie, wo sie überall hinwollte und was sie noch an Kleidung bräuchte. Ich freute mich auch auf den Nachmittag. Ich war schon lange nicht mehr mit anderen Leuten Shoppen gewesen.

Oft war ich alleine gefahren. Allerdings hatte ich auch keine Lust gehabt mit Monica, Emma oder Claire shoppen zu gehen. Wir fuhren mit Sashas Auto. Es war ein dunkelblauer Audi S5 Cabrio. Sie hatte das Radio laut gedreht und aus den Boxen dröhnte der neue Sommerhit. Die Sonne schien und sie hatte das Verdeck offen. Der Wind wehte uns um die Nase, aber er war angenehm warm. Sie parkte in einem, der vielen Parkhäuser hier in der Stadt und wir stiegen aus. Wir gingen die Einkaufsstraße entlang, bis wir zu dem ersten Modeladen kamen, und gingen hinein. Sasha eilte sofort zu dem Ständer, an dem die Kleider hingen.

„Jamie schau mal, das Kleid würde dir richtig gut stehen", rief sie, nachdem sie sich einige Kleider angeschaut hatte, und hielt ein brombeerfarbiges kurzärmliges Kleid hoch. Ich ging zu ihr und schaute mir das Kleid genauer an.

„Meinst du das steht mir wirklich", fragte ich skeptisch.

„Ja, auf jeden Fall. Probiere es doch mal an", sagte sie und zog mich zu den Umkleidekabinen. Ich ging hinein und zog das Kleid an. Es saß sehr gut und war figurbetont. Der Halsausschnitt war geweitet und reichte bis zu den Schultern. Als ich aus der Kabine trat, standen Sasha und Maya mit großen Augen davor.

„Wow, Wahnsinn", schoss es aus Maya heraus.

„Das sieht fantastisch an dir aus", sagte Sasha.

„Findet ihr", fragte ich und drehte mich vor dem Spiegel hin und her.

„Natürlich", kam es bei beiden, wie aus einer Pistole geschossen heraus.

„Gut, ich nehme es", sagte ich und ging in die Kabine zurück, um mich wieder umzuziehen. Als ich fertig war, verließ ich die Kabine und ging mit dem Kleid über dem Arm zu den anderen beiden. Wir schauten uns weiter um und auch die anderen beiden fanden etwas Schickes zum Anziehen. Nachdem wir an der Kasse bezahlt hatten, verließen wir den Laden und setzten unsere Shoppingtour fort. In weiteren Läden fand ich noch ein lilafarbiges Oberteil, einen dunkelblauen Rock und dunkelgraue Schuhe mit einem nicht zu hohen Absatz, die gut zu dem Kleid passten. Anschließend setzten wir uns in ein Café und ließen unseren erfolgreichen Shoppingtag ausklingen. Bei der Kellnerin bestellten wir uns jeder einen Kaffee, den sie uns auch gleich brachte.

„Ich muss sagen, ich bin mit meinen Sachen zufrieden. Nur ich weiß jetzt schon, was Nathan nachher wieder sagen wird. Dann kommt von ihm wieder „Muss das sein? Du hast doch so viele Klamotten im Schrank", obwohl es ja mein Geld ist, was ich ausgebe", sagte Sasha.

„Das sind typisch Männer. Timothy ist da nicht anders. Du hast Glück, Sixt ist es egal, wie viele Klamotten du im Schrank hängen hast. Hauptsache du bist glücklich", wandte sich Maya zu mir.

„Meinst du? Ich glaube schon, dass er irgendwann etwas sagen würde. Spätestens dann, wenn mein Schrank vor Überfüllung platzt und ich einen neuen brauche."

„Er würde dir sogar die Sterne vom Himmel holen. Als er zu deinem Schutzengel wurde und dich sah, veränderte er sich total. Er wirkte immer mal niedergeschlagen und auch traurig. Aber als du dann in sein Leben kamst, war er glücklich und redete nur von dir. Glaub mir, er würde alles für dich tun. Timothy könnte sich von ihm ruhig mal eine Scheibe abschneiden", seufzte Maya.

„Er tut doch auch alles für dich, oder", fragte ich sie verdutzt.

„Ja schon, aber ich meine zum Beispiel, wenn wir irgendwo sind, nimmt er mich nicht mal in den Arm oder nimmt meine Hand. Man könnte uns ja sehen. Oder, wenn wir durch die Stadt gehen, halten wir uns an der Hand, aber wir gehen nie Arm in Arm. Ich verstehe es nicht warum. Auch sitzt er oft beim schönen Wetter drinnen vor dem Fernseher, anstatt mal raus zu gehen. Und so etwas regt mich schon auf. Bei Sixt und dir ist es anders. Ihr zeigt eure Gefühle füreinander auch draußen oder bei Nathan und dir", wandte sie sich zu Sasha. „Ich meine, ich liebe ihn sehr. Nur etwas mehr Zärtlichkeit in der Öffentlichkeit und mal spazieren gehen ist ja wohl nicht zu viel verlangt." Ich konnte Maya verstehen. Ich würde mich auch fragen, warum mein Freund mich in der Öffentlichkeit nicht berührte, was in einer Beziehung doch ganz normal war. Gut bei Matt und mir war es damals fast genauso. Er hatte mich in der Öffentlichkeit auch nur an die Hand genommen und das nur, wenn er Lust dazu hatte. Bei Sixt war das anders. Er legte oft einen Arm um mich und ich genoss es wirklich sehr, von ihm berührt zu werden.

„Was machst du denn, wenn er dir jetzt zugehört hat", fragte Sasha und schaute sich um. „Er scheint allerdings nicht da zu sein."

„Das macht nichts. Er kann das ruhig hören. Er weiß es aber schon. Ich habe es ihm schon einmal gesagt", antwortete Maya.

„Was hat er denn dazu gesagt", fragte ich.

„Er sagte nur, so wäre er halt und ich könnte ja alleine rausgehen. Aber alleine spazieren gehen ist ja langweilig. Ich möchte euch jetzt nicht mit meinen Problemen belästigen."

„Tust du gar nicht. Dafür sind Mädchentage da", erwiderte Sasha.

„Wie habt ihr euch denn eigentlich kennengelernt", fragte ich Maya.

„Bei uns war es fast so wie bei euch. Nur, dass Timothy schon ein Jahr mein Schutzengel war. Er wollte sich unbedingt mit mir treffen und ich war am Anfang genauso ahnungslos, wie du. Naja und eines Nachmittags tauchte er dann bei mir im Zimmer auf und erklärte mir alles. Erst habe ich ihm nicht geglaubt und dachte er hätte sich in mein Zimmer hereingeschlichen. Aber dann zeigte er mir die Fähigkeiten und ich war überzeugt. Und seit dem Tag sind wir zusammen. Letztes Jahr bin ich dann zu ihm ins Haus gezogen", erzählte sie. Wir blieben noch etwas im Café sitzen. Es war schön den Nachmittag mit den Mädels zu verbringen. Mit ihnen konnte ich auch mal über andere Dinge als wie Klamotten oder Kosmetik reden, über das meine sogenannten Freundinnen immer gesprochen hatten. Wir redeten gerade über einen neuen Kinofilm, als mein Handy klingelte. Ich schaute auf das Display und erkannte Matts Nummer. Ich hatte sie zwar nicht mehr im Handy gespeichert, erkannte sie aber noch an den letzten drei Zahlen, die aus Neunern bestanden.

„Oh nein, nicht der", stöhnte ich. Maya und Sasha schauten mich verwundert an. „Mein Ex. Keine Ahnung, wie er an meine Nummer gekommen ist. Ich habe ihm meine neue Nummer mit Absicht nicht gegeben", erklärte ich ihnen.

„Darf ich mal", fragte Sasha und streckte ihre Hand nach dem Handy aus. Ich schaute sie fragend an, reichte ihr aber mein Handy. Sie ging dran und stellte den Lautsprecher an, sodass wir mithören konnten.

„Ja", meldete sie sich.

„Hallo, ist Jamie da", fragte Matt und klang verwundert, dass jemand anderes ans Handy ging.

„Nein. Tut mir leid, da müssen Sie sich verwählt haben. Hier gibt es keine Jamie."

„Oh. Habe ich denn nicht die ...", er nannte ihr die Handynummer. „gewählt?"

„Doch, aber das ist meine Nummer", erwiderte Sasha.

„Dann habe ich die falsche Nummer. Tut mir leid. Tschüss", sagte er enttäuscht und legte auf. Sasha gab mir grinsend das Handy zurück.

„So jetzt wird er dich nicht mehr belästigen", kam es von ihr. Ich steckte das Handy wieder in meine Tasche.

„Hoffentlich. Ich habe keine Lust wieder meine Handynummer zu wechseln. Die E-Mail-Adresse habe ich auch schon getauscht", erwiderte ich.

„Was will er denn noch von dir? Ich dachte, er wäre jetzt mit dieser Terina zusammen", fragte Sasha.

„Ja ist er auch. Zumindest nehme ich es an. Aber anscheinend hat er noch Gefühle für mich und will mich zurück. Ich will allerdings nichts mehr mit ihm zu tun haben", erklärte ich und trank einen Schluck von meinem Kaffee.

„Das kann ich verstehen, wenn er mit dieser Terina fremdgegangen ist", sagte Sasha.

„Das war ja eigentlich nur der Höhepunkt von allem. Vorher hat er mich noch belogen und betrogen. Dass er fremdgegangen ist, war eigentlich der Auslöser, dass ich mit ihm Schluss gemacht habe. Das hätte ich schon viel eher tun sollen. Aber hinterher ist man immer schlauer."

„Da hast du recht", erwiderte Maya. Es war schön mal mit anderen über dieses Thema zu reden. Leute, die mich verstanden. Monica hatte damals nur gefragt, warum ich mit ihm Schluss gemacht hatte. Sie hätte ihn an meiner Stelle nicht so leicht gehen lassen und hätte gekämpft. Allerdings wusste sie auch nicht, was er mir vorher schon alles angetan hatte. Sie hatte für mich kein Mitgefühl, sondern stellte sich auf seine Seite. Der arme Matt, der von seiner Freundin verlassen wurde. Nachdem wir uns noch eine Weile über verschiedene Dinge geredet hatten, bezahlten wir unseren Kaffee und gingen zurück zum Parkhaus. Anschließend fuhren wir wieder zur Uni und holten meinen Wagen ab, den ich dort stehen gelassen hatte.

Kapitel 9

Am Samstag machte ich erst einmal Hausputz. Sixt war bei mir und half beim Aufräumen. So schlimm sah es bei mir zwar nie aus, ich achtete immer darauf, dass das Häuschen aufgeräumt und sauber war, trotzdem musste Staub gewischt und gesaugt werden. Ich putzte gerade das Badezimmer, als ich an der Wand eine Spinne sah. Sie war mit den Beinen so groß wie meine Handfläche und schwarz. Vor Schreck schrie ich laut auf. Sofort stand Sixt neben mir und nahm mich schützend in seine Arme.

„Was ist los", fragte er, als er sich umgeschaut und keine Gefahr für mich entdeckt hatte.

„Da die Spinne. Mach sie weg", sagte ich und ging aus dem Badezimmer. Ich hatte zwar keine Angst vor Spinnen, aber ich ekelte mich vor ihnen. Ich wollte nicht, dass auch nur eines von diesen Viechern in meinem Haus war.

„Aus dem Weg", rief Sixt und rannte mit geschlossenen Händen die Treppe hinunter und durch die Terrassentür hinaus in den Garten.

„Was schrie Jamie denn so", hörte ich meinen Vater fragen, der im Garten arbeitete. „Ich habe es bis hier hingehört."

„Eine Spinne im Badezimmer", antwortete Sixt und ich hörte in seiner Stimme ein Lachen.

„Ach so. Ja jetzt musst du sie immer aus dem Haus schaffen. Vorher hatten wir das Vergnügen. Sie kam immer zu uns herüber gerannt und ging erst zurück in ihr Haus, wenn die Spinne weg war. Genauso schläft sie nachts auch nicht, wenn eine da ist", erzählte mein Vater und war sichtlich amüsiert. Ich hörte Sixt erst lachen und anschließend die Treppe nach oben kommen.

„Alles erledigt", sagte er.

„Schön das ihr draußen soviel Spaß hattet. Ich war hier wirklich in Gefahr. Das hättest du doch sehen müssen."

„Eine Spinne ist doch keine Gefahr", entgegnete Sixt und zog mich in seine Arme.

„Doch natürlich. Hast du das denn nicht gesehen? Sie hat mich so hämisch angegrinst", protestierte ich.

„Sie wollte dir aber nichts tun. Ich habe sie im Garten ausgesetzt."
„Na toll, dann kommt sie gleich wieder herein", stellte ich empört fest.
„Nein das wird sie nicht. Sie ist Richtung Wald gelaufen."
„Ja um ihre Kollegen zu holen und ihnen zu berichten, wie schön es hier ist." Ich sah Sixt an und er verdrehte die Augen. „Ach Süße", seufzte er und küsste mich. „Soll ich das Badezimmer weiterputzen", fragte er.
„Nein, ich mache das schon. Ich bin auch gleich fertig." Ich nahm mir wieder meinen Lappen und putzte weiter. Anschließend wischte ich noch die gesamte obere Etage durch. Als alles erledigt war, stellte ich zufrieden die Putzutensilien weg und setzte mich im Wohnzimmer auf die Couch. Sixt setzte sich neben mich.
„Hast du aufgepasst, dass keine Spinne mehr hier hereingekommen ist", fragte ich.
„Ja habe ich. Sie sind alle draußen geblieben. Du würdest ihnen zu laut schreien haben sie gesagt", entgegnete er und spielte mit einer Strähne von meinen Haaren herum. „Was würdest du machen, wenn ich eine Vogelspinne zu Hause als Haustier hätte", fragte er grinsend.
„Wenn sie in einem Terrarium wäre, dann wäre es nicht schlimm. Aber wenn du sie herausholen würdest, dann wäre ich weg."
„Und wenn sie im Terrarium bliebe, würdest du dann bei mir übernachten?"
„Das weiß ich nicht. Wahrscheinlich wäre ich die ganze Nacht wach und würde ständig nachschauen, ob sie noch in ihrem Glaskasten ist. Hast du vor dir eine zu kaufen", fragte ich.
„Nein. Und ich habe auch keine zu Hause. Ich wollte es nur einmal wissen. Rein interessehalber." Er lächelte dieses atemberaubende Lächeln. Ich schmolz dahin. Plötzlich klingelte sein Handy.
„Ja", sagte er, als er heranging, und hörte anschließend seinem Gesprächspartner zu. „Nein wir haben noch nichts vor. Warte mal eben." Er wandte sich zu mir. „Nathan will nachher grillen. Wollen wir mitessen?"
„Von mir aus gerne. Wir wollten doch gleich sowieso zu dir fahren", erwiderte ich.
„Stimmt." Er wandte sich wieder Nathan zu. „Ja wir kommen." Eine kurze Pause. „Gut dann bis gleich", sagte er und legte auf. Zärtlich strich er mir über die Wange.

„Schläfst du heute Nacht bei mir", fragte er mit seiner samtenen Stimme und schaute mich mit diesem hypnotischen Blick an.

„Ja." Es war unfair. Wenn er diesen Blick anwendete, war ich willenlos. Wobei ich wirklich bei ihm übernachten wollte.

„Das ist schön", flüsterte er und küsste mich.

„Ich werde dann mal eben meine Sachen holen", sagte ich und ging die Treppe herauf ins Schlafzimmer. In meine kleine Reisetasche packte ich Kleidung für den nächsten Tag und Badutensilien ein. Ich wollte nicht meine alten Schlafsachen mitnehmen, deshalb suchte ich in meinem Schrank nach etwas anderem. Ich nahm mir ein Top und eine kurze Hose, die einer Hotpants glich, und legte sie ebenfalls in die Reisetasche. Schnell zog ich mich noch um. Jetzt trug ich den neuen dunkelblauen Rock und ein kurzärmliges rotes Oberteil. Im Badezimmer kämmte ich mir die Haare durch und band sie zu einem Zopf zusammen. Anschließend ging ich die Treppe herunter ins Wohnzimmer, wo Sixt wartete.

„Kann ich so gehen", fragte ich ihn und deutete auf meine Kleidung.

„Ja. Du siehst wunderschön aus. Wie immer", sagte er und gab mir einen Kuss auf die Stirn.

„Danke", erwiderte ich und wurde bei seinem Kompliment rot im Gesicht.

„Ich liebe es, wenn du rot wirst", lächelte er und strich mir mit seinem Handrücken über die Wange. Er glitt zu meinem Kinn, hielt es fest und legte seine Lippen auf meine. Ich schlang meine Arme um seinen Nacken und vertiefte den Kuss. Sixt strich mit seiner Zunge über meine Unterlippe und bat damit um Einlass, den ich ihm sofort gewährte. Unsere Zungen spielten miteinander. Mein Atem ging schneller und ich stöhnte, als Sixt seine Arme um mich schlang und mich näher zu sich zog. Keuchend lösten wir uns voneinander und schauten uns tief in die Augen. Ich wollte seinen Kopf gerade zu mir herunterziehen und meine Lippen auf seine legen, als sein Handy klingelte. Sichtlich genervt über diese Störung holte Sixt sein Handy aus der Hosentasche und ging dran.

„Ja", meldete er sich. „Ja können wir machen. Brauchen wir sonst noch etwas?" Er sah mich lächelnd an. „Okay, dann bis gleich", sagte er und legte auf. „Das war Sasha. Sie fragte, ob wir Ketchup aus dem Supermarkt mitbringen können", erklärte er mir.

„Ketchup", fragte ich grinsend und erinnerte mich an die Grillparty von meinen Eltern, wo ich welchen besorgen musste und Sixt getroffen hatte.

„Ja", grinste er zurück. „Es war eine sehr schöne Grillparty bei deinen Eltern gewesen. Besonders, weil ich die Zeit mit der schönsten Frau verbringen durfte."

„Und ich mit dem gutaussehendsten Mann."

„Ich liebe dich", sagte er und zog mich wieder zu sich.

„Ich liebe dich auch." Sixt beugte sich zu mir herunter und gab mir einen sanften Kuss auf den Mund.

„Ich glaube, wir sollten langsam mal los, sonst ist das Essen gleich fertig, aber der Ketchup fehlt. Das könnte eine Katastrophe sein", lachte Sixt.

„Das glaube ich auch", stimmte ich in sein Lachen mit ein. Sixt nahm meine Reisetasche und wir verließen das Haus. Ich schloss die Haustür ab und wir gingen zu Sixts Wagen. Mein Vater kam gerade mit dem Rasenmäher aus der Garage und wollte den Rasen vor dem Haus mähen.

„Wir fahren zu Sixt. Ich übernachte heute bei ihm", rief ich ihm zu.

„Ist gut. Viel Spaß euch beiden", rief er zurück und ließ den Rasenmäher an. Wir stiegen in den Wagen und fuhren los.

„Deinen Vater scheint die Gartenarbeit richtig Spaß zu machen", stellte Sixt fest.

„Ja, das ist neben dem Bowling sein zweites Hobby. Vom Frühling bis zum Herbst ist er, wenn er Zeit hat, im Garten", erklärte ich ihm.

„Er kann ja bei uns gleich weitermachen. Wir machen ungern die Gartenarbeit. Zum Teil losen wir schon aus, wer den Rasen mäht. Naja heute musste Timothy ran."

„Du kannst es meinen Vater gerne einmal vorschlagen. Armer Timothy", erwiderte ich grinsend.

Nachdem wir den Ketchup im Supermarkt besorgt hatten, fuhren wir zum Haus der Schutzengel. Sixt parkte seinen Wagen vor dem Haus und stellte den Motor ab. Wir stiegen aus und Sixt schloss, nachdem er meine Reisetasche vom Rücksitz geholt hatte, den Wagen ab. Zusammen gingen wir zum Haus. Sixt wollte gerade die Haustür aufschließen, als sie von Sasha geöffnet wurde.

„Hallo ihr beiden", begrüßte sie uns.

„Hi. Na wo willst du denn hin", fragte Sixt.

„Ich bringe den Müll raus. Irgendjemand muss das hier ja mal machen. Er quoll ja fast schon über", erwiderte sie und deutete auf die Mülltüte, die sie in der Hand hielt.

„Eigentlich ist unser Küchenchef dafür zuständig", grinste Sixt. „Da können wir aber lange warten, bis Nathan sich dazu bequemt", seufzte Sasha. „Die Anderen sind übrigens im Garten. Geht schon mal vor. Ich komme gleich nach."

„Okay. Bis gleich", entgegnete Sixt und führte mich ins Haus. Meine Reisetasche stellte er im Flur ab und wir gingen durch das Wohnzimmer auf die Terrasse. Timothy und Maya spielten auf dem Rasen Badminton und Nathan saß im Gras und schaute zu.

„Hi", begrüßten wir sie, als wir auf die Terrasse kamen. „Hi setzt euch", sagte Nathan. Ich stellte die Ketchupflasche auf den Tisch und setzte mich auf einen der Gartenstühle. Sixt nahm neben mir platz. Kurz danach kam Sasha auf die Terrasse und setzte sich zu uns. Ich schaute mich etwas um. Der Garten war so groß wie der von meinen Eltern und besaß ebenfalls einen Pool. Obwohl sie, so wie Sixt erzählte, ungern die Gartenarbeit erledigten, sah der Garten sehr gepflegt aus.

„Aus", rief Timothy, als der Badmintonball einen Meter neben ihm im Gras landete.

„Nein, das ist ein Punkt für mich", protestierte Maya. „Du änderst ständig die Spielfeldlinie." Sie stapfte gespielt wütend auf ihn zu.

„Das tue ich gar nicht", setzte Timothy entgegen. „Hier das ist die Linie. So haben wir es festgelegt." Er zeigte ihr die imaginäre Spielfeldlinie.

„Nein. Die Linie verläuft so." Maya zog mit dem Fuß die Markierung nach. Dann begannen sie sich aus Spaß herumzuschubsen. Plötzlich nahm Timothy sie auf den Arm und rannte zum Pool. Maya schrie und zappelte.

„Lass mich runter. Nein das wagst du dich nicht", sagte sie, und ehe sie sich versah, hatte er sie schon in den Pool geworfen. Wir lachten alle. Auch Timothy, der am Poolrand stand, lachte mit. Maya schien es gar nicht lustig zu finden, denn sie schwamm mit einem wütenden Gesichtsausdruck zum Beckenrand.

„Komm ich helfe dir heraus", sagte Timothy und reichte ihr die Hand. Maya ergriff sie, kletterte allerdings nicht heraus, sondern zog ihn mit in den Pool. Sixt schaute mich grinsend an. Ich wusste sofort, was er vorhatte.

„Denk nicht einmal daran", warnte ich ihn. Sixt schaute zu Nathan herüber. Ohne auch nur ein Wort zu sagen, nickten sie sich zu. Grinsend stand Sixt auf, und ehe ich mich versah, hatte er mich hochgehoben und über seine Schulter geworfen. „Lass mich runter", rief ich und strampelte mit den Beinen. Dabei verlor ich meine Schuhe. Ich schaute zur Seite und sah, dass Nathan Sasha ebenfalls geschultert hatte und wie auch Sixt auf dem Weg zum Pool war. Auch Sasha versuchte sich zu befreien. Sie wehrte sich und schrie, aber er ließ sie nicht los. Dann sah ich, wie sie plötzlich verschwand. Sie setzte eine ihrer Fähigkeiten ein und sprang, wie die Schutzengel es nannten. Hinter Nathan tauchte sie wieder auf und schubste ihn in den Pool. Sie selbst setzte sich ein Stück vom Rand entfernt auf dem Boden und lachte. Auch wir standen jetzt am Pool. Ich hätte auch gerne diese Fähigkeit gehabt, dann hätte ich mich aus Sixts Griff befreien können. Aber so hatte ich keine Chance.

„Das wagst du nicht", sagte ich.

„Und wenn doch", fragte Sixt schelmisch.

„Dann ignoriere ich dich den ganzen Abend."

„Das hältst du nicht durch", grinste er und war sich dem ziemlich sicher. Ich glaubte ebenfalls nicht so ganz daran, dass ich es durchhalten würde. Es würde große Anstrengungen für mich kosten ihn nicht anzusehen. Das war fast unmöglich bei dieser gottgleichen Person. Und dann landete ich auch schon im Pool. Ich tauchte unter. Das Wasser war angenehm kühl. Heute war ein sehr heißer Tag. Es musste über dreißig Grad sein. Als ich wieder auftauchte, musste ich mir erst einmal die Augen reiben, damit ich wieder etwas sehen konnte. Sixt war ebenfalls in den Pool gesprungen. Allerdings hatte er sich sein T-Shirt, die Socken und die Schuhe vorher ausgezogen und stand jetzt in seiner knielangen Shorts vor mir im Wasser und lächelte. Jetzt sah ich seinen Oberkörper zum ersten Mal in voller Pracht. Sixt war vollkommen durchtrainiert und die Muskeln konnte man deutlich sehen. Er hatte zwar nicht soviel wie ein Bodybuilder, aber darauf stand ich sowieso nicht. Es war genau richtig. Nicht zu viel und nicht zu wenig. Ich drehte mich weg. Ich wollte ihn schließlich ignorieren. Allerdings war es gar nicht so leicht, den Blick von ihm abzuwenden. Er sah so wunderschön aus. Sixt legte einen Arm um meinen Bauch und zog mich näher zu sich heran. Dann begann er, meinen Nacken zu küssen. Das war gemein. Er wusste genau, dass ich ihm nicht lange widerstehen konnte. Seine Lippen strichen den Hals entlang zu meinem Ohr. Ein Schauer lief mir über den Rücken.

„Na, ignorierst du mich immer noch", fragte er leise an meinem Ohr.

„Du bist unmöglich, weißt du das? Wie soll ich dich denn ignorieren, wenn du mit so unfairen Mitteln kämpfst", ergab ich mich und drehte mich zu ihm um. Ich schlang meine Arme um seinen Hals und küsste ihn. Ich hörte, wie Sasha aufschrie und das Wasser platschte. Anscheinend wurde sie in den Pool gezogen. Weder ich noch Sixt störten uns daran. Wir küssten uns einfach weiter.

„Ich liebe dich", flüsterte er und schaute mir in die Augen.

„Ich liebe dich auch", flüsterte ich zurück. Sixt strich mir sanft über die Wange. Wir wollten uns gerade wieder küssen, als wir eine riesige Welle abbekamen. Ich schaute zur Seite und sah, dass Nathan grinste.

„Schluss mit eurer Turtelei", rief er und spritzte wieder Wasser in unsere Richtung.

„Warte hier. Ich bin gleich wieder da", sagte Sixt lachend und stürzte sich auf Nathan. Ich sah, wie sie sich abwechselnd unter Wasser tauchten.

„Hey, wenn wir doch eh schon alle nass sind, wie wäre es mit einer Runde Wasserball. Mädchen gegen Jungs", schlug Timothy vor.

„Aber ohne üble Tricks", rief Sasha.

„In den Sachen", fragte ich sie und zeigte auf mein Oberteil und meinen Rock.

„Du hast recht. Damit kann man sich nicht bewegen. Warte", sagte sie und wandte sich zu den Jungs. „Wir brauchen eben eine Umziehpause", rief sie ihnen zu. „Bist du schon mal mitgesprungen", fragte sie mich.

„Nein bis jetzt noch nicht", erwiderte ich.

„Er hat dir das noch nicht gezeigt? Das gibt es ja nicht. Dann mach am besten die Augen zu, sonst wird dir schwindelig. Dein Körper muss sich erst an die Springerei gewöhnen. Maya kommst du mit", wandte sie sich ihr zu.

„Ja warte", rief Maya und schwamm zu uns herüber. Sasha nahm mich und Maya an die Hand. Ich kniff fest die Augen zu. Ich spürte kurz ein Kribbeln in meinen Körper. Kam das etwa von dieser Art Teleportation oder war es nur die Aufregung? „Du kannst die Augen wieder aufmachen", hörte ich Sasha neben mir sagen und ich es tat. Das war so unglaublich. Nun standen wir in Sixts Badezimmer.

„Ich hole dir eben einen Bikini von mir", sagte Sasha und war auch schon mit Maya zusammen verschwunden. Es dauerte nicht mal eine Minute, da stand sie schon wieder im Badezimmer und reichte mir einen dunkelblauen Bikini.

„Der müsste dir passen. Komm einfach runter, wenn du fertig bist. Wir treffen uns vor Mayas Zimmer." Und schon war sie wieder weg. Ich zog mir schnell die nassen Klamotten aus und warf sie in die Badewanne, um nicht alles nass zu machen. Anschließend schlüpfte ich in den Bikini. Er passte wie angegossen. Ich verließ das Badezimmer und machte mich auf den Weg hinunter in die zweite Etage. Die anderen beiden waren ebenfalls fertig und warteten im Flur.

„Der steht dir wirklich gut", sagte Sasha.

„Danke."

„Können wir", fragte sie und nahm Maya und mich an die Hand. Wieder schloss ich die Augen und bemerkte das Kribbeln, wie bei dem Sprung zuvor. Ich vermutete, dass es wirklich von der Art Teleportation kam. Als ich das Wasser spürte, in das wir auftauchten, öffnete ich die Augen. Die Jungs hatten in der Zeit, wo wir weg gewesen waren, zwei aufblasbare Tore und einen Ball geholt und hatten die Tore an den zwei kürzeren Wänden des Pools aufgestellt. Der Ball kam in die Mitte des Beckens. Wir spielten ohne Torwart, weil wir dafür zu wenig Leute waren. Jeder in der Mannschaft musste versuchen den Ball vom Tor fernzuhalten. Wir waren gar nicht schlecht. Es stand vier zu drei für uns Mädchen. Ich hatte gerade den Ball und schwamm zu dem gegnerischen Tor, als Sixt vor mir stand und mir den Weg versperrte.

„Du siehst umwerfend aus", sagte er und wollte mir den Ball wegnehmen.

„Trotzdem bekommst du nicht den Ball", erwiderte ich und versuchte an ihm vorbei zu kommen. Er schlang seine Arme um mich und hielt mich vom Tor fern. Maya kam angeschwommen und ich warf ihr schnell den Ball zu. Aber Timothy war schneller und fing ihn auf. Schnell schwamm er zurück auf unser Tor zu. Ich versuchte mich zu befreien, aber Sixt ließ mich nicht los.

„Sasha pass auf", rief ich, als Timothy auf sie zukam. Er warf den Ball, aber Sasha fing ihn auf. Schnell warf sie ihn Maya zu, die ihn ins gegnerische Tor warf.

„Tor", schrie sie.

„Tor", jubelte ich mit ihr mit.

„Sixt warum hast du das denn nicht verhindert", fragte Nathan.

„Ich konnte kaum auf zwei gleichzeitig aufpassen", rief er zurück.

„Kein Streit. Lasst uns lieber weiterspielen", rief Maya und schwamm zur Mitte des Beckens zum Anstoß. Wir schwammen ihr hinter her und dann ging das Spiel weiter. Wir waren gerade wieder beim Angriff, als Sasha plötzlich aufstöhnte.

„Oh nein nicht jetzt", sagte sie.

„Was ist los", fragte Nathan und schwamm zu ihr.

„Ich muss kurz weg. Mein Schützling steigt gerade auf einen Stuhl, um aus dem oberen Fach des Schrankes etwas zu holen. Bin gleich wieder da", sagte sie und verschwand.

„Sollen wir nicht besser auf sie warten", fragte Maya.

„Nein, wir spielen weiter. Ihr schafft das schon", grinste Nathan und schnappte sich den Ball. Ich wollte sofort hinter ihm her, wurde aber von Sixt schon wieder festgehalten. Maya stellte sich ins Tor und Nathan und Timothy warfen sich den Ball zu. Sixt versuchte mich in der Zeit abzulenken. Er küsste mich erst auf den Mund, dann am Hals, im Nacken. Ich konnte mich gar nicht darauf konzentrieren, dass ich mich eigentlich losreißen wollte. Ich spürte seine starken Hände auf meiner nackten Haut und die Erregung in meinen Körper nahm zu.

„Du siehst wirklich toll aus. So verführerisch", flüsterte er mir ins Ohr.

„Zu was verführe ich dich denn?"

„Zu das hier", sagte er und küsste mich zärtlich. Ich gab mich ihm hin. Es war unmöglich ihn zu widerstehen.

„Tor", schrie Timothy und Nathan jubelte mit.

„Soll ich euch helfen", fragte Sixt, als sie zur Mitte schwammen. Maya blieb im Tor stehen.

„Tust du doch. Pass du nur weiter auf Jamie auf", antwortete Timothy und beide schwammen wieder zum Tor. Ich versuchte mich loszureißen, aber ich hatte keine Chance. Sixt hielt mich ganz fest in seinen Armen. Und das nächste Tor fiel. In dem Moment tauchte Sasha am Beckenrand auf.

„Wie viel steht es denn", fragte sie.

„Leider unentschieden. Die Jungs waren unfair", sagte ich.

„Nennst du das etwa unfair", fragte Sixt und küsste mich am Hals.

„Ja. Beim Spiel auf jeden Fall", erwiderte ich. Mittlerweile war es Spätnachmittag. Die Sonne schien zwar noch aber im Schatten von den Bäumen, wo jetzt der Pool lag, wurde es etwas kühler. Dazu kam noch das kühle Wasser, was mich zum Frösteln brachte.

„Ist dir kalt", fragte Sixt.

„Ein bisschen", erwiderte ich und rieb meine Arme, damit sie warm wurden.

„Komm, wir gehen aus dem Pool. Oder willst du noch weiterspielen?"

„Große Lust habe ich nicht mehr", antwortete ich und merkte das auch die Anderen schon aus dem Pool stiegen. Anscheinend wollten sie es beim Unentschieden belassen. Ich stützte mich am Beckenrand ab und kletterte heraus. Als ich mich aufrichtete, stand Sixt schon mit einem großen Badetuch vor mir und legte es mir über die Schultern.

„Wo hast du das denn her", fragte ich verdutzt.

„Sasha hat welche geholt." Wir gingen zur Terrasse und ich trocknete mich im Gehen ab.

„Ihr lauft jetzt nicht mit den nassen Füßen durch das Haus", rief Sasha Timothy und Nathan zu, die gerade ins Wohnzimmer gingen. Sie klang wie meine Mutter, wenn ich und Leslie früher aus unserem Pool gekommen waren und ins Haus wollten. Ich hatte den Eindruck, Sasha war diejenige, die hier im Haus für Ordnung sorgte. Das war bei so vielen Personen aber auch nötig, sonst würde im Haus das Chaos herrschen.

„Ist ja schon gut", sagte Nathan und die beiden verschwanden.

„Komm Jamie. Ich bringe dich hoch", sagte Sixt, nahm mich in den Arm und schon standen wir in Sixts Badezimmer. Sixt verschwand und war nach noch nicht einmal einer Sekunde schon wieder da.

„Hier." Er reichte mir die Reisetasche. „Brauchst du noch etwas?"

„Nein, ich habe alles", erwiderte ich.

„Dann ist gut. Ich gehe mich dann auch mal eben umziehen", sagte er und ging aus dem Badezimmer. Ich schloss die Tür und ging mit meinem Duschzeug, was ich von Zuhause mitgenommen hatte, zur Dusche, um, mich kurz abzuduschen. Als ich fertig war, trocknete ich mich mit dem Badetuch ab und zog mich um. Anschließend kämmte ich mir die Haare durch, suchte meine nassen Sachen aus der Badewanne zusammen und wickelte sie mit dem Bikini zusammen in das Badetuch ein. Sixt war schon fertig umgezogen, als ich aus dem Bad kam und meine Reisetasche neben die Couch stellte, auf der er saß.

„Wo kann ich denn meine Sachen trocknen und wohin mit dem Bikini und dem Handtuch", fragte ich ihn.

„Komm, wir bringen die Sachen eben in den Waschraum." Wir verließen das Zimmer und fuhren mit dem Fahrstuhl in den Keller. Dort trafen wir auf Maya, die gerade ihre Sachen in die Waschmaschine tat. Wir packten unsere Sachen dazu und stellten die Maschine an. Zusammen gingen wir wieder nach oben und setzten uns zu den Anderen auf die Terrasse, wo Nathan schon den Grill angezündet hatte.

Nachdem wir gegessen und aufgeräumt hatten, gingen Sixt und ich in sein Zimmer. Wir wollten noch etwas Zeit für uns haben. Da es draußen noch so schön war, setzten wir uns noch auf dem Balkon auf eine große Gartenliege, worauf zwei Personen platz hatten. Das Kopfteil war so hochgeklappt, dass man aufrecht sitzen konnte. Sixt legte seinen Arm um mich und ich lehnte mich an seine Schulter. Es dämmerte und der Himmel war wolkenlos. Einige Sterne waren schon zu sehen.

„Ich sitze gerne hier und schaue mir die Sterne an", sagte Sixt und schaute in den Himmel.

„Ich schau sie mir auch gerne an", erwiderte ich. „Erzählst du mir etwas von deinem Leben?" Ich wusste ja noch gar nichts von seinem Leben, bevor er ein Schutzengel geworden war.

„Was möchtest du denn wissen", fragte er und schaute mich an.

„Am liebsten alles. Aber vor allem, was du, bevor du ein Schutzengel geworden bist, so gemacht hast."

„Na gut. Also, ich wohnte früher mit meinen Eltern und meinen beiden älteren Brüdern in New York. Meine Eltern haben dort ein Reihenhaus. Mein Vater heißt Keith. Er ist jetzt vierundfünfzig Jahre und ist Bauleiter von Beruf. Meine Mutter Diane ist fünfzig Jahre und arbeitet halbtags im Büro in der Baufirma, wo auch mein Vater arbeitet. Mein ältester Bruder Carlton ist jetzt dreißig und hat Architektur studiert. Mein anderer Bruder Hunter ist sechsundzwanzig und hat Journalismus studiert. Er müsste jetzt eigentlich mit seinem Studium fertig sein."

„Hast du deine Familie nach dem Unfall noch einmal gesehen", fragte ich ihn. „Ich meine, wissen sie, dass du ein Schutzengel bist"? „Nein. Das heißt doch. Einmal habe ich sie noch nach dem Unfall gesehen. Ich habe vom Himmel aus bei meiner Beerdigung zugeschaut. Mir wurde zwar von anderen Engeln davon abgeraten, weil es doch irgendwie krass ist, seine eigene Beerdigung zu sehen, aber ich wollte meine Familie noch ein letztes Mal sehen, da ich es nun als Schutzengel nicht mehr darf. Aber die anderen Engel hatten recht. Ich hätte nie zuschauen dürfen. Ich habe vom Himmel aus gesehen wie meine Familie und meine Freunde gelitten haben. Wie meine Mutter weinend vor meinem Grab zusammengebrochen ist", flüsterte er traurig. „Ich wollte am liebsten zu ihnen. Ich wollte sie trösten und sagen, dass alles gut wird. Dass ich als Schutzengel wieder auf die Erde komme. Aber es ging nicht. Ich durfte es nicht." Er schaute mich traurig an und in seinen Augen glitzerten Tränen. Ich strich ihm sanft über die Wange und nahm ihn in den Arm.

„Das tut mir so leid. Es muss schrecklich gewesen sein das mit anzusehen", sagte ich leise. Ich wollte es mir gar nicht vorstellen, was er durchgemacht haben musste. Es musste wirklich schrecklich sein, erst einmal die eigene Beerdigung zu sehen und dann auch noch mitzubekommen, wie die Familie wegen des Verlustes litt. Dazu musste man noch damit klarkommen, dass man seine Familie, Freunde, Verwandte, einfach die Leute, die man liebte, nie wiedersehen durfte.

„Ja, das war es und ich hätte es nicht tun dürfen. Die Bilder der Beerdigung, wie meine Familie und meine Freunde um mich getrauert haben, haben sich tief in mein Gedächtnis eingeprägt und ich werde sie nie vergessen." Deshalb hatte er so traurig ausgesehen, als ich bei unserem ersten Date in der Eisdiele von meiner Familie gesprochen hatte. Er hatte bestimmt an seine Eltern und Brüder gedacht und vermisste sie wahrscheinlich sehr. Ich verstand jetzt auch, warum er mir nichts über seine Familie erzählt hatte. Da ich zu der Zeit noch gar nicht gewusst hatte, dass er ein Schutzengel war, hätte er mich wahrscheinlich ebenso belügen müssen, wie meine Eltern, was seine Familie betraf. Das wollte er anscheinend nicht. Deswegen hatte er lieber geschwiegen.

„Das glaube ich dir. Ihr könnt vom Himmel aus auf die Erde schauen und uns sehen?"

„Ja, aber das geht nur im Himmelreich, wo die Engel leben, die keine Schutzengel werden wollen. Ich konnte das nur sehen, weil die Beerdigung stattgefunden hat, wo ich mich entscheiden konnte, ob ich ein Schutzengel werden wollte oder nicht und ich in dieser Zeit im Himmelreich war. Man bekommt halt einige Tage Zeit, um sich zu entscheiden und die muss man im Himmelreich verbringen. Der Engelsrat will sichergehen, dass man sich richtig entscheidet und nicht nach ein paar Tagen ankommt und sagt, man möchte doch lieber ins Himmelreich oder andersherum ein Schutzengel werden. Es gab schon so einige Fälle, wo sich die Engel nicht entscheiden konnten, was sie wollten. Und diese Tage soll man halt dazu nutzen, um genau darüber nachzudenken. So lernt man aber auch das Himmelreich kennen und kann schauen, ob man nicht lieber dortbleiben möchte. Die Engel im Himmelreich sehen die Menschen, aber nur wenn sie draußen sind. Also sie können jetzt nicht durch Dächer und Wände schauen. Es ist so, als ob du von oben herab auf die Erde schaust. Wenn man sich allerdings dazu entschieden hat ein Schutzengel zu werden, darf man zwischendurch nicht ins Himmelreich gehen. Dahin kommt man dann erst wieder, wenn man stirbt oder, wenn man eine Straftat begannen hat, oder seinen Pflichten nicht nachgekommen ist. Uns Schutzengeln ist es zudem strengstens verboten die Familie wiederzusehen. Also sich ihnen zu zeigen oder auch nur sich ihnen zu nähern. Deshalb bin ich auch hier in Portland. Da wir nicht in der gleichen Stadt, wie die Familie wohnen dürfen, damit sie uns nicht sehen, wenn wir sichtbar in der Stadt herumlaufen. Es haben schon einige dieses Verbot missachtet und denen wurden sofort die Fähigkeiten weggenommen und wurden ins Himmelreich geschickt. Das möchte ich natürlich nicht. Dann könnte ich ja nicht mehr mit dir zusammen sein", sagte er und strich mir über die Wange.

„Das möchte ich auch nicht", erwiderte ich.

„Wir bekommen auch andere Nachnamen, damit uns niemand vom Namen her erkennt. Ich bekam den Nachnamen Summers. Am Anfang war er sehr gewöhnungsbedürftig. Ständig wollte ich mit meinen alten Namen unterschreiben. Mein gebürtiger Nachname war Johnson."

„Das ist aber auch ein schöner Name."

133

„Ja, nur leider darf ich mich nicht mehr so nennen", sagte er traurig. Ich wechselte schnell das Thema, um ihn auf andere Gedanken zu bringen. „Wie hast du denn die Anderen kennengelernt?" „Das ging über den Engelsrat. Sie stellen die Häuser zur Verfügung. Da dieses Zimmer noch frei war, sollte ich dann hier einziehen. Wir sind zu sehr guten Freunden geworden. Bessere kann ich mir auch gar nicht vorstellen. Sie sind immer da, wenn man sie braucht. Dich haben sie auch ins Herz geschlossen." Ein Strahlen trat in seine Augen.

„Ehrlich", fragte ich etwas skeptisch.

„Natürlich. Sie mögen dich alle sehr."

„Ich mag sie auch." Ich fühlte mich geschmeichelt. So herzlich wurde ich bis jetzt noch nie in einen Freundeskreis aufgenommen. Es war etwas Neues für mich. Diese Leute nahmen mich ernst. Sie interessierten sich für mich. Dazu kam noch, dass ich mit dem bestaussehendsten und liebevollsten Jungen auf der ganzen Welt zusammen war. Er liebte mich so, wie ich war.

„Und ihr könnt jetzt hier für ewig in diesem Haus wohnen", fragte ich neugierig.

„Naja, eigentlich sollen wir Schutzengel nur einige Jahre in einem Ort wohnen, damit es den Menschen nicht auffällt, dass wir nicht altern. Wir sollen uns zwar so unauffällig wie möglich verhalten, aber den Menschen würde es trotzdem auffallen, vor allem weil wir doch zur Uni gehen oder falls uns die Nachbarn sehen, was nicht ausbleibt, denn die Häuser der Schutzengel stehen in normalen Wohngebieten der Menschen."

„Das heißt, du musst bald wegziehen", fragte ich schockiert.

„Ich werde nicht ohne dich irgendwohin ziehen. Wenn du hier in Portland bleiben möchtest, dann werden wir schon eine Lösung finden. Ich werde dich nicht verlassen. Außerdem kann ich noch so ungefähr vier bis fünf Jahre auf jeden Fall hierbleiben", versicherte er mir.

„Mit dir ziehe ich überall hin", erwiderte ich, zog ihn zu mir herüber und verwickelte ihn in einen langen Kuss.

„Erzähl mir mehr über deine Vergangenheit. Was hast du in der Highschool so gemacht", wollte ich von ihm wissen, als wir uns voneinander gelöst hatten.

„In der Highschool war ich in der Schwimmmannschaft. Schwimmen war eines meiner Hobbys. Schon als ich klein war, bin ich gerne geschwommen. Mein Vater hatte mir das Schwimmen in unseren Pool, den wir im Garten hatten, beigebracht. In der Schule habe ich an vielen Wettkämpfen teilgenommen und auch einige gewonnen. Mein Trainer hatte mich viel gefördert und zu Wettkämpfen geschickt. Es hat mir eine Menge Spaß gemacht. Trotz des vielen Trainings hatte ich noch genug Zeit fürs Lernen und für meine Freunde. Nach meinem Highschoolabschluss habe ich, wie du ja schon weißt, Wirtschaftswissenschaften studiert", erzählte er. „Die Uni hatte auch eine Schwimmmannschaft, wo ich weitergemacht hatte. Und dann kam der Unfall", sagte er und sein Blick ging zum Himmel, bevor er mich wieder ansah und weitersprach. „Naja, das Studium habe ich dann nach meinem Tod noch beendet. Und jetzt will ich etwas anderes lernen. Und meine Leidenschaft für Autos kennst du ja. Das hat sich auch nach dem Unfall nicht geändert."

„Für schnelle Autos", korrigierte ich ihn grinsend und dachte daran, wie er mir stolz die PS-Zahl seines BMWs genannt hatte.

„Stimmt", grinste er und sah mich dann besorgt an. „Du frierst ja. Ich hole dir eben eine Decke." Er stand auf und ging ins Zimmer. Ich hatte es gar nicht mitbekommen, dass es kühl geworden war und ich zitterte. Ich war so abgelenkt von Sixt und seiner Erzählung gewesen, dass ich es gar nicht gemerkt hatte. Er kam mit einer Decke zurück, die er mir um die Schultern legte, und setzte sich wieder auf die Liege. Ich schmiegte mich an seine Schulter und schaute mir die Sterne an, die nun hell am Himmel leuchteten, da es dunkel geworden war.

„Vermisst du dein altes Leben", fragte ich ihn und bereute es gleich darauf die Frage gestellt zu haben. Denn wer würde sein altes Leben nicht vermissen, wenn er gestorben war und seine Lieben nie wiedersehen durfte?

„Ja manchmal schon. Ich frage mich ab und zu, was aus mir geworden wäre, wenn ich den Unfall nicht gehabt hätte. Also, was ich jetzt beruflich machen und wo ich wohnen würde. Aber andererseits hätte ich dich dann wahrscheinlich nie kennengelernt. Deshalb gefällt mir mein Leben mit dir jetzt besser, wobei ich dich gerne meinen Eltern vorgestellt hätte. Sie hätten dich bestimmt geliebt."

„Ich hätte deine Eltern sehr gerne kennengelernt."

„Meine Freunde hätten dich wahrscheinlich auch sehr gemocht."

„Waren unter deinen Freunden auch Mädchen", fragte ich nun.

„Ja da waren auch einige Mädchen mit bei. Aber ich glaube, du möchtest eher etwas anderes wissen", grinste er und hatte recht. Eigentlich interessierte es mich, wie viele Freundinnen er schon gehabt hatte. Schließlich sah er umwerfend gut aus, da konnte er sich doch bestimmt vor Verehrerinnen kaum retten. Mir war es schon aufgefallen, dass er die Blicke von Frauen regelrecht anzog.

„Naja, du hast recht. Also ... wie viele ... ähm", stotterte ich herum und wurde rot im Gesicht.

„Du willst bestimmt wissen, wie viele Freundinnen ich schon gehabt habe", schmunzelte er.

„Ja genau."

„Zwei."

„Wie zwei", fragte ich verdutzt. „Du hattest doch bestimmt viele Verehrerinnen."

„Ja, da gab es einige. Aber ich war nie der Typ für wechselnde Beziehungen. Ich wollte lieber etwas Festes und die Liebe spielte für mich dabei auch eine große Rolle. Ich wollte keine feste Freundin haben, in die ich nicht verliebt war. Das wäre auch für das Mädchen nicht fair gewesen, wenn ich nur mit ihr zusammen gewesen wäre, weil sie für mich schwärmte. Aber keine von den zwei Mädchen, mit denen ich eine Beziehung hatte, habe ich so geliebt, wie ich dich liebe", sagte er und schaute mir dabei fest in die Augen.

„Ich liebe dich auch", erwiderte ich. Sixt beugte sich zu mir herüber und küsste mich.

„Süße, du kannst mich alles fragen und brauchst dich für keine Frage zu schämen. Auch wenn ich es richtig süß an dir finde, wenn du rot im Gesicht wirst", sagte er leise und strich mir mit dem Handrücken über meine erhitzte und wahrscheinlich immer noch gerötete Wange.

„Mir war es etwas peinlich, dich danach zu fragen", gestand ich ihm.

„Dir braucht es nicht peinlich zu sein. Wie gesagt, du kannst mich alles fragen."

„Okay", erwiderte ich und gab ihm einen Kuss. Sixt lehnte sich wieder an die Liege an und zog mich enger an sich. So saßen wir noch eine Zeit lang und genossen unsere Zweisamkeit. Ich merkte, dass ich müde wurde, und hielt mir die Hand vor dem Mund, als ich gähnte.

„Da ist ja jemand müde. Komm lass uns ins Bett gehen. Es ist schon spät", sagte Sixt und stand von der Liege auf.

„Wie spät haben wir es denn", fragte ich und gähnte noch einmal.

„Es ist ein Uhr durch", erwiderte er, nachdem er auf seine Uhr geschaut hatte.

„Was schon so spät?" Ich stand ebenfalls von der Liege auf und zusammen gingen wir ins Zimmer. „Möchtest du zuerst ins Bad", fragte ich Sixt.

„Nein, geh du ruhig zuerst", ließ er mir den Vortritt. Ich holte mir aus der Reisetasche meine Schlafsachen und die Kulturtasche heraus und ging ins Badezimmer um mich zu waschen und umzuziehen. Als ich fertig war, verließ ich das Badezimmer und Sixt ging ins Bad. Ich wusste nicht, ob ich mich schon ins Bett legen sollte. Sixt hatte mir dazu nichts gesagt gehabt. Deshalb setzte ich mich auf die Couch und wartete darauf, dass auch Sixt im Bad fertig war. Es dauerte auch nicht lange und Sixt kam aus dem Badezimmer.

„Hey, du liegst ja noch gar nicht im Bett", sagte er, als er mich auf der Couch sitzen sah und kam zu mir.

„Ich habe auf dich gewartet."

„Das hättest du nicht tun müssen. Bist du denn soweit", fragte er.

„Ja."

„Na dann lass uns hochgehen." Sixt nahm meine Hand in seine und führte mich die Wendeltreppe hoch in den Schlafbereich. Ich legte mich ins Bett. Es war sehr bequem und gemütlich. Sixt legte sich ebenfalls hinein und ich kuschelte mich in seine Arme, die er, nachdem er das Licht ausgeschaltet hatte, um mich schlang.

„Ist es für dich hell genug", fragte er besorgt, denn er wusste von meiner Angst im Dunkeln. Durch die Fenster an den Dachschrägen und dem runden Fenster an der Wand hinter dem Bett fiel genug Licht herein, dass ich alles sehen konnte.

„Ja, es ist hell genug. Im Übrigen bist du ja bei mir. Da habe ich keine Angst. Ich hoffe, dich stört die Helligkeit nicht. Ich möchte nicht, dass du meinetwegen schlecht schläfst."

„Das werde ich nicht. Bei dir kann ich gar nicht schlecht schlafen. Du verschaffst mir immer süße Träume", hauchte Sixt an meinem

Ohr und küsste mich auf die Wange. „Schlaf gut mein Engel."
„Schlaf du auch gut", erwiderte ich, kuschelte mich noch enger an
ihn heran und schlief ein.

Als ich am Morgen erwachte, lag ich auf Sixts Brust. Ich
schaute zu ihm auf und er lächelte mich mit einem strahlenden
Lächeln an.
„Guten Morgen meine Süße", sagte er liebevoll und strich mir die
Haare aus dem Gesicht.
„Morgen", erwiderte ich und streckte mich.
„Hast du gut geschlafen?"
„Ja, wie immer, wenn du bei mir bist."
„Das ist schön", kam es von ihm und er küsste mich auf die Stirn.
„Lust auf Frühstück?"
„Hört sich gut an."
„Möchtest du mit den Anderen zusammen frühstücken oder hier
im Bett?"
„Das ist mir egal. Von mir aus auch mit den Anderen zusammen",
erwiderte ich.
„Okay."
„Frühstückt ihr oft zusammen", fragte ich.
„Ja eigentlich jeden Tag. Naja in letzter Zeit habe ich eher selten mit
ihnen gefrühstückt, weil ich bei dir war", sagte er und stand vom
Bett auf.
„Oh, dann frühstücken wir heute erst recht mit ihnen. Ich möchte
dich nicht von dem gemeinsamen Frühstück fernhalten", sagte ich.
Ich fühlte mich etwas schuldig, denn er war die ganze Zeit bei mir
gewesen und musste auf das gemeinsame Frühstück mit seinen
Freunden meinetwegen verzichten.
„Das tust du doch gar nicht. Außerdem bin ich gerne bei dir und
jetzt ab ins Bad mit dir, sonst kriegen wir kein Frühstück mehr, da
Nathan uns alles weggegessen haben wird. Also los jetzt",
scheuchte mich Sixt aus dem Bett.

Nachdem wir uns gewaschen und angezogen hatten,
gingen wir die Treppe herunter ins Erdgeschoss. Drei Etagen
konnten viele Treppen haben und ich hatte einen kleinen
Frühsport, als wir unten ankamen. Mir machte es nichts aus, denn
so blieb man fit. Wir gingen ins Esszimmer, wo Maya schon den

Tisch gedeckt hatte und nun mit der Kaffeekanne aus der Küche kam.

„Guten Morgen ihr beiden", grüßte sie uns.

„Guten Morgen", kam es von Sixt und mir wie aus einem Mund.

„Kann ich dir helfen", fragte ich sie.

„Nein nicht nötig. Ich bin schon fertig", erwiderte sie, stellte die Kanne auf den Tisch und setzte sich auf einen der Esszimmerstühle. Wir taten es ihr gleich. Ich hörte, wie die Haustür geöffnet wurde und kurz danach kam Timothy mit einer großen Tüte Brötchen ins Esszimmer. Er musste beim Bäcker gewesen sein. Als Nächstes tauchten Nathan und Sasha im Raum auf. Sie waren, wie es Schutzengel am liebsten taten, gesprungen.

„Guten Morgen zusammen", rief Nathan und setzte sich zu uns an den Tisch und wir begannen mit dem Frühstück.

Kapitel 10

Die nächste Woche verging wie im Flug. Sixt und ich sahen uns jeden Tag und nachts schlief er bei mir. Ich genoss jede Minute, die ich mit ihm zusammen verbrachte. Terina sah ich weiterhin in meinen Kursen und immer war sie mit Monica zusammen. Sie schienen gute Freundinnen geworden zu sein. Da hatten sich auch die Richtigen gefunden. Eine schlimmer als die Andere. Es war mir allerdings egal. Ich beachtete sie gar nicht. Ich wollte eigentlich nur, dass sie mich in Ruhe ließen. Monica kam meinen Wunsch leider nicht nach. Sie konnte es in der Mittagspause nicht lassen und lästerte weiterhin laut über mich. Ich versuchte es zu ignorieren, wie Nathan es mir geraten hatte. Wenn er es hörte, begann er Witze zu erzählen und brachte uns damit zum Lachen. Monica ärgerte es sehr, weil ich ihre Sprüche dadurch nicht mitbekam. Und ich sollte es doch mitbekommen. Schließlich zog sie diese ganze Lästerei doch nur wegen mir ab.

Am Montagabend stieg ich nach der Arbeit in meinen Wagen und machte mich auf den Weg nach Hause. Sixt und ich wollten bei mir Zuhause zusammen kochen und uns einen gemütlichen Abend zu zweit machen. Ich fuhr gerade die Hauptstraße entlang, als mir ein Wagen hinter mir auffiel, der sehr dicht auffuhr. Ich dachte mir nichts dabei. Es gab immer Leute, die auf der Straße drängelten und denen es nicht schnell genug gehen konnte. Meistens kamen sie aber nicht weiter, als die nächste rote Ampel. Als ob das Drängeln dann etwas gebracht hätte. Warten mussten diese Autofahrer dann ebenfalls wie alle Anderen auch. Ich behielt mein Tempo bei, ließ mich nicht drängen und fuhr weiter. Ich bog rechts in die nächste Straße ein. An der Ortsausfahrt führte die Straße ein Stück über Land. Links und rechts waren Felder zu sehen und an der Straße standen Bäume. Ich schaute in den Rückspiegel. Der Wagen war immer noch direkt hinter mir. Ich schaute ihn mir genauer an und da erkannte ich ihn. Es war der silberne Mercedes SLR Coupe´. Der Wagen, der mich vor drei Wochen auf der Straße fast angefahren hätte. Der Fahrer fuhr mit seinem Wagen immer dichter auf. Ständig betätigte er die Lichthupe. Was wollte er denn von mir? Die Straße war doch frei. Er hätte doch überholen können. Ich fuhr etwas schneller. Der Wagen hinter mir beschleunigte ebenfalls. Ich schaute stur auf die Straße und wollte mich nicht von dem Fahrer provozieren und drängen lassen. Plötzlich gab es einen Ruck. Der Wagen hatte meinen gerammt. Ich bekam Angst und beschleunigte mein Auto. Ich wusste nicht, was dieser Fahrer von mir wollte oder was er noch tun würde. Ich wollte einfach nur nach Hause. Klar, ich hätte Sixt anrufen können und durch seine Fähigkeit wäre er auch sofort bei mir gewesen, aber er hätte auch nichts gegen diesen Fahrer tun können. Ich schaute noch einmal in den Rückspiegel und sah das der Wagen zum Überholen ausscherte. Der Fahrer gab Gas und holte auf, bis er mit seinem Wagen direkt neben mir war. Ich nahm all meinen Mut zusammen und schaute herüber. Ich wollte wissen, wer in diesem Wagen saß. Ich sah eine Person mit blonden langen Haaren. Es schien eine Frau zu sein. Sie trug eine schwarze Baseballkappe und eine Sonnenbrille. Sie lächelte mich hämisch an und in dem Moment holte sie mit ihrem Wagen aus und drängte mich von der Straße. Ich versuchte dagegen zu lenken, doch ich schaffte es nicht den Wagen auf der Straße zu halten und rutschte in den Straßengraben. Ich trat auf die Bremse, aber das Auto reagierte nicht und ich fuhr direkt auf einen Baum zu. Der Graben war holprig und ich knallte mit dem Kopf auf das Lenkrad. In dem Moment sah ich Sixt, der vor meinen Wagen aufgetaucht war und sich gegen ihn drückte, um ihn zu stoppen. Er brachte all seine Kraft auf, die er besaß. Kurz vor dem Baum blieb mein Auto stehen. Mein Kopf dröhnte und ich lehnte mich stöhnend an die Kopflehne. Ich schaute zu Sixt, der mich erschrocken ansah. Im nächsten Moment war er an der Fahrertür und öffnete sie. „Jamie, Süße, geht es dir gut", fragte er und berührte mich am Arm. „Ich ... ich weiß nicht", wimmerte ich und in meinen Kopf drehte sich alles. Ich schloss die Augen, aber der Schwindel ließ nicht nach. „Jamie, was ist los? Jamie, mach die Augen auf", hörte ich Sixt rufen. Seine Stimme klang panisch. Die Schwärze zog an mir. Wollte mich ins Dunkel ziehen. Ich versuchte mich dagegen zu wehren, doch ich schaffte es nicht und sackte in die Ohnmacht.

Ich sah alles verschwommen, als ich wieder zu mir kam

und die Augen geöffnet hatte und mein Kopf schmerzte höllisch. Ich musste erst einige Male blinzeln, damit ich wieder klarsehen konnte. Ich lag in einem Bett mit weißem Bettbezug. Die Wände von dem Raum, in dem ich lag, waren in einem beigefarbenen Ton gestrichen. Neben mir hörte ich ein Piepen. Was war das und vor allem, wo war ich? Dem Piepen folgend drehte ich meinen Kopf zur Seite und sah, dass es von einem Überwachungsgerät kam, der meinen Puls und meine Atmung kontrollierte. Jetzt bemerkte ich die Schnüre an meinen Körper und den Sauerstoffschlauch in meiner Nase.

„Sie ist wach", hörte ich die Stimme von meiner Mutter. Ich schaute in die Richtung, aus der die Stimme kam und entdeckte meine Eltern und Leslie, die an meinem Bett standen und mich voller Sorge aber auch erleichtert, weil ich wieder wach war, ansahen. Ich suchte Sixt und entdeckte ihn direkt neben mir am Kopfteil des Bettes auf einen Stuhl sitzend. Auch er sah mich besorgt an und hielt meine Hand in seiner.

„Was ist passiert? Wo bin ich", fragte ich mit kratziger Stimme. „Du bist im Krankenhaus. Du bist mit deinem Wagen von der Straße abgekommen und in den Graben gefahren. Dabei bist du anscheinend mit dem Kopf auf das Lenkrad geknallt. Zum Glück kam Sixt gerade mit seinem Wagen vorbei und hat sofort den Krankenwagen gerufen", erklärte mir mein Vater. Ich sah Sixt an und er lächelte leicht. Mir fiel alles wieder ein. Aber das, was mein Vater erzählte, war nicht die ganze Wahrheit. Ich wurde von der Straße gedrängt und Sixt tauchte vor meinem Wagen auf, um ihn zu stoppen. Was mit dem anderen Wagen war, wusste ich nicht. Allerdings wollte ich meinen Eltern auch nichts davon erzählen. Sie sollten sich keine Sorgen machen. Es reichte schon, dass ich ihnen den Schock versetzt hatte, dass ich im Krankenhaus lag. Sie sollten sich jetzt nicht noch zusätzlich die Sorgen machen, dass eine Irre mich von der Straße gedrängt hatte. Sixt hatte sich eine gute Geschichte ausgedacht und sie sollten ruhig glauben, dass es so gewesen war. Der Arzt kam ins Krankenzimmer und hatte Röntgenbilder dabei.

„Oh, Sie sind wach. Das ist gut. Ich bin Dr. Buckley. Miss Miller, Sie haben sehr viel Glück gehabt und haben keine schweren Verletzungen bei dem Unfall davongetragen", sagte er.

„Darf ich nach Hause", fragte ich, denn ich wollte nicht im

Krankenhaus bleiben.

„Es ist besser, wenn Sie eine Nacht zur Beobachtung hierbleiben. Wie geht es Ihnen denn?"

„Mein Kopf tut weh", klagte ich.

„Das kommt von dem Aufprall. Ich sage der Krankenschwester Bescheid, dass sie Ihnen gleich ein Schmerzmittel bringt. Ruhen Sie sich jetzt mal etwas aus", sagte er und ging zur Tür hinaus.

„Wir werden auch mal nach Hause fahren", sagte meine Mutter und strich mir liebevoll über die Haare. „Schlaf jetzt noch. Du brauchst Ruhe."

„Sollen wir dich mitnehmen? Dein Wagen steht doch noch an der Unfallstelle", wandte sich mein Vater Sixt zu.

„Nein, danke das braucht ihr nicht. Ich bleibe noch etwas und lasse mich nachher von meinen Freunden abholen. Dann werde ich auch gleichzeitig meinen Wagen holen", erwiderte er.

„Dann ist gut", erwiderte mein Vater. „Bis morgen. Ruhe dich aus", wandte er sich mir zu.

„Bis morgen", sagte Leslie und umarmte mich. Ich sah ihr die Erleichterung an, dass mir nichts Schlimmes passiert war. Es tat mir so leid, dass ich ihnen allen so viele Sorgen bereitet hatte. Das hatte ich nicht gewollt.

„Ja bis morgen, tschüss", erwiderte ich. Als meine Familie das Zimmer verlassen hatte, wandte ich mich zu Sixt. Er schaute mich besorgt an.

„Danke, dass du den Wagen gestoppt hast."

„Du brauchst dich nicht zu bedanken. Dafür bin ich ja dein Schutzengel. Ich bin nur froh, dass dir nichts Schlimmeres passiert ist", erwiderte er und küsste mich auf die Stirn.

„Was ist mit dem anderen Wagen?"

„Der Fahrer hat sich aus dem Staub gemacht. Dieser Dreckskerl", sagte er und biss die Zähne zusammen. Seine Augen glühten vor Wut.

„Es war eine Frau. Ich habe sie gesehen. Der Wagen war der Gleiche, wie der der mich fast überfahren hätte, wenn du mich nicht von der Straße gerettet hättest. Ich kenne diese Frau irgendwoher. Mir fällt nur nicht ein woher."

„Eine Frau? Interessant."

„Was will sie von mir? Warum will sie mich umbringen?" Ich bekam Panik und fing an zu zittern.

„Scht, ganz ruhig. Das kriegen wir schon raus. Sie wird dir nichts mehr tun. Ich passe auf dich auf", versuchte er mich zu beruhigen und strich mir über die Wange. „Wissen meine Eltern von dem Wagen", fragte ich und wurde wieder ruhiger. Es hätte ja sein können, dass Sixt es erzählt hatte und mein Vater es mir gegenüber nur nicht erwähnen wollte. Vielleicht wollte er es mir erst erzählen, wenn es mir wieder besserging, damit ich mich jetzt nicht zu sehr aufregte. „Nein. Ich habe ihnen nichts davon erzählt. Deine Eltern würden wollen das wir zur Polizei gehen und dann würde das mit dem Schlafmittel herauskommen. Ich möchte dir die Entscheidung lassen, ob du ihnen das mit dem Wagen erzählen möchtest oder nicht. Abgesehen davon müssen wir zur Polizei und noch eine Anzeige wegen Fahrerflucht erstatten."

„Nein, ich will nicht, dass sie es wissen. Es reicht schon, wenn ich, falls es zu einer Gerichtsverhandlung kommt, ihnen alles erklären muss. Ich will ihnen die Sorge im Moment ersparen. Das hier war schon zu viel", sagte ich. „Aber muss das mit der Polizei wirklich sein?"

„Ja. Oder willst du diese Frau ohne Strafe davonkommen lassen?"

„Nein natürlich nicht. Sag mal, was meinte mein Vater eigentlich damit, dass dein Auto noch an der Unfallstelle steht", fragte ich und war etwas verwirrt.

„Naja, ich musste mir ja etwas einfallen lassen, wie ich an die Unfallstelle kam. Also habe ich, nachdem ich den Krankenwagen gerufen habe, Nathan gebeten meinen Wagen dorthin zu stellen. Er war sehr schnell. Gut, du warst auch nur noch einen Kilometer von unserem Haus entfernt. Deshalb hatte ich die Ausrede, dass ich mit meinen Wagen dort vorbeigekommen bin. Ich hätte kaum sagen können, dass ich dein Schutzengel bin und das Auto gestoppt habe", antwortete er und schaute mich grinsend an. „Ich muss eben mal Nathan anrufen, dass er meinen Wagen da jetzt wieder wegholt. Ich will ihn da nicht über Nacht stehen lassen." Sixt holte sein Handy aus der Tasche und wählte Nathans Nummer. „Nathan? Kannst du bitte meinen Wagen wieder abholen und auf dem Krankenhausparkplatz stellen?" Er wartete und hörte Nathan zu. „Ja ihr geht es soweit gut. Sie ist wach", sagte er und schaute mich liebevoll an. „Alles klar, wir sehen uns dann morgen." Sixt legte auf und steckte sein Handy wieder in die Tasche.

„Bleibst du heute Nacht bei mir", fragte ich leise.

„Natürlich. Ich lasse dich nicht alleine." Sixt beugte sich über mich und gab mir einen Kuss. Die Krankenzimmertür wurde geöffnet und die Krankenschwester kam ins Zimmer, die mir ein Schmerzmittel brachte, welches sich in einer Infusionsflasche befand. Sie nahm die leere Infusionsflasche vom Ständer und schloss die neue Flasche mit dem Schmerzmittel an. „So das hilft gegen die Kopfschmerzen. Brauchen Sie sonst noch etwas", fragte sie freundlich.

„Kann ich etwas zu trinken haben."

„Natürlich. Ich hole Ihnen etwas", sagte sie und verschwand kurz aus dem Zimmer. Dann kam sie mit einer Flasche Wasser und einem Glas zurück und stellte beides auf den Nachtschrank. Anschließend maß sie bei mir noch den Blutdruck und den Puls. „Die Werte sind in Ordnung. Dann kann ich sie vom Sauerstoffschlauch und dem EKG-Gerät befreien." Sie schaltete das Gerät aus und nahm mir den Sauerstoffschlauch und die Elektroden, die auf meiner Brust klebten ab. „Bleiben Sie heute Nacht hier", wandte sie sich an Sixt.

„Wenn ich darf?"

„Das ist kein Problem. Ich hole Ihnen noch eben ein Kissen und eine Decke", erwiderte sie und eilte wieder aus dem Zimmer. Sie kam mit dem Kissen und der Decke zurück und legte beides auf einen Stuhl.

„Wenn Sie noch etwas brauchen, einfach nur klingeln. Ich schaue heute Nacht noch einmal nach Ihnen", sagte sie und ging aus dem Zimmer. Ich versuchte mich aufzusetzen, aber mir wurde schwindelig und ich ließ mich wieder ins Kissen fallen. Sixt schüttete mir etwas zu trinken ein und reichte mir das Glas. Mein Hals war so trocken und ich hatte das Gefühl, als ob ich vollkommen ausgetrocknet wäre. Ich nahm das Glas Wasser und trank es in einem Zug leer. Anschließend stellte ich es zurück auf den Nachtschrank.

„Du solltest jetzt schlafen", sagte Sixt sanft.

„Ich weiß gar nicht, ob ich das kann. Ich bin eigentlich nicht müde."

„Versuch es einfach", bat er mich, setzte sich ans Kopfende des Bettes und legte seinen Arm um mich. Ich schloss die Augen und schlief nach kurzer Zeit doch ein.

Ich träumte von der Straße, wo ich den Unfall hatte. Ich fuhr mit meinem Auto und sah im Rückspiegel wieder diesen anderen Wagen. Im nächsten Augenblick fuhr der Wagen neben mir und diese Frau, die ihn fuhr, schaute mich hämisch lachend an. Ihre Augen glühten rot. Ich erschrak. Ich gab Gas. Ich wollte einfach nur weg von ihr, doch auch die Frau beschleunigte ihren Wagen und blieb auf gleicher Höhe. Sie grinste immer noch, als sie mit ihrem Wagen ausholte und mich von der Straße drängte. Plötzlich änderte sich der Ort. Ich lag im Krankenzimmer und war an Maschinen angeschlossen. Eine Frau kam herein. Sie trug eine Krankenschwesterkleidung und hatte blonde lange Haare. Mir fiel auf, dass es die Frau aus dem Auto war. Sie kam zu mir ans Bett und hatte eine Spritze in der Hand. Schrill lachend hob sie ihre Hand und stach die Spritze in die Infusionsflasche und drückte den Inhalt hinein.

„Du wirst sterben", rief sie lachend und ihre Augen glühten wieder rot. Ich schrie und versuchte den Schlauch aus meinem Arm zu bekommen, doch es ging einfach nicht. Ich bekam ihn nicht heraus. Ich schrie weiter und strampelte, als ich merkte, wie jemand meinen Namen rief und mich an den Schultern packte.

„Jamie, Süße wach auf", rief Sixt und ich öffnete meine Augen. Ich zitterte am ganzen Körper und Tränen liefen mir über das Gesicht. Sixt nahm mich sofort in seine Arme und schaltete das Licht ein.

„Hey, es ist alles gut. Es war nur ein Traum", versuchte er mich zu beruhigen.

„Nein, sie ist hier und will mich umbringen." Panisch schaute ich mich im Zimmer um, doch ich konnte keine weitere Person entdecken.

„Hier ist niemand. Du hast nur schlecht geträumt. Ich bin doch bei dir." Er drückte mich fester an sich und küsste mich auf das Haar.

„Aber da war diese Frau und sie hat mir etwas in die Infusionsflasche gespritzt und gesagt, dass ich ... sterben werde. Und ... und ihre Augen ... sie glühten rot", brachte ich unter einem Schluchzen heraus.

„Dir wird niemand etwas tun. Ich bin bei dir und pass auf dich auf", sagte Sixt und spannte sich kurz an. Im nächsten Moment wich seine Anspannung der Fürsorge und er wischte mir zärtlich die Tränen aus dem Gesicht. Die Krankenzimmertür wurde geöffnet und die Krankenschwester betrat das Zimmer.

„Ist etwas passiert? Ich habe einen Schrei gehört", fragte sie und schaute uns an.

„Nein, sie hat nur schlecht geträumt", erwiderte Sixt.

„Dann ist ja gut. Eigentlich müsste ich bei Ihnen noch einmal den Blutdruck messen, aber jetzt werden die Werte erhöht sein und wir bekommen kein richtiges Ergebnis. Versuchen Sie noch etwas zu schlafen. Ihr Körper muss sich von dem Unfall erholen. Ich werde nachher noch einmal wiederkommen. Aber die Infusion kann ich Ihnen schon einmal abmachen. Der Zugang bleibt aber noch drin, bis der Arzt morgen früh bei Ihnen war." Die Krankenschwester entfernte den Infusionsschlauch und warf ihn mit der Flasche in den Müll. Anschließend ging sie aus dem Zimmer und ließ uns allein.

„Du hast die Krankenschwester gehört. Versuch noch ein wenig zu schlafen", sagte Sixt und setzte sich wieder neben mich.

„Ich weiß nicht, ob ich es kann." Sixt legte sich auf das Kissen und zog mich in seine Arme.

„Versuch es. Ich bin bei dir. Es wird dir nichts passieren."

Ich wurde wach, als die Krankenschwester hereinkam. Die Sonne schien bereits ins Zimmer. Sixt lag nicht mehr neben mir. Ich schaute auf und entdeckte ihn mit dem Kissen und der Decke auf dem Stuhl neben meinem Bett. Er war ebenfalls durch das Eintreten der Krankenschwester wach geworden. Zumindest sah es so aus, denn er gähnte und streckte sich. Aber warum hatte er auf dem Stuhl geschlafen? Heute Nacht war er doch noch bei mir im Bett gewesen. Oder hatte er sich gerade erst, bevor die Schwester hereinkam, auf dem Stuhl gesetzt, damit sie es nicht merkte, wo er wirklich geschlafen hatte? Die Schwester kam zu mir, maß noch einmal den Blutdruck und den Puls und schüttelte das Kopfkissen auf.

„Wann kann ich denn nach Hause", fragte ich sie voller Ungeduld. Ich hatte keine Lust mehr hier zu liegen. Zu Hause gefiel es mir viel besser.

„Nach dem Frühstück kommt der Arzt noch einmal und untersucht Sie. Wenn alles in Ordnung ist, können Sie gehen", erklärte sie mir freundlich und verließ das Zimmer.

„So lange noch." Ich sprach mehr zu mir selber. Ich schaute zu Sixt herüber, der mich anlächelte. „Sag mal, was machst du da eigentlich", fragte ich ihn. „Ich habe nur kurz, bevor die Schwester gekommen ist, meinen Schlafplatz aufgesucht. Die sehen es hier nämlich nicht gerne, wenn man zu zweit im Bett liegt." Er setzte sich zu mir aufs Bett und küsste mich. Also stimmte meine Vermutung, dass er seinen Schlafplatz nur wegen der Krankenschwester gewechselt hatte, damit er keinen Ärger bekam. Es war ja schon nett gewesen, dass er überhaupt hier schlafen durfte. Da musste er die Gutmütigkeit der Krankenschwester beziehungsweise des Krankenhauses nicht noch weiter ausnutzen. Schließlich war es nicht selbstverständlich, dass man als Angehöriger im Krankenhaus übernachten durfte. Zumindest nicht bei einer erwachsenen Person. Bei Kindern sah es da schon etwas anders aus.

„Das habe ich schon vermutet. Kann ich dieses Hemd endlich ausziehen? Ich sehe bestimmt schrecklich darin aus." Ich mochte dieses Krankenhaushemd nicht. Es hing wie ein Sack und sah überhaupt nicht gut aus.

„Du siehst gut darin aus. Wobei es egal ist, was du anhast, du siehst in allem gut aus."

„Du bist so süß. Trotzdem möchte ich dieses Hemd ausziehen. Habe ich denn noch etwas zum Anziehen hier", fragte ich.

„Ja deine Eltern haben, nachdem ich sie angerufen und erzählt habe, was passiert ist, schnell etwas eingepackt. Die Tasche steht im Schrank."

„Und das sagst du mir erst jetzt?" Ich stand vom Bett auf und macht ein paar Schritte Richtung Schrank. Mein Kreislauf schien noch nicht vollständig wieder da zu sein und ich schwankte ein wenig. Sixt hielt mich fest, holte meine Tasche aus dem Schrank und trug sie zum Bett. Ich schaute nach, was meine Eltern mir eingepackt hatten und fand meine schwarze dreiviertel Hose und ein rosafarbiges T-Shirt. Meine Mutter hatte auch an meine Kulturtasche gedacht. Ich nahm meine Sachen und ging in das kleine Badezimmer, was mit auf dem Zimmer war.

„Soll ich dir helfen", fragte Sixt und schaute mich besorgt an. Der Schwindel war noch nicht weg und ich schwankte ein wenig.

„Nein das geht schon."

„Wenn etwas ist, dann ruf", sagte er. „Ich bin dann sofort da."

Nach dem Frühstück kam endlich der Arzt. Er leuchtete mir mit einer kleinen Lampe in die Augen und maß noch einmal den Blutdruck und den Puls.

„Wie geht es Ihnen denn", fragte er.

„Soweit gut. Die Kopfschmerzen sind weg. Mir ist nur noch etwas schwindelig", erwiderte ich.

„Das kommt noch von der Gehirnerschütterung. Heute und Morgen sollten sie noch zu Hause bleiben und sich schonen. Falls es schlimmer werden sollte, dann kommen Sie bitte sofort vorbei. Ansonsten können Sie jetzt nach Hause fahren", sagte er, reichte mir den Arztbrief und ging aus dem Zimmer. Die Krankenschwester trat herein, entfernte den Zugang von der Infusion und klebte ein Pflaster auf die Einstichstelle.

„Drücken Sie bitte noch etwas drauf, sonst blutet es nach", sagte sie. „Gute Besserung", fügte sie hinzu und ging wieder aus dem Zimmer. Ich drückte noch ein wenig auf die Einstichstelle und Sixt packte in der Zeit meine wenigen Sachen, die ich dabei hatte in die Tasche.

„Bist du soweit", fragte Sixt, nachdem er die Tasche geschlossen hatte.

„Ja, ich muss nur meinen Eltern noch Bescheid sagen, dass sie mich nicht abholen brauchen", sagte ich, nahm mein Handy und rief meine Mutter an.

„Miller", meldete sie sich.

„Mom, ich bin es, Jamie. Ich wollte dir nur Bescheid sagen, dass ich heute entlassen werde und Sixt mich nach Hause bringt. Ihr braucht mich also nicht abholen."

„Ist gut mein Schatz. Wie geht es dir denn?"

„Mir ist nur noch etwas schwindelig. Aber es geht schon", erwiderte ich.

„Da bin ich aber froh. Du hast mir gestern einen ganz schönen Schrecken eingejagt", sagte meine Mutter und ich konnte die Angst, die sie um mich gehabt hatte, in ihrer Stimme hören.

„Das wollte ich nicht."

„Ich weiß, mein Schatz. Ich bin froh, dass dir bei diesem Unfall nichts Schlimmeres passiert ist."

„Ich auch. Mom, ich muss jetzt auflegen. Wir sehen uns dann nachher."

„Ja ist gut mein Schatz. Fahrt vorsichtig", kam es von ihr.

„Das werden wir. Tschüss Mom."

„Tschüss Jamie." Ich legte auf und drehte mich dann zu Sixt um, da mir etwas einfiel.

„Musst du nicht eigentlich zur Uni? Ich möchte nicht, dass du meinetwegen dort etwas verpasst."

„Eigentlich schon, aber die Professoren können auch einen Tag mal auf mich verzichten. Außerdem muss ich dich doch gesund pflegen", sagte er lächelnd und nahm die Tasche. Anschließend verließen wir das Krankenzimmer. Auf dem Weg aus dem Krankenhaus legte Sixt mir einen Arm um die Taille. Wir gingen zum Parkplatz, wo Nathan das Auto geparkt hatte und Sixt half mir beim Einsteigen. Er startete den Motor und fuhr los. Ich ließ mich in den Sitz sinken und schaute aus dem Fenster. Ich dachte über den Unfall nach. Ich fragte mich, woher ich diese Frau kannte. Sie kam mir so bekannt vor. Aber warum hatte sie das getan? Sixt riss mich aus den Gedanken, als wir vor der Polizeiwache stehen blieben.

„Süße, es tut mir leid. Aber das müssen wir noch eben erledigen, bevor du dich zu Hause ausruhen kannst", sagte er sanft. Ich wusste, was er meinte. Wir mussten den Vorfall melden. Wir stiegen aus dem Wagen aus und gingen ins Gebäude zur Anmeldung.

„Was kann ich für Sie tun", fragte eine Polizistin freundlich.

„Wir möchten gerne zu Kommissar Gibson", sagte Sixt.

„Gerne. Kommen Sie mit." Wir folgten ihr zu Kommissar Gibsons Büro und sie führte uns hinein. Kommissar Gibson erkannte uns sofort wieder. Es war ja gar nicht so lange her, dass wir da gewesen waren.

„Miss Miller, Mr. Summers, was kann ich für Sie tun", fragte er freundlich und deutete auf die Stühle vor uns, dass wir platz nehmen sollten.

„Wir kommen eigentlich, um noch einen Vorfall zu melden", begann Sixt. „Jamie hatte gestern einen Autounfall, wo die Verursacherin abgehauen ist."

„Oh, ich hoffe, Ihnen ist nichts passiert. Erzählen Sie mir bitte, was geschehen ist."

„Also ich wollte von der Arbeit nach Hause fahren. Mir fuhr die ganze Zeit ein Auto hinterher und drängelte. Die Fahrerin ist mir auch einmal hinten ins Auto gefahren. Dann fuhr sie neben mir und drängte mich von der Straße in den Graben, wo ich fast vor einem Baum gefahren wäre." Ich erzählte nicht, dass Sixt mich gerettet hatte. Das hätte der Kommissar mir nicht geglaubt. Dafür nannte ich ihm das Automodell und die Farbe. Das Nummernschild konnte ich ihm leider nicht nennen, darauf hatte ich gar nicht geachtet. Ich reichte ihm den Arztbericht, wovon er sich eine Kopie machte.

„Wie sah die Frau denn aus", fragte er und schrieb etwas in seine Unterlagen.

„Sie hatte blonde lange Haare, trug eine schwarze Baseballkappe und eine Sonnenbrille. Sie lächelte mich an, als sie mich von der Straße drängte. Ich muss auch sagen, sie kam mir bekannt vor. Nur ich weiß nicht woher." Auch diese Aussage notierte er sich.

„Was sollen wir denn jetzt machen. Noch eine Anzeige erstatten oder reicht die eine", fragte Sixt und hielt meine Hand.

„Es hört sich danach an, als ob jemand versucht Sie, entschuldigen Sie, wenn ich es so sage, umzubringen. Ich werde es, als eine weitere Anzeige aufnehmen, wobei wir beides zusammen ermitteln werden. Können Sie sich vorstellen, warum diese Frau Sie umbringen will? Hat sie einen Grund? Haben Sie Feinde, Leute, die Sie nicht mögen", fragte der Kommissar mich.

„Ich habe keine Ahnung warum. Feinde habe ich eigentlich nicht. Leute, die mich nicht mögen, gibt es, aber denen traue ich es nicht zu und keiner von ihnen hat so ein Auto. Einen richtigen Grund haben sie allerdings auch nicht", antwortete ich und begann zu überlegen. Monica konnte mich neuerdings nicht mehr leiden. Aber das war nur Neid. Und Megan traute ich es auch nicht zu. Sie war nur sauer, dass Mrs. Evans sie ab und zu anmeckerte, wenn sie nicht richtig arbeitete. Das beides war aber doch kein Grund mich umzubringen oder? Mir fiel Terina noch ein. Aber sie hatte, was sie wollte. Sie hatte Matt bekommen. Allerdings hatte sie auch blonde lange Haare. Aber warum sollte sie mich umbringen wollen? Dafür gab es überhaupt keinen Grund. Komisch fand ich es schon, dass sie auf einmal bei uns an der Uni aufgekreuzt, in den gleichen Kursen, wie ich war und sich prima mit Monica verstand. Das konnte aber auch alles nur Zufall sein.

„Fällt dir sonst niemand ein", fragte Sixt mich. „Überleg doch noch mal."

„Naja nur Terina. Sie hat zwar blonde lange Haare, aber ich weiß nicht, warum sie so etwas tun würde. Einen Grund hat sie eigentlich nicht. Als ich mich damals von meinem Ex-Freund getrennt habe, weil er mit ihr fremd gegangen ist, wurden sie danach ein Paar", erzählte ich.

„Wissen Sie denn, wie sie mit Nachnamen heißt oder, ob sie so einen Wagen besitzt?"

„Ihr Nachname ist Shawn, aber ob sie jetzt so einen Wagen fährt weiß ich nicht. Früher hatte sie einen Ford. Sie studiert jetzt an der Portland Universität seltsamerweise genau wie ich Wirtschaftswissenschaften und ist in meinen Kursen. Vielleicht hat sie es vorher schon an einer anderen Universität studiert und ist jetzt zur Portland Universität gewechselt. Mir hatte sie damals aber erzählt, dass sie eine Ausbildung als Verkäuferin machen würde. Deshalb wundert es mich schon, dass sie plötzlich studiert. Aber wie gesagt einen Grund hätte sie eigentlich nicht. Ich habe, seit ich mich von meinem Ex-Freund getrennt habe, keinen Kontakt mehr zu ihr und will auch gar nichts mehr mit ihr zu tun haben."

„Moment mal. Sasha hat erzählt, dass sie in der Salsa Bar auch auf der Toilette war und es so aussah, als ob ihr eine kleine Auseinandersetzung hattet", fiel Sixt ein.

„Eine Auseinandersetzung war es eigentlich nicht. Sie tat so, als ob nichts gewesen wäre, und wollte auf gute Freundin machen. Ich habe ihr nur gesagt, sie soll mich in Ruhe lassen. Mehr nicht. An dem Abend waren aber auch Monica und viele andere in der Bar. Jeder hätte es gewesen sein können", erklärte ich.

„Da muss ich Ihnen recht geben. Ein eindeutiger Beweis ist das nicht. Wir werden der Sache nachgehen. So viele Besitzer eines so teuren Wagens wird es hier nicht geben. Sobald Ihnen noch etwas einfällt oder auch auffällt, sagen Sie uns bitte sofort Bescheid. Alle Hinweise bringen uns weiter", sagte Kommissar Gibson.

„Das werden wir", erwiderte ich. Wir verabschiedeten uns und verließen das Polizeirevier. In meinen Kopf schwirrte ein großes Durcheinander. So viele Fragen, aber keine passenden Antworten. Wir gingen zum Wagen. Sixt schloss ihn auf und wir setzten uns hinein.

„Keine Sorge. Sie finden diese Frau schon", sagte Sixt und fuhr los, nachdem er den Wagen gestartet hatte.

„Ich hoffe es. Was ist eigentlich mit meinem Auto? Wo ist das denn jetzt", fiel mir plötzlich ein.

„Dein Vater hat es abschleppen und in die Werkstatt bringen lassen.

Anscheinend hast du dir, als du in den Graben gefahren bist, den Bremsschlauch abgerissen."

„Das kann sein. Ich habe die ganze Zeit auf die Bremse getreten, aber sie reagierte nicht."

Als wir bei mir zu Hause ankamen und aus dem Auto gestiegen waren, gingen wir zuerst zu dem Haus von meinen Eltern. Ich wollte meiner Mutter kurz Bescheid geben, dass es mir gut ging, damit sie sich keine Sorgen machte. Ich wollte gerade die Tür aufschließen, als sie von meiner Mutter schon geöffnet wurde. „Hallo ihr beiden. Mein Schatz geht es dir wirklich schon wieder gut", fragte sie besorgt und umarmte mich.

„Ja Mom. Es geht schon wieder. Der Arzt sagte, dass ich mich heute und morgen noch ausruhen soll."

„Dann tu das auch mal", erwiderte sie. Meine Mutter kannte mich. Ich konnte nicht lange einfach so stille liegen bleiben. Das war schon früher so gewesen, wenn ich krank war. Sobald es mir besserging, hielt mich nichts mehr im Bett.

„Ich sorge schon dafür, dass sie auf der Couch liegen bleibt und sich schont", sagte Sixt lächelnd.

„Bleibst du bei ihr? Ich rufe sonst im Büro an und nehme mir einen Tag frei", fragte meine Mutter Sixt.

„Nein, das brauchst du nicht. Ich bleibe bei ihr", erwiderte er.

„Danke, das ist sehr nett von dir. Gut dann werde ich mich mal auf den Weg ins Büro machen. Dein Vater und ich kommen dann heute Nachmittag bei dir vorbei, um zu sehen, wie es dir geht. Ruhe dich aus", sagte meine Mutter, nahm ihre Tasche und ging, nachdem sie die Haustür geschlossen hatte zu ihrem Wagen. Wir gingen zu meinem Haus hinüber. Ich schloss die Tür auf und ging hinein. Sixt folgte mir und stellte die Tasche im Flur ab.

„Und was machen wir beiden jetzt", fragte ich.

„Du legst dich jetzt auf die Couch und ruhst dich aus", sagte er streng.

„Und du?"

„Ich setze mich neben dich und passe auf, dass du auch liegen bleibst", erwiderte er.

„Na gut." Ich gab mich geschlagen und ging ins Wohnzimmer.

„Sollen wir uns eine DVD anschauen", fragte Sixt und stand am Schrank vor meiner kleinen DVD-Sammlung.

„Ja. Du darfst dir dieses Mal einen Film aussuchen. Letztes Mal war ich ja dran." Ich legte mich auf die Couch und schaute ihm zu. Er fand recht schnell eine DVD und legte sie in den DVD-Player ein. Er holte aus der Küche noch eine Flasche Wasser und zwei Gläser, die er auf den Wohnzimmertisch stellte. Dann kam er zu mir auf die Couch und ich legte meinen Kopf auf seinen Schoß. Sixt drückte auf der Fernbedienung die Starttaste und legte einen Arm um mich. Bei dem Film handelte sich um einen meiner Lieblingsactionfilme. Ich schaffte es bis zur Mitte des Filmes, dann fielen mir die Augen zu.

Als ich aufwachte, war ich mit einer Decke zugedeckt und Sixt saß nicht mehr neben mir. Auch der Fernseher war ausgeschaltet und ich schaute mich verwundert um.
„Sixt?"
„Ja, ich bin hier", hörte ich ihn und er kam aus der Küche zu mir.
„Wie spät ist es", fragte ich und war noch etwas verwirrt.
„Ein Uhr. Du hast ganz schön lange geschlafen. Das Essen ist gleich fertig."
„Du kochst?"
„Ja natürlich. Du musst doch etwas essen." Ich stand auf und schwankte dabei. Der Schwindel war noch nicht besser geworden.
„Wo willst du hin", fragte er und hielt mich fest.
„In die Küche. Ich muss ja mal schauen, was du da machst."
Langsam ging ich mit Sixt zusammen in die Küche. Er hatte mir einen Arm um die Schulter gelegt und stützte mich. Töpfe standen auf dem Herd und der Küchentisch war schon gedeckt.
„Setzt dich", sagte Sixt und schob einen Stuhl zurück. Ich setzte mich und schaute zum Herd.
„Was gibt es denn?"
„Spaghetti Bolognese. Dein Lieblingsgericht, wenn ich es noch richtig in Erinnerung habe."
„Ja genau. Aber woher hast du denn die Zutaten? Ich hatte doch gar nichts mehr im Haus."
„Als du geschlafen hast, war ich eben einkaufen. Naja, dein Kühlschrank ist wieder voll." Liebevoll schaute er mich an. „Keine Sorge ich war ganz schnell wieder da", fügte er hinzu, als ich etwas sagen wollte.
„Danke. Das ist lieb von dir, aber das hätte ich doch machen

können."

„Du sollst dich schonen hat der Arzt gesagt", erwiderte Sixt und goss die Spaghetti in ein Sieb. Anschließend stellte er sie und den Topf mit der Soße auf den Tisch. Sixt schöpfte mir und sich Spaghettis auf die Teller, dazu noch die Bolognesesoße und setzte sich ebenfalls an den Tisch.

„Hm, die schmecken richtig lecker. Du kannst wirklich gut kochen."

„Danke. Freut mich das es dir schmeckt", sagte er lächelnd.

„Wenn ich dich als Chefkoch einstelle, wie viel muss ich dir dann an Gehalt zahlen", fragte ich ihn grinsend.

„Oh das kann teuer werden. Ich bin ein Sternekoch und lasse mich gut für meine Kochkünste bezahlen. Allerdings kannst du es auch abarbeiten."

„Wie denn?"

„Mit Küssen zum Beispiel", schlug er vor.

„Ich glaube das müsste gehen. Alles klar du bist eingestellt", erwiderte ich.

Nach dem Essen wollte ich das Geschirr spülen, aber ich wurde wieder auf die Couch geschickt. Ich schaltete den Fernseher ein und zappte durch die Kanäle. Großartig lief nichts im Fernsehen und ich blieb bei einer Talkshow stehen. Nachdem Sixt in der Küche fertig war, setzte er sich zu mir. Er legte einen Arm um meine Schulter und ich lehnte mich bei ihm an.

„Und ist das Thema interessant", fragte er, als er sah, was gerade lief.

„Nein, eigentlich nicht. Es geht darum, mit wem sie fremdgegangen ist und von wem jetzt das Kind ist. Das übliche halt. Es läuft im Moment aber auch nichts anderes."

„Das ist egal. Ich schau dich sowieso viel lieber an", sagte er lächelnd und schaute mir in die Augen. Das Eisblau in seinen Augen leuchtete und zog mich regelrecht an. Ich konnte meinen Blick nicht abwenden. Unsere Lippen kamen sich immer näher, bis sie sich endlich trafen. Weich schmiegten sie sich aufeinander. Mein Herz schlug schneller. Sanft strich er mit seiner Hand über meinen Arm.

„Ich liebe dich", sagte er sanft, als er sich von mir löste.

„Ich liebe dich auch", erwiderte ich und schmiegte mich eng an ihn.

„Sag mal, können Schutzengel eigentlich Kinder zeugen beziehungsweise bekommen", wollte ich nun von ihm wissen, als ich wieder zum Fernseher sah, wo immer noch die Talkshow lief. „Nein, leider nicht. Schutzengel können weder Kinder bekommen noch welche zeugen. Das ist noch ein Grund, warum ich wieder ein Mensch werden möchte. Ich würde mit dir gerne Kinder haben. Das heißt, wenn du welche möchtest", sagte Sixt und schaute mich an.

„Ehrlich gesagt habe ich noch gar nicht groß darüber nachgedacht, ob ich Kinder haben möchte", gestand ich ihm. „Aber mit dir könnte ich es mir gut vorstellen."

„Das freut mich. Wir haben ja noch Zeit und brauchen nichts zu überstürzen. Abgesehen davon muss ich dafür erst wieder ein Mensch werden, wenn der Engelsrat es mir denn erlaubt", sagte er zähneknirschend.

„Wenn nicht, dann ist es halt so. Wenn wir auf natürlichem Wege kein Kind bekommen können, dann könnten wir immer noch eines adoptieren. Die Hauptsache ist, dass du bei mir bleibst."

„Das werde ich. Für immer", sagte er, beugte sich zu mir und legte seine Lippen auf meine. Ich wollte gerade den Kuss vertiefen, als es an der Tür klingelte. Ich löste mich von Sixt und machte mich daran von der Couch aufzustehen, doch Sixt hielt mich zurück.

„Ich gehe schon. Du legst dich wieder hin", sagte er streng. Er stand auf, ging in den Flur und öffnete die Haustür. Im nächsten Moment hörte ich mehrere Stimmen im Flur.

„Du hast Krankenbesuch", sagte Sixt lächelnd und kam wieder ins Wohnzimmer. Ihm folgten Sasha, Nathan, Maya und Timothy.

„Hi", sagten sie alle gleichzeitig.

„Hallo", erwiderte ich überrascht und sie setzten sich zu mir. Timothy und Maya saßen zusammen auf dem Sessel und Nathan und Sasha nahmen den Zweisitzer, der zur Couchgarnitur gehörte. Sixt saß natürlich bei mir auf der Couch.

„Wie geht es dir", fragte Sasha besorgt.

„Soweit ganz gut. Ich darf nur nichts machen", erwiderte ich und schaute Sixt grimmig an.

„Der Arzt hat gesagt, dass du dich schonen sollst. Ich sorge nur dafür, dass du es auch tust", verteidigte er sich.

„Genieße es doch einfach. Du kannst faulenzen und brauchst nichts zu tun. Ich fände es gut", kam es von Nathan und er grinste dabei.

„Das glaube ich. Man muss dich auch zu Hause antreiben, dass du im Haushalt mal etwas machst", erwiderte Sasha. „Ach, bevor ich es vergesse", Sasha wandte sich zu mir. „Am Montag schreiben wir eine Klausur in betrieblichen Rechnungswesen. Mr. Brown hat es heute bekannt gegeben. Es kommt das letzte Thema dran."

„Na super. Auch das noch. Die T-Konten Rechnung verstehe ich nicht ganz. Da fall ich bestimmt durch", stöhnte ich.

„Mir geht es da genauso. Lass uns doch zusammen lernen", schlug sie vor.

„Ich kann es euch beibringen. Es ist gar nicht so schwer, wie es aussieht", bot Sixt uns an.

„Oh das wäre gut", erwiderte ich.

„Ja, das wäre echt klasse. Aber ich hoffe, du bist auch geduldig mit uns", sagte Sasha.

„Ja, das bin ich. Wann wollt ihr denn lernen", fragte Sixt.

„Sonntag", erwiderte Sasha und ich nickte zustimmend.

„Gut dann am Sonntag", sagte Sixt.

„Wir haben dir noch etwas mitgebracht", sagte Timothy, stand auf und ging in den Flur. Er kam mit einem ein Meter großen Teddybären, der eine Lederjacke und eine Sonnenbrille trug, auf dem Arm wieder und überreichte ihn mir.

„Der ist ja süß. Danke", sagte ich und betrachtete ihn genauer.

„Er ist dein persönlicher Bodyguard. Er soll auf dich aufpassen, wenn Sixt mal keine Zeit hat", erklärte Sasha.

„Pass auf, er kann ganz schön aggressiv werden", witzelte Nathan.

„Ok. Kann er denn alleine laufen", fragte ich.

„Nein. Du musst ihn schon tragen. Er ist ein bisschen faul", erwiderte Nathan lachend. „Aber er soll ein Profi sein, habe ich gehört."

„Ach so. Und wenn mich jemand angreift, muss ich ihn erst zu dem Angreifer tragen", stellte ich lachend fest.

„So in der Art. Wobei es immer noch Sixts Aufgabe ist, dich zu beschützen. Dein Bodyguard hat dann Angst und versteckt sich", erklärte Timothy.

„Na super. Ich habe einen Bodyguard, der Angst hat, wenn er mich verteidigen soll."

„Eigentlich ist er da, damit du dich nicht so alleine fühlst, wenn Sixt nicht bei dir ist", sagte Maya.

„Auch wenn er mich nicht verteidigt, ist er trotzdem süß. Danke, das wäre echt nicht nötig gewesen", bedankte ich mich bei ihnen. Ich setzte den Bären neben mir auf die Couch und lehnte mich an Sixts Schulter an. Wir unterhielten uns noch eine Weile, bis sie sich verabschiedeten und nach Hause fuhren. Aber mit dem Besuch war es noch lange nicht vorbei, denn kurz, nachdem sie gefahren waren, kamen meine Eltern mit Leslie und Greg vorbei.

Am Mittwochmorgen wollte Sixt gar nicht zur Uni fahren. Allerdings hatte er eine wichtige Vorlesung, in dessen Studienfach er am Freitag eine Klausur schrieb.

„Kann ich dich wirklich alleine lassen", fragte er besorgt.

„Ja, ich komme schon zurecht. Fahr du nur", versicherte ich ihm. „Außerdem habe ich ja noch den Bodyguard-Bären, der auf mich aufpasst."

„Ok. Aber du bleibst auf der Couch liegen."

„Ja, das werde ich. Ich möchte sowieso mein Buch weiterlesen. Und das ist die perfekte Gelegenheit."

„Na gut. Ich werde gleich nach der Uni wieder da sein", versprach er, gab mir einen Kuss und verschwand. Ich holte mir aus der Küche etwas zu trinken, legte mich auf die Couch und schlug mein Buch auf. Ich genoss die Zeit, die ich für mich hatte. Allerdings hatte ich das Gefühl, dass jemand bei mir war. Ich sah nur niemanden. Vielleicht bildete ich mir das auch nur ein. Es war schon ein seltsames Gefühl zu wissen, dass meine Freunde sich unsichtbar machen konnten und dass ich nicht wusste, ob nicht doch jemand von ihnen bei mir war. Es klingelte an der Tür und ich stand auf, um sie zu öffnen. Meine Mutter stand davor.

„Hallo Schatz. Ich wollte nur mal fragen, wie es dir geht", sagte sie.

„Hi Mom, komm rein". Ich ging wieder ins Wohnzimmer und setzte mich auf die Couch. Meine Mutter folgte mir und setzte sich neben mich. „Mir geht es soweit schon wieder gut. Der Schwindel ist weg."

„Na, das ist doch gut. Aber möchtest du morgen wirklich schon wieder zur Uni? Wäre es nicht besser, wenn du dich den Rest der Woche noch ausruhst?"

„Ach Mom. Mir geht es doch schon wieder gut. Du hörst dich schon so an wie Sixt. Er nimmt die Anordnung vom Arzt sehr ernst und ich darf mich nicht von der Couch bewegen. Wenn es nach ihm ginge, sollte ich wirklich noch die Woche Zuhause bleiben und mich ausruhen."

„Er sorgt sich halt um dich. Außerdem ist er ein sehr netter und liebevoller Junge. Und du magst ihn sehr", stellte sie fest.

„Ja. Ich liebe ihn."

„Das ist schön. Du siehst auch glücklich aus. Halte ihn gut fest", sagte sie. „Oh, von wem hast du den denn bekommen", fragte sie und deutete auf den Bären.

„Von Sixts Freunden, na gut mittlerweile auch meine Freunde." Ja, das konnte ich wirklich sagen. Sie waren zu meinen Freunden geworden.

„Das ist ja wirklich nett von ihnen. Ich freu mich für dich, dass du neue Freunde gefunden hast. So jetzt muss ich los. Die Arbeit ruft. Und du ruhe dich aus", sagte sie und ging zur Tür.

„Mach ich. Tschüss Mom."

„Tschüss Schatz", sagte sie und verließ das Haus. Es war etwas komisch mit meiner Mom über Jungs und die Liebe zu sprechen. Aber es freute mich, dass sie Sixt mochte. Ich legte mich wieder hin und las weiter. Ein kalter Hauch glitt an mir vorbei und ich schaute auf. Aber es war nichts und niemand zu sehen. Langsam kam es mir komisch vor. War vielleicht doch jemand von meinen neuen Freunden hier? Aber wieso zeigte sich die Person nicht einfach? Ich beschloss weiter zu lesen. Naja was sollte ich auch groß anderes tun. Ich sollte die Couch nicht verlassen und fernsehen wollte ich nicht. Außerdem sollte ich es wirklich mal genießen, mich einfach mal auszuruhen. Die Uni und die Arbeit würden schon wieder früh genug rufen.

Bis mittags hatte ich meine Ruhe und wurde nicht mehr gestört. Also zumindest nicht vom Klingeln an der Haustür oder kalte Berührungen. Denn Sixt schrieb mir fast halbstündig eine SMS und fragte, wie es mir ging. Ich kam gar nicht richtig zum Lesen, denn ich musste ihm ständig zurückschreiben, dass es mir gut ging. Wie sollte ich denn mein Buch fertigbekommen, wenn ich immer gestört wurde? Allerdings fand ich es auch süß von Sixt. Ich konnte ihm wegen der kleinen Störungen nicht böse sein. Ich wusste, er machte sich nur Sorgen um mich. Okay vielleicht ließ ich mich auch einfach zu leicht ablenken, weswegen ich mich nicht ganz auf das Buch konzentrieren konnte. Aus dem Augenwinkel sah ich den Bären, der auf dem Sessel saß. Ich grinste, als ich ihn sah. Er sollte mein Bodyguard sein. Plötzlich bewegte sich eine Pfote von ihm und winkte mir zu. Ich schüttelte den Kopf. Das konnte doch nicht sein. Halluzinierte ich jetzt etwa schon? Erst bildete ich mir die kalten Berührungen ein und dann sah ich den Bären winken. Ich hatte doch gar keine Tabletten genommen, die Halluzinationen auslösen konnten. Oder kam das vielleicht noch vom Unfall? Hatte ich doch mehr abbekommen, als die Ärzte und ich selbst dachten? Nein das konnte nicht sein. Bestimmt hatte ich mir das nur eingebildet. Ich schaute noch einmal hin und wieder winkte er mir zu.

„Haha, sehr witzig Sixt", sagte ich. „Komm raus. Ich weiß, dass du es bist." Zumindest nahm ich es an. Es war die logische Erklärung, dass mein Freund unsichtbar neben dem Sessel stand und den Bären bewegte. Er tauchte neben mir auf und ich erschrak. Ich hatte nicht damit gerechnet, dass er direkt neben mir war. „Sag mal kannst du eigentlich nicht durch die Tür kommen, wie andere Leute auch?"

„So ging es schneller", sagte er und küsste mich auf die Stirn.

„Mach das nie wieder mit dem Bären."

„Wieso nicht. War doch witzig. Außerdem wollte er nur freundlich sein", grinste Sixt.

„Schön und ich dachte schon, ich spinne."

„Ich habe noch Besuch mitgebracht." Er ging zur Haustür und öffnete sie.

„Hi. Wir verbringen hier unsere Mittagspause", grinste Nathan und kam gefolgt von den Anderen ins Wohnzimmer. „In der Mensa war es ohne dich zu langweilig."

„Wir haben auch etwas zu Essen mitgebracht", sagte Timothy und stellte einen Karton mit einer Familienpizza auf den Wohnzimmertisch. Ich setzte mich auf und legte mein Buch zur Seite. Die Anderen setzten sich um den Tisch herum und wir begannen zu essen.

„Was gibt es denn Neues in der Uni", fragte ich.

„In unseren Kursen eigentlich nicht viel. Ich gebe dir meine Aufzeichnungen, die kannst du dir dann abschreiben", sagte Sasha.

„Danke. Das wäre gut", erwiderte ich.

„Monica vermisst dich", grinste Nathan. „Sie schaut den ganzen Tag, wo du bist und hat Fragezeichen im Gesicht. Heute Morgen habe ich gesehen, wie sie drauf und dran war zu uns zu kommen und nach dir zu fragen. Dann hat sie es sich wohl doch anders überlegt und ist in die andere Richtung gegangen."

„Naja, sie hatte wohl niemanden über den sie lästern konnte", sagte ich und biss von dem Pizzastück ab, das ich auf der Hand hatte.

„Allerdings scheinen sich drei von ihren Freunden von ihr abgewendet zu haben und sitzen jetzt immer an einen anderen Tisch", entgegnete er.

„Echt? Komisch. Naja vielleicht hatten sie auch genug von ihr, wie ich", erwiderte ich achselzuckend.

„Da fällt mir ein, ich soll dich von einem Josh grüßen und gute Besserung ausrichten", sagte Sixt und verzog leicht das Gesicht. War da etwa jemand eifersüchtig?

„Oh, wie komme ich denn zu der Ehre", fragte ich erstaunt. Josh hatte nie viel mit mir geredet gehabt. Wir waren auf der Highschool im gleichen Jahrgang gewesen und bis vor Kurzem saß ich mit ihm noch an einem Tisch in der Mensa. Aber viel Kontakt hatten wir nie gehabt.

„Keine Ahnung. Auf jeden Fall wusste er von dem Unfall und hat mich im Gang darauf angesprochen."

„Ach jetzt fällt mir ein, woher er das mit dem Unfall wissen kann", fiel es mir ein. „Er ist der Bruder von Greg. Aber ich hätte nie gedacht, dass er Grüße ausrichten lässt. Wir hatten sonst nie viel miteinander zu tun". Das wunderte mich wirklich. Vielleicht wollte er auch einfach nur nett sein.

„Du hattest schon drei", sagte Nathan und stritt sich mit Timothy um das letzte Stück Pizza.

„Na und? Du doch auch", verteidigte sich Timothy.

„Wie wäre es, wenn ihr es euch teilt", versuchte Maya zu schlichten. Sie hielt den beiden ein Messer hin.

„Na gut", gab Nathan nach und schnitt das Stück durch.

„Na also. Geht doch", grinste Maya.

Nach dem Essen musste sich mein Besuch wieder auf dem Weg zur Uni machen. Die Mittagspause war zu Ende und sie hatten noch jeder zwei Vorlesungen.

„Ich bleibe noch, wenn ich darf. Mein Kurs fällt aus", sagte Nathan und schaute mich an.

„Na klar kannst du noch bleiben", erwiderte ich.

„Maya, was machst du denn jetzt noch bis zum nächsten Kurs", fragte er.

„Ich habe eigentlich nichts vor. Wenn du nichts dagegen hast, würde ich auch gerne noch bleiben", sagte sie an mich gewandt.

„Natürlich darfst du bleiben", erwiderte ich lächelnd.

„Ok dann sehen wir uns nachher", sagte sie zu Timothy und gab ihm einen Kuss. Nathan und Maya studierten beide Chemie und hatten die Kurse zusammen. Ich mochte damals in der Schule schon kein Chemie und fragte mich, wie man so etwas auch noch freiwillig studieren konnte. Sixt gab mir noch einen Kuss und ging mit den Anderen hinaus. Er sah froh darüber aus, dass jemand bei mir und ich nicht alleine war.

„Sorgt bitte dafür, dass sie auf der Couch liegen bleibt", rief er Nathan und Maya noch zu.

„Ja machen wir", erwiderte Maya und grinste mich an.

„Und wie ist es so mit einem Schutzengel zusammen zu sein", fragte Nathan mich, nachdem die Anderen gegangen waren und sie die Haustür hinter sich geschlossen hatten.

„Es ist schön. Nur an eure Fähigkeiten muss ich mich erst einmal gewöhnen. Besonders an die Unsichtbarkeit und das Springen. Vorhin habe ich mich ganz schön erschrocken, als Sixt plötzlich hier im Wohnzimmer stand."

„Aber es macht Spaß. Es hat auch seine Vorteile, wenn man mal seinen Schlüssel vergessen hat, kommt man auch so ins Haus."

„Ja, da hast du recht. Sag mal seit wie vielen Jahren bist du denn schon ein Schutzengel", fragte ich ihn neugierig.

„Seit fünf Jahren. Mit achtzehn bin ich gestorben. Möchtet ihr die Geschichte hören", fragte er Maya und mich.

„Sehr gerne", erwiderte ich.

„Ja. Ich kenne deine Geschichte auch noch nicht", kam es von Maya, die es sich auf dem Sessel bequem machte.

„Also gut. Ich hatte gerade angefangen, Sport an der Uni zu studieren. Sport war damals und ist es auch heute noch mein größtes Hobby. Ich wohnte damals mit meinen Eltern und meinen jüngeren Geschwistern in Orlando Florida. Ich habe früher viele verrückte Sachen gemacht, was eigentlich schon als Extremsport galt. Mein Vater hatte mir schon mit zehn Jahren das Klettern an Bergen beigebracht. Natürlich war ich immer mit Seilen gesichert. Als ich dann älter wurde, bin ich dann oft mit meinen Freunden von Klippen gesprungen, habe Freeclimbing und Bungee-Jumping gemacht. Wir sind damals nicht nur von Baukränen, sondern auch von Türmen und Brücken gesprungen. Es hat einen riesen Spaß gemacht und uns ist nie etwas passiert. Bis an diesem einen Tag. Wir wollten von einer Brücke springen. Sie war so um die hundert Meter hoch. So genau weiß ich es gar nicht mehr. Ich stand mit einigen meiner Freunde oben auf der Brücke. Wir sicherten uns immer gegenseitig. Die Anderen, die nicht springen wollten, hatten sich unten auf die Wiese gestellt und schon mal alles für die Landung vorbereitet. Wie zum Beispiel ein großes Luftkissen aufgeblasen. Ich stand auf der Brüstung und hatte mir die Sicherheitsgurte umgelegt. Ein Freund kontrollierte noch einmal, ob auch alles richtig saß und fest war. Und dann war es soweit. Ich sprang. Es war ein tolles Gefühl. Die Freiheit, dieses in die Tiefe fliegen. Das Seil spannte sich einmal. Ich hörte ein Reißen und sah ein Teil vom Seil an mir vorbeifliegen. Ein starker Windzug brachte mich von meiner Flugbahn ab und anstatt ich auf dem Luftkissen landete, wurde ich in einen der Bäume, die neben der Wiese standen, geschleudert. Ich knallte auf einige Äste und fiel auf dem Boden." Er sah uns mit einem ernsten Blick an. Diesen Blick kannte ich eigentlich gar nicht von ihm. Sonst war er immer der Fröhliche, Lustige, der mit seinen Späßen jeden zum Lachen brachte. Aber seine Geschichte war weder lustig noch fröhlich. Sie war einfach nur traurig. Ein junger lebensfroher Mensch, der bei einem so tragischen Unfall sein Leben verlor. Sein Hobby wurde ihm leider zum Verhängnis. „Wenn ich euch erschrecke, müsst ihr es mir sagen, dann höre ich auf zu erzählen."

„Nein, ist schon gut. Du kannst ruhig weitererzählen", erwiderte ich und Maya nickte zustimmend.

„Na gut. Also, ich hörte Schreie und meine Freunde waren gleich da. Ich nahm meine Umgebung gar nicht mehr so richtig war und konnte mich auch nicht bewegen. Alles tat mir weh. Der Schmerz betäubte mich. Ich hörte die Sirenen vom Krankenwagen und Sanitäter knieten vor mir. Ich wurde ins Krankenhaus gefahren. Ein Beatmungsgerät wurde angeschlossen und ich hatte eine Maske auf meinen Mund und der Nase. Im Krankenhaus wurde ich in die Notaufnahme geschoben und dann bin ich auf der Liege gestorben." Er wirkte traurig, als er den Satz beendete.

„Es muss schrecklich gewesen sein", sagte ich leise und war

bedrückt von dieser Geschichte.

„Ja war es. Ich durfte meine Familie und meine Freunde nicht mehr sehen. Ich nehme an, Sixt hat dir von den Regeln der Schutzengel erzählt."

„Ja, das hat er", erwiderte ich.

„Das Schrecklichste war aber, dass ich mein Kind nicht mehr sehen durfte." Sein Gesicht war schmerzverzerrt.

„Du hast ein Kind", fragte ich überrascht.

„Ja. Meine Ex-Freundin war von mir schwanger gewesen. Ich hatte es erst erfahren, nachdem wir uns getrennt hatten. Wir waren zwei Jahre zusammen gewesen, hatten uns aber auseinandergelebt und haben uns in Freundschaft getrennt. Ich war bei der Geburt dabei gewesen. Lilly heißt sie und ist letzten Monat sechs Jahre alt geworden. Ich hätte gerne gesehen, wie sie groß wird. Sie hat die gleichen Augen wie ihre Mutter und blonde gelockte Haare", sagte er und ein Strahlen trat in seine Augen. „Es wäre so schön gewesen, wenn ich ihre Entwicklung, den ersten Kindergarten- und ihren ersten Schultag mitbekommen hätte." Das Strahlen verschwand und er wurde wieder traurig. Ich wusste nicht so recht, was ich sagen sollte. Wie ich ihn trösten konnte. Nathan riss mich aus meinen Gedanken, als er auf die Uhr schaute.

„Oh wir müssten dann mal so langsam los. Unser nächster Kurs fängt gleich an. Ich hoffe, ich habe euch jetzt nicht zu sehr durch meine Geschichte erschreckt", fragte er.

„Nein, das hast du nicht. Ich fand sie zwar sehr traurig, aber auch interessant", versicherte ich ihm.

„Ja das fand ich auch", sagte Maya und stand vom Sessel auf.

„Okay, kommst du nachher noch zu uns", fragte mich Nathan und stand ebenfalls auf.

„Wenn Sixt mich hier herauslässt, ja. Ansonsten sehen wir uns morgen." Nathan grinste, als ich es sagte. Er hatte also seine Fröhlichkeit wiedergefunden.

„Na dann genieße es noch zu faulenzen. Wir sehen uns", sagte er.

„Bis dann", rief Maya, wurde dann von Nathan am Arm gepackt und zusammen verschwanden sie. Ich nahm mein Buch wieder in die Hand und versuchte weiterzulesen. Allerdings bekam ich wieder das Gefühl, als ob jemand neben der Couch stand. Immer wieder schaute ich auf. Aber da war niemand.

Kapitel 11

Am Donnerstag durfte ich endlich wieder zur Uni fahren und musste nicht mehr auf der Couch liegen bleiben und mich schonen. Beziehungsweise fuhr Sixt, da mein Auto noch in der Werkstatt war. Faulenzen war ja recht schön, wobei ich es besser ohne diesen Unfall gefunden hätte. Meinen ersten Kurs hatte ich mit Sasha zusammen. Wir setzten uns im Kursraum nebeneinander. Als Monica mit Terina an uns vorbeiging, sah sie mich überrascht an. Wahrscheinlich hatte sie gar nicht damit gerechnet, dass ich wieder zur Uni kam, nachdem ich die letzten beiden Tage nicht da gewesen war. Immer wieder schaute Monica zu mir herüber und ich konnte die Neugierde in ihren Augen sehen. Sie wollte anscheinend unbedingt wissen, warum ich nicht in der Uni gewesen war, kam aber nicht zu mir herüber und sprach mich deswegen an. Ich war froh darüber, denn ich wollte einfach nur, dass Monica mich in Ruhe ließ. Aber nicht nur Monica schaute zu mir, sondern ich bemerkte, dass Terina die ganze Vorlesung über immer wieder zu mir sah, um mich regelrecht mit wütenden Blicken zu bombardieren. Ich verstand immer noch nicht, was ich ihr anscheinend getan haben sollte, dass sie so wütend auf mich zu sein schien. Aber ich versuchte sie so gut es ging zu ignorieren und mich auf die Vorlesung zu konzentrieren. Als der erste Kurs vorbei war, holte mich Sixt vor dem Raum ab und brachte mich zur nächsten Vorlesung.

„Wir sehen uns dann nachher. Ich hole dich nach deinem Kurs wieder ab", sagte Sixt und gab mir einen Kuss.

„Okay bis nachher", erwiderte ich und ging in den Saal. Dieses Mal saß ich alleine in der letzten Reihe, da Sasha einen anderen Kurs hatte. Während der ganzen Vorlesung über hatte ich das Gefühl gar nicht alleine zu sein. So wie am Tag zuvor fühlte es sich so an, als ob jemand bei mir wäre. Ich schaute mich zu allen Seiten um, doch ich sah niemanden, weder neben noch hinter mir. Langsam bekam ich das Gefühl, als ob irgendetwas nicht stimmen würde und es verstärkte sich, als Sixt mich nach der Vorlesung abholte und sein Griff um meine Taille fester wurde, als Terina an uns vorbeiging.

Bildete ich es mir nur ein oder hatte Terina etwas damit zu tun, dass ich das Gefühl hatte, nie alleine zu sein? Sixt und die anderen Schutzengel reagierten bei ihrem Namen immer etwas seltsam. Das war mir schon aufgefallen. Ich wusste nur nicht warum. Allerdings kam es mir heute so vor, als ob Sixt mich aus irgendeinem Grund nicht aus den Augen ließ.

Als wir nach der Mittagspause zu meinem Kursraum gingen, lief uns Josh über den Weg.
„Oh, Jamie schön dich zu sehen. Wie geht es dir denn", fragte er. Ich schaute doch etwas verdutzt, da er mich ansprach. Das hatte er sonst nie getan. Josh war einen halben Kopf größer als ich und hatte hellbraune kurze Haare. Er hatte eine schmale Figur, trug eine Brille, und seitdem er auf die Uni ging, zierte ein Kinnbart sein Gesicht.
„Mir geht es gut, danke", erwiderte ich.
„Das ist schön. Ich habe einen ganz schönen Schrecken bekommen, als Greg mir erzählte, dass du einen Unfall hattest." Was versuchte er da? Wollte er sich einschleimen? Mich wunderte sein plötzliches Interesse an mir. Er hatte mich doch sonst immer so gut es ging ignoriert und nun wollte er Small Talk führen?
„Naja, es ist ja nichts Schlimmes passiert", versuchte ich die Sache herunterzuspielen. Sixt, der neben mir stand, verkrampfte sich bei meinen Worten. Er dachte anscheinend daran, wie er das Auto gestoppt hatte.
„Na zum Glück. Es hätte auch anders ausgehen können. Ach so, ich weiß nicht, ob du es schon mitbekommen hast. Claire, Dave und ich haben Monica die Freundschaft gekündigt", sagte er.
„Wieso das denn", fragte ich überrascht. Sie waren doch immer so gut befreundet gewesen. Ich konnte nicht verstehen, warum sich das geändert hatte.
„Seit sie mit dieser Terina befreundet ist, wird sie immer komischer. Erst hetzte sie gegen dich und dann versuchte sie es bei uns, nur weil wir bei ihrer Hetzerei nicht mitmachen wollten. Sie begann uns zu beleidigen und wollte uns gegeneinander aufhetzen. Es hat uns einfach gereicht. Jetzt sitzen wir mittags immer an einen anderen Tisch und wir wollen nichts mehr mit ihr zu tun haben." Also die Drei waren es, die sich von ihr weggesetzt hatten. Als Nathan gestern davon erzählte, war ich am Überlegen gewesen, wer es sein

konnte.

„Und was ist mit Emma und Bill", fragte ich.

„Die sind noch treu an Monicas Seite. Mal sehen wie lange noch. So ich muss dann auch mal weiter. Also wir sehen uns", sagte er und ging davon.

„Ich glaube, ich muss mein Revier markieren. Ich habe einen Konkurrenten", raunte Sixt an meinem Ohr und zog mich an sich. „Wen? Du meinst doch nicht etwa Josh", fragte ich ungläubig.

„Doch genau den meine ich. So wie er dich die ganze Zeit über angesehen hat, ist er ganz klar in dich verliebt und somit eine Konkurrenz für mich", erwiderte Sixt und schaute mich mit seinen eisblauen Augen an.

„Josh soll in mich verliebt sein? Nie im Leben. Er hat mich nie richtig beachtet. Gut ich frage mich schon, warum es ihn jetzt interessiert, wie es mir geht, aber trotzdem glaube ich nicht, dass er sich in mich verliebt hat", entgegnete ich.

„Glaube es ruhig. Ich habe es ganz genau in seinem Blick gesehen, als er dich angeschaut hat. Er ist in dich verliebt."

„Okay, aber er ist keine Konkurrenz für dich, da es keine Konkurrenz gibt. Ich liebe dich und niemanden anderes", versicherte ich ihm. Ich stellte mich auf die Zehenspitzen, schlang meine Arme um seinen Hals und küsste ihn. Sixt zog mich noch enger an sich und erwiderte den Kuss.

„Wir müssen zu unseren Kursen", nuschelte er zwischen den Küssen.

„Muss das wirklich sein", fragte ich und löste mich kurz von ihm, damit ich ihn ansehen konnte.

„Ja leider. Zumindest wenn wir etwas lernen wollen."

„Ach hier seid ihr. Ich habe euch schon gesucht", hörte ich Sasha sagen und im nächsten Moment stand sie neben uns. „Jamie, wir müssen los. Unsere Vorlesung beginnt gleich."

„Na dann mal los", sagte Sixt, legte einen Arm um meine Taille und wir gingen in Richtung unseres Kursraumes.

Am Freitagnachmittag brachte Sixt mich zur Arbeit. Auch an diesem Morgen hatte ich schon wieder das Gefühl, nie alleine zu sein. Besonders in den Kursen, die Sasha nicht mit mir zusammenhatte. Auf der Arbeit wurde ich von Mrs. Evans herzlich empfangen.

„Jamie, ich bin so froh, dass dir nichts Schlimmeres passiert ist. Ich habe ja so einen Schock bekommen, als deine Mutter mir davon erzählte. Wie geht es dir", fragte sie.

„Mir geht es wieder gut. Der Arzt sagte, dass ich sehr viel Glück gehabt habe." „Das hattest du auch und vor allem hattest du einen sehr guten Schutzengel", erwiderte sie. Ich musste innerlich grinsen. Ja ich hatte wirklich einen sehr guten Schutzengel gehabt. Noch dazu einen sehr Gutaussehenden und liebevollen. Ich kam wieder ins Schwärmen. „Kannst du denn schon wieder arbeiten? Sonst kannst du gerne nach Hause gehen und dich ausruhen. Wir kommen hier schon klar", bot Mrs. Evans mir an. Ich schaute zu Megan herüber, die ihr Gesicht verzog. Ihr wäre es gar nicht recht, wenn ich gehen würde, da sie dann mehr arbeiten müsste.

„Nein, das geht schon. Ich habe mich genug ausgeruht und bin froh, dass ich jetzt wieder arbeiten kann."

„Na gut, aber wenn es doch zu viel für dich ist, dann sag Bescheid."

„Das mache ich", sagte ich und ging in den Aufenthaltsraum um meine Sachen in den Schrank zu packen. Anschließend ging ich zurück in den Laden und schaute, was zu tun war. Ich sortierte gerade einen Kleiderständer, als Timothy den Laden betrat. Als er mich sah, kam er direkt auf mich zu.

„Hi Jamie."

„Oh hi Timothy. Was gibt es", fragte ich überrascht ihn zu sehen.

„Ich brauche einen Anzug. Mayas Cousine heiratet in einem Monat und wir sind zur Hochzeit eingeladen", erklärte er mir.

„Gut dann schauen wir mal, was wir so haben. Wo ist denn Maya", fragte ich und führte ihn zu den Herrenanzügen.

„Sie ist bei ihrer Lerngruppe."

„Ach so und dich hat sie jetzt zum Anzugkaufen verdonnert."

„Ja genau."

„Welche Farbe soll der Anzug denn haben", fragte ich, als wir an dem Kleiderständer mit den Anzügen ankamen.

„Das ist egal. Ich weiß nicht welcher mir steht."

„Wir finden schon einen", versicherte ich ihm und suchte ihm Anzüge in verschiedenen Farben heraus. Wir gingen zur Umkleidekabine, wo er die Anzüge anprobierte. Ich wartete geduldig davor.

„Also ich finde, der dunkelgraue Anzug steht dir am besten", sagte ich, als er mit dem Anprobieren fertig war und aus der Kabine kam. „Der gefällt mir auch am besten." Dann brauche ich nur noch ein Hemd und eine Krawatte", erwiderte er.
„Kein Problem. Ich suche dir das Passende raus." Ich holte ein weinrotes Hemd und eine graue Krawatte. „So hier das passt zum Anzug."
„Ja das sieht gut aus. Das nehme ich." Timothy verschwand in der Kabine, um das Hemd anzuprobieren. Er kam wieder heraus und zog das Jackett an. Dann posierte er vor dem Spiegel und ich hielt ihm die Krawatte an.
„Das sieht doch super aus", sagte ich.
„Finde ich auch", erwiderte er und ging zurück in die Kabine. Nachdem er sich umgezogen hatte, kam er wieder heraus. Er wollte gerade zur Kasse gehen, als Terina und Monica in den Laden kamen. Oh nein nicht die beiden. Ich hatte keine Lust sie bedienen zu müssen. Und das müsste ich, wenn Megan und Katie sich weigern würden. Timothy wirkte etwas nervös, als er zu den beiden herübersah. Aber warum sollte er ihretwegen nervös sein? Vielleicht bildete ich es mir auch nur ein.
„Ähm, wenn ich schon mal hier bin, kann ich ja gerade noch mal nach einer neuen Jeans schauen", kam es von Timothy und anstatt zur Kasse zu gehen, wie er vorgehabt hatte, wandte er sich nun den Jeans zu. Mir war es sehr recht, denn so blieb mir die Beratung der beiden erspart.
„Dann lass uns mal schauen." Wir gingen zum Jeansregal und ich zeigte ihm einige Modelle. Im Augenwinkel sah ich wie Monica und Terina sich umschauten. Katie nahm sich den beiden zum Glück an. Die Arme, wenn sie wüsste, was sie sich damit antat. Nachdem Timothy eine passende Jeans gefunden hatte, suchte er noch nach einem passenden T-Shirt.
„Was ist los? Bist du irgendwie im Shoppingwahn", fragte ich ihn lachend, denn ich wusste, dass er nicht gerne einkaufen ging.
„Naja, ich gehe nicht oft einkaufen und ich dachte mir, wenn ich eh schon einen Anzug brauche, dann kann ich auch gleich nach anderen Sachen schauen. Außerdem habe ich bis jetzt nie so eine nette Beraterin gehabt", sagte er lächelnd.
„Dann warst du immer im falschen Laden", erwiderte ich grinsend.
„Das kann sein. Ab jetzt gehe ich nur noch hier einkaufen." Das

konnte er gerne tun. Mrs. Evans würde sich über mehr Umsatz freuen. Ich sah, wie Monica und Terina den Laden verließen. Immer wieder hatte Terina grimmig zu mir herübergeschaut und ich hatte das Gefühl, dass sie mich die ganze Zeit, wo sie im Laden gewesen war, beobachtet hatte. Aber warum tat sie das? Ich verstand es einfach nicht. Es irritierte mich zwar, doch ich ließ mich nicht von der Arbeit ablenken und zeigte Timothy noch einige T-Shirts aus der neuen Collection. Er ging mit zwei T-Shirts und einer Jeans in die Umkleidekabine. Nachdem er die Sachen anprobiert hatte, gingen wir zur Kasse.

„Gehst du nie mit Maya zusammen einkaufen", fragte ich ihn.

„Nicht so gerne. Sie sucht mir immer Sachen heraus, die mir gar nicht gefallen. Ich gehe lieber alleine einkaufen." Er bezahlte und verabschiedete sich. Kaum war er aus dem Laden, kam Nathan herein.

„Hi", grüßte er mich grinsend.

„Hi. Habt ihr heute Shopping-Tag", fragte ich.

„Nein eigentlich nicht. Wieso?" Er schaute etwas verwundert.

„Na Timothy war auch gerade hier. Er ist, kurz bevor du kamst, gegangen."

„Ich weiß. Ich habe ihn draußen noch getroffen. Er holt jetzt Maya von der Lerngruppe ab. Eigentlich war ich gerade hier in der Nähe und da dachte ich, ich besuche dich mal."

„Oh das ist aber nett."

„Naja aber ein neues T-Shirt könnte ich auch gebrauchen. Timothy sagte, hier gäbe es eine sehr nette Beraterin. Weißt du, wen er meint", fragte er scherzend und schaute sich im Laden um.

„Nein keine Ahnung", antwortete ich lächelnd.

„Na gut, dann nehme ich halt dich", grinste er. Wir gingen zu den T-Shirts und wie auch Timothy, zeigte ich auch Nathan einige aus der neuen Collection. Allerdings erwähnte ich, welche sich Timothy gekauft hatte, falls er nicht im Partnerlook mit ihm herumlaufen wollte. Oder sollte ich eher herumspringen sagen? Anschließend suchte er noch eine Hose. Also ging ich mit ihm zum Jeansregal und holte einige Modelle heraus, die ich ihm ebenfalls zeigte. Nachdem er alles in der Umkleidekabine anprobiert hatte, gingen wir zur Kasse und Nathan bezahlte. Als er sich verabschiedet hatte und aus dem Laden gegangen war, schaute ich auf die Uhr. Es war schon kurz vor sechs. Die Zeit war mit Timothy und Nathan wie im

Flug vergangen. Ich räumte noch etwas auf. Mrs. Evans ging zur Kasse und machte die Abrechnung.

„Kann ich noch etwas helfen", fragte ich sie.

„Nein. Es ist soweit alles fertig. Du hast heute auch genug getan. Waren das Freunde von dir, die du beraten hast?"

„Ja. Sie schienen heute ihren Einkaufstag zu haben", sagte ich lachend.

„Das ist bei Männern ja eher selten." Sie stimmte in mein Lachen mit ein. „Du kannst ruhig nach Hause gehen. Allerdings hätte ich noch eine Frage. Kannst du morgen im Laden aushelfen? Katie brauchte morgen Urlaub, weil ihre Oma gestorben ist und morgen beerdigt wird."

„Oh. Natürlich, das ist kein Problem. Ich habe morgen nichts vor."

„Danke. Aber nur wenn es dir gesundheitlich gut geht. Ich möchte nicht, dass du dich überanstrengst", sagte sie besorgt.

„Ja, mir geht es wirklich gut", versicherte ich ihr.

„Na gut. Dann mach jetzt mal Feierabend."

„Okay." Ich ging in den Aufenthaltsraum. Megan und Katie kamen mir entgegen und gingen schnell aus dem Laden. „Typisch", dachte ich mir. „Ja keine Minute länger bleiben. Es könnte schaden." Ich nahm meine Tasche aus dem Schrank und hatte wieder einmal das Gefühl, dass jemand bei mir war. Ich drehte mich zu allen Seiten um, konnte aber niemanden entdecken.

„Sixt", fragte ich leise, bekam allerdings keine Antwort. Langsam dachte ich ehrlich, ich würde verrückt werden. Ich bildete es mir bestimmt alles nur ein. Ich ging durch den Laden zur Tür.

„Tschüss, einen schönen Abend noch", rief ich Mrs. Evans zu.

„Danke. Dir auch", erwiderte sie und ich ging hinaus. Vor dem Laden stand Sixt schon an seinem Wagen gelehnt und lächelte mich an. Ich ging direkt zu ihm und er zog mich in seine Arme.

„Hi", sagte er sanft.

„Hi." Er beugte sich zu mir herab und küsste mich. Dann hielt er mir die Autotür auf und ich stieg ein. Als er ebenfalls im Wagen saß, fuhren wir los.

„Wie war die Arbeit?"

„Eigentlich gut. Timothy und Nathan waren heute da und haben sich neu eingekleidet", berichtete ich.

„Oh, dann war dir sicher nicht langweilig", stellte er fest.

„Nein, dass auf keinen Fall. Ich war ihre persönliche Beraterin und

Mrs. Evans hat jetzt anscheinend zwei neue Kunden dazu gewonnen. Sie wollen jetzt nur noch in der Boutique einkaufen. Sag mal, kann es sein, dass du gerade unsichtbar im Laden warst", fragte ich ihn.

„Nein, wieso", wollte er wissen.

„Weil ich das Gefühl hatte, als ob jemand bei mir gewesen ist, aber ich habe niemanden gesehen. Aber vielleicht habe ich es mir auch eingebildet."

„Also ich war wirklich nicht bei dir und ich wüsste auch nicht, dass ein anderer Schutzengel dort gewesen ist", kam es von ihm und es klang glaubwürdig. Wieso sollte er mich auch anlügen? Dann war es doch nur Einbildung gewesen. Jetzt wo ich wusste, dass Schutzengel die Fähigkeit besaßen, sich unsichtbar zu machen, spielten meine Sinne wahrscheinlich etwas verrückt und ich nahm an, dass jemand da war, obwohl es nicht der Fall war.

„Dann war es doch nur Einbildung", tat ich es ab. „Ach, bevor ich es vergesse. Morgen gehe ich auch arbeiten. Ich springe für eine Kollegin ein." Ich sah aus dem Augenwinkel, dass Sixt nicht sehr erfreut aussah. Wieso? Hatte er etwa schon etwas für uns beide geplant und ich brachte nun seinen Plan durcheinander? Ich bekam ein schlechtes Gewissen. Vielleicht hätte ich ihn vorher fragen sollen, bevor ich Mrs. Evans zugesagt hatte. Als ich zu ihm herüberblickte, veränderte sich schnell seine Miene und er schaute mich sanft an.

„Wie lange musst du denn arbeiten?"

„Von zehn bis vier Uhr."

„Wie wäre es, wenn ich dich danach abhole und wir zu mir fahren. Dann kannst du bei mir übernachten und am Sonntag lerne ich mit dir und Sasha", schlug er vor.

„Ja das hört sich gut an", erwiderte ich und schon war mein schlechtes Gewissen verschwunden und ich freute mich auf den nächsten Tag.

Am Samstagmorgen brachte Sixt mich zur Arbeit. Ich hatte meine Sachen für das Wochenende gepackt und bei Sixt im Wagen gelassen. Meinen Eltern hatte ich bevor wir losgefahren waren Bescheid gesagt, dass ich das Wochenende bei Sixt war. Auf der Arbeit war nicht soviel los. Erst ab mittags gab es mehr zu tun. Ab und zu bildete ich mir ein, dass jemand neben mir stand. Ich hatte das Gefühl nicht alleine zu sein. Seit meinem Unfall war ich so gut wie nie alleine gewesen. Und wenn dann hatte ich das Gefühl, dass jemand bei mir war, obwohl ich niemanden gesehen hatte. Es kam mir mittlerweile alles komisch vor. Das konnte keine Einbildung mehr sein. Irgendetwas stimmte nicht und meine Vermutung wurde noch verstärkt, als Sasha in den Laden kam.

„Hallo Jamie. Sixt hat mir erzählt, dass du heute arbeitest und ich dachte mir, ich komme mal vorbei."

„Das ist nett von dir", erwiderte ich. „Und was kann ich für dich tun?"

„Habt ihr Sonnenbrillen? Ich brauche eine Neue. Bei meiner Alten ist ein Bügel abgebrochen."

„Ja da vorne." Ich deutete mit der Hand auf dem Ständer neben dem Eingang. „Komm, ich zeige sie dir." Wir gingen zum Sonnenbrillenständer herüber und Sasha probierte einige an. Sie schaute in den Spiegel, der an dem Ständer angebracht war und fragte mich welche ihr besser stände. Es dauerte eine Weile, bis sie die Richtige gefunden hatte. Hinter uns ging die Ladentür auf und Terina trat ein. Dieses Mal war sie nicht in Begleitung von Monica und kam geradewegs auf mich zu.

„Du musst mich sofort beraten. Ich brauche ein neues Outfit", forderte sie und packte mich am Arm. Ich ging bereitwillig mit. Aber warum? Ich wollte doch gar nicht mit Terina mitgehen. Es war komisch. Plötzlich hatte ich meine Beine nicht mehr unter Kontrolle. Sie bewegten sich einfach von alleine. Ich konnte nicht stehen bleiben. Mein Körper reagierte nicht auf das, was ich wollte. Ich versuchte stehen zu bleiben, aber es ging nicht. Ich hatte einfach keine Kontrolle mehr über meinen Körper. Sasha tauchte hinter dem Sonnenbrillenständer auf und zog mich an den Schultern zurück. Es war seltsam, denn nun hörte mein Körper wieder auf mich und tat das, was ich wollte. Ich verstand nicht, was gerade los gewesen war. Warum hatte ich keine Kontrolle mehr über meinen Körper gehabt?

„Nein das wird sie nicht. Sie ist meine Beraterin und ich bin noch lange nicht fertig", setzte Sasha ihr entgegen. Hasserfüllt schauten sie sich an. Es sah so aus, als würden sie in Gedanken einen Kampf austragen, den ich nicht mitbekommen sollte. Sashas Augen funkelten wütend. So hatte ich sie noch nie erlebt. Endlich wandte sich Sasha von ihr ab und zog mich mit zu den Kleidern.

„Was war das eben", fragte ich verwundert. Ihre Augen hatten wieder einen freundlichen Ausdruck angenommen.

„Ach nichts. Ich kann sie nur nicht leiden", erwiderte sie schnell und schaute nach verschiedenen Kleidern.

„Nach nichts sah das aber nicht aus." Ich drehte mich um und sah, wie Terina wutentbrannt zu mir herüberschaute. Sasha weichte mir aus und wechselte schnell das Thema.

„Meinst du das blaue Kleid würde mir stehen", fragte sie und hielt es sich an. Ich drehte mich wieder zurück und betrachtete das Kleid.

„Ich würde sagen, es steht dir. Probier es doch einfach mal an." Wir gingen zu der Umkleidekabine, wo Sasha in eine hineinging. Ich sah, wie Terina sich den Umkleidekabinen näherte und so tat, als ob sie an verschiedenen Ständern nach Klamotten schaute. Da kam Mrs. Evans auf sie zu und bot ihr ihre Hilfe an. Ich war erleichtert, denn ich wollte nicht schon wieder Auslöser eines Streites sein. Wobei ich auch sehr froh war, Terina nicht beraten zu müssen. Ich hatte keine Lust auch nur eine Minute mit ihr zu verbringen. Sasha kam aus der Kabine und präsentierte sich in dem trägerlosen blauen Kleid. Sie sah wunderschön aus und ich wirkte neben ihr, wie eine kleine graue Maus.

„Das steht dir sehr gut."

„Danke. Ich glaube, das nehme ich auch."

„Sag mal bist du eigentlich nur wegen Terina hiergeblieben oder suchtest du wirklich noch Klamotten", fragte ich interessiert.

„Naja, sie war vielleicht ein kleiner Anreiz hier zu bleiben, weil ich weiß, dass du sie auch nicht leiden kannst und ich wollte nicht, dass du sie noch beraten musst. Aber du weißt doch, wie gerne ich shoppen gehe." Ja das wusste ich wirklich. Sie legte viel Wert auf ihr Äußeres und zog ungern ein Kleidungsstück mehrmals an.

„Du bist mir, als Kundin, auch viel lieber als sie."

„Schön zu hören. Da fällt mir ein, ich brauche noch ein schönes Oberteil für meinen Jeansrock."

„Na dann schauen wir doch mal." Sasha zog sich schnell um und trat aus der Kabine. Wir gingen zu einem Regal mit verschiedenen Oberteilen und suchten nach einem passenden Teil. Terina war anscheinend fertig und stand bei Mrs. Evans an der Kasse. Als sie aus dem Laden ging, drehte sie sich noch einmal zu mir um und funkelte mich wütend an. Ich verstand nicht, was das alles sollte.

Was hatte ich ihr getan? Sasha riss mich aus meinen Gedanken.
„Das hier sieht gut aus. Das nehme ich", sagte sie und ging wieder
in die Anprobe. Nach einigen Minuten kam sie wieder heraus.
„So jetzt habe ich alles", verkündete sie und wir gingen zur Kasse.
Ich tippte alles in die Kasse ein und sie bezahlte.
„Wir sehen uns ja nachher bei uns zu Hause", sagte sie, nahm die
Einkaufstüte und ging Richtung Tür.
„Ja bis nachher", erwiderte ich und sie ging hinaus. Ich schaute auf
die Uhr. Nur noch eine halbe Stunde bis zum Feierabend. Ich ging
ins Lager, um die neue Ware einzuräumen. Ich nahm den Karton,
öffnete ihn und packte die Ware aus. Anschließend brachte ich sie
in den Laden, räumte sie in die Regale ein und zeichnete die Preise
aus. Als ich Feierabend hatte, ging ich meine Tasche holen. Megan
war schon weg und Mrs. Evans war wie immer bei der Abrechnung.
„Jamie, kannst du bitte noch den Müll aus dem Lager
herausbringen? Ich schließe dann die Hintertür ab", fragte Mrs.
Evans.
„Ja das ist kein Problem. Dann gehe ich aus der Hintertür raus."
„Danke. Ich wünsche dir ein schönes Wochenende."
„Danke. Das wünsche ich Ihnen auch", erwiderte ich und ging ins
Lager. Ich nahm die klein geschnittenen Kartons und ging zur
Hintertür hinaus. Im Hinterhof standen die Müllcontainer und ein
kleiner Weg führte neben dem Haus wieder zur Straße. Ich ging zu
dem Altpapiercontainer und schmiss die Kartonstücke hinein.
Plötzlich spürte ich jemanden hinter mir stehen. Ruckartig drehte
ich mich um und sah direkt in Terinas wütenden Augen. Sie
funkelten mich böse an. Aber mir fiel noch etwas auf. Sie hatte
keine normale Augenfarbe, wie blau oder braun oder grün. Ihre
Augen glühten rot und ich erschrak.
„Was machst du hier", fragte ich und ging einen Schritt zurück.
„Ich fand es gar nicht gut, dass du mich nicht beraten wolltest",
sagte sie und kam auf mich zu.
„Was willst du?" Ich schaute an ihr herab und sah, dass sie ein
Messer in der Hand hielt. Panik stieg in mir auf. Was wollte sie denn
von mir? Wollte sie mich töten? Warum? Ich wich weiter zurück,
bis ich an der Wand des nächsten Hauses stand. Sie kam immer
näher.
„Ich will, dass du stirbst", sagte sie mit einem hasserfüllten
Ausdruck in den Augen.

„Warum? Ich habe dir doch gar nichts getan."

„Natürlich. Du lebst noch und Matt liebt dich mehr, als mich."

„Matt soll mich lieben?" Das kann nicht sein. Er hat mich mit dir betrogen. Also kann da von Liebe keine Rede sein. Er hat sich für dich entschieden und gehört dir. Ich will nichts mehr von ihm und lieben tue ich ihn auch nicht", versuchte ich mich zu verteidigen. Ich verstand das alles nicht. Warum sollte Matt mich noch lieben? Ich hatte immer das Gefühl gehabt, dass er es nie wirklich getan hatte. Klar, er versuchte mich zurückzubekommen, indem er mir versichern wollte, dass er mich noch liebte, aber ich glaubte es ihm einfach nicht. Dafür hatte er mich zu oft belogen. Ich hatte mit ihm abgeschlossen und wollte einfach nur, dass er mich in Ruhe ließ. Aber warum wollte mich Terina umbringen wollen? Nur weil Matt mich angeblich noch liebte? Was konnte ich denn dafür? Und was hatte es mit ihren roten Augen auf sich? Waren es rote Kontaktlinsen? Wollte sie mir damit Angst einjagen? Wenn ja, hatte sie es geschafft. Ich hatte Angst. Und durch das Messer in ihrer Hand wuchs die Angst nur noch mehr. Ich schaute zur Seite. Wie groß war die Chance, dass ich vor ihr flüchten konnte? Ich musste es probieren, sonst würde mich Terina wirklich noch umbringen. Ich müsste nur zur Straße kommen. Vielleicht war Sixt schon da und er würde mir helfen. Ich wollte gerade loslaufen, doch Terina war schneller. Sie packte mich am Arm und mit einem Ruck blieb ich stehen. Ich konnte mich nicht mehr bewegen, so wie es auch schon am Vortag im Laden gewesen war. Mein Körper reagierte nicht mehr. Was war nur los?

„Du bleibst schön hier", knurrte Terina und drückte mich gegen die Wand. Sie holte mit dem Messer aus. Das war´s. Jetzt würde ich sterben. In dem Moment tauchte Sixt neben uns auf und zog mich von Terina weg, sodass ich halb hinter ihm stand.

„Geh mir aus dem Weg", knurrte Terina.

„Nein." Ich schaute Sixt an. Sein Gesicht war wutverzehrt. Ich hatte ihn noch nie so wütend gesehen. Wenn man ihn jetzt so sah, konnte man Angst vor ihm bekommen. Seine Augen funkelten gefährlich und seine Muskeln waren angespannt, sodass man sie deutlich unter seinem T-Shirt sehen konnte.

„Na willst du etwa auch so sterben wie dein Freund Danny", fragte Terina spöttisch. Danny? Wer war das? Ich sah zu Sixt und sein Gesicht war jetzt schmerzverzehrt. Irgendetwas war passiert und es tat ihm innerlich weh, daran zu denken.

„Das wirst du noch bereuen", rief Sixt wütend. Terina lachte nur hämisch. Ich schaute an Sixt vorbei zu Terina und sah das sie sich zum Angriff bereit machte. Sie holte mit dem Messer aus und stach an Sixt vorbei. Das musste von ihr geplant gewesen sein, denn sie erwischte meinen Oberarm und verpasste mir einen Schnitt. Ich schrie auf und hielt mir mit der Hand meinen Arm. Terina lachte auf. Sixt wurde nun richtig wütend. Er ging auf Terina los, die nun etwas ängstlich erschien und einige Schritte zurückging. Allerdings fasste sie sich schnell und wollte gerade mit dem Messer nach Sixt ausholen, als es ihr aus der Hand geschlagen wurde. Erschrocken drehte sie sich um und auch ich sah, wer hinter ihr stand. Nathan und Timothy waren urplötzlich hinter ihr aufgetaucht. Sie sahen genauso furchterregend aus wie Sixt.

„Bring Jamie hier weg. Wir kümmern uns um sie", rief Nathan Sixt zu. Sixt kam zu mir, nahm mich in den Arm und sprang mit mir zu sich nach Hause. Wir landeten im Wohnzimmer, wo Sasha und Maya auf der Couch saßen. Erschrocken schauten sie uns an.

„Was ist passiert", fragte Sasha und kam auf uns zu.

„Jamie wurde von Terina angegriffen. Ich kam gerade noch rechtzeitig. Nathan und Timothy sind noch da", erklärte Sixt und hielt mich fest im Arm. Ich zitterte am ganzen Körper und die Tränen liefen mir nun über das Gesicht. „Scht es ist alles gut. Du bist in Sicherheit. Dir wird nichts passieren", versuchte er mich zu beruhigen.

„Oh mein Gott, Jamie du blutest ja", rief Maya entsetzt, als sie meinen Arm sah. Ich hatte die Wunde ganz vergessen. Ich spürte keinen Schmerz und bemerkte jetzt erst, dass mir etwas Warmes, Nasses über den Arm lief. Das musste Blut gewesen sein. Mir wurde schwindelig. Sixt ließ mich los und wollte nach dem Arm sehen. Ich schwankte hin und her. In meinen Kopf drehte sich alles. Plötzlich wurde mir schwarz vor Augen und ich kippte weg. Ich hörte nur noch, wie Sixt meinen Namen rief.

Als ich wieder zu mir kam, lag ich auf der Couch. Sixt war direkt neben mir und strich mir immer wieder über das Haar. Ich schaute ihn an und sah seinen besorgten Blick.

„Jamie, Gott sei Dank", sagte Sixt.

„Was ist passiert", fragte ich noch leicht benommen.

„Du bist ohnmächtig geworden. Ich konnte dich gerade noch auffangen, sonst wärst du auf den Boden geknallt. Wie geht es dir?"

„Ich weiß nicht. Mir ist noch etwas schwindelig. Wie lange war ich denn weg?" Ich hatte gar kein Zeitgefühl mehr. In meinen Kopf schwirrte alles.

„Nicht lange. Zwei, drei Minuten vielleicht. Bleib am Besten noch liegen. Ich schau mir jetzt mal deinen Arm an", sagte er und dann fiel mir alles wieder ein. Terina hatte mich angegriffen. Ich wusste nur nicht warum. Es konnte doch nicht sein, dass sie mich umbringen wollte, weil Matt mich angeblich noch liebte. So viele Fragen hatte ich im Kopf nur keine Antworten.

„Maya bringst du mir bitte mal den Erste-Hilfe-Koffer", hörte ich Sixt rufen. Es dauerte nicht lange und Maya brachte ihm den Koffer und stellte ihn auf den Tisch ab. Sixt tupfte vorsichtig das Blut ab. Als er zu nah an die Wunde kam, verzog ich vor Schmerzen das Gesicht.

„Entschuldige, aber es muss sein", sagte er sanft und tupfte jetzt vorsichtiger weiter.

„Sie ist immer noch ganz weiß im Gesicht", sagte Maya. „Ich hole ihr mal ein Glas Wasser." Sie verschwand in die Küche und kam mit einem Glas Wasser zurück.

„Hier trink erst mal etwas", sagte sie und reichte mir das Glas. Ich setzte mich auf, nahm einen Schluck Wasser und reichte es ihr zurück. Sie stellte das Glas auf dem Wohnzimmertisch ab. In dem Moment kamen Nathan und Timothy zurück und tauchten im Wohnzimmer auf.

„Was ist denn hier passiert", fragte Nathan und schaute mich an.

„Jamie ist umgekippt. Es war alles zu viel für sie", sagte Sasha.

„Und wie ist es gelaufen?"

„Sie ist uns leider entwischt", berichtete Timothy. „Sie ist ganz schön flink und verschwand gerade, als ihr weg wart über die Hofmauer. Wir sind zwar noch hinterher, aber sie war zu schnell für uns und ist im Einkaufszentrum verschwunden. Dort waren so viele Menschen, dass wir sie nicht mehr gesehen haben. Ach übrigens, dein Wagen steht vor der Tür. Den haben wir mitgebracht", wandte er sich an Sixt.

„Danke. Timothy schau dir bitte mal die Wunde an. Müssen wir ins

Krankenhaus oder wie schlimm ist es", fragte Sixt. Nein nicht schon wieder ins Krankenhaus. Da wollte ich auf keinen Fall hin. Timothy schaute sich meinen Arm genau an. „Nein. Das ist nur eine leichte Schnittwunde. Sie ist nicht tief. Ein Verband reicht da vollkommen aus", sagte er und ich war erleichtert, dass ich nicht ins Krankenhaus musste. Während Timothy mir einen Verband anlegte, setzte sich Sixt auf die andere Seite und nahm mich liebevoll in den Arm. „Alles wird gut. Ich bin bei dir." Er strich mir sanft über die Wange und wischte mir die Tränen weg. Langsam beruhigte ich mich wieder und der Schwindel hörte auf. Die Fragen kreisten immer noch in meinem Kopf. Ich sah Terina in meinen Gedanken vor mir, wie sie mich anlächelte. Da fiel es mir ein. Ich wusste jetzt, wer diese Frau im Auto gewesen war. Es war Terina und sie wollte mich wirklich töten. Ich erschrak. Jetzt wurde mir auch klar, wer diese Frau in meinen Albträumen gewesen war. Es war ebenfalls Terina gewesen und die roten Augen hatte ich dort schon bei ihr gesehen. Aber warum? Sie war doch ein Mensch, oder? Ein Mensch konnte keine roten glühenden Augen haben.

„Nein ... nein. Das kann alles nicht wahr sein", flüsterte ich.

„Was ist denn", fragte Sixt und schaute mich an. Ich sah zu ihm auf.

„Terina. Sie war die Frau im Auto. Und ich habe auch mehrmals von ihr geträumt. Aber warum? Ich verstehe das alles nicht. Warum will sie mich ... umbringen?" Sixts Gesicht verzog sich. Es sah so aus, als ob er nicht darüber reden wollte. „Bitte Sixt. Sag mir, was los ist. Ich will es wissen." Flehend schaute ich ihn an.

„Okay. Ich hoffe nur, es ist nicht zu viel für dich", gab er nach und schaute mich besorgt an.

„Schlimmer, als das, was an der Boutique passiert ist, kann es ja nicht sein."

„Wir werden mal gehen, damit ihr eure Ruhe habt", kam es von Sasha und verließ mit den Anderen das Wohnzimmer.

„Sie brauchen doch jetzt nicht gehen", sagte ich und fühlte mich mies, weil sie wegen mir den Raum verließen.

„Sie machen es aus Feingefühl. Sie wollen uns alleine lassen, damit ich dir alles in Ruhe erklären kann. Aber abgesehen davon wollte Nathan sowieso das Abendessen machen und ich nehme an, dass sie ihm dabei helfen werden", beruhigte Sixt mich.

„Na dann ist gut. Ich will sie ja nicht vertreiben."

179

„Das tust du nicht." Sanft strich er mir über das Haar und nahm meine Hand in seine. „Also, Terina ist kein Mensch", begann er. Ich schaute ihn verdutzt an.

„Was ist sie denn dann?"

„Sie ist eine Dämonin."

„Sie ist was?" Jetzt wurde es verrückt. Es war ja schon kaum zu glauben, dass es Schutzengel gab und jetzt sollte es auch noch Dämonen geben?

„Eine Dämonin. So wie es Schutzengel auf der Welt gibt, so gibt es auch Dämonen. Der Unterschied besteht allerdings darin, dass Engel dem Menschen helfen und Dämonen den Menschen Schaden zufügen. Dabei haben sie verschiedene Fähigkeiten. Sie können zum Beispiel kurzzeitig ihren Körper verlassen, und als Geist umherirren oder Menschen negativ beeinflussen. Sie tun dann alles, was der Dämon ihnen sagt oder was er will. Zum Beispiel Monica. Sie wird im Moment von Terina beeinflusst und hetzt die ganze Zeit gegen dich. Oder wie vorhin im Laden, als du mit Terina mitgegangen bist. Sie hat dich dazu gebracht. Sasha hat mir davon erzählt und ich bin froh, dass sie bei dir war, als das passiert ist."

„Stimmt. Ich wollte gar nicht mit ihr mitgehen. Draußen im Hinterhof der Boutique wollte ich vor ihr flüchten, aber sie war schneller und auch dort reagierte mein Körper nicht mehr auf mich. Aber warum war diese Beeinflussung denn vorbei, als Sasha oder du dann bei mir wart", fragte ich.

„Die Kräfte oder auch Fähigkeiten von Dämonen wirken beim Menschen nicht, wenn ein Schutzengel direkt bei einem Menschen ist. Genauso muss ein Dämon den Menschen berühren, damit seine Fähigkeit funktioniert."

„Stimmt, ich hatte erst keine Kontrolle mehr über meine Beine, als Terina mich am Arm gepackt gehabt hatte. Aber was hat das denn alles mit mir zu tun? Warum will sie mich töten?" Ich war total verwirrt.

„Dämonen sind, wenn es um die Liebe geht extrem eifersüchtig."

„Terina ist eifersüchtig auf mich? Aber wieso? Sie hat Matt doch bekommen."

„Das schon. Aber er empfindet noch etwas für dich und das ist das Problem. Terina will ihn ganz für sich alleine haben. Er darf nur an sie denken und nur sie lieben. Sie muss die Einzige für ihn sein.

Und deswegen will sie dich ... naja umbringen. Sie glaubt, wenn du tot bist, wird er nur noch an sie denken und ihr seine ganze Liebe geben." Ich erschrak und Sixt nahm mich in den Arm.

„Ist alles in Ordnung", fragte er besorgt.

„Ja, es geht schon", versicherte ich ihm. „Gehören die roten Augen auch zu dem Dämonendasein?"

„Ja. Bei ihnen ändert sich die Augenfarbe, wenn sie wütend sind." Ich erschauderte, als ich an die roten glühenden Augen von Terina dachte.

„War sie das mit dem Ast bei unserem ersten Date?"

„Ja. Sie hat sich oben im Baum versteckt gehabt. Deshalb habe ich dich da auch schnell weggebracht, bevor sie es noch einmal versuchen konnte."

„Und das Schlafmittel?"

„Wir nehmen an, dass sie es auch gewesen ist."

„Aber wie soll sie das Schlafmittel denn in mein Glas geschüttet haben? Maya und Timothy hätten sie doch sehen müssen, wenn sie an dem Tisch gekommen wäre."

„Wir glauben, dass sie aus ihrem Körper heraustrat und als Geist an den Tisch kam. So konnten die beiden sie nicht sehen."

„Und wo war ihr Körper in der Zeit? Ich meine, es hätte doch jemanden auffallen müssen, wenn sie reglos irgendwo gelegen hätte", fragte ich ihn.

„Das weiß ich nicht. Vielleicht war sie in einer Toilettenkabine oder vielleicht draußen in einem Gebüsch oder so. Sie wird ihren Körper nicht in der Bar bei all den Menschen verlassen haben. Das hätte großes Aufsehen erregt, wenn jemand wie tot auf dem Boden gelegen, oder auf einen Stuhl gesessen hätte."

„Da hast du recht", erwiderte ich und mir fiel etwas ein. „Sag mal, hat sie mir den Reifen zerstochen? Ich habe sie nämlich auf dem Unigelände gesehen, und als du zu mir zum Kofferraum kamst, ist sie verschwunden."

„Ja, das ist sie auch gewesen. Das war aber nicht der Grund, warum ich zu dir kam. Ich wollte dir wirklich helfen den Reifen zu wechseln", stellte Sixt klar.

„Dann war es heute also das sechste Mal, dass sie versucht hat, mich umzubringen", flüsterte ich und rief mir noch einmal ihre Versuche in Gedanken auf. Das erste Mal war es, als ich fast von dem Auto angefahren wurde, dann der zerstochene Reifen, der Ast, das Schlafmittel, dann als sie mich von der Straße gedrängt hatte und heute im Hinterhof der Boutique.

„Das siebte Mal." Sixt sah mich gequält an.

„Was? Wann war das denn", fragte ich entsetzt und zählte noch einmal Terinas Tötungsversuche durch. Aber ich kam wieder nur auf sechs.

„Das war das erste Mal. Da war ich aber noch nicht dein Schutzengel. Das war Danny." Sein Blick wurde traurig. „Danny war mein Vorgänger. Er wohnte auch hier im Haus und hatte das Zimmer neben Timothy und Maya. Er war ein sehr guter Freund von mir und hat mir in der ersten Zeit, als ich ein Schutzengel geworden war sehr geholfen." Danny, da war der Name wieder. Er war vor Sixt also mein Schutzengel gewesen. Aber was war mit ihm passiert? Sixt atmete tief durch. „Kannst du dich noch daran erinnern, als vor zwei Monaten deine Bremsen versagt haben", fragte er und schaute mich an.

„Ja, das war knapp. Ich kam gerade noch so auf der Straße zum Stehen. Der Mechaniker sagte, dass ein Marder die Bremsleitung durchgebissen hätte", erinnerte ich mich. „Nur was hat das mit Danny zu tun?"

„Danny hat deinen Wagen gestoppt. Terina hatte vorher die Leitung durchgeschnitten. Als sie mitbekam, dass er dich gerettet hatte, brachte sie ihn um." Ich schaute ihn an. Sein Gesicht war schmerzverzerrt. Es tat ihm weh, darüber zu reden. Und es tat mir leid, dass er anscheinend litt. „Ich wurde dann sein Nachfolger. Eigentlich dachte der Engelsrat, dass sie es nicht mehr versuchen würde. Aber sie tat es. Jetzt haben wir den Auftrag bekommen sie zu schnappen und zu töten", fuhr er fort. „Vor allem aber sollen wir auf dich besonders gut aufzupassen."

„Wir?"

„Ja. Nathan, Sasha, Timothy und ich." Ich schluckte.

„Wie bekommt ihr die Aufträge", fragte ich.

„Sie rufen uns per Gedankenübertragung zu sich. Wir springen dann sofort nach oben in den Himmel, wo sie uns dann die Aufträge geben. Es kommt aber nicht oft vor, dass man einen Auftrag erhält. Nur in solchen Fällen, wie dieser hier."

„Kann es sein das ich deshalb in den letzten Tagen das Gefühl hatte, nie alleine zu sein?"

„Du warst nie alleine. Es sind immer zwei auf der Suche nach ihr gewesen und einer hat auf dich aufgepasst. Sichtbar oder halt unsichtbar. Ich dachte, dir würde es nicht auffallen, dabei hatte ich vergessen, dass du so scharfsinnig bist."

„Warum hast du es mir verschwiegen beziehungsweise, warum hast du gelogen, als ich dich gefragt habe, ob jemand gestern im Laden bei mir gewesen ist", wollte ich wissen.

„Es tut mir leid. Ich wollte dich nicht belügen. Mir gefiel es gar nicht, das tun zu müssen. Aber ich wollte dich nicht erschrecken, dass du in Gefahr bist. Wir dachten, wir würden unseren Auftrag schnell erledigen können. Es lief ja auch alles gut, bis sie dir vorhin aufgelauert ist. Damit hat keiner gerechnet. Es tut mir so leid, dass ich nicht besser aufgepasst habe. Ich war die ganze Zeit vor dem Laden. Ich habe gesehen, wie Terina den Laden verließ. Ich habe nicht damit gerechnet, dass sie dir im Hinterhof auflauern würde, sonst wäre ich doch schon vorher bei dir gewesen."

„Es ist doch gar nichts passiert", versuchte ich zu beschwichtigen.

„Nichts passiert ist gut. Du hattest einen Schock und wurdest auch noch verletzt", sagte er bitter.

„So schlimm ist es wirklich nicht. Der Arm tut kaum noch weh."

„Damit wird sie nicht davonkommen. Ich werde sie mir schnappen und töten. Sie soll genauso leiden, wie es Danny durch sie getan hat", sagte er mit zusammengebissenen Zähnen. Es hörte sich an, als wollte er sich an Terina rächen und mir kam ein furchtbarer Verdacht.

„Soll das heißen ... du ... du bist nur mit mir zusammen, um an Terina heranzukommen und sie zu ... töten", fragte ich leise. Mein Hals schnürte sich bei dem Gedanken zu. Ich bekam schwerer Luft. Nutzte er mich wirklich nur aus? Waren all seine Liebesschwüre nur gelogen? Mir wurde heiß und kalt zugleich. Es war ja gar nicht so abwegig, dass er mich nicht liebte. Er war so atemberaubend schön und konnte jede Frau haben. Ich war doch nur eine Durchschnittsperson.

„Nein. Das stimmt nicht, Jamie. Wie kommst du denn nur da drauf? Ich liebe dich über alles. Damals, als ich dein Schutzengel wurde, dachte ich an Rache. Ich wollte mich an Terina für den Tod von Danny rächen. Das hätte ich aber auch gekonnt, ohne mit dir zusammen zu sein. Aber dann sah ich dich zum ersten Mal. Ich habe mich sofort in dich verliebt und wollte dich unbedingt kennenlernen. Du bist für mich das Wichtigste auf der Welt geworden. Das musst du mir glauben. Terina ist hinter dir her. Und sie wird nicht aufgeben, bis sie es geschafft hat, dich zu töten. Es war schon schlimm genug für mich, als Danny gestorben ist. Wenn ich dich verlieren würde, wäre es unerträglich für mich. Deshalb muss ich sie töten, damit sie dir nichts antun kann", erklärte er und schaute mich sanft an. Ich glaubte ihm und schüttelte die schrecklichen Gedanken ab.

„Ich will nicht das dir etwas passiert. Sie scheint gefährlich zu sein. Ich will auch nicht, dass einem von den Anderen etwas zustößt."

„Keine Angst. Uns passiert schon nichts", beruhigte er mich. „Das Wichtigste ist, dass dir nichts passiert und deswegen werden wir alle auch weiterhin auf dich aufpassen. Du wirst nie alleine sein. Am Besten ist es, wenn du die meiste Zeit hier verbringst", schlug er vor."

„Warum das denn?"

„Weil unser Haus auf geweihtem Land steht und kein Dämon auch nur einen Fuß auf das Grundstück setzt, weil er sonst sofort verbrennt. Trotzdem wird immer einer von uns hier im Haus bei dir sein. Auch Maya. Es geht nur darum, wenn etwas ist, dass der Andere Alarm schlagen kann. Ich traue Terina nicht. Sie könnte Menschen beeinflussen, die dich dann versuchen aus dem Haus zu locken oder sie könnte auf andere Ideen kommen. Es ist nur eine Vorsichtsmaßnahme."

„Oh. Na gut. Dann bin ich halt deine Gefangene", sagte ich lächelnd.

„Das hört sich doch gut an." Sixt zog mich an sich und küsste mich. Ich erwiderte den Kuss, legte meine Arme um seinen Hals und Sixt hielt mich ganz fest. Dieser Kuss war anders. Er war drängender und leidenschaftlicher, als die Küsse zuvor. Vielleicht lag es auch an dem, was heute passiert war. So nah war ich dem Tod noch nie gewesen. Ich kuschelte mich in seine Arme und wir blieben eine Weile so sitzen. Sixt küsste mich mal auf das Haar, mal auf die Stirn. Ich dachte über das Geschehene und was Sixt über Terina gesagt hatte nach. Da fiel mir etwas ein und ich richtete mich schlagartig auf.

„Was ist los? Tut dir dein Arm weh? Hast du Schmerzen", fragte Sixt besorgt. Ich saß einfach nur da und wurde bleich im Gesicht. Ich bekam Angst und begann zu zittern.

„Jamie, was ist mit dir?" Sixt rüttelte mich leicht an der Schulter.

„Terina", brachte ich leise heraus. „Was ist, wenn sie meine Familie ...? Wenn sie meine Eltern oder Leslie ...?" Ich brachte es nicht über die Lippen. „Ihnen wird nichts passieren. Terina will nur dich. Sie wird deiner Familie nichts tun. Das würde ihr nichts bringen. Du würdest ja noch weiterleben und das will sie nicht. Die Schutzengel deiner Eltern und von Leslie sind alarmiert. Sie passen jetzt noch besser auf", erklärte Sixt mir und versuchte mich zu beruhigen.
„Ihnen wird wirklich nichts passieren", fragte ich und beruhigte mich ein wenig.
„Nein. Sie werden gut von ihren Schutzengeln beschützt. Und ich beschütze dich. Sie wird dir nie wieder zu nahekommen oder dir etwas antun. Das verspreche ich dir", sagte Sixt und nahm mich wieder in den Arm.
„Entschuldigt ich will euch nicht stören, aber das Essen ist fertig. Seid ihr soweit", fragte Sasha, die ins Wohnzimmer kam.
„Klar wir sind soweit. Wir kommen sofort", erwiderte Sixt und Sasha drehte sich um und ging ins Esszimmer.
„Ich habe eigentlich gar keinen Hunger", sagte ich leise.
„Du musst aber etwas essen. Wenigstens ein bisschen. Tu es für mich, okay?" Er schaute mich sanft an. Seine eisblauen Augen leuchteten. Sie zogen mich regelrecht in ihren Bann. Es war hypnotisierend und ich nickte. Wenn er diesen Blick anwendete, konnte ich gar nicht widerstehen. Wir gingen ins Esszimmer, wo die Anderen schon auf uns warteten und setzten uns an den Tisch. Es gab Nudel-Schinken-Gratin und dazu noch einen gemischten Salat. Maya schöpfte jedem etwas von dem Gratin auf den Teller und wir begannen zu essen. Es schmeckte sehr gut, und obwohl ich keinen Hunger hatte, aß ich meinen Teller leer.

Nach dem Essen blieben wir noch am Tisch sitzen.
„Was macht dein Arm", fragte Timothy.
„Er tut noch etwas weh, aber es geht schon. Ach so. Ich wollte mich noch bei euch allen für die Hilfe bedanken. Ohne euch wüsste ich nicht, wo ich jetzt wäre", sagte ich.
„Du brauchst dich nicht zu bedanken. Das machen wir doch gerne. Außerdem macht Dämonen jagen Spaß", grinste Nathan.
„Das dir das gefällt ist mir klar", erwiderte Sasha und verdrehte die Augen.

185

„Natürlich. Sixt und Timothy werden mir da bestimmt zustimmen."
Ich schaute Sixt an. Er war ebenfalls am Grinsen und nickte
zustimmend. Anscheinend machte es ihm genauso viel Spaß wie
Nathan. Mir gefiel es gar nicht. Terina war gefährlich. Das hatte ich
heute selbst gesehen. Ich wollte nicht das auch nur einen von ihnen
etwas zustieß. Ich wollte Sixt nicht verlieren. Das hätte ich nicht
verkraftet.
„Aber sie ist doch gefährlich", brachte ich heraus. „Was ist, wenn
sie einen von euch verletzt oder sogar ... tötet? Ich will nicht, dass
euch etwas passiert."
„Keine Angst. Wir sind zu viert und sie so wie es aussieht alleine.
Das ist ein Kinderspiel. Wir müssen sie nur erst an einem ruhigen
Ort erwischen und dann schlagen wir zu", beruhigte mich Timothy.
„Warum an einem ruhigen Ort", fragte ich verdutzt.
„Wir können sie wohl kaum in der Öffentlichkeit ermorden. Was
würden die Leute denn denken?"
„Stimmt. Wie kann man einen Dämon töten", wollte ich wissen.
„Eigentlich muss man einem Dämon nur einen Pfahl ins Herz
stoßen. So wie es bei Vampiren gemacht werden soll, wenn es denn
welche gibt. Am sichersten ist es aber, wenn man ihn noch
verbrennt. Dann kann man ganz sicher sein, dass er auch tot ist.
Man kann den Dämon aber auch töten, wenn man ihn mit
Weihwasser bespritzt. Allerdings haben wir nie Weihwasser dabei.
Es ist lästig immer eine Flasche mit rum zu tragen", erklärte
Timothy.
„Hat ein Dämon denn keine Kräfte, die er gegen euch einsetzen
kann", fragte ich neugierig.
„Nein. Gegen uns sind seine Fähigkeiten machtlos. Er kann sich
nur mit seiner Stärke, der Schnelligkeit und Waffen, wenn er welche
zur Verfügung hat, verteidigen. Allerdings sind wir genauso stark
und schnell und unser Vorteil ist, dass wir springen und uns
unsichtbar machen können", sagte Sasha.
„Du siehst also, es ist vollkommen ungefährlich für uns", grinste
Nathan. Ich war etwas beruhigter, wobei mir der Gedanke, dass sie
Terina töten wollten, immer noch nicht gefiel. Ich hatte Angst, dass
sie verletzt wurden. Aber anscheinend sahen sie es alle locker.
Selbst Maya war gelassen, obwohl ihr Freund doch auch auf
Dämonenjagd gehen wollte.
„Sag mal, wenn ihr doch schon wusstet, dass Terina hinter mir her

ist, warum sollte ich dann bei der Polizei Anzeige erstatten", fragte ich Sixt.

„Naja also, ob sie das mit dem Schlafmittel gewesen ist, wussten wir zu der Zeit noch nicht. Wir haben es von einem anderen Schutzengel einige Tage später erfahren, der ein Gespräch zwischen Terina und einem anderen Dämon mitbekommen hat. Sie hat damit geprallt, dass sie dir Schlafmittel ins Glas gekippt hat, damit sie Matt für sich alleine haben kann. Und als sie dich von der Straße gedrängt hat, habe ich sie im Auto sitzen sehen. Die Anzeige war eigentlich nur Tarnung, da du schließlich nicht wusstest, dass Terina ein Dämon ist", erklärte Sixt mir.

„Also könnte ich eigentlich die Anzeige zurückziehen, da die Polizei doch eigentlich nichts gegen sie ausrichten kann", überlegte ich. „Denn wenn die Polizei sie schnappen würde, könnte Terina sie mit ihren Fähigkeiten beeinflussen und sie würden sie gehen lassen."

„Theoretisch schon, aber die Polizei würde dann wissen wollen, warum du die Anzeige zurückziehst und denen kannst du wohl kaum sagen, dass die Täterin eine Dämonin ist und sie nichts gegen Terina ausrichten können. Wenn wir Terina schnappen, werden wir es so aussehen lassen, dass sie einen Unfall hatte und die Polizei wird den Fall abschließen", erwiderte Sixt. Er hatte recht. Die Polizei würde nach dem Grund fragen, warum ich die Anzeige zurückziehen würde, denn schließlich hatte Terina mich versucht zu töten. Und die Wahrheit konnte ich ihnen wohl kaum erzählen.

„Na gut. Was sind Dämonen eigentlich genau? Sind sie auch schon einmal gestorben, so wie Schutzengel und kommen Dämonen eigentlich auch in den Himmel, wenn sie noch einmal sterben", fragte ich nun.

„Nach der Legende sind Dämonen von dem gefallenen Engel Luzifer, der von Gott aus dem Himmel verbannt wurde, in seinem Reich erschaffen worden. Sie sind also von ihrer „Geburt" an Dämonen. Wenn sie sterben, kommen sie nicht in den Himmel, sondern landen bei ihrem Erschaffer in der Hölle", erklärte mir Timothy.

„Also sind sie nicht menschlich." Es war von mir eher eine Feststellung als eine Frage. „Aber Terina merkt man es gar nicht an, dass sie eine Dämonin sein soll. Sie wirkt eher wie ein Mensch."

„Dämonen unterscheiden sich äußerlich nicht vom Menschen. Ihre einzigen Erkennungsmerkmale sind ihre roten Augen und ihre Fähigkeiten. Aber andererseits unterscheiden sich Engel von Menschen auch nicht wirklich", sagte Timothy.

„Da hast du recht. Bei euch ist es auch nur die Augenfarbe und die Fähigkeiten. Ich hätte auch nicht gedacht, dass ihr Schutzengel seid, als ich euch das erste Mal gesehen habe", erwiderte ich.

„Das hätte ich damals, als ich Timothy kennengelernt habe, auch nicht gedacht", kam es von Maya.

„Sagt mal, habt ihr eigentlich nur im Laden eingekauft um mich zu beschützen oder brauchtet ihr die Sachen wirklich", wollte ich nun wissen.

„Ich brauchte sie wirklich", gab Timothy zu.

„Ich auch. Und Sasha geht doch immer gerne shoppen." Nathan grinste.

Nachdem der Tisch abgeräumt und das Geschirr in die Geschirrspülmaschine geräumt war, setzten wir uns alle ins Wohnzimmer auf die Couch. Maya und Timothy waren in der Videothek gewesen und hatten einige DVDs mitgebracht. Wir wollten uns einen ruhigen Abend machen. Aufregung und Action hatten wir am Nachmittag schon genug gehabt. Das reichte für den Tag.

„Also was möchtet ihr denn zuerst schauen? Wir haben eine Komödie und einen Actionfilm mitgebracht. Auf einen Horrorfilm haben wir heute mal verzichtet. Horror hatten wir ja heute schon. Das brauchen wir nicht noch einmal", sagte Timothy.

„Also ich wäre für die Komödie", meldete sich Sasha.

„Und ich bin für den Actionfilm", rief Nathan. Wir stimmten ab. Wobei die Jungs für den Actionfilm und wir Mädchen für die Komödie waren. Nach einer langen Diskussion gaben die Jungs nach und wir schauten erst die Komödie. Der Film war richtig gut und wir hatten sehr viel gelacht. Das hatte mich etwas von den Geschehnissen vom Nachmittag abgelenkt. Anschließend war der Actionfilm an der Reihe. Sixt legte mir einen Arm um die Schulter und ich lehnte mich an ihn. Es war ein spannender Film, wo eine Frau entführt wurde und ein Mann für die Entführer Aufgaben erledigen sollte. Ab und zu fielen mir die Augen zu. Ich versuchte wach zu bleiben, doch ich musste eingeschlafen sein. Ich wurde wach, als Sixt mich auf dem Arm nahm und mit mir in sein

Zimmer sprang. Er setzte mich auf dem Bett ab und lächelte mich an.

„Wie viel habe ich von dem Film verpasst", fragte ich und gähnte.

„Ich glaube das letzte Drittel. Du bist aber nicht die Einzige, die eingeschlafen ist. Maya ist es auch", sagte er liebevoll und strich mir über die Wange.

„Oh. Wie ist der Film denn ausgegangen?"

„Der Mann hat die Entführer spektakulär erledigt und die Frau gerettet", erwiderte er.

„Na dann ist ja gut." Ich ging ins Badezimmer, wusch mich und zog mich um.

„Leg dich schon mal ins Bett. Ich komme gleich", sagte Sixt, als ich aus dem Bad kam, und ging nun hinein um sich fertigzumachen. Ich tat, was er sagte, ging die Treppe zur Empore hinauf und legte mich ins Bett. Es dauerte nicht lange und Sixt legte sich zu mir. Ich schmiegte mich in seine Arme und schlief kurz darauf ein.

In dieser Nacht hatte ich mal wieder einen Albtraum. Ich stand im Hof von der Boutique. Ich bemerkte jemanden hinter mir und drehte mich um. Eine blonde Frau stand lächelnd hinter mir. Ich erkannte sie. Es war Terina. Sie sagte nichts und kam immer näher. In der Hand hielt sie ein Messer. Sie holte aus und wollte gerade zustechen, als Sixt sich ihr in den Weg stellte. Ihre Augen schauten ihn hasserfüllt an. Sie schrien sich gegenseitig an, aber was sie genau sagten, konnte ich nicht verstehen. Ich schaute an Sixt vorbei zu Terina. In dem Moment holte sie aus und stach zu. Dabei lächelte sie mich hämisch und mit roten glühenden Augen an. Sixt hielt sich am Bauch, schaute auf seine Hände, die blutüberströmt waren, und sackte zusammen.

„Sixt", schrie ich und kniete mich zu ihm auf den Boden. Das Blut sickerte nur so aus der Wunde. Ich versuchte es zu stoppen, aber es gelang mir einfach nicht.

„Du wirst sterben", hörte ich Terinas Stimme neben mir. Ich drehte mich zu ihr um und sah, wie sie mit der Hand, in der sie das Messer hielt, ausholte. Ich schrie und versuchte nun von ihr wegzukommen, da ich wusste, dass nun ich an der Reihe sein würde.

„Jamie, Süße wach auf", hörte ich jemanden rufen. Ich schlug die Augen auf und sah Sixt, der über mir ragte und meine Arme festhielt. Ich hatte anscheinend nicht nur im Traum geschrien und musste um mich geschlagen haben. Ich hoffte, dass ich ihn nicht verletzt hatte. Zitternd setzte ich mich auf und nun bemerkte ich, dass mir Tränen über das Gesicht liefen. Sixt war sofort bei mir und nahm mich in den Arm.

„Scht es ist alles gut. Du hast nur schlecht geträumt", sagte er immer wieder und strich mir sanft mit einer Hand über den Rücken. Langsam beruhigte ich mich wieder und das Zittern ließ nach. „Was war denn los", wollte er wissen und wischte mir die Tränen weg.

„Ich war in dem Hinterhof und Terina war da. Du hast dich vor mich gestellt und sie hat ...", ich schluchzte. „Sie hat ... dich ... erstochen", brachte ich heraus und wieder liefen die Tränen. Ich schlank die Arme um seinen Hals und drückte mich an seine Schulter. Sanft strich er mir über das Haar und hielt mich ganz fest. „Es war nur ein Traum. Es wird weder dir noch mir etwas passieren. Das verspreche ich dir", sagte er. Ich beruhigte mich langsam wieder und wischte mir die Tränen aus dem Gesicht. Besorgt schaute Sixt mich an.

„Geht es dir etwas besser", fragte er.

„Etwas", sagte ich und legte mich wieder hin. Sixt nahm mich in den Arm und ich kuschelte mich an ihm.

„Versuch etwas zu schlafen. Dir kann hier nichts passieren. Ich bin bei dir und beschütze dich."

„Und wer beschützt dich", kam es von mir.

„Hm ich glaube, diese Aufgabe musst du wohl übernehmen. Ich habe nämlich keinen Schutzengel", schmunzelte er.

„Wird es schwer auf dich aufzupassen?"

„Oh ja sehr schwer sogar. Weißt du, ich klettere gerne auf Bäume, laufe, ohne auf die Autos zu achten, über die Straße, ach und ich habe zwei linke Füße, wodurch ich oft stolpere", grinste er.

„Na das kann ja etwas werden", lachte ich.

„Ich glaube nicht, dass es schwerer wird, als auf dich aufzupassen."

„Hey, so schlimm bin ich doch wohl auch wieder nicht", protestierte ich.

„Nein du hast recht. Deine schlimme Zeit scheinst du hinter dir zu haben."

„Nicht solange ihr Terina nicht geschnappt habt", seufzte ich.

„Das werden wir, Süße. Und dann kannst du wieder in Ruhe

leben."

„Mit dir."

„Ja, natürlich mit mir. Du wirst mich nicht mehr los," schmunzelte er.

„Das will ich auch gar nicht." Ich beugte mich zu ihm herüber und küsste ihn. Sixt vertiefte den Kuss und zog mich auf sich drauf. Ich bat mit meiner Zunge an seiner Unterlippe um Einlass, den er mir sofort gewährte und unsere Zungen begannen ein wildes Spiel. Mir wurde heiß und ein Schauer der Erregung lief mir über den Rücken, als Sixts Hände an meinen Seiten entlang strichen. Ein Seufzen entrang sich mir, als Sixt sich von mir löste.

„So Schluss jetzt. Ich möchte dich heute Nacht nicht überfordern. Du solltest jetzt noch ein wenig schlafen", sagte er bestimmend und drehte sich mit mir zusammen auf die Seite. Er nahm sein Versprechen, es langsam anzugehen, sehr ernst. Ich fand es zwar einerseits schön, dass er mir Zeit lassen wollte, aber andererseits wuchs mein Verlangen nach ihm von Tag zu Tag mehr.

„Schade. Ich hätte gern noch weitergemacht", erwiderte ich und gähnte.

„Das verschieben wir besser auf morgen. Schlaf jetzt meine Süße."

Kapitel 12

Am Montagmorgen brachte Sixt mich noch bis zum Raum, in dem ich die Klausur schrieb. Die Wunde am Arm, die Terina mir mit dem Messer zugefügt hatte, tat kaum noch weh und sie sah so gut aus, dass ich nur noch ein Pflaster brauchte. „Wie sieht es aus? Kannst du die Rechnungswege noch, die ich euch beigebracht habe", fragte Sixt.

„Ich glaube schon."

„Das wird schon", machte er mir Mut. „Hast du denn deinen Glücksbringer dabei?"

„Ja, der Bär ist in der Tasche." Seit Sixt mir den Bären geschenkt hatte, hatte ich ihn immer dabei, wenn ich eine Klausur schrieb. Bis jetzt hatte er mir immer Glück gebracht und die Klausuren waren gut ausgefallen. Ich hoffte, bei dieser würde es genauso sein.

„Wir sehen uns dann nachher. Viel Glück", sagte er und gab mir einen Kuss.

„Danke. Das kann ich gebrauchen", erwiderte ich. Sasha kam gerade den Gang entlang und wir gingen zusammen in den Raum. Wie immer setzten wir uns in die letzte Reihe. Ich sah, wie Terina in den Raum kam und mit einem bösen Blick zu mir herüberschaute. Sie ging, gefolgt von Monica, den Gang zwischen den Sitzreihen entlang und setzte sich in die zweite Reihe.

„Keine Angst. Die kriegen wir schon", flüsterte mir Sasha zu.

„Das hoffe ich." Mr. Brown kam in den Raum und ließ die Aufgabenblätter verteilen. Dann durften wir mit der Klausur beginnen. Die Aufgaben erschienen mir sehr schwer. Sasha hatte anscheinend keine Probleme. Sie war fleißig am Schreiben. Bei mir lag es daran, dass ich mich nicht richtig konzentrieren konnte. Terina, die nur wenige Meter von mir entfernt saß, machte mich nervös. Mir wurde heiß und kalt und fing an zu zittern. Immer wieder bemerkte ich, wie sie mir böse Blicke zuwarf.

„Hey, alles wird gut. Dir wird nichts passieren", flüsterte Sasha, die die Blicke von Terina mitbekommen haben musste, und strich mir über den Arm. „Oh, du kriegst gerade Unterstützung. Nicht erschrecken. Sixt steht unsichtbar hinter dir und will dir bei den

Aufgaben helfen." Kaum hatte sie es gesagt, konnte ich Sixts Nähe spüren und fühlte mich gleich besser. Wenn er bei mir war, fühlte ich mich in Sicherheit. Sixt flüsterte mir die Antworten der jeweiligen Aufgaben ins Ohr und ich schrieb sie auf das Blatt.

Als Sasha und ich nach der Klausur aus dem Raum kamen, lehnte Sixt lächelnd an der Wand im Gang. Ich ging zu ihm und fiel ihm in die Arme.

„Danke. Ohne dich wäre ich durchgefallen", sagte ich und drückte mich an seine Brust.

„Was war denn los? Gestern Abend konntest du doch noch alles."

„Ja schon. Aber da war ich auch nicht mit Terina in einem Raum. Sie hat mich nervös gemacht", gab ich leise zu, sodass die anderen Studenten es nicht mitbekamen. In dem Moment ging Terina dicht an uns vorbei.

„Denk immer daran, ich werde dich kriegen", zischte sie und lachte hämisch. Ich zuckte zusammen. Wie sollte ich denn die nächsten Stunden oder sogar die nächsten Tage überstehen? Würde das jetzt immer so gehen, dass sie mich quälte? Es machte ihr auf jeden Fall Spaß. Das sah man ihr an. Wie lange würde es dauern, bis sie Terina erwischen würden? Ich merkte, wie Sixt sich verkrampfte. Ich sah zu ihm auf und er schaute mit einem wütenden Blick hinter Terina her.

„Komm ich bringe dich zu deinem nächsten Kurs", sagte er schnell und schob mich in die andere Richtung.

„Sag mal, wie kam es, dass du auf einmal in meinem Kurs warst? Hattest du nicht eine Vorlesung", fragte ich ihn.

„Die ist ausgefallen", antwortete er lächelnd.

„Ist sie ausgefallen, weil du sie ausfallen gelassen hast, oder ist sie wirklich ausgefallen", hakte ich nach.

„Sie ist wirklich ausgefallen", versicherte er mir.

„Naja das will ich dir mal glauben." Ich hatte gar nicht bemerkt, dass Sasha hinter uns hergelaufen war und jetzt neben uns an der Tür stand.

„Hast du jetzt nicht deinen Kurs woanders", fragte ich sie verwundert.

„Ach das habe ich dir ja noch gar nicht erzählt. Ich habe meine Kurse getauscht. Jetzt haben wir alle zusammen. Ist das nicht toll?"

„Doch ist es. Oder hast du es nur gemacht, damit du auf mich

aufpassen kannst?"
„Nein natürlich nicht. Mit dir machen die Kurse mehr Spaß",
antwortete sie und ging in den Raum.
„Bis nachher in der Mensa", sagte ich und gab Sixt einen Kuss.
Schnell folgte ich ihr, da ich schon unseren Professor den Gang
entlangkommen sah.

Nach dem Kurs wollte Sasha noch kurz etwas mit dem
Professor besprechen und ich wartete draußen auf dem Gang auf
sie.
„Ach schau mal an. Stehst du hier ganz alleine ohne deine
Freunde", hörte ich eine Stimme hinter mir. Ich drehte mich um
und sah direkt in Terinas Gesicht. „Die werden dir auch nicht mehr
helfen können, wenn ich dich umbringe. Aber keine Angst. Nicht
hier. Ich habe mir etwas ganz Besonderes für dich ausgedacht." Sie
lachte und ihre Augen glühten rot auf. Ich war erschrocken und wie
gelähmt. Ich konnte nichts sagen. Sixt stand plötzlich neben mir
und legte mir einen Arm um die Schulter.
„Ist irgendwas", fragte er und seine Augen funkelten wütend.
„Nein", erwiderte Terina und tat ganz unschuldig. „Jamie, fühl dich
nur nicht zu sicher. Deine Freunde können nicht immer bei dir sein
und irgendwann erwische ich dich", wandte sie sich wieder mir zu
und ging davon. Ich zitterte am ganzen Körper und die Farbe wich
mir aus dem Gesicht.
„Hey es ist alles gut. Sie wird dir nichts tun", versuchte Sixt mich zu
beruhigen.
„Was ist los", fragte Sasha, die gerade aus dem Kursraum kam.
„Terina war gerade hier und hat Jamie gedroht. Wo warst du
eigentlich", hakte Sixt nach.
„Ich musste noch kurz etwas mit dem Professor besprechen. Jamie,
ich habe dir doch gesagt, dass du im Raum bleiben sollst", wandte
sie sich mir zu.
„Ja ich weiß, aber ich dachte, ich könnte genauso gut auf dem Gang
warten und das mir dort schon nichts passieren würde. Aber ich
konnte ja nicht wissen, das Terina gerade dann hier vorbeikommt."
„Sie wartet aber wahrscheinlich nur auf eine Gelegenheit dich
alleine zu erwischen. Deshalb solltest du wirklich nicht mehr alleine
durch die Uni laufen. Wir können nie wissen, was sie so vorhat.
Kommt lasst uns jetzt erst einmal zu den Anderen gehen. Sie

warten bestimmt schon auf uns", schlug Sixt vor. Immer noch zitternd ging ich mit ihnen zusammen zur Mensa. Sixt ließ seinen Arm um meine Schultern liegen und stützte mich somit, da ich etwas wackelig auf den Beinen war, was an dem Zusammentreffen mit Terina lag. Die Anderen warteten, wie Sixt schon vermutet hatte, bereits auf uns an unserem Stammtisch in der Mensa.

„Was ist los", fragte Maya und schaute uns an.

„Terina hat Jamie gedroht", berichtete Sasha in Kurzform. Wir setzten uns an den Tisch. Sixt zog mich auf seinen Schoß und schlang seine Arme um meinen Körper. Ich legte meinen Kopf an seine Schulter.

„Was hat sie zu dir gesagt", wollte Sixt wissen.

„Sie sagte, dass ihr mir auch nicht helfen könnt, wenn sie mich umbringt und sie sich etwas ganz Besonderes für mich ausgedacht hat. Außerdem meinte sie, dass ihr nicht die ganze Zeit bei mir sein könnt und sie hat recht", sagte ich leise und setzte mich auf. Zum Glück war die Mensa nicht voll und wir saßen weit genug von anderen Studenten entfernt, sodass sie uns nicht hören konnten.

„Inwiefern meinst du das", fragte Sixt und schaute mich an.

„Ihr könnt nicht ständig bei mir sein. Wie lange soll das noch so gehen? Sie ist so schlau und hält sich an Orten auf, wo viele Menschen sind. Sie weiß genau, dass ihr Terina nichts tun werdet, solange andere Leute da sind", erklärte ich. Und dann wurde mir etwas klar. „Aber so meinte sie es wahrscheinlich gar nicht. Sie meinte etwas ganz anderes."

„Was denn", fragte Sasha und alle Blicke waren gespannt auf mich gerichtet.

„Naja, ihr seid Schutzengel. Aber Schutzengel haben Schützlinge, auf die aufgepasst werden soll. Sie kann euch von mir wegtreiben, indem sie eure Schützlinge in Gefahr bringt. Was ist, wenn sie das tut? Entschuldigt, wenn ich das jetzt so aussprechen muss, aber was ist, wenn sie Maya etwas antut. Nein das will ich nicht. Dann stell ich mich ihr lieber freiwillig."

„Bist du wahnsinnig? Das wirst du nicht tun", sagte Sixt und es klang schon wütend. „Außerdem bin ich noch da. Ich passe auf dich auf."

„Was ist, wenn sie dir vor mir etwas antut? Sie sagte zu mir, sie hätte sich etwas Besonderes für mich ausgedacht. Ich will dich nicht verlieren und ich will auch nicht, dass jemand anderen etwas

195

zustößt."

„Das wird nicht passieren", versicherte Sixt mir. „Und auf Maya passen wir sogar jetzt schon auf. Sie hat es nur nie mitbekommen. Das ist allerdings nur eine Vorsichtsmaßnahme. Es besteht keine Gefahr."

„Schön, dass ich es auch mal erfahre", sagte Maya in einem sauren Tonfall. „Und wann ist immer einer bei mir?"

„Immer. Da wir beide die gleichen Kurse haben, bin ich eh immer bei dir, und da du mit uns zusammenwohnst, bist du dort auch sicher", erklärte Nathan.

„Warum hast du mir das nicht gesagt", fragte sie Timothy und es klang, als sei sie wütend.

„Ich wollte dich nicht beunruhigen. Außerdem ändert sich für dich ja nicht soviel. Ich habe dich doch eh immer im Blick", versuchte er ihr zu erklären.

„Und was ist mit euren beiden Schützlingen", fragte ich Nathan und Sasha.

„Nathans Schützling ist in Griechenland im Urlaub und meiner ist in Texas bei ihrer Tochter. Und da wird sie auch noch einen Monat bleiben. Terina wird sie nicht finden", sagte Sasha.

„Du musst bedenken, Dämonen können nicht von einem Ort zum anderen springen, wie wir. Sie müssen die normalen Verkehrsmittel nehmen. Der Aufwand wäre Terina viel zu groß, da wir ja schneller wieder da wären, als sie. Ihr würde es nichts bringen", sagte Nathan. „Wie du siehst, haben wir alles im Griff. Und das Terina gerade Psychoterror bei dir ausübt, ist normal. Sie will dir Angst machen. Aber wir kriegen sie. Versprochen."

Am Nachmittag fuhr Sixt mich zur Arbeit. Die letzten zwei Kurse waren ohne weitere Vorkommnisse verlaufen. Terina schaute zwar öfter mit einem bösen Blick in meine Richtung, aber Sasha lenkte mich ständig ab, sodass ich nicht zu ihr herüberschaute.

„Möchtest du wirklich arbeiten gehen", fragte Sixt und schaute mich besorgt an.

„Ja. Ich muss. Nicht nur wegen des Geldes, aber ich kann mir nicht einfach freinehmen oder mich krankmelden. Meine Mutter würde das herausbekommen. Mrs. Evans ist unsere Nachbarin. Ich kann meiner Mutter ja wohl kaum erzählen, dass ich nicht arbeiten gehen will, weil ein Dämon hinter mir her ist. Das würde sie mir nicht glauben", erklärte ich ihm.

„Da hast du recht. Übrigens bin ich heute die ganze Zeit bei dir."
„Soll ich dich auch wegen neuer Klamotten beraten", fragte ich ihn lächelnd.

„Nein brauchst du nicht. Im Übrigen bleib ich unsichtbar. Ich will dich ja nicht von der Arbeit abhalten."

„Schade. Eine kleine Ablenkung zwischendurch wäre nicht schlecht", grinste ich.

„Hm, dann werde ich mal sehen, was ich da tun kann", erwiderte er und grinste ebenfalls. Ich beugte mich zu ihm herüber und küsste ihn.

„Bis gleich", sagte ich und stieg aus dem Wagen aus. Kurz darauf spürte ich, dass Sixt bei mir war. Ich drehte mich auf dem Weg zum Laden noch einmal um und sah das der Wagen leer war. Ich ging in den Laden und brachte als Erstes meine Tasche in den Aufenthaltsraum.

„Hallo Jamie", begrüßte mich Mrs. Evans, die im Raum saß und Mittagspause machte.

„Hallo. Was ist denn heute zu tun", fragte ich sie.

„Oh sehr viel würde ich sagen. Die Herbstkollektion ist heute gekommen. Die Kartons stehen im Lager. Kannst du dich bitte darum kümmern, dass die Sommersachen umgeräumt werden und die Kartons mit der Herbstmode auspacken", fragte sie mich.

„Natürlich. Ich werde mich gleich daranmachen", erwiderte ich und verließ, nachdem ich meine Tasche in meinen Spint gestellt hatte, den Aufenthaltsraum. Ich nahm mir zuerst die Ständer mit der Sommermode vor und räumte sie um. Megan und Katie waren wie immer damit beschäftigt sich zu unterhalten und schauten verärgert, wenn ein Kunde sie ansprach und sie ihm helfen sollten. Als ich mit der Sommermode fertig war, ging ich ins Lager, um einen Karton auszuräumen. Sixt tauchte neben mir auf und ich erschrak, als ich seine Stimme hörte. Ich hatte mich immer noch nicht daran gewöhnt, dass Schutzengel einfach so neben einen auftauchen konnten.

„Ich schaue dir gern beim Arbeiten zu", sagte er und legte seine Arme um meinen Bauch. Er fing an, meinen Nacken zu küssen.

„Ich kann mich gar nicht konzentrieren, wenn du das machst", sagte ich mit gespielter Empörung.

„Nein", fragte er und strich mit seinen Lippen an meinen Hals entlang. Schauer liefen mir durch den Körper. Ich drehte mich zu ihm um und da lagen seine Lippen auch schon auf Meinen. Ich schlang meine Arme um seinen Hals. Seine Hand glitt erst zu meinem Arm und dann den Rücken hinunter. Mein Atem ging schneller und mein Herz pochte laut. Ich hatte keine Angst, dass jeden Moment jemand ins Lager kommen könnte. Es war mir egal. Die Küsse waren so drängend wie am Samstag gewesen. „Jamie", hörte ich Mrs. Evans rufen. Schnell lösten wir uns voneinander und Sixt machte sich wieder unsichtbar. Ich zupfte mir schnell die Kleidung zurecht und fuhr mir mit den Fingern durch die Haare. Ich wandte mich den Karton wieder zu, als die Tür geöffnet wurde und Mrs. Evans hereintrat.

„Ach hier bist du", sagte sie. „Ich wollte nur wissen, wie weit du mit dem Umräumen bist."

„Ich bin gerade dabei die neuen Sachen auszupacken. Sie können dann gleich auf den Ständer gehängt werden", erwiderte ich und drehte mich zu ihr um.

„Gut. Ich schicke dir Katie herein, sie soll dir helfen."

„Nicht nötig ich mache das schon. Ich bin auch gleich schon fertig", entgegnete ich und fing an die Kleidungsstücke auf die Kleiderbügel zu hängen.

„Na gut, aber wenn du Hilfe brauchst, sag Bescheid." Sie ging wieder in den Laden. Sobald die Tür geschlossen war, stand Sixt schon wieder neben mir.

„Das war knapp. Aber es hatte seinen Reiz", sagte er grinsend.

„Ja hatte es. Ich sollte jetzt aber doch besser weiterarbeiten, sonst kommt sie gleich wieder hier herein." Ich gab ihm einen schnellen Kuss und wandte mich anschließend wieder der Arbeit zu. Sixt half mir die Sachen auf die Bügel zu hängen, und als ich wieder in den Laden ging, machte er sich unsichtbar, damit niemand ihn sah. Mrs. Evans hätte es bestimmt nicht gefallen, wenn sie mitbekommen hätte, dass Sixt bei mir im Lager gewesen wäre.

Nach der Arbeit fuhren wir zu mir. Meine Eltern hatten uns zum Abendessen eingeladen. Leslie hatte den Führerschein bestanden und das sollte gefeiert werden. Auf dem Nachhauseweg hielten wir noch an einem Laden an und kauften einen Blumenstrauß und einen Engel als Schlüsselanhänger, für Leslies Autoschlüssel. Mein Vater wollte ihr, wie er es für mich schon getan hatte, einen Wagen kaufen.

„Es ist schon witzig, wie ihr Menschen euch einen Engel vorstellt", sagte Sixt, als wir wieder im Auto saßen und er den Schlüsselanhänger näher betrachtete.

„Vielleicht stimmt das Bild auch so und du durftest keine Flügel haben, damit du mir nicht davonfliegst."

„Ich würde dir nie davon fliegen", sagte er sanft, zog mich zu sich heran und küsste mich. Anschließend startete er den Motor und fuhr los. Ich schaute aus dem Fenster und fing an zu grinsen.

„An was denkst du gerade", fragte Sixt.

„Ich stelle mir gerade nur vor, wie du in einem weißen Gewand aussehen würdest", erwiderte ich schmunzelnd.

„Bestimmt schrecklich. Ich bin froh, dass wir so etwas nicht tragen müssen." Er verzog das Gesicht, bei der Vorstellung, er müsste in einem weißen Gewand herumlaufen.

„Es würde dir sicher gutstehen. Ich glaube, ich schlage Mrs. Evans mal vor, dass wir die Gewänder in den Bestand aufnehmen."

„Ich werde mir dann trotzdem keins kaufen." Wir bogen in unsere Straße ein und Sixt hielt vor dem Haus.

„Brauchst du nicht. Ich nutze meinen Mitarbeiterrabatt und kaufe dir eins." Es machte Spaß ihn etwas zu ärgern.

„Wenn ich so eins anziehen soll, dann wirst du auch eins tragen", sagte er lächelnd.

„Ich bin aber kein Engel. Aber wenn ich eins tragen soll, dann nicht in Weiß. In Pink vielleicht oder blau sähe bestimmt auch nicht schlecht aus. Sasha würde bestimmt auch eins tragen, wenn es die Gewänder in anderen Farben gäbe", überlegte ich.

„Sasha ganz sicher, aber ich werde so etwas nicht anziehen." Wir stiegen aus dem Wagen aus und machten uns auf dem Weg zum Haus. Ich holte den Schlüssel aus der Tasche und ich schloss die Tür auf. Meine Mutter begrüßte uns herzlich, als wir das Haus betraten.

„Da seid ihr ja. Kommt rein. Das Essen ist gleich fertig", sagte sie und umarmte erst mich und anschließend Sixt. Ich war wirklich froh darüber, dass meine Eltern Sixt als meinen Freund akzeptierten und ihn mochten. Damals bei Matt war es nicht so gewesen. Wir hatten oft Streit, da meine Eltern immer der Meinung gewesen waren, das Matt nicht gut für mich sei. Damals wollte ich es einfach nicht glauben, nun wusste ich aber, dass sie recht gehabt hatten. Matt war nicht gut für mich gewesen. Nicht im Geringsten. Ich war froh, dass ich den Schlussstrich gezogen hatte und das Kapitel Matt für immer beendet war. Sixt und ich gingen durch ins Esszimmer, wo mein Vater gerade versuchte eine Flasche Sekt zu öffnen.

„Hallo ihr beiden. Bleibt ihr heute Nacht hier oder übernachtest du bei Sixt", fragte er.

„Nein wir bleiben hier."

„Gut. Sixt du trinkst doch dann bestimmt ein Gläschen mit", wandte er sich ihm zu.

„Ja gerne." Mein Vater ging in die Küche, um Gläser zu holen. Sixt schaute zu mir und grinste mich an.

„Na wie viele Gläser brauchst du, damit du betrunken bist?"

„Vom Sekt nicht viele", gab ich zu. Es war wirklich so. Nach zwei Gläsern Sekt, war ich schon leicht beschwippst.

„Werde ich das heute erleben", fragte er grinsend. Ihm gefiel wahrscheinlich die Vorstellung, mich betrunken zu sehen.

„Nein, das glaube ich nicht."

„Wir werden sehen."

„Dann gehe ich morgen nicht zur Uni", sagte ich grinsend.

„Dann bleibe ich bei dir und mache dir ein Katerfrühstück". Ich wollte gerade etwas erwidern, als Leslie ins Esszimmer stürmte.

„Jamie, ich habe ihn. Jetzt kann ich selber fahren", rief sie und fiel mir um den Hals.

„Herzlichen Glückwunsch zum Führerschein", sagte ich und umarmte sie. „Wir haben dir auch etwas mitgebracht." Sixt hielt ihr schon den Blumenstrauß und den Schlüsselanhänger entgegen.

„Herzlichen Glückwunsch", sagte er lächelnd und sie fiel auch ihm um den Hals.

„Danke für die Blumen. Den Schlüsselanhänger kann ich auch gut gebrauchen", sagte Leslie und grinste.

„Ach hallo Greg", sagte ich überrascht, als ich ihn in der Tür stehen sah.

„Hallo", erwiderte er.

„Setzt euch. Das Essen ist fertig", rief meine Mutter. Wir setzten uns alle an den Tisch und mein Vater reichte jedem ein Glas Sekt. Sixt schaute mich grinsend an. Ich wusste, was er dachte.

„Vergiss es", flüsterte ich ihm zu.

„Auf Leslie und ihren Führerschein", sagte mein Vater und wir stießen an. „Du hättest ihn ja auch schon früher haben können, wenn du nicht so getrödelt hättest."

„Ich weiß. Aber jetzt habe ich ihn ja", erwiderte Leslie grinsend und trank einen Schluck von ihrem Sekt. Meine Mutter hatte Leslies Lieblingsgericht gekocht. Es gab Hühnerfrikassee mit Reis. Sie schöpfte jedem Reis und etwas vom Hühnerfrikassee auf dem Teller und wir begannen zu essen. Es schmeckte richtig gut. Kochen konnte meine Mutter schon immer gut und es war auch eines ihrer Hobbys. Sie sammelte Rezepte aus der ganzen Welt und probierte gerne neue Sachen aus. Früher waren wir oft die Versuchspersonen für ihre neuen Rezepte gewesen. In den meisten Fällen hatte das Gericht auch geschmeckt und wenn nicht, hatte meine Mutter es nicht mehr gekocht.

Nachdem wir gegessen und den Tisch abgeräumt hatten, blieben wir noch etwas am Esstisch sitzen.

„Jamie, weißt du was? Dad und ich gehen morgen nach einem Auto für mich gucken", sagte Leslie aufgeregt.

„Das ist doch gut. Dann brauch ich nicht zu befürchten, dass du meines nimmst. Apropos Dad, wann kriege ich mein Auto wieder", fragte ich ihn.

„Die Werkstatt hat heute angerufen. Du kannst es morgen Nachmittag abholen. Es hat länger gedauert, weil die Versicherung erst mal einen Gutachter schicken wollte und dieser erst am Freitag kam", erklärte mein Vater.

„Gut dann bin ich morgen gleich nach der Uni da. Nur schade, dann habe ich meinen Privatchauffeur nicht mehr", sagte ich und schaute zu Sixt herüber. Er grinste, wobei ich in seinem Blick trotzdem sah, dass er mich in der nächsten Zeit nicht alleine fahren lassen würde. Ich seufzte innerlich bei dem Gedanken, das die Gefahr, dass Terina mir wieder versuchen würde, etwas anzutun, zu groß war. Sixt erriet meine Gedanken und drückte sanft meine Hand. Ich lächelte ihn dankbar an.

„Ach, wo wir alle hier schon zusammensitzen. Euer Vater und ich fahren am Wochenende für eine Woche weg. Das hat sich kurzfristig ergeben. Jamie kannst du dann bitte einen Blick auf deine Schwester haben", fragte meine Mutter.

„Ja mache ich. Ist kein Problem."

„Mom, ich bin alt genug, um auf mich selber aufzupassen.

Außerdem kann ich bestimmt die Woche bei Greg schlafen, oder?"
Fragend schaute sie ihn an.
„Ja natürlich. Meine Eltern werden nichts dagegen haben."
„Na gut", willigte meine Mutter ein. „Aber du wirst dich trotzdem
ab und zu bei deiner Schwester melden."
„Ja das mache ich. Versprochen:"
„Ich möchte jeden Abend um Punkt sieben Uhr einen
ausführlichen Tagesbericht von dir haben", lachte ich. Sie wusste,
dass es nur Spaß war und ich sie nicht kontrollieren würde.
„Okay, den bekommst du", erwiderte sie ebenfalls lachend.
„Mom, wo fahrt ihr eigentlich hin", fragte ich sie.
„Euer Vater muss geschäftlich für eine Woche nach Miami und ich
fliege mit", berichtete sie. „Da fällt mir ein, kannst du uns am
Samstagmorgen zum Flughafen bringen? Unser Flug geht um elf
Uhr und um neun müssen wir spätestens zum Einchecken da sein."
„Na klar. Mache ich", versprach ich.
„Und Leslie, es wird in der Zeit nicht wie wild durch die Gegend
gefahren. Denk daran, deinen Führerschein bekommst du erst in
zwei Wochen per Post", ermahnte mein Vater sie.
„Ja Dad. Werde ich schon nicht. Ich habe lange genug auf den
Führerschein gewartet, da halte ich die zwei Wochen auch noch
durch, bis ich ihn endlich habe."
„Keine Partys. Das gilt für euch beide", fügte meine Mutter hinzu.
„Nein", sagten Leslie und ich wie aus einem Mund und schauten
uns verschwörerisch an. Meine Eltern waren schon ein paar Mal für
eine Woche weg gewesen. Jetzt wo wir alt genug waren, konnten sie
auch mal alleine wegfahren. Wir kamen gut alleine zurecht. Ab und
zu gab es auch schon mal eine Party bei uns. Wir hatten abgemacht
unseren Eltern nichts zu verraten, solange hinterher wieder
aufgeräumt wurde und auch nichts kaputtging. Bis jetzt hatte es
immer gut geklappt und meine Eltern hatten nie etwas gemerkt.
„So wir werden dann mal rübergehen", sagte ich und stand auf. Die
Zeit war so schnell vergangen, und als ich auf die Uhr sah, war es
schon halb zehn gewesen. „Danke für das Essen Mom."
„Ja danke. Es hat sehr gut geschmeckt", sagte Sixt und stand
ebenfalls auf.
„Gern geschehen". Macht´s gut", erwiderte sie. Wir gingen zur Tür
hinaus und liefen zu meinen kleinen Häuschen.
„Keine Partys, hm? Wieso habe ich das Gefühl, das du und deine

Schwester etwas ausheckt", grinste Sixt, als ich die Tür aufschloss. Wir gingen hinein und gleich ins Wohnzimmer hindurch, wo wir uns auf die Couch setzten.

„Da könntest du recht haben", erwiderte ich und grinste ebenfalls. „Zumindest plant Leslie in Gedanken schon eine Party. Wir schmeißen öfter eine, wenn meine Eltern nicht da sind. Auch wenn sie jedes Mal sagen, dass wir es nicht dürfen."

„Und wie oft wurdet ihr schon erwischt?"

„Bis jetzt noch nie. Einmal war es ganz schön knapp. Meine Eltern kamen früher wieder als geplant, und als sie uns anriefen und bescheid sagten, dass sie bald Zuhause seien, hatten wir nur zwei Stunden zum Aufräumen. Aber wir haben es geschafft und meine Eltern haben nichts gemerkt, dass es eine Party gegeben hat. Danach waren wir ganz schön müde."

„Das kann ich mir vorstellen. Aber sagen eure Nachbarn denn nichts? Sie bekommen es doch bestimmt mit, wenn ihr eine Party schmeißt."

„Nein, bis jetzt hat noch kein Nachbar meinen Eltern etwas verraten. Sie schmunzeln nur, wenn meine Eltern sich draußen auf der Straße von uns verabschieden und ihr Partyverbot aussprechen. Mrs. Evans, die ja unsere direkte Nachbarin ist, schweigt auch dazu. Sie ist der Meinung, dass junge Leute auch mal eine Party schmeißen dürfen und solange sie nicht ausartet, wird sie meinen Eltern davon nichts verraten."

„Na da habt ihr ja Glück. Meine Brüder und ich haben es auch einmal versucht, aber unsere Party endete im Chaos und die Polizei kam. Meine Eltern fanden es damals nicht witzig und es gab großen Ärger. Ich glaube, wir hatten alle drei einen Monat Hausarrest und mussten den Gartenzaun, der bei der Party von ein paar Leuten kaputtgemacht wurde wieder reparieren. Im Haus waren auch einige Dinge zu Bruch gegangen und die mussten wir meiner Mutter von unserem Taschengeld bezahlen."

„Das hört sich nach einer wilden Party an."

„Oh ja das war sie. Wir hatten eigentlich jeder nur ein paar Freunde eingeladen. Es mussten an die zweihundert Leute gewesen sein, die wirklich zur Party gekommen waren. Es hatte sich sehr schnell herumgesprochen, dass es eine Feier bei uns geben würde."

„So etwas ist uns zum Glück noch nicht passiert. Ich glaube, meine Eltern würden ausrasten und wären sehr enttäuscht von uns, wenn sie mitbekämen, dass wir gegen ihr Partyverbot verstoßen hätten, alles kaputt wäre und auch noch die Polizei da gewesen wäre."

„Meine Eltern waren sehr enttäuscht von uns und es hat lange gedauert, bis sie uns doch wieder ein Wochenende alleine gelassen haben. Dieses Mal ohne Party", gab Sixt zu. „Du hast ein sehr inniges Verhältnis zu deinen Eltern und zu Leslie. Ich finde es schön."

„Ja, ich bin auch sehr froh darüber. Meine Eltern schreiben uns nicht vor, wie wir unser Leben leben sollen. Sie lassen uns eigene Erfahrungen sammeln. Sie sind allerdings trotzdem immer für uns da. Und Leslie ist für mich eigentlich Schwester und Freundin in einem. Auch wenn sie drei Jahre jünger ist, so ist sie doch schon recht erwachsen. Sie stand mir in der Zeit bei, als Matt mich betrogen hatte und ich Schluss gemacht habe. Kein Anderer von meinen angeblichen Freunden war für mich da. Es interessierte sie nicht. Leslie schon. Durch sie bin ich auch recht schnell darüber hinweggekommen. Und ich bin ihr sehr dankbar für die Zeit."

„Das kann ich verstehen. Ich habe mich mit meinen Brüdern auch immer gut verstanden. Sie waren, so wie auch meine Eltern immer für mich da. Wir haben viel zusammen unternommen." Sixt schaute mich traurig an.

„Du vermisst sie sehr", stellte ich fest.

„Ja gelegentlich. Am Anfang war es schlimmer, da habe ich fast nur an meine Familie gedacht. Mit der Zeit wurde es aber besser."

„Wie heißt es so schön „Die Zeit heilt Wunden."

„Das stimmt auch", sagte er und lächelte mich an. „Sag mal, warum sagst du deinen Eltern immer bescheid, wo du bist oder hingehst? Versteh mich nicht falsch. Ich finde es gut. Du bist so fürsorglich."

„Naja, das hat damit etwas zu tun, dass meine Eltern früher immer wollten, dass ich, wenn ich draußen gewesen war, mich zwischendurch meldete und bescheid sagte, wo ich hinging. Früher hat mich das gestört. Heute weiß ich, dass sie sich nur Sorgen machten. Ich mache es jetzt eigentlich nur noch aus Angewohnheit. Aber auch nicht für jede Kleinigkeit. Ich finde es nicht so schlimm eben Bescheid zu sagen, dass ich zum Beispiel bei dir übernachte oder dass ich nicht mitesse. So machen sie sich keine Sorgen oder warten mit dem Essen auf mich. Mit dem Autounfall habe ich ihnen ja auch schon Sorgen bereitet, obwohl ich es gar nicht wollte."

„Du konntest aber auch nichts dafür", erinnerte Sixt mich.
„Ja, stimmt. Naja und Leslie sage ich halt nur Bescheid, wenn ich
weiß, dass meine Eltern nicht da sind. Damit sie weiß, wo ich bin,
wenn etwas sein sollte."
„Ich glaube, wir sind uns da sehr ähnlich. Ich habe meinen Eltern
damals auch immer gesagt, wo ich hingefahren bin", gestand er.
„Deine Eltern haben aber auch ein sehr großes Vertrauen in euch.
Gut du bist ja schon erwachsen. Aber machen sich deine Eltern
keine Gedanken, wenn Leslie bei ihrem Freund schläft?"
„Eigentlich nicht. Sie wissen, dass wir gut aufgeklärt sind. Das
Gespräch gab es schon, da war ich vierzehn. Allerdings war ich da
schon durch Jugendzeitschriften aufgeklärt. Meine Eltern hatten
sich mit uns beiden zusammengesetzt, auch wenn Leslie erst elf
Jahre alt war, sollte sie es trotzdem schon erfahren. Mein Vater fing
mit dem Bienchen-und-Blümchen-Prinzip an, konnte es aber nicht
so gut erklären und deshalb hat meine Mutter das Gespräch dann
übernommen. Sie ließ aber die Bienchen und Blümchen aus. Und
wenn wir Fragen haben, können wir immer zu ihr kommen. Sie ist
da etwas offener, als mein Vater." Es war so einfach mit ihm
darüber zu reden. Er verstand, was ich meinte, und hatte die gleiche
Meinung, wie ich über die Dinge. Langsam wurde ich müde und wir
gingen nach oben. Ich ging als Erstes ins Bad und wusch mich. Sixt
hatte eine Zahnbürste schon bei mir deponiert, wobei er sie
eigentlich nicht brauchte. Schutzengel bekamen nie schlechte
Zähne. Allerdings putzte er sich trotzdem die Zähne, wenn er etwas
gegessen hatte. Er wollte keinen Mundgeruch haben, wobei das bei
Schutzengeln auch nicht der Fall war. Sixt meinte, es wäre eine alte
Angewohnheit, die er beibehalten wollte. Etwas Menschliches.
Allerdings musste er sich rasieren, da bei Schutzengeln die Haare,
wie beim Menschen, trotzdem wuchsen. Ich lag schon im Bett, als
er in T-Shirt und Shorts zu mir ins Zimmer kam und sich zu mir
legte. Ich schmiegte mich eng an ihn.
„Sag mal, was ich dich noch fragen wollte, was sind das eigentlich
für Tabletten, die du da nimmst", fragte er und schaute mich an.
„Ach das ist die Antibabypille. Ich nehme sie allerdings nicht mehr.
Ich brauche sie doch im Moment nicht, solange du ein Schutzengel
bist und so brauche ich mich nicht unnötig mit Chemie
vollzupumpen."
„Da hast du recht. Und ich dachte schon, du wärst krank."

„Nein, da brauchst du dir keine Gedanken machen. Ich kam nur noch nicht dazu die Pillen wegzuräumen."

„Dann kann ich ja beruhigt schlafen. Gute Nacht meine Prinzessin. Träum etwas Süßes."

„Ja nur von dir", sagte ich und war so müde, dass ich auch schnell einschlief.

In der Nacht wurde ich wach. Ich hatte Durst und wollte auf die Uhr schauen. Ich suchte nach dem Lichtschalter von meiner Nachttischlampe, fand ihn aber nicht. „Was ist los? Brauchst du Licht", fragte Sixt und verwandelte sich in weißes Licht. Das Zimmer war leicht erleuchtet von einem gelblichen Schein. „Danke", sagte ich und schaute schnell auf die Uhr. Es war erst drei. Ich nahm mir die Wasserflasche, die neben dem Bett auf dem Boden stand, öffnete sie und trank einen großen Schluck. Ich schraubte den Deckel wieder auf die Flasche und stellte sie zurück auf den Boden. „Ich bin fertig. Kannst du dich jetzt bitte wieder zurückverwandeln? Ich möchte mich nicht an eine Glühbirne kuscheln."

„Na gut", sagte Sixt und verwandelte sich wieder zurück. Durch das Fenster leuchtete der Mond. Ich sah zu Sixt, der im Mondlicht, das auf ihn schien, atemberaubend schön aussah. Er lächelte mich mit seinem unwiderstehlichen Lächeln an. Ich konnte den Blick nicht von ihm wenden. Sixt zog mich magisch an.

„Du siehst richtig süß aus, wenn du noch so verschlafen bist", sagte er sanft. Er beugte sich zu mir herunter und küsste mich. Ich zog ihn näher zu mir heran und erwiderte seinen Kuss. Unsere Lippen verschmolzen miteinander. Mein Atem ging schneller. Er löste sich von mir und strich mit den Lippen über meine Wange zum Hals. Ich merkte, dass auch er schneller atmete. Seine Hand glitt über meinen Arm, an meiner Seite entlang zu meinem Bein.

„So genug Aufregung für heute Nacht", sagte er, als er sich von mir löste. Ich seufzte frustriert, denn wenn es nach mir gegangen wäre, hätten wir ruhig weitermachen können. Ich merkte, dass auch Sixt Mühe hatte, sich zusammenzureißen. Und alles nur, weil er mir versprochen hatte, mir Zeit zu lassen. Vielleicht sollte ich ihm sagen, dass ich genug Zeit hatte und er sein Versprechen nicht mehr halten müsste. Doch heute Nacht würde es nichts bringen.

Sixt war zu sehr auf mein Wohlergehen bedacht und darauf, dass ich genug Schlaf bekam. Er nahm mich in den Arm und gab mir noch einen Kuss.

„Schlaf jetzt noch etwas", flüsterte er. Ich kuschelte mich an ihn und schlief auch recht schnell wieder ein.

Am nächsten Morgen weckte mich mein Wecker. Ich schaltete ihn aus und drehte mich seufzend um. Ich schloss noch einmal die Augen. Sixt strich mir sanft über die Wange. „Süße nicht noch mal einschlafen. Wir müssen aufstehen", sagte er mit einer Samtstimme. Ich machte ein knurrendes Geräusch und zog mir die Decke über den Kopf.

„Na dann muss ich dich wohl anders wach bekommen", hörte ich ihn und schon war die Decke verschwunden und seine Lippen lagen auf Meinen. Er küsste mich und wanderte mit seinen Lippen an meiner Wange entlang zum Hals, dann zu meinem Ohr. Er trieb mich in den Wahnsinn.

„Na bist du jetzt wach", fragte er grinsend.

„Ja", sagte ich, zog ihn zu mir heran und küsste ihn. Ich wollte ihn gar nicht loslassen, doch er löste sanft meine Umarmung und stand auf.

„Na los jetzt, sonst kommen wir noch zu spät", sagte er und zog mich aus dem Bett. Widerwillig stand ich auf und machte mich für die Uni fertig. In der Küche schnappte ich mir einen Müsliriegel und ging in den Flur um meine Tasche zu holen.

„Ist das alles, was du zum Frühstück isst", fragte er.

„Ja, das reicht mir." Sixt verdrehte die Augen.

„Das Mittagessen suche ich dir wieder aus." Wir gingen zu seinem Wagen und fuhren zur Uni.

Der Morgen verlief ereignislos. Terina schaute zwar immer wieder mit einem bösen Blick zu mir, aber ich versuchte es, wie immer, zu ignorieren. Als Sasha und ich in die Mensa kamen, wurden wir von den Anderen schon erwartet. Sixt hatte für mich schon etwas zu Essen besorgt und so stand ein gut gefülltes Tablett vor mir auf dem Tisch, als ich mich setzte. Darauf befanden sich zwei Stücke Pizza, ein Salat, Puddings und zwei kleine Flaschen Cola.

„Wer soll das denn alles essen", fragte ich ihn.

„Du natürlich. Von dem Müsliriegel heute Morgen konntest du ja nicht satt geworden sein."

„Doch natürlich. Aber ich glaube, wenn ich das hier alles esse, kannst du mich gleich zum nächsten Kurs rollen." Die Anderen kicherten. Es war mal wieder eine unsere üblichen Diskussionen übers Essen. Die führten wir oft. Sixt war der Meinung, ich würde zu wenig essen. Ich versuchte ihn immer zu überzeugen, dass ich nicht soviel zu essen brauchte. Die Diskussionen endeten unterschiedlich. Mal gab er nach und mal ich.

„Na gut, dann helfe ich dir", gab er seufzend nach und nahm sich ein Stück Pizza und eine Cola vom Tablett. Zufrieden schnappte ich mir den Salat, den ich zuerst essen wollte.

„Sasha, bist du mit deinen Wagen hier", fragte Sixt.

„Nein ich bin mit Nathan gefahren. Wieso?"

„Kannst du nachher mit zur Werkstatt kommen und meinen Wagen zurückfahren? Wir wollen Jamies Auto abholen und ich fahr dann mit ihr mit", erklärte er.

„Ja, das ist kein Problem." Wie ich es mir gedacht hatte, wollte Sixt mich nicht alleine fahren lassen. Wie lange würde es noch so weitergehen?

Nach der Uni fuhren wir zur Werkstatt. Sasha nahm wie versprochen Sixts Wagen und fuhr zu ihnen nach Hause. Wir gingen zur Serviceannahme und ich sagte Bescheid, dass ich mein Auto abholen wollte. Ich musste noch ein Formular unterschreiben und bekam dann meinen Autoschlüssel und die Auftragspapiere von der Werkstatt für meine Unterlagen. Mein Auto stand draußen auf dem Parkplatz. Von dem Unfall war nichts mehr zu sehen. Auch hinten am Wagen, wo Terina mit ihrem angestoßen war, sah man nichts mehr. Die Mechaniker hatten sogar mein Auto saubergemacht. So musste ich nicht mehr in die Waschanlage fahren, wozu ich noch nicht gekommen war. Wir stiegen ein und fuhren zu Sixt nach Hause. Ich war froh, dass ich mein Auto wiederhatte. So war ich nicht mehr von anderen Leuten abhängig. Auch wenn ich in der nächsten Zeit nicht alleine fahren würde.

An diesem Nachmittag waren Maya und ich alleine zu Hause. Die Anderen waren auf der Suche nach Terina. Ich hatte nichts zu tun und wollte mich im Haushalt nützlich machen. Maya half mir dabei und wir begannen mit der Wäsche, die gewaschen werden musste. Während die Waschmaschine lief, wollten wir das Haus putzen. Wir teilten uns auf. Maya nahm das Erdgeschoss und den ersten Stock und ich übernahm die anderen zwei Etagen. Den Keller wollten wir zusammen putzen.

„Darf ich denn oben in die Zimmer einfach rein", fragte ich sie.

„In die brauchst du gar nicht. Jeder putzt sein Zimmer selbst. Du brauchst nur die Treppen und die Flure zu wischen", erwiderte sie.

Ich ging mit Putzzeug bewaffnet nach oben und begann in Sixts Zimmer das Badezimmer zu putzen, damit Sixt es nicht tun musste. Abgesehen davon benutzte ich das Bad mit, demnach konnte ich es auch saubermachen. Ich putzte das Waschbecken, die Dusche und die Badewanne. Anschließend putzte ich noch die Toilette und wischte dann die Böden im Bad und im Zimmer. Als ich damit fertig war, wischte ich den Staub von den Schränken und vom Tisch. Als Nächstes folgte der kleine Flur und die Treppen. Als ich mit allem fertig war, nahm ich die Wäsche aus der Waschmaschine und tat sie in den Trockner. Die Waschmaschine befüllte ich mit einer neuen Ladung Wäsche und stellte beide Maschinen an. Ich nahm mir einen Wischmopp und putzte schon mal den Keller. Maya kam hinzu und half mir. Als wir fertig waren, stellten wir die Putzutensilien weg, gingen hinauf ins Wohnzimmer und ließen uns erschöpft auf die Couch fallen.

„Geschafft", sagte sie.

„Ja. Das Haus ist wirklich groß", stellte ich fest. Wir hatten den ganzen Nachmittag gebraucht. Allerdings war ich auch froh etwas zu tun gehabt zu haben. Das lenkte mich etwas von meinen Sorgen wegen Terina ab.

„Ja das ist es wirklich."

„Wer macht bei euch eigentlich den Haushalt", fragte ich.

„Eigentlich wechseln wir uns ab. Wobei immer zwei das Haus putzen. Also so wie wir es heute getan haben. Auch die Jungs müssen ran. Mittlerweile sind es richtige Hausmänner geworden. Nathan ist allerdings davon ausgeschlossen, da er jeden Tag für uns kocht. Er muss nur die Küche sauber halten und den Müll rausbringen", erklärte sie.

„Dann ist die Küche also sein Reich. Und wer kauft bei euch ein?"

„Je nachdem wer Lust und Zeit hat. Oft fahren wir aber auch alle zusammen. Das wird dann immer recht chaotisch", sagte sie.

209

„Das kann ich mir vorstellen. Habt ihr eigentlich eine Haushaltskasse oder wie macht ihr das?"

„Wir haben eine. Nur da wirft kaum jemand etwas rein. Deshalb haben wir es so geklärt, dass jeder einen Einkauf zahlt." „Oh, dann muss ich das auch mal machen. Ich esse schließlich bei euch mit. Aber ich glaube, dass ich mich deswegen mit Sixt auseinandersetzen muss, weil er ihn sonst bezahlen will. Ist das bei Timothy auch so, dass er dir alles bezahlen möchte", fragte ich sie.

„Ja das kenne ich. Mittlerweile habe ich mich durchgesetzt, dass ich den Einkauf bezahle. Schließlich bekomme ich im Monat Geld von meinen Eltern. Und ein Teil davon ist fürs Essen. Ich möchte mir aber, wenn wir wieder raus dürfen, auch einen Job suchen und mein eigenes Geld verdienen, so wie du."

„Ich finde, dann ist man auch von niemandem abhängig. Und da liegt halt das Problem. Es ist wirklich ganz lieb von Sixt gemeint und ich weiß Schutzengel haben einen Haufen Geld, aber ich möchte auch etwas alleine bezahlen. Dafür habe ich mein Geld doch."

„Ich verstehe dich. So war es bei mir und Timothy auch am Anfang. Nur irgendwann habe ich ihm gesagt, dass ich es nicht will. Und als ich hier einzog, habe ich gleich mit ihm geklärt, dass ich den Einkauf selber zahle. Er hält sich auch daran, zumindest des Öfteren", sagte sie.

„Das ist schön", erwiderte ich und in dem Moment tauchten die Anderen auf.

„Was ist denn hier los? Hier glänzt ja alles", rief Nathan erstaunt.

Sixt kam zur Couch, setzte sich zu mir und legte einen Arm um mich.

„Wir haben sauber gemacht", sagte Maya.

„Was ist denn mit euch los", fragte Timothy.

„Uns war langweilig und wir hatten nichts zu tun", entgegnete ich.

„Ich muss aber sagen, so habe ich mir die Gefangenschaft nicht vorgestellt. Wir sind hier schon gefangen und müssen dann auch noch den Haushalt machen", sagte Maya mit gespielter Empörung lächelnd.

„Doch das gehört dazu", erwiderte Nathan grinsend.

„Wie war eure Jagd", fragte ich Sixt.

„Wir haben sie leider nicht gekriegt. Sie ist nach der Uni erst zu der Boutique gefahren und ist hineingegangen. Sie hat Katie gefragt, wo du wärst und als sie ihr sagte, dass du heute frei hast, hat sie ganz komisch geschaut und ist wieder aus dem Laden gegangen. Anschließend ist sie zu deinem Haus gefahren. Aber sie schaute nur, ob dein Auto dasteht, und ist weiter zum Einkaufszentrum gefahren. Wir haben sie verfolgt. Egal, in welchem Geschäft sie war, wir waren auch da. Anscheinend muss sie es geahnt haben, denn sehen konnte sie uns nicht, wir waren unsichtbar. Allerdings hat sie sich dort mit einem Mann getroffen und sie sind dann zu ihrem Auto gegangen. Im Parkhaus war zwar niemand, aber wir konnten sie wegen des Mannes nicht angreifen. Aber wir sind ihnen gefolgt. Nur ist sie mit ihm in seine Wohnung gegangen und bis jetzt noch nicht wieder herausgekommen", berichtete er.

„Anastasia, der Schutzengel von dem Mann will uns Bescheid sagen, wenn sie die Wohnung verlässt", berichtete er.

„Naja, wenigstens etwas", erwiderte ich.

„Wir kriegen sie", sagte er und strich mir übers Haar.

Kapitel 13

Am Donnerstag passte Sasha auf mich auf. Anastasia hatte sich erst am Morgen gemeldet und den Anderen mitgeteilt, dass Terina weg wäre. Allerdings war sie da zur Uni gefahren. Wir saßen im Wohnzimmer auf der Couch und unterhielten uns. Außer uns war niemand da. Timothy war bei Maya, die bei ihrer Lerngruppe war und Sixt und Nathan waren auf der Suche nach Terina. Es gefiel mir gar nicht, wenn er auf der Suche nach ihr war. Ich war immer noch nicht davon überzeugt, dass es für sie nicht gefährlich wäre. Sasha merkte, dass ich etwas nervös war, und versuchte mich zu beruhigen.

„Keine Angst. Den beiden passiert schon nichts."

„Machst du dir denn überhaupt keine Gedanken", fragte ich sie.

„Nein eigentlich nicht. Wir sind halt durch unsere Fähigkeiten sehr gut gegen Dämonen gerüstet. Wenn nur einer gegangen wäre, hätte ich schon etwas bedenken, dass Terina ihn in einen Hinterhalt locken könnte. Aber sie sind zu zweit und noch dazu sind die beiden ein sehr gutes Team. Da passiert nichts", sagte sie zuversichtlich.

„Kann ich dich mal etwas fragen", fragte ich sie.

„Natürlich, was denn?"

„Wenn du darauf nicht antworten möchtest, brauchst du es nicht. Aber ich möchte gerne mal wissen, wie Sixts Vorgänger, also Danny, eigentlich gestorben ist? Ich meine, durch eure Fähigkeiten, wie konnte das passieren?"

„Hat dir Sixt davon nichts erzählt", fragte sie.

„Er hat nur gesagt, dass Terina ihn umbrachte, weil er mich gerettet hat. Ich wollte ihn aber auch nicht weiter fragen, weil es ihm anscheinend wehtut, darüber zu sprechen."

„Naja, wir sprechen in seiner Gegenwart kaum über Danny. Als Sixt ein Schutzengel wurde, war Danny es, der ihm alles gezeigt und beigebracht hat. Er zeigte ihm, wie man die Fähigkeiten einsetzt, und brachte ihm das Kämpfen bei, damit er sich gegen Angreifer, wie zum Beispiel die Dämonen, verteidigen kann. Diese Dinge lernt man als Erstes, wenn man als Schutzengel zurück auf die

Erde kommt. Sie wurden schnell die besten Freunde. Als er dann getötet wurde, war es ganz schlimm für Sixt. Die erste Zeit zog er sich zurück. Er wollte großartig mit keinem sprechen und beteiligte sich auch nicht mehr an Unternehmungen. Das änderte sich urplötzlich. Die Lebensfreude erwachte wieder in ihm. Und seitdem ihr beiden zusammen seid, hat er sich sehr verändert. Er lacht wieder, was wir einige Zeit bei ihm gar nicht gesehen hatten. Du tust ihm gut und er liebt dich. Das kannst du mir glauben. Es ist schön ihn wieder so fröhlich und glücklich zu sehen und deshalb sehen wir es als unsere Pflicht an so gut es geht auf dich aufzupassen, damit dir nichts passiert. Das würde er nicht verkraften. Allerdings bist du uns auch sehr ans Herz gewachsen und bist für mich eine gute Freundin geworden", sagte sie lächelnd.

„Du bist für mich auch eine gute Freundin geworden. Und die Anderen mag ich auch sehr gerne", gestand ich. „Wie lange dauert es, bis einem Schutzengel ein neuer Schützling zugewiesen wird?"

„Eigentlich passiert es am gleichen Tag, aber bei Sixt hat es komischerweise zwei Wochen gedauert, bis er dir zugewiesen wurde. Der Engelsrat hat euch zwei irgendwie vergessen, da etwas Dringendes dazwischenkam. Zumindest haben sie es uns so erklärt, als Nathan und ich zu ihnen gegangen sind und nachgefragt haben, wer nun dein Schutzengel werden würde und was mit Sixt ist."

„Dann habt ihr also etwas damit zu tun, dass er mein Schutzengel wurde."

„So gesehen ja. Wir haben dem Engelsrat vorgeschlagen, dass Sixt dich als Schützling bekommt. Irgendwie habe ich es gespürt, dass du ihm guttuen wirst. Und es stimmt", grinste sie.

„Und er tut mir gut. Hm dann war ich also zwei Wochen ohne einen Schutzengel", überlegte ich.

„Nicht ganz. Nathan und ich haben dich als unseren Schützling in der Zeit adoptiert und auf dich aufgepasst, als wir gemerkt haben, dass du keinen Schutzengel hast. Wir sahen es als unsere Pflicht an und wie gesagt, ich hatte es im Gespür, dass Sixt dich brauchen würde, um aus seinem Tief herauszukommen. Ich wusste, dass ihr beide füreinander bestimmt seid. Und natürlich, dass wir Freundinnen werden. Abgesehen davon wollten wir nicht, dass dir in der Zeit, in der du keinen Schutzengel hattest, etwas passiert", erwiderte sie grinsend.

„Also war das Ganze nicht ganz uneigennützig", grinste ich zurück.

„Nein, sorry."

„Nicht schlimm. Ich bin froh, dass jemand auf mich aufgepasst hat. Dazu habe ich noch einen super Schutzengel und Freund bekommen und natürlich eine tolle Freundin. Ich finde es nur so schrecklich, dass Danny gestorben ist. Ich hätte ihn gerne kennengelernt."

„Ihr hättet euch sicher gut verstanden. Er fehlt mir auch", sagte Sasha und ihr Blick wurde kurz traurig, bis sie mich wieder ansah und weitersprach. „Aber zurück zu deiner Frage. Als Danny damals dein Auto gestoppt hat, wo die Bremsen versagt haben, hat Terina ihn sich am nächsten Tag gepackt. Du musst wissen, es gibt eine spezielle Eisenkette, die aus einer elektronischen Spannung besteht. Sie kommt direkt aus der Hölle. Wenn wir diese Eisenkette berühren, zum Beispiel sie legt uns jemand um, dann funktionieren unsere Fähigkeiten nicht mehr, beziehungsweise lähmt sie uns und wir können uns kaum noch bewegen, abgesehen von den Schmerzen, die uns die Kette bereitet. Es ist so, als wenn man kleine Stromschläge bekommt." Ich erschrak. Also gab es doch eine Gefahr. Sasha legte beruhigend ihre Hand auf meinen Arm.

„Deshalb gehen wir ja nicht alleine auf die Suche, falls etwas sein sollte, um dem Anderen zu helfen", erklärte sie und fuhr fort. „Sie fing ihn mit der Eisenkette und stach mit einem Messer mehrmals auf ihn ein. Wir kamen leider zu spät und Danny starb in Sixts Armen. Terina stand wenige Meter von ihm entfernt und lachte. Wir versuchten sie noch zu kriegen, aber sie entwischte uns."

„Das ist ja schrecklich. Jetzt verstehe ich auch, warum er darüber nicht so gern redet", sagte ich und war erschüttert darüber, was ich gerade erzählt bekommen hatte.

„Ja, es war für uns alle eine schreckliche Zeit. Aber Sixt hat es am schlimmsten getroffen. Nur ich bin mir sicher, dass Danny es gewollt hätte, dass ihr beiden zusammenkommt. Danny hätte sogar mit Sixt den Schützling getauscht. Er war ein herzensguter Mensch und Schutzengel."

„War er so alt wie ihr?"

„Nein er war älter. Er ist damals mit fünfundzwanzig Jahren gestorben. Da wir die Jahre weiterzählen, war er fünfundvierzig, als Terina in umgebracht hat."

„Also war er von meiner Geburt an mein Schutzengel?"

„Ja genau."

„Wie lange wohnst du eigentlich schon hier mit den Anderen zusammen", fragte ich neugierig.

„Seit vier Jahren. Als ich ein Schutzengel wurde, haben wir gerade das Haus bekommen. Das war zwei Monate, bevor Sixt zu uns kam."

„Er hat mir erzählt, dass du das Haus eingerichtet hast."

„Ja zum größten Teil. Es hat mir damals großen Spaß gemacht und hat mich von meinem Tod abgelenkt. Hat dir Sixt eigentlich mal davon erzählt", fragte sie.

„Nein, hat er nicht."

„Möchtest du es hören."

„Ja sehr gerne. Ich finde es interessant, wie ihr zu Schutzengeln wurdet", sagte ich.

„Also, wie gesagt vor vier Jahren bin ich gestorben. Da war ich achtzehn und gerade mit der Schule fertig. Ich wohnte mit meinen Eltern und meiner jüngeren Schwester in London in England. Ich hatte damals einen Freund. Er hieß Adam, war schon dreiundzwanzig und hatte eine eigene Wohnung. Wir waren ein Jahr zusammen und er war meine erste richtige Liebe. Am Anfang war auch alles richtig schön. Er war liebevoll und zärtlich. Nur nachdem wir ein halbes Jahr zusammen waren, fing er an sich zu verändern. Es fing ganz langsam an. Nach und nach wurde er immer eifersüchtiger und besitzergreifender. Wenn ich mit meinen Freundinnen mal unterwegs war, rief er mehrmals auf meinem Handy an und wollte wissen wo und mit wem ich unterwegs war. Er wollte mir auch verbieten, mich mit meinen Freundinnen zu treffen. Das habe ich mir aber nicht verbieten lassen. Wir hatten öfter Streit deswegen. Er kontrollierte mein Handy. Einige Male hatte er die Nummer von meinem Cousin gelöscht gehabt. Mit dem wollte er mir auch den Kontakt verbieten, obwohl es ein Familienmitglied war. Ich hatte mit meinem Cousin sehr oft Kontakt und wir verstanden uns richtig gut. Immer öfter unterstellte er mir Affären mit anderen Jungs, obwohl ich ihm absolut treu war. Ich weiß nicht, warum ich mich nicht einfach von ihm getrennt habe. Liebe macht blind. Und so war es wirklich. Ich war blind vor Liebe. Wir stritten uns immer häufiger und eines Tages schlug er mich. Er hatte sich danach zwar sofort entschuldigt und geschworen es nie wieder zu tun. Aber es wurde immer häufiger. Ich hatte Mühe die Blutergüsse vor meiner Familie zu verstecken. Und dann kam halt der Tag." Sie atmete tief durch. Ich saß gespannt aber auch erschrocken darüber, was sie erlebt hatte, auf der Couch. „Ich hatte mich entschlossen, an diesem Tag mit ihm Schluss zu machen. Ich weiß es noch ganz genau. Es war ein Mittwoch. Ich ging abends zu ihm. Er wohnte in einem Mehrfamilienhaus im vierten Stock. Ich hatte ihm vorher am Telefon gesagt, dass wir reden müssten. Das Gespräch verlief am Anfang auch recht ruhig. Wir saßen im Wohnzimmer und ich sagte ihm, dass es so nicht mehr weitergehen könnte. Er gab mir wieder mehrere Versprechen, aber ich wollte es ihm nicht mehr glauben. Ich hatte ihm zu oft geglaubt und dann machte er es doch wieder. Ich sagte ihm, dass ich eine Beziehungspause wollte. Da rastete er aus und schlug mir ins Gesicht. Er schrie mich an, beschimpfte mich. Ich schrie zurück, dass es aus sei, dass ich Schluss machte. Ich wollte zur Tür gehen, doch er packte mich und schleuderte mich Richtung Balkon. Die Tür war offen und ich fiel auf dem Balkonboden. Ich stand auf und er kam immer näher. Ich ging weiter zurück, denn ich hatte Angst vor ihm. Immer wieder schlug er mich. Mittlerweile stand ich an der Balkonbrüstung. Er stand direkt vor mir und holte zum Schlag aus. Dieser Schlag war so feste, dass ich den Halt verlor und ich über die Brüstung stürzte. Ich fiel auf den Bürgersteig und war sofort tot." Ich schaute sie erschrocken an. Sie lächelte zaghaft.

„Keine Sorge. Adam sitzt dafür lebenslänglich im Gefängnis. Er wird nie wieder da herauskommen. Es ist zwar nicht die gerechte Strafe dafür, was er mir angetan hat, aber Hauptsache er kann nie wieder einer Frau so etwas antun", sagte sie.

„Trotzdem finde ich es schlimm. Aber ich verstehe, warum du dich nicht sofort getrennt hast. Ich habe auch schon Erfahrung damit gemacht. Matt war zwar nicht gewalttätig, aber am Anfang war es auch erst sehr schön und dann zeigte er sein wahres Gesicht. Belog, betrog und beklaute mich. Nicht nur das er mit meiner EC-Karte ohne mein Wissen Geld abgehoben hat, er hat mir auch wichtige Briefe versteckt. Ich weiß nicht, wie er sie aus dem Briefkasten bekommen hat. Aber ich habe sie Wochen später in seiner Wohnung gefunden. Zwar hat er sich entschuldigt, aber seitdem hatte ich immer richtig aufgepasst und meine EC-Karte vor ihm versteckt. Ich weiß, ich hätte da eigentlich schon mit ihm Schluss machen sollen. Aber er hatte mich überredet, es noch einmal zu probieren und geschworen, dass er es nie wieder machen würde. Allerdings wurde es nicht besser. Er wollte, dass ich mich für ihn ändere. Dass ich so werde, wie er mich haben wollte. Aber das wollte ich nicht. Ich wollte so bleiben, wie ich bin. Das eine Mal behauptete er sogar vor seinen Freunden, dass ich ihm fremdgehen würde. Ich war stocksauer auf ihn. Nur leider habe ich ihm verziehen, als er beteuerte, es würde ihm leidtun. Ich hatte immer wieder drüber hinweggesehen, weil ich ihn doch liebte. So dachte ich zumindest. Naja und dann ging er mit Terina fremd, was ich ihm nicht verzeihen konnte und werde und mich dann endlich von ihm getrennt hatte. Das hätte ich schon viel früher tun sollen. Nur ich hatte mir immer eingeredet, dass ich ihn doch liebte."

„Das hatte ich mir auch. War es deine erste Liebe", fragte sie und schaute mich an.

„Ja. Zumindest dachte ich es. Bis es vorbei war. Im Nachhinein wurde mir klar, dass er mich nur benutzt hat. Ich dachte, ich könnte mich nie wieder so schnell verlieben. Es würde eine lange Zeit dauern. Aber bei Sixt ist es anders. Ich weiß, er ist der Richtige für mich. Für mein Leben. Er lässt mich so sein, wie ich bin. Er ist so verständnisvoll, liebevoll." Ich kam wieder einmal ins Schwärmen. „Und ich liebe ihn mehr als alles andere auf der Welt."

„Und er liebt dich über alles. Ihr passt so perfekt zusammen."

„Du und Nathan passt aber auch perfekt zusammen."

„Ja wir ergänzen uns in vielen Dingen. Auch wenn er manchmal ein Kindskopf ist. Ich liebe ihn und ich bin mir sicher, dass ich mit ihm mein Leben verbringen will. Ich kann mir keinen Anderen vorstellen. Nathan ist ganz anders als Adam. Er würde mich nie schlagen oder mir Vorschriften machen", sagte sie. „Ich bin einfach verrückt nach ihm."

„Das höre ich gerne", erwiderte Nathan. Sasha und ich erschraken und drehten uns beide um. Nathan und Sixt standen plötzlich im Wohnzimmer und grinsten beide. Sixt kam zu mir und gab mir einen Kuss. Nathan ging zu Sasha hinüber und küsste sie wild und leidenschaftlich. Ich lachte leise und drehte mich zu Sixt um, der sich auf die Couchlehne gesetzt hatte.

„Wie lange seid ihr schon da", fragte ich ihn. Ich hoffte, dass er Sashas und mein Gespräch nicht mitbekommen hatte. Es wäre mir doch sehr peinlich gewesen.

„Wir sind gerade erst gekommen", versicherte er mir und nahm mich in den Arm. Ich kuschelte mich eng an seine Brust und war froh, dass er wieder da war.

„Habt ihr sie geschnappt", fragte Sasha, als sie sich von Nathan gelöst hatte.

„Leider nicht. Sie ist sehr gerissen. Wir sind ihr von der Uni aus gefolgt. Nur ist sie mit diesem Mercedes sehr schnell. Wir hatten Mühe mit ihr mitzuhalten", sagte Nathan.

„Jamie, was jetzt kommt, wird dir gar nicht gefallen", sagte Sixt.

„Wieso? Was ist los?" Ich schaute die beiden nacheinander an. Ihre Blicke verrieten mir, dass es etwas Schlimmes sein musste. Ich bekam Panik und mein Herz schlug schneller. Ich sah, wie Sixt Nathan zunickte, als Zeichen, dass er weiterreden sollte.

„Jamie, wir haben sie bis zu deinem Haus verfolgt und sie war nicht alleine. Sie hat sich dort mit drei weiteren Dämonen getroffen. Keine Angst deine Familie war nicht da. Wir haben im Haus nachgesehen. Sie sind aber um dein Haus herumgegangen und haben eine Möglichkeit gesucht, dort hereinzukommen. Sie haben es aber nicht geschafft und sind wieder abgehauen. Wir haben Terina noch verfolgt, aber sie ist einige Straßen weiter zu einem Haus gefahren und in einer Wohnung verschwunden, die einen Mann gehörte."

„Das kann nur Matts Wohnung gewesen sein", sagte ich leise. Ich atmete schneller. Jetzt war sie schon bei mir zu Hause gewesen und hatte Verstärkung. Sie hatte versucht, bei mir einzubrechen. Was sollte ich denn jetzt tun? Ich zitterte am ganzen Körper. Wann hörte dieser Albtraum endlich auf?

„Ganz ruhig. Wir haben alles im Griff", sagte Sixt und nahm mich fester in den Arm. „Allerdings wirst du jetzt hier schlafen müssen. Ich lasse dich nicht in dein Haus zurück, solange sie nicht tot ist."

„Und was ist mit meiner Familie. Meine Eltern fliegen am Samstag weg. Was ist, wenn sie sich Leslie schnappen." Erneut kam die Panik in mir auf.

„Es wird niemanden etwas passieren. Deine Eltern fliegen nach Miami. Sie wird ihnen nicht hinterher fliegen. Die Mühe macht sie sich nicht und Leslie ist doch bei Greg. Da wird auch nichts passieren. Die Schutzengel von Gregs Familie sind ebenfalls in Alarmbereitschaft und passen auf Leslie auf", versicherte Sixt mir.

„Das hoffe ich. Und wie gefährlich wird es jetzt für euch?"

„Gar nicht. Es sind eigentlich nur Handlanger von Terina. Wenn wir Terina zuerst erwischen, werden die Drei verschwinden. Sie tun ihr nur einen Gefallen. Allerdings können wir sie auch zuerst erledigen, wenn wir sie erwischen. Lex und Liam sind ganz leichte Gegner. Nicht besonders stark. Auf Viktor allerdings müssen wir aufpassen. Er kann schon mal richtig fies werden. Aber das schaffen wir schon", sagte Nathan grinsend.

„Was heißt das jetzt für mich", wollte ich wissen. Ich ahnte schon Schlimmes.

„Wie gesagt ab jetzt schläfst du hier. Deine Freizeitaktivitäten müsstest du auch etwas einschränken. Allerdings müssen wir uns mal überlegen, ob du im Moment zur Uni und zur Arbeit gehen solltest. Ich bin dafür, du gehst nicht und bleibst hier", sagte Sixt.

„Das kannst du vergessen. Nein das mache ich nicht", erwiderte ich und entwand mich seiner Umarmung.

„Jamie, das ist das Beste im Moment."

„Nein. Ich mache ja schon einiges. Aber ich werde, nur weil ein Dämon meint Amok zu laufen, nicht die Uni und die Arbeit aufgeben", sagte ich und meine Panik, die ich bis gerade noch hatte, verwandelte sich in Wut.

„Es ist doch nicht für immer", versuchte Sixt zu argumentieren. Ich merkte, dass auch er wütend wurde und das nur, weil ich nicht nach seiner Pfeife tanzte. Aber darauf konnte er lange warten.

„Auch wenn es für ein oder zwei Wochen wäre. Nein." Wir funkelten uns wütend an.

„Du wirst nicht gehen", sagte er bestimmend. So weit war es jetzt schon. Er wollte mir vorschreiben, was ich zu tun hatte. Ich hatte so etwas doch schon einmal erlebt. Matt hatte es damals auch des Öfteren versucht. Ich wollte so etwas nicht noch einmal erleben. Ich war so wütend, dass sich meine Augen mit Tränen füllten. Ich stand auf und rannte aus dem Zimmer.

„Und ob ich gehen werde. Warum holt mich Terina nicht einfach, dann wäre das ganze Theater vorbei", rief ich ihm noch zu und rannte die Treppen hoch in sein Zimmer. Anscheinend wollte Sixt mir nach, wurde aber von Sasha zurückgehalten.

„Lass sie. Sie muss sich erst einmal beruhigen. Das ist alles zu viel für sie", hörte ich sie sagen. In Sixts Zimmer angekommen, warf ich mich auf die Couch und ließ meinen Tränen freien Lauf. Wieso passierte mir das? Wie weit sollte ich mich denn noch einschränken. Freizeitaktivitäten hatte ich doch schon kaum noch, weil Terina hinter mir her war. Und jetzt hatte sie auch noch Verstärkung. Aber was am meisten schmerzte war, dass Sixt mir vorschreiben wollte, was ich zu tun hatte. Dass ich nicht zur Uni und zur Arbeit gehen sollte. Diese Situation erinnerte mich an damals, wo Matt mir oft vorschreiben wollte, was ich zu tun und zu lassen hatte. Ich wollte so etwas nicht mehr erleben und jetzt fing Sixt auch damit an. Ich dachte, er wäre anders. Er wäre nicht so wie Matt. Hatte ich mich etwa so in ihn getäuscht?

Ich weiß nicht, wie lange ich so dagelegen haben musste, als es leise an der Tür klopfte.

„Darf ich hereinkommen", fragte Sasha, nachdem sie die Tür geöffnet hatte und hereinschaute.

„Ja, komm rein", sagte ich, setzte mich auf und wischte mir die Tränen aus dem Gesicht. Mir war es irgendwie peinlich, wie ich mich benommen hatte. Es war kindisch gewesen. Trotzdem wollte ich nicht nachgeben. Sasha setzte sich neben mich und nahm mich in den Arm. Wo war Sixt? Warum kam er nicht hoch. Schließlich hatte ich mich doch mit ihm gestritten. Es war unser erster Streit gewesen, seitdem wir zusammen waren. Bevor ich etwas fragen konnte, bekam ich meine Antwort von Sasha.

„Sixt wollte eigentlich zu dir kommen, aber ich kam ihm zuvor. Ich bin der Meinung, du brauchst auch mal eine andere Schulter, an der du dich ausweinen kannst. Es sei denn du möchtest nicht", erklärte sie und schaute mich an.

„Doch, natürlich. Außerdem tut Abwechslung auch mal gut", sagte ich und lächelte zart.

„Da hast du recht." Ich wusste erst nicht so recht, wo ich anfangen sollte. Deshalb beschloss ich, mich erst einmal zu entschuldigen.

„Entschuldige für mein Benehmen vorhin. Ihr tut soviel und opfert eure Zeit für mich. Ihr setzt euer Leben für mich aufs Spiel. Das bin ich doch alles gar nicht wert."

„Doch, glaube mir, das bist du", sagte sie.

„Aber warum", fragte ich leise. Ich konnte es gar nicht verstehen, warum ich die ganze Mühe wert sein sollte. Ich war doch nun wirklich nichts Besonderes.

„Du bist es allein schon wert, weil du Sixt die Freude am Leben zurückgegeben hast. Er liebt dich und er würde es nicht verkraften, wenn er dich verlieren würde. Außerdem bist du uns allen sehr ans

Herz gewachsen und eine gute Freundin geworden. Wir werden auf keinen Fall zulassen, dass dir etwas passiert."

„Danke." Mehr konnte ich nicht sagen. Ich war irgendwie gerührt und fiel ihr in die Arme.

„Du brauchst dich nicht zu bedanken. Das tun wir wirklich gerne. Ich muss auch sagen, ich verstehe dich voll und ganz. Die Sorgen, Ängste und dann noch das so gesehene eingesperrt sein, nichts mehr alleine tun oder unternehmen dürfen. Das dir, das alles irgendwann zu viel wird und du ausrastest ist vollkommen normal. Ich würde an deiner Stelle genauso reagieren und das kann dir auch keiner verübeln", sagte sie und strich mir über den Arm.

„Weißt du, was mich an alle dem am meisten stört? Es ist nicht die Angst, das Terina mich töten will. Klar habe ich Angst, dass euch oder meiner Familie etwas passiert. Die Angst ist sogar größer, als die, das ich getötet werde. Aber ich habe wirklich das Gefühl, eingesperrt zu sein. Obwohl ich weiß, dass es nur zu meinem Besten ist. Aber ich war immer schon selbstständig. Meine Eltern würden mir nicht nur die Uni bezahlen. Ich würde auch für meinen Lebensunterhalt Geld von ihnen bekommen. Aber das möchte ich nicht. Deshalb gehe ich arbeiten, weil ich mein Leben selbst finanzieren will. Ich wollte eine eigene Wohnung haben und habe das Gästehaus von meinen Eltern bekommen. Ich war so froh, als ich mein Auto bekam und alleine fahren konnte. Ich möchte auf eigenen Beinen stehen und mag es nicht von jemandem abhängig zu sein. Und jetzt bin ich es. Immer muss ich schauen, wer Zeit hat und mit mir irgendwo hinfährt oder wer von euch bei mir bleibt. Ich weiß ihr tut es gerne und ich bin euch auch sehr dankbar dafür."

„Ich weiß, wie du dich fühlst. Ich bin so erzogen worden. Schon früh brachten meine Eltern mir bei, selbstständig zu sein. Ab und zu will ich halt auch mal alleine sein. Nur für mich. Meistens fahre ich dann raus. Irgendwohin und komme erst abends wieder. So ist das halt in einer WG. Man ist fast nie alleine", erzählte sie.

„Ja das glaube ich", sagte ich und schaute bedrückt zum Boden.

„Was ist los", fragte sie.

„Naja, es ist ... Es wird jetzt noch schlimmer. Du hast Sixt doch gehört. Ich darf nicht mehr in mein Haus zurück solange Terina und ihre Freunde nicht geschnappt wurden. Selbst zur Uni und zur Arbeit soll ich nicht gehen. Matt hatte damals auch versucht mir vorzuschreiben, was ich zu tun hätte. Als ich das heute aus Sixt Mund hörte, tat es mir sehr weh. Es kam von damals alles wieder hoch. Ich lasse es mir aber nicht verbieten. Das hieße ja, dass ich wirklich hier eingesperrt bin."

„Nein das geht auch nicht. Es wäre zwar das Einfachste, aber wir können dir nicht verbieten, dass du dort hingehst. Allerdings finde ich es auch besser, wenn du hier schläfst. Du musst bedenken, wenn du bei dir schläfst, ist nur Sixt da, und wenn sie euch angreifen, ist er alleine gegen vier."

„Da hast du recht. Na gut. Dann werde ich hier übernachten. Aber was machen wir mit dem anderen Problem", fragte ich sie.

„Es müsste eigentlich zu machen sein, dass du zur Uni und arbeiten gehen kannst. Das werden wir klären", versprach sie.

„Danke", sagte ich. „Kannst du mir einen Gefallen tun? Kannst du Sixt holen. Ich muss mal mit ihm reden."

„Na klar. Warte", erwiderte sie und verschwand. Wenige Sekunden später stand Sixt im Zimmer. Er wirkte etwas verunsichert und schaute mich besorgt an. Ich sprang auf und lief zu ihm. Ich schlang meine Arme um seinen Hals und drückte mich eng an ihn. Sofort legte er seine Arme um meinen Körper und zog mich so noch dichter an sich.

„Es tut mir so leid", schluchzte ich.

„Dir muss es nicht leidtun. Im Gegenteil. Ich muss mich bei dir entschuldigen. Es war nicht richtig von mir dir zu verbieten zur Uni und arbeiten zu gehen. Es tut mir leid. Das steht mir nicht zu." Er schaute mir tief in die Augen. „Ich liebe dich."

„Ich liebe dich auch", erwiderte ich und schon lagen unsere Lippen aufeinander. Es war ein sehr inniger Kuss. Als er sich von mir löste, schaute er mich wieder an. Sein Blick war sanft.

„Wir haben gerade unten über das Problem geredet und auch eine Lösung gefunden. Ich hoffe, du bist damit einverstanden. Du gehst weiterhin zur Uni und zur Arbeit. Aber es wird immer jemand bei dir sein. In der Uni ist Sasha ja sowieso immer bei dir und ich werde dich weiterhin von den Kursen abholen, sodass in den Pausen immer zwei von uns bei dir sind. Auch wenn du in die Bibliothek gehst. Du wirst nirgends alleine hingehen. Okay?"

„Ja und was ist mit der Arbeit", fragte ich.

„Da werden auch zwei von uns da sein. An deinen freien Tagen bleibst du dann hier und wir gehen in der Zeit sie suchen. Genauso möchte ich dich nachts hier bei mir haben. Okay", fragte er und schaute mich weiterhin an.

„Ja ist gut. Ich habe es ja auch eingesehen, dass es hier nachts sicherer ist als zu Hause."

„Ich verspreche dir, dass wir alles tun werden, damit du wieder ein normales Leben führen kannst."

„Normal, wenn ich mit dir zusammen bin", fragte ich lächelnd.

„Okay, also ohne Dämonen."

„Aber mit dir", flüsterte ich und zog seinen Kopf zu mir herunter.

„Du wirst mich nicht mehr los. Ich werde für immer bei dir bleiben", erwiderte er und küsste mich wieder. „Hast du Hunger? Nathan hat gekocht?"

„Ja habe ich. Oh ich muss mich bei ihm auch noch entschuldigen", fiel mir ein.

„Das brauchst du nicht."

„Doch ich will es aber. Mein Benehmen war nicht gerade das Beste." Sixt sprang mit mir ins Erdgeschoss und ich ging direkt in die Küche. Nathan stand am Herd und rührte in einem Topf herum.

„Ähm Nathan?"

„Ja." Er drehte sich um und lächelte mich an.

„Es tut mir leid, wie ich mich vorhin benommen habe", sagte ich etwas schüchtern.

„Dir braucht es nicht leidzutun. Mir war es eh schleierhaft, wie du das alles verkraftest. Und irgendwann musste es ja mal raus. Habt ihr denn alles geklärt?"

„Ja haben wir."

„Na dann ist ja gut", sagte er.

„Was kochst du denn", fragte ich.

„Spaghetti Bolognese", antwortete er grinsend.

„Das ist mein Lieblingsessen."

„Ich weiß. Sixt hat es mir gesagt. Wir wollten dich damit eigentlich versöhnlich stimmen. Das brauchen wir ja jetzt nicht mehr", sagte er lachend.

„Nein das stimmt. Ich werde es aber trotzdem essen."

„Das habe ich mir gedacht", grinste er.

Nach dem Essen fuhren wir zu mir, um meine Sachen zu holen. Ich packte schnell einiges zum Anziehen, meine Kursbücher und meinen Kulturbeutel in eine Reisetasche. Nathan, Sasha und Sixt sahen sich in der Zeit im Haus um.

„Das Haus gefällt mir. Hier könnte ich auch einziehen", sagte Nathan grinsend, als er am Schlafzimmer vorbeikam.

„Kannst du gerne tun. Es wird jetzt einige Tage leer stehen. Kann aber sein, dass vier Besucher ab und zu vorbeikommen. Alle mit roten Augen", erwiderte ich und lachte.

„Nein danke, lass mal. Ich mag keinen Besuch."

„Ich könnte das Haus wirklich in der Zeit untervermieten. Aber was schreibe ich in die Zeitungsanzeige?"

„Wie wäre es mit -*Suche Untermieter für kleines Haus für einige Tage. Besucher und mörderisches Vergnügen sind mit inbegriffen*", schlug er lachend vor.

„Oh ja, da würde ich sofort einziehen", rief Sixt und kam zu uns.

„Wenn du möchtest. Ich schlafe dann in deinem Zimmer", sagte ich lachend.

„Schade", grinste Sixt. „Wie weit bist du denn?"

„Ich bin fast fertig. Ich muss nur noch die Tasche zu bekommen", sagte ich und zog am Reißverschluss.

„Lass mich mal." Sixt schob mich zur Seite und mit einem Ruck hatte er die Reisetasche zu. Er nahm die Tasche und trug sie nach unten.

„Die ist ganz schön schwer. Was hast du denn da alles drin", fragte er, als er sie im Flur abstellte.

„Eigentlich nicht viel. Nur dass was ich brauche."

„Das scheint aber einiges zu sein."

„Nein so viel ist es gar nicht. Komm lass uns gehen." Ich ließ an allen Fenstern die Rollläden herunter und wir verließen alle zusammen das Haus. Nachdem ich die Haustür abgeschlossen hatte, ging ich zum Haus meiner Eltern herüber. Sixt begleitete mich. Sasha und Nathan warteten in der Zeit im Auto.

„Mom", rief ich, nachdem ich die Haustür aufgeschlossen hatte und ins Haus ging.

„Ja Schatz, ich komme", sagte sie und kam aus der Küche. „Hallo ihr beiden."

„Ich schlafe heute und morgen bei Sixt. Wann soll ich denn am Samstag bei euch sein?"

„Um sieben Uhr wäre gut. Bis neun müssen wir eingecheckt haben."

„Ok. Bis Samstag dann", sagte ich.

„Tschüss ihr beiden", kam es von meiner Mutter und sie verschwand wieder in die Küche. Wir verließen das Haus und ich schloss die Tür hinter uns. „Keine Angst. Ihnen wird nichts passieren", sagte Sixt leise und nahm mich in den Arm. Das hoffte ich, denn ich wollte nicht, dass meiner Familie wegen mir etwas zustoßen würde.

Am Samstag fuhren wir mit meinen Eltern zum Flughafen. Wir hatten Sixts Wagen genommen, weil er größer war und die Koffer von meinen Eltern ohne Probleme in den Kofferraum passten. Sixt stellte den Wagen im Parkhaus ab und wir gingen durch die Flughafenhalle zum Schalter, wo meine Eltern einchecken mussten. Sie stellten sich in der Warteschlange an. Sixt und ich stellten uns etwas abseits. Ich schaute mich in der Flughafenhalle um. Es waren viele Leute hier und überall standen Gepäckwagen mit Taschen herum. Ich drehte mich zu Sixt um und es sah so aus, als ob er mit jemandem reden würde. Er flüsterte, aber ich sah niemanden. „Was machst du da", fragte ich verwundert.

„Ich rede mit den Beschützern von deinen Eltern", sagte er leise.

„Das sieht aber komisch aus. Als ob du Selbstgespräche führst. Die Leute hier könnten dich für verrückt halten", neckte ich ihn.

„Ich könnte auch vor mich hinsingen."

„Da hinten stehen schon die freundlichen Männer mit der Zwangsjacke bereit. Sie möchten dich begleiten", sagte ich grinsend.

„Sie können ruhig kommen. Zuerst werde ich mich vor ihnen unsichtbar machen und dann tauche ich wieder auf. Anschließend springe ich noch einige Male hin und her. Mich werden sie dann in Ruhe lassen. Aber sie werden sich dann selbst in die Psychiatrie einweisen", konterte er und grinste ebenfalls. Er legte mir einen Arm um die Schulter und zog mich an sich. Er fing wieder an zu flüstern und ich beobachtete meine Eltern, die gerade am Schalter standen und eincheckten. Ich dachte darüber nach, wenn sie zurückkämen, ob dann alles wieder normal wäre. Wären Terina und ihre drei Helfer bis dahin tot? Oder wäre ich es vielleicht? Aber was, wenn sie meine Eltern doch folgen würden? Sixt riss mich aus meinen Gedanken.

„Ich soll dir ausrichten, dass du dir keine Sorgen machen sollst. Sie werden gut auf deine Eltern aufpassen."

„Danke", sagte ich und zwang mich zu einem Lächeln.

„Eigentlich wollten sie es dir gerne selber sagen, aber das geht hier nicht."

„Warum nicht", fragte ich.

„Na überleg doch mal. Was würden die Leute denken, wenn sie eine Stimme hören, aber niemanden sehen der spricht? Oder was würde passieren, wenn sie plötzlich erscheinen? Die freundlichen Männer hätten dann einen Großeinsatz", erklärte er.

„Stimmt, da hast du recht." Meine Eltern waren am Schalter fertig und kamen zu uns. Sie hatten noch etwas Zeit, bis ihr Flieger ging und mein Vater lud uns zu einem Kaffee ein. Wir setzten uns in ein kleines Café, welches sich in der Flughafenhalle befand. Mein Vater bestellte den Kaffee, der auch recht schnell zu unserem Tisch gebracht wurde.

„Kommt ihr denn auch zurecht", fragte meine Mutter besorgt.

„Ja Mom. Wir sind doch nicht das erste Mal alleine. Außerdem ist Leslie doch gut bei Greg aufgehoben und ich bin die meiste Zeit bei Sixt. Wenn etwas ist, haben wir doch Handys und Leslie weiß, wo Sixt wohnt. Ich habe ihr die Adresse gegeben und ich habe sie von Greg. Mach dir keine Sorgen."

„Ja, ich merke schon. Ihr habt alles im Griff", sagte meine Mutter. „Schau bitte ab und zu nach dem Rechten und schließ immer alles ab."

„Das werde ich."

„Denkt daran keine Partys", warnte meine Mutter mich.

„Ja, versprochen."

„Und gieß bitte die Blumen drinnen und draußen."

„Mache ich Mom." Meine Mutter machte sich immer Sorgen, wenn sie wegfuhren. Obwohl Leslie und ich es immer gut hinbekommen hatten und es nie Probleme gab.

Nachdem wir den Kaffee getrunken hatten, wurde es Zeit, sich zu verabschieden. Sixt und ich brachten sie noch bis zum Sicherheitsbereich.

„Mach´s gut mein Schatz und pass auf Leslie auf", sagte meine Mutter und drückte mich.

„Das mache ich und mach dir keine Sorgen. Es wird alles gut

laufen. Wie immer", versicherte ich ihr.

„Pass gut auf Jamie auf, ja", wandte sie sich an Sixt.

„Das werde ich. Guten Flug", sagte er.

„Tschüss Dad und überarbeite dich nicht."

„Nein, das werde ich schon nicht. Tschüss", sagte er und nahm mich in den Arm. „Tschüss Sixt."

„Tschüss und viel Spaß." Sie winkten noch und gingen durch den Sicherheitsbereich. Sixt und ich machten uns Arm in Arm auf dem Weg durch die Flughafenhalle zum Parkhaus.

„Da kam ja noch mal die Warnung wegen der Party", lachte Sixt.

„Ja. Früher war das noch schlimmer. Da hat sie es mehrmals erwähnt. Wobei ich glaube, dass es dieses Mal nichts wird. Es ist doch viel zu gefährlich, solange Terina noch nicht geschnappt ist. Ich bin froh, dass Leslie die ganze Zeit bei Greg ist", sagte ich etwas betrübt.

„Na vielleicht klappt es ja doch. Schauen wir mal", erwiderte er sanft und küsste mich auf das Haar.

Kapitel 14

Am Nachmittag saß ich mit Maya und Sasha auf der Terrasse und genoss das schöne Sommerwetter. Heute war es sehr warm, die Sonne schien und der Himmel war blau und wolkenlos. Sixt und Nathan unterhielten sich im Wohnzimmer. Ich bekam durch Zufall einen Teil des Gespräches mit. „Meinst du, es ist eine gute Idee? Und was ist, wenn doch etwas passiert", hörte ich Nathan fragen. „Da wird schon nichts passieren. Wir sind doch da und außerdem muss sie mal raus. Dort wollte sie unbedingt mal hin", erwiderte Sixt. Ich wusste nicht, worüber sie sprachen und konnte mir auch keinen Reim daraus machen. Ich beschloss nicht weiter darüber nachzudenken, denn schließlich hätte ich es ja auch gar nicht hören sollen. Ich würde bestimmt sehen, was er meinte. Sasha und Maya diskutierten gerade über einen neuen Popstar. „Jamie, was sagst du denn zu dem Lied", fragte Maya. „Ehrlich gesagt, kenne ich es noch gar nicht", gab ich zu. Ich hatte in letzter Zeit kaum Radio gehört oder die Musiksender im Fernsehen gesehen. Ich kam gar nicht dazu. „Ich werde es dir mal zeigen, wenn es mal im Fernsehen kommt", sagte sie. Sixt kam auf die Terrasse, beugte sich zu mir herunter und küsste mich. „Ich bin mal eben mit Nathan und Timothy weg. Wir haben einen Tipp bekommen, wo sich Terina aufhalten könnte. Wir wollen mal nachsehen." „Von wem habt ihr den denn bekommen", fragte ich. „Von Brian. Monicas Schutzengel. Ich bin bald wieder da. Versprochen." Er küsste mich noch einmal und ging wieder ins Haus. Im nächsten Augenblick waren sie auch schon verschwunden. Sasha und Maya schauten mich fragend an. Sie waren noch am Diskutieren gewesen und hatten gar nicht mitbekommen, was Sixt gesagt hatte. „Die Jungs sind eben mal weg. Sie haben einen Tipp bekommen, wo Terina sein könnte", erklärte ich. „Cool ein Mädchennachmittag", rief Sasha begeistert.

„Aber dieses Mal passen wir auf, was wir sagen", erwiderte ich.

„Am Donnerstag standen Nathan und Sixt plötzlich hinter uns und wir hatten das gar nicht mitbekommen", klärte ich Maya auf, die etwas verwirrt schaute.

„Oh. Und haben sie viel mitbekommen?"

„Nein. Ich glaub nur den letzten Satz von Sasha. Und was machen wir jetzt?"

„Lasst uns doch Karten spielen", schlug Sasha vor.

„Okay. Ich hol die Karten", sagte Maya und ging ins Haus. Sie kam mit dem Kartenspiel zurück, mischte und verteilte sie.

Die Zeit verging sehr schnell. Wir hatten einige Runden Karten gespielt und uns dabei über alles Mögliche unterhalten. Ehe wir uns versahen, waren die Jungs schon wieder da und setzten sich zu uns. Sixt gab mir einen Kuss und nahm meine Hand in seine.

„Und habt ihr sie gefunden", fragte Maya.

„Wir haben das Versteck von ihren drei Freunden gefunden. Es ist ein altes Bürogebäude etwas außerhalb der Stadt. Wir haben sie dort beobachtet und gesehen, wie sie von dort mit einem Auto weggefahren sind. Wir sind ihnen bis zu einem Footballstadion gefolgt. Dort konnten wir sie wegen der Menschen aber leider nicht angreifen", sagte Timothy.

„Aber wir haben uns das Footballspiel angesehen", kam es von Nathan.

„Das war doch typisch", entgegnete Sasha.

„Naja wir wollten auf sie warten und haben gehofft sie vor dem Stadion irgendwie abfangen zu können, aber sie sind nach dem Spiel in der Menschenmenge verschwunden, und als wir zum Parkplatz kamen, war ihr Wagen weg", sagte Sixt.

„Meint ihr, sie haben gewusst, dass ihr ihnen gefolgt seid", fragte ich.

„Das wissen wir nicht. Vielleicht haben sie uns durch den Rückspiegel im Wagen gesehen, als wir mit meinem Wagen hinter ihnen hergefahren sind, obwohl wir schon genug Abstand gehalten haben. Zu der Zeit waren wir sichtbar. Es wäre den Menschen schließlich aufgefallen, wenn ein Auto ohne Fahrer durch die Gegend gefahren wäre", antwortete Timothy mir.

„Da hast du recht. Ich hätte gerne die Gesichter der Menschen gesehen", grinste Maya.

„Aber jetzt wissen wir schon mal, wo wir sie finden können", sagte Nathan grinsend.

„Bald ist es vorbei. Dann haben wir sie endlich." Sixt schaute mich liebevoll an und streichelte meine Hand.

„Das hoffe ich", erwiderte ich.

„Ich habe noch eine Überraschung für dich. Dafür müssen wir bald los", sagte er und lächelte.

„Oh. Was ist es denn?"

„Wenn ich dir das jetzt verrate, ist es doch keine Überraschung mehr."

„Genau. Komm wir gehen uns umziehen", sagte Sasha fröhlich, fasste mich am Arm und sprang mit mir in Sixts Zimmer.

„Kommt ihr alle mit", fragte ich sie.

„Nur Nathan und ich. Maya und Timothy wollen sich einen romantischen Abend zu Hause machen. Timothy hat einiges geplant. Candlelight Dinner, ein Bad und so etwas. Da kann er uns nicht gebrauchen", sagte sie und suchte in meinen Sachen das passende Outfit.

„Es ist schon unfair, dass ihr alle wisst, was es für eine Überraschung ist nur ich nicht", klagte ich.

„Sie wird dir auf jeden Fall gefallen. Da bin ich mir sicher. Oh, der ist aber süß", sagte sie, als sie in der Reisetasche den kleinen Bären von Sixt fand.

„Den hat Sixt mir geschenkt, als wir in Finanzwirtschaft die Klausur geschrieben haben. Es ist ein Glücksbringer und den nehme ich bei jeder Klausur mit", sagte ich.

„Oh das ist ja so süß. Vor allem die Andeutung durch die Flügel, was er ist."

„Ehrlich gesagt kam mir damals gar nicht in den Sinn, dass es eine Andeutung ist", gab ich zu.

„Seid ihr bald fertig", rief Nathan von unten. „Wir wollen jetzt gleich los."

„Sofort", rief Sasha zurück und suchte weiter. Sie reichte mir eine blaue Jeans und dazu ein rotes Top, was ich anziehen sollte.

„Zieh dich um. Wir sehen uns dann gleich unten", sagte sie und verschwand. Ich zog mich um und fragte mich immer wieder, was es für eine Überraschung war. Als ich fertig war, fuhr ich mit dem Fahrstuhl ins Erdgeschoss, wo Sasha ebenfalls fertig angezogen stand.

„Hey, das sieht super aus", sagte sie, als sie mich sah.
„Danke. Dein Outfit sieht aber auch gut aus." Sie trug ebenfalls
eine Jeans und dazu ein trägerloses Oberteil.
„Ich muss noch meine Tasche holen", fiel mir ein.
„Die brauchst du nicht", versicherte Sasha mir.
„Aber wo soll ich denn mein Portemonnaie hinstecken?"
„Du brauchst gar keines mitnehmen", sagte Sixt, der plötzlich
neben mir stand. Ich schaute ihn an und er lächelte. „Können wir?"
„Ja", sagte ich schob mein Handy in die Hosentasche. Wir gingen
zu Nathans Wagen und stiegen ein. Nathan fuhr einen schwarzen
Lexus GS460. Die Schutzengel schienen alle teure Autos zu lieben.
Sie hatten aber auch genug Geld zur Verfügung, um sich solche
Autos leisten zu können. Timothy fuhr ebenfalls ein teures Auto. Er
hatte sich einen beigen Mercedes E 350 Coupe gekauft. Bei ihnen
war allerdings die Devise, dass ein Auto schnell sein musste. In
Sixts Augen war mein Auto zu langsam. Das fand er aber auch bei
Maya ihrem. Sie fuhr einen orangenen VW-Polo Cross. Sie war
allerdings der gleichen Meinung wie ich. Hauptsache das Auto fuhr.
Sixt und ich saßen auf dem Rücksitz. Nathan startete den Motor
und fuhr los. Während der Fahrt schaute ich aus dem Fenster.
Noch immer hatte ich keine Ahnung, wo es hingehen sollte. Wir
fuhren auf einen großen Parkplatz, wo schon viele Autos standen,
parkten und stiegen aus.
„Na weißt du jetzt, wo wir sind", fragte Sixt grinsend.
„Nein, ich habe keine Ahnung", erwiderte ich.
„Du wirst gleich schon darauf kommen", sagte er und lächelte. Wir
verließen den Parkplatz und gingen einen Weg entlang, der von
beiden Seiten mit Büschen abgegrenzt war. Sixt war an der einen
Seite von mir und hatte seinen Arm um meine Taille gelegt. Sasha
und Nathan gingen auf der anderen Seite, sodass ich mich in der
Mitte von ihnen befand. Wir kamen an einem Hotdog-Stand vorbei
und Nathan blieb stehen.
„Wollen wir vorher noch etwas essen? Ich habe Hunger", fragte er
uns.
„Ja, eine Kleinigkeit wäre gar nicht so schlecht", kam es von Sasha.
„Hotdog", fragte mich Sixt.
„Ja, ich nehme einen", erwiderte ich. Wir gingen zu dem Stand und
holten uns jeder einen Hotdog. Wir stellten uns an die Seite des
Weges und aßen erst einmal in Ruhe. Anschließend gingen wir

weiter. Wir kamen an einer Halle an. Überall standen und liefen Leute herum und warteten, bis sie in die Halle gelassen wurden. Ich schaute mir die Leute genauer an. Einige hatten normale Kleidung an, andere trugen T-Shirts, wo die Gruppe Guards of the Soul drauf abgebildet war. Ich überlegte, welches Datum wir heute hatten und dann kam ich darauf. Heute war das Konzert. Hatte er doch noch Karten bekommen? Ich schaute Sixt an.

„Na hast du herausgefunden, weswegen wir hier sind?"

„Ja. Aber das gibt es doch nicht. Gehen wir wirklich auf das Konzert", fragte ich.

„Natürlich, sonst würden wir ja hier nicht stehen."

„Das ist ja Wahnsinn", rief ich und umarmte ihn. „Danke." Ich zog ihn zu mir herunter und küsste ihn.

„Du sagtest doch, du wolltest gerne hier hin."

„Ja natürlich. Aber wie ... Hast du doch noch Karten bekommen?"

„Nein. Aber wofür haben wir denn unsere Fähigkeiten", fragte er grinsend. „Wir müssen nur etwas warten bis schon einige Leute in der Halle sind, sonst fällt es auf, wenn wir als Erstes in der Halle stehen, obwohl noch keiner hereingelassen wird."

„Ist das nicht Betrug", fragte ich lächelnd.

„Hm, nicht ganz. Schließlich muss ich ja auf dich aufpassen. Und wenn du einfach so in die Halle gehst, kann ich ja nichts dafür", sagte er grinsend.

„Also bin ich die Böse. Und was ist mit den anderen beiden?"

„Da Sixt Unterstützung braucht, um auf dich aufzupassen, müssen wir beide halt mit in die Halle", grinste Nathan.

„Natürlich", sagte ich und grinste ebenfalls. Ich war überglücklich. Ich konnte nun doch auf das Konzert gehen, obwohl ich keine Karte hatte. Allerdings hatte ich auch bemerkt, dass die Drei Vorsichtsmaßnahmen getroffen hatten. Sie hatten mich in der Mitte gehen lassen und auch jetzt hatten sie sich schützend um mich herumgestellt. Sixt hatte mich, seitdem wir aus dem Auto gestiegen waren, nicht einmal losgelassen. War es die Mühe überhaupt wert? War es denn nicht viel zu gefährlich? Ich sprach meine Gedanken aus.

„Aber ist das denn nicht gefährlich für mich. Was ist, wenn ..." Sixt unterbrach, mich mitten im Satz.

„Nein. Wir sind bei dir, und wenn etwas sein sollte, ist Timothy auch sofort da. Und wir haben ja noch unsere Fähigkeiten."

Außerdem sollst du auch mal ein bisschen Spaß haben."

„Okay. Auf jeden Fall ist dir die Überraschung gelungen", sagte ich und strahlte.

„Das freut mich", erwiderte er und streichelte mir sanft über die Wange. Er zog mich eng an sich und wir küssten uns wieder.

„Man immer diese Knutschereien", hörte ich Nathan lachend sagen. „Kommt wir gehen rein. Die Ersten sind schon in der Halle." Er deutete auf den Eingang, wo sich die Leute nun hineindrängten. Wir gingen hinter die Halle, wo keine Leute waren. Nathan und Sasha sprangen vor und suchten unsichtbar einen Ort, wo wir, ohne gesehen zu werden nachkommen konnten. Sasha tauchte nur ein paar Sekunden später wieder bei uns auf.

„Okay, ihr könnt", sagte sie, packte Sixt und mich am Arm und sprang mit uns zu einem Aufgang der Halle, wo niemand war. Wir gingen die Treppe herunter, den langen Gang, der sich nach und nach mit Menschen füllte, entlang in die Halle. Wir hatten Glück, dass nur am Eingang die Karten kontrolliert wurden und so stellten wir uns mittig der Halle am Rand hin. Das war anscheinend noch so eine Vorsichtsmaßnahme gewesen. Sie kam mir aber auch ganz recht, da ich gar nicht in der Menschenmenge stehen wollte.

„Wir müssen uns leider hier hinstellen. Mittendrin wäre es etwas zu gefährlich", sagte Sixt entschuldigend.

„Ehrlich gesagt ist es mir auch ganz lieb so. Ich kriege in Menschenmengen oft Kreislaufprobleme. Und hier am Rand ist es gut und ich kann die Bühne sehen", erklärte ich ihm.

„Dann ist ja gut. Nathan und ich gehen mal eben etwas zu trinken holen. Wir sind gleich wieder da", sagte er und ging mit Nathan aus der Halle. Ich konnte es immer noch nicht glauben. Ich stand wirklich hier vor der Bühne und gleich würde ich meine Lieblingsband sehen. Sasha stand dicht neben mir.

„Ist das nicht klasse", fragte sie.

„Ja absolut. Danke, ihr seid echt die Besten", erwiderte ich.

„Das war allein Sixts Idee. Er fragte nur, ob wir nicht Lust hätten mit zu kommen. Ich habe sofort zugesagt. Das Konzert will ich mir doch nicht entgehen lassen. Wir mussten nur noch klären, wie wir das mit deiner Sicherheit machen. Ich glaube, wir kriegen das aber gut hin. Du brauchst keine Angst zu haben."

„Habe ich irgendwie auch nicht. Ich glaube, die Freude über die Überraschung ist größer und unterdrückt die Angst."

„Hände hoch und Augen zu", hörte ich meine allerliebste Stimme hinter mir sagen. Ich wusste nicht, was das sollte, aber ich tat, was er sagte. Mir wurde etwas übergezogen. Es war auf jeden Fall aus Stoff.

„So jetzt kannst du die Augen wieder öffnen." Ich nahm die Arme wieder herunter und öffnete die Augen. Ich schaute an mir herunter und sah, dass ich ein schwarzes Tour-T-Shirt, auf dem die ganze Band abgebildet war, anhatte. Ich drehte mich zu Sixt um und sah, dass er das gleiche T-Shirt trug, wie ich. Er lächelte mich an.

„Ich dachte mir, ein Tour-T-Shirt gehört doch zu einem Konzert dazu."

„Ja auf jeden Fall. Danke", sagte ich und schaute mir das T-Shirt genauer an.

„Gefällt es dir?"

„Ja, es ist super." Ich gab ihm einen Kuss. Nathan und Sasha hatten ebenfalls welche an.

„Wolltet ihr denn nicht etwas zu trinken holen", fragte Sasha.

„Eigentlich schon. Aber der Fanartikelstand war näher", gab Nathan zu.

„Komm, dann gehen wir beide und holen etwas", sagte sie zu Nathan und zog ihn mit. Ich legte meine Arme um Sixts Hals und schaute ihn an.

„Danke für alles. Ich kann es immer noch nicht glauben, dass ich jetzt hier stehe. Das ist unglaublich."

„Für dich tue ich alles", sagte er sanft und küsste mich. Ich kuschelte mich an seine Schulter und er strich mir über den Rücken. Nathan und Sasha kamen mit den Getränken zurück und reichten uns jedem einen Becher mit Cola. Die Halle füllte sich immer mehr. Auch auf den Rängen, wo sich die Sitzplätze befanden, wurde es voll. Die Menschen drückten sich an die Absperrgitter, die vor der Bühne standen. Als ich meinen Becher ausgetrunken hatte, stellte ich ihn auf dem Boden, an der Wand ab. Um Punkt acht Uhr begann das Konzert. Ein schwarzes Laken war vor die Bühne gespannt worden und die Lichter wurden gelöscht. Es war dunkel in der Halle. Nur die Lichter von den Notausgängen waren zu sehen. Sixt stand hinter mir und hatte seine Arme um meinen Bauch gelegt. Links von mir standen Nathan und Sasha und rechts war die Wand von dem Innenraum der Halle. Mit einem lauten

Knall ging es los und das Laken an der Bühne fiel zu Boden. Nach zwei Liedern begrüßte die Band uns und dann ging es auch schon weiter. Als mein Lieblingslied -*I will always remain with you*- von ihrem neuen Album gespielt wurde, kuschelte ich mich eng an Sixt. Feuerzeuge wurden hochgehalten und die Lichter der Bühne schienen rot auf die Band. Es sah wunderschön und romantisch aus. Sixt beugte sich zu mir herunter und sang mir das Lied ins Ohr. Bei der Hälfte des Liedes drehte ich mich zu ihm um und wir schauten uns tief in die Augen. Ich schlang meine Arme um seinen Hals und schon lagen unsere Lippen aufeinander. Der Kuss war leidenschaftlich und drängend. Ich liebte ihn. Das wusste ich und niemals würde ich ihn verlieren wollen. Er war mein Ein und Alles. „Ich liebe dich", flüsterte er mir ins Ohr, als er sich von mir löste. Das Lied war zu Ende und ein anderes begann.

„Ich liebe dich auch", flüsterte ich zurück. Er gab mir noch einen Kuss und ich drehte mich wieder zur Bühne. Da dieses Lied - Protect me- ebenfalls eines meiner Lieblingsstücke war, schmiegte ich mich eng an Sixt und sang mit. Ab und zu schaute ich zu Sixt auf und lächelte ihn an.

„Das werde ich", sagte er und bezog sich auf das Lied.

„Du hast mich schon einige Male beschützt."

„Und ich werde es immer wieder tun", sagte er sanft. Jetzt waren Aktivitäten angesagt. Die Band wollte, dass wir eine Laola-Welle machten. Es funktionierte. Alle machten mit, sogar die Leute auf den Sitzplätzen. Mittlerweile hatten die Sanitäter, die neben der Bühne standen alle Hände voll zu tun und zogen einen nach dem anderen aus der Menschenmenge heraus. Ich war froh, dass ich nicht da dringestanden hatte. Mich hätten sie höchstwahrscheinlich auch herausziehen müssen. Insgesamt ging das Konzert drei Stunden lang mit einer kleinen Pause dazwischen. Als es zu Ende war, gingen wir wieder zurück zum Auto. Natürlich wieder mit der Sicherheitsmaßnahme und ich ging in der Mitte.

„Und hat es dir gefallen", fragte Sixt.

„Ja, es war super. Danke noch mal."

„Kein Problem. Mach ich doch gerne." Wir kamen am Auto an und stiegen ein. Nathan startete den Motor und fuhr los. Naja fahren konnte man es eigentlich nicht wirklich nennen. Es ging nur im Schritttempo voran, da alle Menschen gleichzeitig vom Parkplatz herunterwollten. Es gab Gehupe und Geschimpfe, weil es kaum voranging. Endlich kamen wir auf die Hauptstraße und konnten im normalen Tempo fahren. Was auch immer Nathan für normal hielt. Er fuhr schneller, als eigentlich erlaubt war.

Als wir bei ihnen zu Hause ankamen und Nathan stellte den Wagen in die Garage. Sixt und ich gingen in sein Zimmer. Da es aber noch angenehm warm draußen war, beschlossen wir uns auf die Liege auf dem Balkon zu legen. Ich lag bei Sixt im Arm und schaute in den Himmel. Es waren noch immer keine Wolken am Himmel und die Sterne funkelten hell.

„Siehst du den Stern dort oben, der am hellsten leuchtet", fragte er und zeigte in den Himmel hinauf.

„Ja den sehe ich."

„Den schenke ich dir. Der gehört jetzt nur dir alleine."

„Das ist so süß von dir", sagte ich und drehte mich zu ihm auf die Seite. Wir sahen uns lange in die Augen. Ich streichelte sein Gesicht, glitt mit der Hand den Hals hinunter in den Nacken und kraulte ihn dort. Sixt schien es zu genießen. Seine Hand strich sanft meinen Rücken auf und ab. Niemand sagte etwas. Wir genossen die Zweisamkeit und die Zärtlichkeiten des Anderen.

„Weißt du eigentlich, dass du mein Leben geworden bist? Ohne dich kann ich gar nicht mehr Leben. Wenn du bei mir bist, geht meine persönliche Sonne auf", sagte er leise und strich mir über mein Haar.

„Und du bist mein Ein und Alles geworden. Ich will dich nie wieder hergeben."

„Niemals", flüsterte er und schaute mir tief in die Augen. Ich schmolz dahin. Er wandte wieder diesen hypnotischen Blick an, den ich nicht widerstehen konnte. Er beugte sich zu mir herüber und küsste mich. Ich zog ihn näher zu mir und vertiefte seinen Kuss. Meine Zunge bat an seiner Unterlippe um Einlass, den er mir sofort gewährte. Unser Kuss war sehr innig und leidenschaftlich. Mein ganzer Körper begann zu kribbeln, als Sixts Hand auf Wanderschaft ging und meinen Rücken hinunterglitt. Meine Hand fuhr über seine Brust, den Bauch entlang unter sein T-Shirt. Ich konnte seine Muskeln spüren, die unter meinen Berührungen bebten. Ein Stöhnen entkam ihm, als ich mit der Hand hoch zu seiner Brust fuhr.

„Lass uns rein gehen", nuschelte er zwischen den Küssen. Er

sprang mit mir in sein Zimmer und wir tauchten auf seinem Bett wieder auf. Während des Sprunges hatten sich unsere Lippen nicht voneinander gelöst. Sixts Hände glitten über meinen Rücken, fasten den Saum meines T-Shirts und er zog es mir mitsamt dem Top aus. Seine Lippen legten sich wieder auf meine und wir verfielen in einen langen leidenschaftlichen Kuss. Ich fuhr mit meinen Händen seinen Rücken hinunter, packte seine T-Shirts und zog sie ihm aus. Der Anblick seiner Muskeln, seines nackten Oberkörpers war so atemberaubend. Sanft strich ich die Konturen seiner Muskeln nach. Sixt stöhnte leise auf, als meine Lippen über seinen Hals zu seiner Brust wanderten.

„Du machst mich wahnsinnig", raunte er. Seine Hände strichen über meine Seiten und ich erzitterte vor Erregung. Seine Lippen küssten meinen Hals, wanderten hoch zu meinem Ohr. Ich schlank meine Arme um seinen Nacken. Langsam glitten seine Hände zu meinem Rücken. Er öffnete meinen BH und zog ihn mir aus. Seine Hände strichen über meine Brüste und ich stöhnte auf. Sixt küsste sich meinen Hals entlang hinunter über mein Schlüsselbein und glitt weiter zu meinen Brüsten. Die Erregung wurde immer stärker und mir wurde heiß. Ich stöhnte, als er eine meiner Brustwarzen in den Mund nahm und daran saugte. Ich ließ meine Hände über seinen Rücken gleiten. Sixt drehte uns so, dass ich auf ihm lag. Ich küsste mich über seine Brust hinunter zu seinem Bauch. Meine Hände griffen nach seiner Hose. Ich öffnete sie und zog sie ihm aus. Seine Socken folgten der Hose, die ich auf dem Boden geworfen hatte. Sixt zog mich wieder zu sich nach oben und unsere Lippen krachten aufeinander. Er drehte uns seitlich, damit er mir besser die Hose ausziehen konnte. Sanft strich er über meine Oberschenkel, glitt mit seiner Hand höher zu meinem Slip und streifte ihn mir ab. Anschließend zog er mir noch die Socken aus. Sixt küsste sich den Weg von meinem Oberschenkel über meinen Bauch hoch zu meinen Brüsten, die er nacheinander ausgiebig liebkoste. Ein Ziehen machte sich in meinem Unterleib breit und ich hielt es nicht mehr aus. Ich packte Sixt an den Schultern und zog ihn zu mir nach oben. Gleich darauf nahm ich seine Lippen mit meinen in Beschlag. Meine Hände strichen seinen Rücken hinunter und ich machte mich an seiner Boxershorts zu schaffen, wobei er mir half, sie auszuziehen.

„Du bist so wunderschön", flüsterte er, und ließ seinen Blick über meinen Körper gleiten. Er begann wieder meinen Hals zu küssen und ich stöhnte. „So wunderschön", nuschelte er zwischen seinen Küssen. Dabei glitt seine Hand, über meinen Bauch, strich sanft über meinen Schenkel und kam in der Mitte an meinem Lustzentrum an. Er begann mich dort zu streicheln und ich stöhnte auf. Die Erregung in mir stieg und ich wollte nur noch eines. Ich wollte ihn endlich in mir spüren.

„Ich will dich spüren", brachte ich schwer atmend heraus.

„Bist du dir sicher", fragte er einfühlsam.

„Ja", erwiderte ich keuchend. Sixt positionierte sich zwischen meine Beine. Ich konnte sein hartes Glied schon an meinen Eingang spüren und die Vorfreude, ihn endlich in mir zu spüren stieg. Sixt schaute mir tief in die Augen, so als ob er auf eine Bestätigung von mir wartete. Ich nickte ihm zu. Er stützte sich mit seinen Armen, neben meinen Kopf ab und drang in mich ein. Ein Stöhnen entkam uns beiden. Dieses Gefühl war unglaublich. So tief mit ihm verbunden zu sein. Sixt bewegte sich langsam in mir und legte seine Lippen wieder auf meine. Ich passte mich seinem Rhythmus an und wir bewegten uns im Einklang. Bald wurden seine Stöße schneller und ich merkte, dass ich fast soweit war. Sixt schien es ähnlich zu gehen, denn er erhöhte das Tempo noch einmal. Es dauerte nicht lange und wir beide sprangen fast gleichzeitig über die Klippe. Keuchend und nach Atem ringend glitt er aus mir heraus und legte sich neben mich. Er deckte uns mit der Decke zu und nahm mich in den Arm. Ich legte meinen Kopf auf seine Brust und beruhigte mich langsam wieder.

„Ich liebe dich", sagte ich immer noch außer Atem.

„Ich liebe dich auch", erwiderte er und küsste mich auf das Haar.

Kapitel 15

Am Sonntag saß ich nach dem Frühstück in Sixts Zimmer und lernte für die Uni. Es hatte wirklich seine Vorteile nicht rausgehen zu dürfen. So kam ich mal zum Lernen. Sixt saß mit den Anderen unten im Wohnzimmer und klärte, wie sie weiter vorgehen würden, um Terina zu schnappen. Der vorherige Abend war so schön gewesen. Erst das Konzert und dann als wir uns geliebt hatten. Erschöpft aber überglücklich war ich auf Sixts Brust eingeschlafen und wurde von ihm morgens mit einem tollen Frühstück im Bett geweckt. Es war wie in einem Traum. Nein. Er war ein Traum. Ein Traum von einem Mann und er gehörte nur mir. Ich las mir gerade einen Text im Kursbuch durch, als Sixt im Zimmer auftauchte.

„Kannst du bitte mal kurz mit herunterkommen? Wir müssen etwas mit dir besprechen", sagte er und sah mich mit einem ernsten Gesichtsausdruck an.

„Ja", erwiderte ich etwas verwundert und stand auf. Sixt nahm mich in den Arm und schon sprang er mit mir ins Wohnzimmer. Dort angekommen setzten wir uns auf die Couch.

„Also, wir haben uns etwas überlegt", begann er. „Nathan hatte eine Idee und sie könnte funktionieren."

„Wir wollen uns gleich wieder auf die Suche nach Terina machen. Wobei eigentlich bräuchten wir sie gar nicht suchen. Wir müssten nur warten, bis sie zu uns kommt. Eher gesagt zu deinem Haus. Jetzt haben wir uns überlegt, wenn du sie zu deinem Haus lockst, können wir sie uns schnappen", erklärte Nathan. Ich schaute sie erschrocken an.

„Was soll ich?" Hatte ich das richtig verstanden? Ich sollte Terina zu meinem Haus locken?

Alleine?

„Keine Angst dir passiert nichts. Wir haben schon einen Plan. Also du fährst mit deinem Auto eine Runde durch die Stadt. Nicht alleine natürlich. Wir sitzen mit im Auto. Allerdings sind wir unsichtbar. Anschließend fährst du zu deinem Haus und gehst rein. Einer von uns bringt dich dann hier hin wieder zurück und wir

warten bei dir zu Hause darauf, dass sie kommt", sagte Nathan.
„Was hältst du davon", fragte Sixt und sah doch etwas besorgt aus.
„Von mir aus können wir das so machen. Aber nicht das Leslie durch Zufall im Elternhaus ist."
„Nein, da passen wir auf. Einer von uns wird schon im Haus sein und schauen, dass auch keiner da ist. Und dir wird auch nichts passieren", versicherte Sasha mir.
„Na gut", stimmte ich zu.
„Das wird ein Spaß", rief Nathan. Er freute sich bestimmt schon darauf Dämonen zu fangen.
„Wann wollt ihr los", fragte ich.
„Na, am Besten gleich", sagte Sasha.
„Gut dann lasst mich eben noch umziehen. Ich will nicht im Jogginganzug durch die Gegend fahren", erwiderte ich und stand auf. Sixt brachte mich wieder nach oben. Als wir wieder in seinem Zimmer standen, schaute er mich an.
„Du musst es nicht tun, wenn du nicht willst", sagte er sanft.
„Doch möchte ich aber. Und das ist die einzige Möglichkeit, wie ich euch helfen kann."
„Okay. Du brauchst auch keine Angst haben. Dir wird nichts passieren." Ich nickte und küsste ihn. Sixt verschwand wieder und ich zog mich um. Anschließend nahm ich meine Tasche und ging zu den Anderen herunter. Wir gingen zu meinen Wagen und stiegen ein. Sixt, Sasha und Timothy fuhren unsichtbar mit mir. Nathan wartete bei mir zu Hause und schaute bei meinen Eltern nach, dass auch niemand da war. Ich hatte ihn noch aus Spaß vorgeschlagen, dass er die Blumen ja mal gießen könnte, aber er wollte nicht.
„Ich möchte keine Kommentare über meinen Fahrstil oder die Geschwindigkeit hören", sagte ich und schaute zum Beifahrersitz, wo Sixt saß. Ich hörte Sasha auf der Rückbank lachen. Es war schon komisch mit jemandem zu reden, der unsichtbar war. Die Leute mussten denken, dass ich Selbstgespräche führte. Ich fuhr zuerst eine Runde durch die Stadt. Anschließend fuhr ich an der Uni vorbei. Wir wollten damit bezwecken, dass Terina mich im Auto sitzen sah und mich verfolgte.
„Klasse", rief Timothy. „Wir haben es geschafft. Sie fährt hinter uns und ihre Freunde folgen ihr." Doch leicht erschrocken schaute ich in den Rückspiegel. Sie fuhr tatsächlich hinter mir her, hielt aber

weit genug Abstand.

„Ganz ruhig", sagte Sixt und strich sanft über meinen Arm. „Fahr einfach ganz normal weiter." Zum Glück war es nicht mehr weit, bis zu mir nach Hause. Ich parkte direkt vor meinem Haus und stieg aus. Auf den Weg zur Haustür ging ich in der Mitte von den Dreien. Zumindest nahm ich es an, denn ich konnte sie um mich herum spüren. Ich schloss die Tür auf und wir betraten das Haus. Nathan kam uns schon entgegen und die Anderen wurden sichtbar. „Sie ist uns gefolgt und müsste gleich hier sein. Ich bring Jamie kurz weg", berichtete Sixt, nahm mich in den Arm und verschwand mit mir. Wir tauchten im Flur vom Haus der Schutzengel wieder auf.

„Passt gut auf. Ich will dich nicht verlieren", sagte ich.

„Das wirst du auch nicht. Wir sind bald wieder da. Versprochen. Ich liebe dich."

„Ich liebe dich auch." Sanft strich er mir über die Wange, gab mir einen Kuss und verschwand. Ich war doch etwas besorgt darüber, was jetzt passieren würde. Was wenn jemand von ihnen verletzt werden würde? Es wäre meine Schuld, weil sie wegen mir auf der Jagd nach Terina waren. Maya kam aus der Küche und wir gingen zusammen ins Wohnzimmer. Auf Lernen hatte ich jetzt keine Lust. Ich konnte mich sowieso nicht darauf konzentrieren.

„Und hat sie dich gesehen", fragte Maya, als wir uns auf die Couch setzten.

„Ja. Sie und ihre Freunde sind uns bis zu meinem Haus gefolgt."

„Keine Sorge. Es wird schon alles gut gehen. Und wer weiß, vielleicht haben wir nachher ja unsere Freiheit wieder." Das wäre schön. Maya musste durch mich nämlich auch ständig zu Hause bleiben, beziehungsweise durfte sie nirgends alleine hin.

„Es tut mir so leid, dass du wegen mir auch nichts alleine machen darfst", sagte ich entschuldigend.

„Das braucht dir nicht leidzutun. Du kannst gar nichts dafür. Und außerdem bin ich daran schon gewöhnt", erwiderte sie lächelnd.

„Wie meinst du das?"

„Naja, letztes Jahr war ich schon einmal gefangen. Meine Freundin war damals mit einem Dämon zusammen. Sie wusste aber nicht, dass er ein Dämon war. Es heißt immer Dämonenfrauen sind im Punkt Eifersucht schlimm. Das stimmt nicht. Dämonenmänner sind noch viel schlimmer. Sie waren drei Jahre zusammen und auch eigentlich glücklich. Ich hatte ihn damals kennengelernt und hätte nicht gedacht, dass er ein Dämon ist. Er war sehr nett und zu ihr immer liebevoll. Doch dann haben die beiden sich auseinandergelebt. Sie sagte zu mir, es wäre keine Liebe mehr da, nur noch Freundschaft. Zumindest war es von ihrer Seite so. Sie hat sich von ihm getrennt. Er hat es nicht verkraftet und fing an sie zu terrorisieren und wollte sie umbringen. Es war so, wie es jetzt Terina bei dir versucht. Und dann hat er versucht, mich umzubringen." Ich erschrak.

„Aber Sixt hat mir erzählt, dass Dämonen keinen aus der Familie oder Freunden etwas tun. Sie würden nur einen selbst wollen", sagte ich mit leicht zitternder Stimme.

„So ist es eigentlich auch. Ich sagte doch, Dämonenmänner sind schlimmer als Frauen. Keine Angst, deiner Familie passiert nichts", versicherte sie mir. „Auf jeden Fall durfte ich danach, genauso wie jetzt auch, nichts mehr alleine machen. Der Schutzengel von meiner Freundin hat die Vier um Unterstützung gebeten und sie haben den Dämon dann auch ziemlich schnell getötet. Meine Freundin hat inzwischen einen neuen Freund, der kein Dämon ist. Wir gehen ab und zu zu viert aus.

Sixt hat dir von der Sache anscheinend nichts erzählt."

„Nein hat er nicht."

„Ich glaube, er wollte dir keine Angst machen. Also was machen wir zwei Gefangenen denn nun", fragte sie.

„Weiß nicht. Sport könnte ich mal wieder machen. Ich habe schon lange nichts mehr getan, und wenn Sixt mir weiterhin mein Essen in der Mensa holt, dann kann er mich wirklich bald durch die Gegend rollen", klagte ich.

„Das kenne ich. Am Anfang hat Timothy das auch immer getan. Ich würde ja so wenig essen, sagte er immer, bis ich ihn darum gebeten habe es zu lassen. Ich hatte damals wegen ihm einige Kilos zugenommen. Er hat es dann auch eingesehen und jetzt bringt er mir meistens einen Salat mit. Aber Sport wäre echt nicht schlecht. Komm lass uns umziehen gehen", schlug sie vor und zog mich mit nach oben. Ich zog mir schnell ein Top und eine Jogginghose an und lief wieder die Treppen runter. Maya kam auch gerade aus ihrem Zimmer und wir gingen nach unten in den Fitnessraum. Maya stellte Musik an der Stereoanlage an, die auf einem Regal an der Wand stand und ging als Erstes auf das Laufband. Ich stieg auf ein Fahrrad. Nachdem wir eigentlich fertig waren hatte Maya eine Idee, stellte mich an einen Boxsack und zog mir Boxhandschuhe an.

„So und jetzt kannst du mal deine ganze Wut auf Terina, die Sorgen und Ängste rausschlagen. Glaub mir das hilft", sagte sie. Ich schlug erst zaghaft und dann wurden die Schläge härter. „Ja genau so. Hau einfach drauf. Stell dir vor das ist Terina", feuerte Maya mich an. Ich schlug fester zu und es machte mir sogar Spaß. Endlich konnte ich all die Wut, die ich wegen Terina hatte, mal herauslassen. Als ich mich richtig ausgepowert hatte, gingen wir wieder nach oben um uns zu waschen und umzuziehen. Wir waren beide ziemlich durchgeschwitzt. Der Sport hatte mir gutgetan und ich beschloss, wieder mehr Sport zu treiben. Ich stellte mich unter die Dusche und genoss das warme Wasser auf meiner Haut. Als ich fertig war, trocknete ich mich ab, zog mich um und ging, nachdem ich die Wäsche in den Waschraum gelegt hatte, zu Maya in die Küche. Sie suchte gerade etwas zu essen. Im Tiefkühlschrank entdeckten wir eine Packung Eis. Wir schauten uns an und waren uns einig. Ich holte zwei Glasschälchen aus dem Schrank und Maya befüllte sie mit Eis. Anschließend setzten wir uns ins Wohnzimmer auf die Couch und begannen unser Eis zu löffeln.

„Wie war eigentlich gestern das Konzert", fragte sie.

„Es war super. Schade das ihr nicht mitgewesen seid."

„Ehrlich gesagt, ist das nicht so mein Musikgeschmack, aber schön, wenn es euch gefallen hat", sagte sie.

„Ja, das hat es. Wie war denn euer Abend?"

„Traumhaft. Ich wusste ja nur, dass wir zu Hause bleiben. Aber dass Timothy sich für den Abend soviel Mühe gegeben hat, unglaublich. Er hat sich voll verändert. Ich weiß nicht, ob er sich es doch mal zu Herzen genommen hat, was ich ihm gesagt habe. Gestern blieb der Fernseher den ganzen Abend aus. Und auch heute Morgen war er viel fürsorglicher zu mir. Genau wie in der Anfangszeit", schwärmte sie.

„Das ist doch schön. Vielleicht hat er doch mal über deine Worte nachgedacht."

„Das wäre schön. Mal schauen, wie lange es anhält. Heute Nacht hat er mich auch mal wieder in den Arm genommen. Sonst war es immer so, dass er sich auf eine Seite gedreht hat, mit der Ausrede er könnte nicht so lange auf einer Seite liegen. Ich schlief dann meistens schon vorher ein, bevor er sich zurückdrehte. Gestern schlief ich bei ihm Gesicht zu Gesicht gedreht ein. Und immer wieder hat er mein Gesicht oder die Haare oder auch mal den Nacken gestreichelt. Das kenn ich gar nicht mehr. Früher, also am Anfang, da war es auch so. Aber es wurde nach einiger Zeit weniger. Ich fühl mich grad wie im siebten Himmel und bin so glücklich."

„Ich freu mich so für dich. Und es wird bestimmt noch lange anhalten", sagte ich freudig.

„Wenn das so weitergeht, gefällt mir mein Gefängnis."

„Mir gefällt es auch allmählich. Ich meine, in welchem anderen Gefängnis gibt es denn schon Eis, einen Fernseher und so eine gemütliche Couch?" Wir beide lachten.

„Schaut euch das mal an. Wir gehen schuften und die beiden sitzen hier und essen Eis", rief Nathan grinsend.

„Was sollen wir denn sonst machen? Außerdem kamen wir gerade zu dem Entschluss, dass uns das Gefängnis richtig gut gefällt. Hier bleiben wir", erwiderte ich.

„Naja anscheinend werdet ihr aber bald wegen guter Führung entlassen", sagte Timothy und setzte sich zu Maya. Die Anderen setzten sich ebenfalls auf die Couch und Sixt kam zu mir. Er gab mir einen Kuss. Ich reichte ihm einen Löffel von meinem Eis. Er öffnete seinen Mund und ich schob den Löffel hinein. Anschließend nahm ich mir wieder selbst einen Löffel voll.

„Wie meinst du das", fragte Maya und schaute Timothy an.

„Naja, es sind nur noch drei." Ich schaute Sixt an. Er nickte mir zu.

„Als ich dich hierhin gebracht habe und wiederkam, lief Terina schon um dein Haus herum. Wir haben uns in der Küche an den Tisch gesetzt und gewartet. Dabei haben wir mit Absicht die Terrassentür geöffnet. Es sollte so aussehen, als ob du lüften wolltest. Sie kam mit zwei ihrer Freunde ins Haus. Ein weiterer ist durch dein Schlafzimmerfenster gekommen. Im Übrigen kann man es ganz leicht von außen öffnen. Das müssen wir noch ändern. Und ein Sicherheitssystem brauchst du auch", sagte Sixt lachend. „Der Andere kam von oben herunter und berichtete Terina, dass niemand oben wäre. Sie war etwas irritiert. Dann kamen sie in die Küche, und als sie uns sah, schaute sie ganz geschockt."

„Du hättest ihren Gesichtsausdruck mal sehen sollen. Der war genial. Ihr ist alles aus dem Gesicht gefallen", lachte Nathan.

„Sie sind dann aus dem Haus in den Wald gerannt und wir sind hinterher. Lex haben wir geschnappt. Die anderen Drei sind zu ihren Autos gerannt und abgehauen. Naja und mit deinem Auto hätten wir sie sowieso nicht eingeholt so langsam, wie das ist", grinste Sixt.

„Aber es fährt", verteidigte ich mich. „Wie habt ihr diesen Lex geschnappt?"

„Er ist über einen Ast gestolpert und auf dem Boden geflogen. Du hättest Sasha mal sehen sollen, wie sie ihn festgehalten hat. Und dann haben wir ihn vernichtet. Dein Haus haben wir auch wieder zugeschlossen und vorher überall die Rollläden heruntergelassen. Ach so und die Blumen haben wir auch gegossen", sagte Sixt lächelnd. Ich war überrascht. Eigentlich wollte ich es doch machen. Aber anscheinend war es wieder einmal eine Vorsichtsmaßnahme, dass ich gar nicht erst zum Haus fahren brauchte.

„Beim nächsten Mal sollten wir erst mal Terinas Wagen stilllegen. Dann kann sie nicht mehr wegfahren", schlug Timothy vor.

„Keine schlechte Idee", grinste Nathan. Beim nächsten Mal. Ich schluckte. Klar Terina war noch nicht gefasst, aber wie lange sollte es noch so gehen?

„Und wie geht es jetzt weiter", fragte ich.

„Noch einmal können wir den Versuch mit deinem Haus nicht machen. Sie wird jetzt vorsichtiger sein. Allerdings dachten wir auch schon daran, dass einer von uns zu ihr unsichtbar ins Auto springt und schaut, wohin sie fährt. Das wäre aber etwas zu gefährlich, wenn sie denjenigen entdeckt und ihre Begleiter da sind", erklärte Sixt mir.

„Gefährlich wäre es alle mal. Egal ob sie alleine oder ihre Freunde da wären. Wir wissen schließlich nicht, auf welche Idee sie kommen würde. Aber es könnte auch lustig sein, wenn wir dort auftauchen und plötzlich bei Viktor oder Liam auf dem Schoß säßen. Ihre Gesichter würde ich dann gerne mal sehen", grinste Nathan.

„Da hast du recht. Aber andererseits möchte ich dann nicht wissen, was sie tun würden. Vielleicht sind sie auf so etwas auch schon vorbereitet und warten nur darauf, dass wir mal im Auto auftauchen", kam es von Sixt. Ein Schauer lief über meinen Rücken. Ich dachte an die Eisenkette, von der Sasha mir erzählt hatte. Wenn sie wirklich darauf vorbereitet waren, hatten sie die Kette im Auto bestimmt schon griffbereit liegen. Und wenn dann einer von den Schutzengeln dort auftauchen würde, könnte er so von ihnen gefangen genommen werden. Ich wollte mir gar nicht erst vorstellen, was sie dann mit ihm tun würden.

„Nein, das Risiko können wir nicht eingehen. Wir werden also weiterhin deren Versteck beobachten und sobald sie da sind zuschlagen", entgegnete Timothy.

„Wort wörtlich zuschlagen", lachte Nathan.

„Es wird nicht mehr lange dauern", versprach Sixt mir und strich mir über das Haar.

„Ach man kann sich eigentlich daran gewöhnen. Ich habe auch etwas gefunden, wie ich meine Wut gegenüber Terina loswerden kann. Beziehungsweise kam Maya auf die Idee." Sixt schaute mich irritiert an.

„Eine Boxsacktherapie", berichtete Maya. „Sie sollte sich vorstellen der Boxsack wäre Terina und hat dann drauf eingeschlagen. Ehrlich gesagt möchte ich ihr nicht im Dunkeln begegnen. Sie hat einen guten Schlag drauf."

„Ist der Boxsack denn noch heile", fragte Nathan.

„Ja keine Sorge. Er ist noch heil", versicherte ich ihm. „Aber es hat wirklich mal gutgetan. Wenn ich sie halt nicht so fertigmachen kann, musste halt mal der Boxsack darunter leiden."

„Das glaube ich", sagte Sixt.

Der Nachmittag verlief noch recht ruhig. Nach dem Abendessen nahm ich mein Handy und rief Leslie an.

„Ja", meldete sie sich.

„Hallo Schwesterherz. Ich wollte mal hören, ob alles in Ordnung bei dir ist."

„Ja, es ist alles gut."

„Das ist schön. Wie war dein Wochenende", fragte ich sie.

„Das war toll. Wir waren gestern Abend mit ein paar Freunden bowlen und heute Nachmittag sind wir ins Schwimmbad gefahren. Und wie war dein Wochenende?"

„Das war ebenfalls toll. Wir waren gestern Abend auf dem Guards of the Soul Konzert. Sixt hat dafür noch Karten bekommen und hat mich damit überrascht", log ich. Ich hasste es sie anzulügen, aber die Wahrheit konnte ich ihr nicht erzählen. Sie hätte mir doch nie geglaubt, dass mein Freund ein Schutzengel war und wir mit Sasha und Nathan in die Halle gesprungen waren, da wir keine

Karten hatten. Also blieb mir nichts anderes übrig, als die Wahrheit etwas zu verdrehen. Daran musste ich mich auch noch gewöhnen, dass ich nun öfter die Leute anlügen musste, damit Sixts Geheimnis nicht aufflog. Schließlich wollte ich nicht, dass der Engelsrat herausbekam, dass wir zusammen waren. Sixt würde doch sonst ins Himmelsreich geschickt werden und dürfte nie wieder auf die Erde. Das wollte ich auf gar keinen Fall.

„Das ist ja cool", kam es von Leslie.

„Ja fand ich auch. Das Konzert war einfach der Hammer. Heute haben wir uns einen ruhigen Tag gemacht." Wieder eine Lüge. Aber ich hätte kaum sagen können, dass wir eine Dämonin ausgetrickst hatten, damit die Schutzengel sie sich schnappen konnten.

„Das muss auch mal sein. Mom hat sich gestern übrigens gemeldet. Sie sind gut angekommen."

„Ich weiß. Sie hat mir eine SMS geschrieben, als sie gelandet sind. Ich hoffe, die beiden genießen die Tage in Miami und Dad arbeitet nicht so viel."

„Das hoffe ich auch. Ich muss dann mal Schluss machen. Wir wollen noch ins Kino."

„Jetzt noch? Du musst doch morgen in die Schule", imitierte ich meinen Vater und lachte.

„Wir haben morgen erst zur dritten Stunde Schule. Also kann ich morgen früh ausschlafen", erwiderte Leslie, und auch wenn ich sie nicht sah, wusste ich, dass sie grinste.

„Na dann wünsche ich euch viel Spaß."

„Danke und euch noch einen schönen Abend. Ich melde mich die Tage bei dir."

„Danke. Ja ist gut", sagte ich und legte auf. Ich legte mein Handy auf den Tisch und setzte mich zu Sixt auf die Couch, der in einer Autozeitschrift blätterte.

„Wie wäre es, wenn wir beiden uns noch einen Film anschauen", fragte Sixt mich.

„Das hört sich gut an. Such du den Film aus und ich hole uns etwas zu trinken", erwiderte ich, stand von der Couch auf und ging zur Bar. Ich holte aus dem Kühlschrank eine Flasche Limo und eine Tafel Schokolade und nahm zwei Gläser vom Regal, das an der Wand hing. Bepackt ging ich zurück zur Couch und stellte alles auf dem Wohnzimmertisch ab. Sixt hatte den Fernseher schon eingeschaltet und den Film in den DVD-Player eingelegt. Ich setzte mich zu ihm auf die Couch. Sixt legte einen Arm um meine Schulter und startete den Film.

Kapitel 16

Am nächsten Morgen fuhr ich mit Sixt zur Uni. Auf dem Parkplatz trafen wir uns mit den Anderen. Sasha und Sixt gingen mit mir zum Vorlesungssaal. „Wir sehen uns dann gleich", sagte Sixt und gab mir einen Kuss. Ich ging mit Sasha in den Saal und wir setzten uns in die letzte Reihe. Dieses Mal war es allerdings eine Vorsichtsmaßnahme. So brauchte Sasha nicht darauf zu achten, dass Terina mich von hinten angriff. Sie war aber auch schon vor uns im Saal gewesen und ich sah sie einige Reihen weiter vor uns mit Monica reden. Während der Vorlesung sah sie einige Male zu mir herüber. Sie saß genau in meinem Blickfeld zum Lehrer. Deswegen war es unmöglich sie zu ignorieren, wenn ich zum Lehrer schaute. Ihr Blick war noch wütender, als die Tage davor. Anscheinend war sie wütend darüber gewesen, dass sie einen Begleiter verloren hatte. Sie sah furchterregend aus und ich bekam Angst. Schnell schaute ich auf meine Unterlagen und traute mich nicht bis zum Ende der Vorlesung noch einmal aufzuschauen. Ich packte meine Sachen schnell zusammen und ging mit Sasha aus dem Saal. Sixt erwartete uns schon im Gang. Ich wunderte mich immer wieder, wie schnell er von seinem Kurs, den er in einem ganz anderen Gebäude hatte, bei uns war. Aber wahrscheinlich sprang er von einem Gebäude zum anderen. Er legte einen Arm um meine Schulter und ging mit uns zum nächsten Kurs.

„Ich komme heute ein paar Minuten später in die Mensa", sagte er. „Mein Kurs geht etwas länger. Bekommt ihr das ohne mich hin", fragte er und schaute dabei Sasha an.

„Ja das ist kein Problem. Die Mensa liegt ja gleich gegenüber. Und dann sind die Anderen ja auch da", versicherte sie ihm.

„Okay, dann bis später", sagte er und küsste mich. Wir gingen in den Raum. Sasha hatte anscheinend die Blicke von Terina mitbekommen und so setzten wir uns auf die andere Seite des Raumes. Terina schaute etwas verwirrt, als sie mich woanders sitzen sah, konnte ihren Platz aber auch nicht wechseln, da schon alle

Plätze belegt waren. Zufrieden verfolgte ich den Unterricht. Nach dem Kurs gingen wir mit schnellen Schritten in die Mensa. Sasha schaute immer wieder in alle Richtungen, ob Terina nicht irgendwo war, doch sie war nirgends zu sehen. Wir kamen in der Mensa an und Sasha setzte sich zu den Anderen an den Tisch.

„Ich geh mir eben etwas zu Essen holen. Okay", fragte ich.

„Soll ich mitkommen", fragte Sasha.

„Eigentlich nicht nötig. Es ist ja kaum jemand hier", sagte ich, als ich mich umgeschaut hatte. In der Mensa war noch nicht viel Betrieb gewesen und an der Essensausgabe, war so gut wie nichts los. Ich ging zur Theke und nahm mir ein Tablett. Als Erstes stellte ich eine Schüssel Salat drauf. Jetzt wo Sixt im Moment nicht da war, konnte ich ihn mir ohne Kommentar holen. Ich nahm mir noch einen Müsliriegel und für Sixt ein Sandwich. Ich stand gerade bei den Getränken, als ich eine leise Stimme neben mir sprechen hörte. „Na, darfst du dir alleine etwas zu Essen holen?" Ich drehte mich zur Seite und sah in Terinas Gesicht. „Deine Freunde haben meinen Freund umgebracht. Das gefällt mir gar nicht. Du wirst dafür büßen."

„Wieso ich. Ich kann doch gar nichts dafür", brachte ich unter Panik heraus und ging zitternd einen Schritt zurück.

„Das ist mir egal. Ich habe sowieso noch eine Rechnung mit dir offen." Ihre Augen begannen rot zu glühen. Sie packte mich am Arm. „Du kommst jetzt mit", hörte ich Terinas Stimme in meinen Kopf sagen.

„Ja, ich komme mit", kam es aus meinem Mund und ich erschrak. Was hatte ich da gerade gesagt? Nein, ich wollte doch gar nicht mit ihr mitgehen. Auf gar keinen Fall wollte ich das. Wieso hatte ich das überhaupt gesagt? Terina machte sich auf den Weg zum zweiten Zugang der Mensa, der an der Theke lag und ich ging einfach mit. Meine Füße bewegten sich, ohne dass ich es überhaupt wollte. Ich versuchte stehen zu bleiben, doch es funktionierte nicht. Auch der Versuch meinen Arm aus ihrem Griff zu befreien schlug fehl. Ich hatte einfach keine Kontrolle mehr über meinen Körper. Wir hatten den Zugang fast erreicht. Ich musste etwas tun. Terina durfte es nicht schaffen, mich aus der Mensa oder sogar aus der Uni zu schleppen, denn dann war ich verloren. Ich wusste genau, dass sie mich dann töten würde. In dem Moment kamen Nathan und Sasha und zogen mich von Terina weg. Sofort hatte ich die

Kontrolle über meinen Körper zurück und war nicht mehr gezwungen, mit ihr mitzugehen. Verblüfft blieb Terina stehen und drehte sich zu uns um. Nathan machte einen Schritt auf sie zu, als ob er sie angreifen wollte. Sasha packte ihm am Arm und hielt ihn zurück.

„Nein, nicht hier", ermahnte sie ihn.

„Wieso denn nicht? Habt ihr Angst", provozierte Terina die beiden. „Ah da kommt ja noch einer von euch. Vielleicht will er mich ja jetzt angreifen", provozierte Terina weiter. Sixt war dazu gekommen und hatte sich vor mich gestellt. Wütend schaute er sie an.

„Denk immer daran Jamie, sie werden nicht immer auf dich aufpassen können. Fühl dich heute Nachmittag im Laden mal nicht zu sicher. Es könnte dir etwas zustoßen." Sie lachte hämisch und ging davon. Zum Glück hatte niemand in der Mensa etwas mitbekommen. Die wenigen Studenten, die an den Tischen saßen, waren mit ihren eigenen Dingen beschäftigt gewesen. Ich stand zitternd da und konnte mich nicht rühren. Sixt drehte sich zu mir um und nahm mich in den Arm.

„Komm wir gehen zum Tisch", sagte er. „Sasha kannst du bitte das Tablett mitnehmen und bezahlen?"

„Klar mache ich." Sixt führte mich zum Tisch und zog mich, als er sich auf einen Stuhl setzte, auf seinen Schoß. Er nahm mich in den Arm und versuchte mich zu beruhigen.

„Scht ganz ruhig." Sanft strich er mir über den Rücken. Nathan und Sasha kamen zurück, stellten das Tablett auf den Tisch und setzten sich ebenfalls.

„Was war denn los", fragte Sixt die Anderen.

„Naja, Jamie wollte sich etwas zu Essen holen. Da hier im Moment nicht viel Betrieb ist, konnte sie doch alleine gehen. Wir hatten sie schließlich im Auge. Und dann wurde von einer Mitarbeiterin der Mensa ein Geschirrwagen vorbei geschoben. Danach war Terina da und hat versucht, Jamie aus der Mensa zu bekommen. Wir sind sofort zu ihr hin und haben sie von Terina weggezogen", berichtete Sasha. „Jamie, es tut mir leid. Ich hätte doch mit dir mitgehen sollen."

„Nein du kannst doch gar nichts dafür. Das hat doch niemand geahnt. Aber das mit dem Geschirrwagen habe ich gar nicht mitbekommen", kam es von mir und ich setzte mich auf. Ich hatte mich schon wieder etwas beruhigt und zitterte zum Glück nicht mehr.

„Du warst anscheinend so von Terinas auftauchen geschockt, dass du ihn gar nicht gesehen hast. Sie muss uns allerdings beobachtet und darauf gewartet haben, dass wir dich alleine lassen. Der Geschirrwagen kam ihr gerade recht und sie hat die Chance genutzt", meinte Nathan. Ich nahm den Müsliriegel vom Tablett. Sixt schaute mich an. Er wollte gerade etwas zu meinem Essverhalten sagen, aber ich hielt ihm das Sandwich, was ich ihm geholt hatte, hin und er nahm es. Ich sah im Augenwinkel, wie Maya grinste und ich verzog meinen Mund auch zu einem leichten Lächeln. Wir dachten anscheinend beide an das Gespräch von Vortag, wo wir uns über die Essensdiskussionen unterhalten hatten.

„Was machen wir denn jetzt? Darf ich denn heute nicht arbeiten gehen", fragte ich.

„Das war bestimmt nur eine leere Drohung. Das kriegen wir schon", sagte Sixt.

„Und was ist wenn nicht? Wie wollt ihr das denn machen?"

„Na ganz einfach. Ich werde draußen warten, und wenn ich sie sehe, komme ich sichtbar rein und du tust so, als ob du mich berätst. Sie wird nicht an dich herankommen", sagte Sasha.

„Noch besser ist es aber, wenn Nathan mit dir sichtbar hineingeht. So ist es die doppelte Beratungszeit und so lange wird Terina nicht warten bis Jamie keinen Kunden mehr hat. Und ich bin unsichtbar da", schlug Sixt vor.

„Toll und ich darf mit Sasha shoppen gehen. Meine arme Kreditkarte", jammerte Nathan.

„Wir können auch gerne tauschen. Nur Terina weiß, dass ihr beiden zusammen seid und es ist unwahrscheinlich, dass ich mit deiner Freundin einkaufen gehe", entgegnete Sixt.

„Und was ist mit den anderen Tagen", fragte ich. „Sasha, du kannst doch nicht jedes Mal shoppen gehen."

„Oh doch glaub mir, das kann sie", kam es von Nathan und bekam dafür den Ellenbogen von Sasha in die Rippen.

„Kennt Terina deine Arbeitstage", fragte Sixt.

„Ja. Sie weiß genau, an welchen Tagen ich arbeiten gehe und auch die Arbeitszeiten. Katie hat es ihr letztens gesagt", sagte ich.

„Kannst du nicht tauschen", fragte Timothy.

„Du meinst den Tag? Ja das kann ich", antwortete ich.

„Na dann tausch doch. Geh anstatt Mittwoch einfach morgen arbeiten. Sie weiß es doch nicht und wird am Mittwoch im Laden auftauchen. Sie wird ganz schön blöd gucken, wenn du nicht da bist", erklärte Timothy und lächelte.

„Ein Versuch wäre es wert", sagte Sixt.

„Na gut. Probieren wir es. Sollte sie morgen allerdings auch auftauchen, müssen wir uns etwas anderes überlegen oder ich geh doch nicht mehr arbeiten", erwiderte ich.

„So weit wird es nicht kommen, dass du deinen Job ihretwegen aufgibst", versicherte Sixt mir und gab mir einen Kuss.

Nach der Uni fuhren wir zum Laden. Nathan und Sasha warteten unsichtbar draußen vor der Boutique und Sixt kam ebenfalls unsichtbar mit mir herein. Mrs. Evans stand hinter der Kasse und überreichte einer Kundin eine Einkaufstüte, die sich bedankte und zur Tür ging.

„Hallo Jamie", begrüßte sie mich freundlich.

„Hallo. Ähm, Mrs. Evans, ist es vielleicht möglich, dass ich morgen anstatt Mittwoch arbeiten komme", fragte ich.

„Natürlich. Das ist mir sogar recht lieb, weil ich morgen Nachmittag wegmuss und erst abends zur Abrechnung wieder im Laden bin. Hast du Mittwoch etwas vor", fragte sie. Ich wusste nicht ganz, was ich sagen sollte. Die Wahrheit, dass ich meine Schicht wegen einer überaus eifersüchtigen und mordlustigen Dämonin tauschen wollte, konnte ich ihr nicht erzählen, also ließ ich mir etwas einfallen.

„Mein Freund hat eine Überraschung für mich geplant."

„Oh das ist doch schön. Na dann lass dich mal überraschen", sagte sie lächelnd.

„Das werde ich. Ich bin schon gespannt, was es für eine Überraschung ist. So ich gehe dann mal meine Tasche wegbringen."

„Mach das. Kannst du danach bitte die Kartons da vorne ins Lager bringen?" Sie deutete auf drei Kartons, die an der Wand standen.

„Ja mache ich", sagte ich und brachte meine Tasche weg. Na das konnte ja morgen Nachmittag lustig werden. Ich mit Megan und Katie alleine. Und wahrscheinlich durfte ich den Laden dann noch alleine schmeißen. Ich nahm die Kartons, ging ins Lager und riss sie in Stücke. Sixt tauchte neben mir auf.

„Ich habe also eine Überraschung für dich geplant", sagte Sixt lächelnd und half mir beim Zerreißen.

„Die Wahrheit, dass ich eine Dämonin austricksen will, konnte ich ihr jawohl kaum sagen", verteidigte ich mich und legte das letzte Stück Karton auf dem Altpapierstapel auf dem Boden.

„Ich hätte gern ihr Gesicht gesehen, wenn du ihr das gesagt hättest."

„Sie hätte es entweder für einen Scherz oder mich für verrückt gehalten. Ich muss jetzt wieder in den Laden, sonst macht sie sich noch Sorgen, wo ich so lange bleibe", erwiderte ich und ging zur Tür. Ich wollte sie gerade öffnen, als Sixt mich festhielt und mich zu ihm zog.

„Warte. Du willst doch wohl nicht gehen, ohne mir einen Kuss zu geben, oder", fragte er grinsend.

„Oh, wie könnte ich", lachte ich. Ich zog seinen Kopf zu mir herunter und küsste ihn. Sixt erwiderte den Kuss und hielt mich ganz fest. Ich wollte mich eigentlich nicht von ihm lösen, aber ich musste es tun.

„Ich muss jetzt wirklich zurück", sagte ich leise.

„Schade. Der Kuss war nämlich zu kurz."

„Heute Abend bekommst du einen ganz langen. Versprochen."

„Na gut", kam es von ihm und er ließ mich los. Ich ging wieder zurück in den Laden und Sixt folgte mir unsichtbar. Eine Kundin kam zu mir und brauchte Hilfe bei der Suche nach einem Abendkleid. Ich führte sie zu dem Kleiderständer, wo die Abendkleider hingen und suchte mit ihr ein passendes aus. Als sie in der Anprobe war, wurde ich etwas nervös. Ich dachte an Terinas Drohung von heute Mittag. Was wäre, wenn sie wirklich kam? Würde unser Plan aufgehen? Oder hatte sie auch schon etwas geplant? Etwas, was die Anderen vielleicht ablenken würde und sie könnte dann ungehindert mir etwas tun oder mich sogar töten. Mir lief es bei dem Gedanken eiskalt den Rücken herunter.

„Was ist los", flüsterte Sixt nah an meinem Ohr.

„Ist schon gut. Ich habe mir nur ein paar Gedanken wegen Terina gemacht", flüsterte ich zurück. Ich hoffte nur, mich sah niemand, wie ich mit einem Unsichtbaren redete. Derjenige würde mich für verrückt halten.

„Es wird alles gut. Wir haben alles im Griff, wenn sie überhaupt kommt." Er strich mir über den Rücken. Ich merkte die kalte Berührung. Daran musste ich mich auch noch gewöhnen. Die

Kundin kam aus der Kabine und das Kleid stand ihr wirklich gut. Sie beschloss es zu nehmen und ging wieder in die Kabine um sich umzuziehen. Ich hoffte, dass sie fertig wurde, bevor Sasha hereinkam. Sonst hätten wir uns etwas einfallen lassen müssen. Ich ging mit der Kundin zur Kasse und sie bezahlte das Kleid. Die Kundin ging gerade zur Tür hinaus, als Sasha und Nathan hereinkamen. Das nannte man gutes Timing.

„Hi Jamie. Ich brauche einen Rock und ein Kleid und mal sehen was sonst noch", sagte Sasha und Nathan verdrehte die Augen. Wir gingen in den hinteren Teil des Ladens, wo die Röcke hingen.

„Ist sie da", fragte ich leise.

„Sie wird jede Minute in den Laden kommen. Allerdings ist sie alleine", sagte Nathan. In dem Moment betrat Terina den Laden. Ich versuchte nicht zu ihr zu schauen und suchte mit Sasha einen Rock aus. Ich merkte, wie Sixt direkt hinter mir stand und seine Hände an meinen Seiten lagen. Es beruhigte mich ein wenig, ihn bei mir zu spüren.

„Megan kannst du bitte mal zu mir kommen", hörte ich Mrs. Evans fragen.

„Was ist denn", fragte Megan genervt.

„Bediene bitte mal die Kundin dort vorne, die bei den Sonnenbrillen steht."

„Kann das nicht Jamie machen", fragte Megan.

„Nein. Sie ist gerade in einer Beratung und anscheinend wird es länger dauern."

„Aber das sind Freunde von ihr."

„Das ist mir egal. Sie sind Kunden in meinen Laden und möchten beraten werden. Und Jamie tut das ausgezeichnet. Also los jetzt", befahl Mrs. Evans leicht verärgert. Megan ging zu Terina herüber. Ich schmunzelte darüber, dass sie jetzt Terina beraten musste.

„Kann ich Ihnen helfen", fragte sie genervt.

„Ich möchte gerne von Jamie beraten werden", sagte Terina. Bei der Antwort zuckte ich zusammen. Sixt streichelte sanft meinen Arm.

„Ganz ruhig. Wir sind da", flüsterte er.

„Es tut mir leid, aber sie ist gerade in einer Beratung und ich kann Ihnen nicht sagen, wie lange es dauern wird. Aber ich kann Sie gerne beraten, wenn Sie möchten", bot Megan an.

„Na gut. Also ich bräuchte einen Rock." Auch wenn ich sie nicht ansah, konnte ich sie lächeln sehen. Sie kamen auf uns zu. Sasha reagierte schnell.

„So ich habe einen. Lass uns zu den Kleidern gehen", sagte sie und nahm den erstbesten Rock, den sie zu packen bekam. Wir gingen zu den Kleidern, die zum Glück auf einen Ständer hingen, der in einer Ecke stand. Sasha zog mich mit in die Ecke und Nathan stellte sich davor.

„Das macht sie doch alles mit Absicht. Wollen wir jetzt ständig von einem Ständer zum anderen rennen, wenn sie kommt", fragte ich leise.

„Nein. Hier bleiben wir jetzt erst einmal. An diesem Ständer ist nicht genug Platz für alle. Also wird sie warten müssen", erklärte Sasha mir und schaute sich in Ruhe die Kleider an. Sie nahm eins nach dem anderen vom Ständer und betrachtete es.

„Das würde dir gutstehen, Jamie", flüsterte Sixt und meinte ein dunkelblaues Kleid mit Spaghettiträgern.

„Du hast recht. Das würde ihr stehen", sagte Sasha und hielt es mir an. „Das probierst du gleich mal an", wandte sie sich mir zu.

„Das geht nicht. Ich soll arbeiten und keine Kleider anprobieren", wandte ich ein.

„Das geht schon. Wart´s ab", erwiderte Sasha. Sie reichte mir das Kleid, damit ich es festhielt, und suchte weiter.

„Was macht Terina", fragte ich Sixt leise. Ich traute mich nicht, zu ihr hinzusehen.

„Sie ist immer noch bei den Röcken und schaut ab und zu wütend hier herüber. Anscheinend hat sie gemerkt, dass sie nicht an dich herankommt. Sie hätte dir ihr Vorhaben nicht androhen sollen. Eigentlich hätte sie damit rechnen müssen, dass wir da sind."

„Lasst uns mal zur Umkleide gehen", sagte Sasha, die drei Kleider im Arm hielt. Ich schaute sie skeptisch an. „Da kann sie dir genauso wenig tun. Du siehst gleich warum." Wir gingen zur Anprobe und mussten dabei an Terina vorbei. Ich ging in der Mitte von Sasha und Nathan. Sixt ging direkt hinter mir. Ich versuchte sie nicht zu beachten, sah aber im Augenwinkel, wie ihre Augen funkelten. Die Anprobe lag zum Glück in einem Extraraum, wo es drei Umkleidekabinen gab. Davor standen große Spiegel. Sasha nahm gleich die erste Kabine und zog mich mit hinein.

„Jamie", rief sie, anscheinend extra laut, damit Megan, die in der Nähe stand, es mitbekam. „Kannst du mir bitte mal beim Kleid helfen?"

„Ja natürlich", spielte ich mit.

„Siehst du, jetzt kannst du ungehindert das Kleid anprobieren. Na los jetzt", trieb Sasha mich. Ich zog mir das Kleid an. Es ging mir bis knapp übers Knie und saß wirklich gut.

„Wow. Das sieht fantastisch an dir aus. Du solltest öfter Kleider anziehen. Sie stehen dir wirklich. Besonders dieses hier", sagte Sasha.

„Danke", erwiderte ich.

„Jamie, komm raus. Ich möchte es auch mal sehen", kam es von Sixt ungeduldig. Ich öffnete den Vorhang und präsentierte das Kleid. Sixt war sichtbar geworden und schaute mich ungläubig an.

„Wahnsinn", brachte er heraus und kam zu mir. „Du siehst so verführerisch aus", flüsterte er in mein Ohr. Ich zog ihn zu mir heran und küsste ihn. „Also ich bin dafür, dass du es nimmst", sagte er, als er sich von mir löste.

„Ich bin auch zu dem Entschluss gekommen, dass ich es nehmen werde", erwiderte ich und ging wieder in die Kabine. Nachdem ich mich umgezogen hatte, ging ich raus und stellte mich zu den Jungs. Sixt hatte sich wieder unsichtbar gemacht, da Megan und Terina neben der Anprobe standen und nach einem T-Shirt schauten. Nachdem Sasha alle Kleider anprobiert und sich für eines entschieden hatte, gingen wir aus der Anprobe. Terina war nirgends mehr zu sehen. Anscheinend hatte sie es aufgeben. Ich war erleichtert. Nun konnte ich mich wieder frei im Laden bewegen. Allerdings war Sasha noch nicht ganz fertig mit ihrem Einkauf und fing an Nathan neu einzukleiden. Ihm schien es gar nicht zu gefallen. Sasha fand ein Hemd, was er unbedingt anprobieren sollte. Wieder gingen wir in die Anprobe. Nathan stand das Hemd richtig gut. Es war nur etwas gewöhnungsbedürftig, weil er sonst nur T-Shirts trug. Endlich war Sasha fertig und mein Feierabend rückte näher. Wir gingen zur Kasse und Sasha bezahlte die Klamotten. Mein Kleid wollte ich selbst bezahlen und legte es bis zum Feierabend unter die Theke.

„Wir warten vor der Tür auf euch. Bis gleich", sagte Nathan und die beiden gingen hinaus. Ich ging in den Aufenthaltsraum und holte mein Geld für das Kleid.

„Du brauchst dein Geld nicht ausgeben. Ich kann das Kleid doch bezahlen", bot Sixt mir leise an. Zum Glück war niemand mit im

Raum und so konnte ich ihm antworten.

„Ich möchte aber. Es ist von dir lieb gemeint aber ich möchte ab und zu auch mal etwas selber bezahlen. Du sollst dein Geld nicht nur für mich ausgeben." Jetzt machte Sixt sich sichtbar. „Geld ist für mich nicht wichtig. Aber du bist es." Er strich mir über die Wange. „Du bist mir auch wichtig. Sogar das Wichtigste in meinen Leben. Trotzdem möchte ich gerne auch mal etwas selbst bezahlen." „Na gut. Ausnahmsweise", gab Sixt nach und küsste mich. Ich ging wieder zur Kasse. Sixt war wieder unsichtbar geworden und folgte mir. Ich holte das Kleid unter der Theke hervor, bezahlte es und packte es in eine Tüte. Mrs. Evans kam aus dem Lager.

„Jamie, du kannst jetzt ruhig Feierabend machen", sagte sie lächelnd. „Lass dich morgen hier aber bitte nicht von Megan und Katie ausnutzen. Sie sollen ruhig etwas tun. Dafür werden sie schließlich bezahlt."

„Das werde ich nicht", erwiderte ich und holte meine Tasche. „Bis Morgen", verabschiedete ich mich und verließ den Laden.

„Ja bis Morgen", rief Mrs. Evans mir hinterher. Wir gingen zu Sixts Wagen, der etwas vom Laden entfernt stand. Nathan und Sasha warteten schon auf uns. Wir stiegen ein und Sixt wurde wieder sichtbar. Es hätte sehr seltsam ausgesehen, wenn er unsichtbar mit dem Auto gefahren wäre. Sixt steckte den Schlüssel in das Zündschloss und drehte ihn um. Nichts passierte. Er probierte es noch einmal. Aber wieder nichts. Das Auto sprang nicht an.

„Was ist denn jetzt los", fragte er und griff unter die Armatur, wo der Hebel für die Motorhaube war und betätigte diesen. Die Motorhaube sprang auf.

„Ich gehe nachsehen. Jamie du bleibst hier drin. Sasha", wandte Sixt sich ihr zu.

„Ja, ich bleib auch hier", erwiderte sie.

„Ich komme mit", rief Nathan und war schon aus dem Wagen gesprungen. Die beiden öffneten die Motorhaube und schauten hinein. Ein Aufschrei und Schimpfwörter folgten. Sasha und ich schauten uns verwundert an. Was war los? Sixt schloss die Motorhaube und kam mit Nathan auf die Beifahrerseite. Er öffnete die Tür und schaute mich an.

„Mir wurde die Batterie geklaut. Ich brauche jetzt erst einmal eine Neue, sonst können wir nicht fahren. Ich frage mich aber, wie sie da herausgeholt werden konnte. Die Tür wurde nicht aufgebrochen und an der Motorhaube ist auch nichts", berichtete er. Niemand sagte etwas. Alle schienen zu überlegen, wie es geschehen war. „Hast du schon mal an Terina gedacht", fragte Sasha. „Sie könnte als Geist in dein Auto hereingekommen sein und hat dann den Hebel betätigt. Anschließend ist sie in ihren Körper zurück und hat die Batterie herausgenommen. Oder einer ihrer Freunde hat ihr geholfen. Das kann sie gemacht haben, als wir noch in der Boutique waren. Sonst hätten wir es doch mitbekommen, wenn sie sich an deinem Wagen zu schaffen gemacht hätte." Das war gar nicht so unwahrscheinlich. Sie war wütend gewesen, weil sie nicht an mich herankam und Sixt hatte mir ja erzählt, dass sie ihren Körper verlassen konnte. Ich schaute Sixt an. Er schien darüber nachzudenken und dann trat in seinen Augen das Entsetzen. „Das war ihr eigentlicher Plan gewesen. Die Boutique war nur eine Ablenkung. Sie wollte, dass ich bei Jamie in der Boutique war, damit sie oder einer ihrer Begleiter meinen Wagen stilllegen konnte. Sie weiß nicht das ihr beiden mit mir und Jamie fahrt. Sie wird annehmen, dass ihr nur am Nachmittag wegen ihrer Drohung in der Mensa in der Boutique gewesen seid. Und sie wird, wenn meine Theorie stimmt, gleich mit ihren Freunden hier auftauchen. Sie nimmt wahrscheinlich an, dass wir alleine sind."

„Und es wäre dann eine Leichtigkeit für sie mich zu schnappen und dich zu ..." Ich konnte es nicht aussprechen. Zu schrecklich war diese Vorstellung Sixt könnte getötet werden und das nur, weil Terina hinter mir her war. Ein Kloß bildete sich in meinen Hals und ich fing an zu zittern.

„Und weil ihr früher aus dem Laden gekommen seid, haben wir es jetzt schon entdeckt", sagte Nathan. „Sie hatte es zeitlich geplant und müsste ...", er schaute auf die Uhr. „in zwei Minuten hier sein."

„Sasha, du bringst Jamie hier weg und schick Timothy her", kam es von Sixt. „Alles wird gut", wandte er sich mir zu und küsste mich. „Klar mach ich. Komm Jamie." Sie packte mich am Arm und wir verschwanden. Im Flur des Schutzengelhauses tauchten wir wieder auf.

„Timothy", rief Sasha und nahm mich in den Arm, um mich zu beruhigen. Ich zitterte immer noch. Sofort war er da. „Du sollst sofort zu dem Laden kommen, wo Jamie arbeitet. Terina hat anscheinend Sixt die Batterie aus dem Auto gestohlen, weil sie dachte, Jamie und er würden dann alleine im Auto sitzen und sie und ihre Freunde könnten sie angreifen", erklärte sie kurz. „Okay, ich bin dann weg", sagte er und verschwand. Sasha schaute mich an.

„Ich muss dann auch mal wieder weg. Geht es dir denn etwas besser", fragte sie besorgt.

„Ehrlich gesagt nein. Aber ich schaffe das schon."

„Wirklich?"

„Ja. Geh schon. Sie warten doch auf dich", sagte ich.

„Okay. Maya", rief sie, die auch gleich aus dem Wohnzimmer kam. „Bleibst du bitte bei Jamie, ihr geht es nicht gut."

„Kein Problem", erwiderte sie und Sasha verschwand. „Komm ich hole dir erst einmal etwas zu trinken. Du bist ja ganz weiß im Gesicht." Wir gingen in die Küche und Maya nahm eine Flasche Wasser und schüttete es in ein Glas. Anschließend gingen wir ins Wohnzimmer und setzten uns auf die Couch.

„Trink erst einmal etwas." Sie reichte mir das Glas. Da ich immer noch am Zittern war, hatte ich Mühe das Glas ruhig zu halten und nichts zu verschütten. Nachdem ich etwas getrunken hatte, nahm Maya mir das Glas wieder ab und stellte es auf den Wohnzimmertisch. Sie legte mir einen Arm um die Schulter und ich lehnte mich an sie an.

„Was ist denn passiert", fragte sie. Ich erzählte ihr, was vorgefallen war und was Terina anscheinend geplant hatte.

„Unser Glück war eigentlich, dass ich eher Feierabend hatte und Sasha und Nathan da waren. Ich weiß nicht, was sonst passiert wäre. Was Terina getan hätte. Daran möchte ich auch gar nicht erst denken."

„Und jetzt werden sie Terina wieder schocken. Wieder ein Plan, der nicht aufgeht. Wie geht es dir", fragte sie und schaute mich an.

„Besser. Das Zittern ist auf jeden Fall weg."

„Das hört sich schon mal gut an", stellte sie fest. Wir hörten ein Auto vorfahren und im nächsten Moment standen die Anderen auch schon im Wohnzimmer. Sixt kam sofort zu mir und nahm mich in den Arm.

„Was ist passiert? War sie da", fragte ich und schaute ihn an.

„Ja sie kam mit ihren Freunden, wie wir es uns gedacht haben. Sie war so geschockt mich mit den Anderen zu sehen und du warst nicht da. Sie sind sofort abgehauen. Wir sind zwar noch hinter

ihnen her, aber als sie ins Einkaufszentrum gelaufen sind, haben wir sie verloren. Unglaublich, wie viele Menschen abends noch einkaufen gehen", sagte er.
„Und was ist mit deinem Auto."
„Sasha hat eine neue Batterie geholt und jetzt fährt er wieder. Der Wagen steht draußen vor der Tür." Liebevoll strich er mir über das Haar.
„Und wie soll es jetzt weitergehen? Ich kann euch doch nicht alle in Beschlag nehmen nur, um auf mich aufzupassen, damit ich arbeiten gehen kann", sagte ich.
„Wir werden es so machen wie bisher. Außerdem gehst du doch morgen arbeiten und sie weiß nichts davon. Deshalb wird sie morgen auch nicht aufkreuzen", versicherte mir Sixt.
„Das hoffe ich", erwiderte ich und lehnte mich an ihn an.

Nach dem Essen wollten die Schutzengel noch einmal auf Dämonenjagd gehen. Sie wollten zum Versteck fahren und dort etwas warten, ob jemand von den Dämonen auftauchte.
„Wir sind bald wieder da", versicherte mir Sixt und gab mir einen Kuss.
„Okay. Aber seid vorsichtig."
„Sind wir doch immer", sagte er und küsste mich noch einmal. Dann verschwanden sie. Ich überlegte, was ich machen könnte. Maya ging in ihr Zimmer, weil sie für eine Klausur, die sie am nächsten Tag schrieb lernen musste. Ich fragte mich, wann Nathan lernen wollte, oder würde er morgen von Maya abschreiben? Vielleicht brauchte er aber auch gar nicht lernen und konnte schon alles. Ich ging in den Fitnessraum und fing auf dem Laufband an. Anschließend ging ich auf dem Crosstrainer. Mir tat das Training richtig gut. Meine Sorgen und Ängste verschwanden zwar nicht, aber ich fühlte mich etwas besser. Meine Wut über Terina ließ ich wieder am Boxsack aus. Als ich vollkommen erschöpft war, ging ich nach oben und stellte mich unter die Dusche. Das warme Wasser war sehr angenehm und ich fühlte mich gleich entspannter. Anschließend zog ich meine Schlafsachen an und legte mich aufs Bett, wo ich Leslie anrief.
„Hi Leslie, na wie geht es dir."
„Hi Jamie. Mir geht es gut. Mom hat heute angerufen. Ihnen gefällt es dort und sie schaut sich die Stadt an, wenn Dad bei einer Sitzung

ist. Morgen hat Dad frei und sie wollen sich die Umgebung anschauen. Sie will sich am Mittwoch noch mal melden."

„Das ist schön, dass es ihnen gefällt. Ich hoffe, sie erholen sich auch."

„Das hoffe ich auch. Und wie war dein Tag?"

„Ganz gut. Erst war ich an der Uni und danach arbeiten. Dort war es eigentlich wie immer. Ich habe alles gemacht und Megan und Katie so gut wie nichts. Ich durfte dafür aber ein paar Minuten früher gehen. Und gerade habe ich noch etwas Sport getrieben." Ich erzählte ihr nicht, dass ich morgen arbeiten ging. Ich hatte doch etwas Angst, dass Terina es irgendwie herausbekam. Ich wollte Leslie lieber schützen, indem sie von nichts wusste. „Und was macht die Schule", fragte ich.

„Da läuft alles prima. Ich habe heute einen unangekündigten Mathetest geschrieben und hatte aber keine Probleme gehabt. Ich konnte alles." Leslie war gut in der Schule und hatte immer gute Noten.

„Na das hört sich doch gut an. Und was macht ihr heute Abend noch."

„Wir schauen noch einen Film und dann werden wir ins Bett gehen. Und ihr?"

„Wir werden auch nicht mehr viel machen. Wahrscheinlich noch etwas fernsehen." Und wieder log ich meine Schwester an. Aber was sollte ich tun? Mir blieb nichts anderes übrig.

„Ich rufe dich morgen Abend an", sagte Leslie.

„Ok, dann schlaf gut."

„Ja du auch. Tschüss", sagte sie und legte auf. Ich legte das Handy auf den Nachtschrank, nahm mein Buch und las noch etwas.

Ich musste eingeschlafen sein, denn ich merkte, wie mir jemand das Buch wegnahm und das Licht ausschaltete. Ich regte mich ein wenig und öffnete die Augen.

„Scht, schlaf weiter", flüsterte Sixt und legte seinen Arm um mich.

„Habt ihr sie geschnappt", fragte ich schlaftrunken.

„Nein, leider nicht. Aber das werden wir noch", versprach er. Ich drehte mich zu ihm um und zog ihn näher an mich.

„Was wird das denn jetzt", fragte er schmunzelnd nah an meinem Gesicht.

„Ich habe dir doch heute Nachmittag einen langen Kuss

versprochen. Ich löse mein Versprechen ein", erklärte ich ihm und schon lagen unsere Lippen aufeinander. Mittlerweile war ich wieder hellwach. Ich hatte meine Arme um seinen Hals geschlungen und griff in seine Haare. Drängend lagen unsere Lippen aufeinander und mein Herz schlug schneller. Sixt drehte sich auf den Rücken und zog mich auf sich. Seine Hände glitten unter mein Top und strichen über meinen Rücken. Ein Stöhnen entkam mir. Seine Hand wanderte zu meinem Bein, hielt es fest und er drehte uns beide um, sodass ich auf dem Rücken lag. Er war über mir gebeugt und fing an meinen Hals zu küssen. Mein Atem ging schneller. Er glitt weiter zu meinem Schlüsselbein und ich spürte seinen warmen Atem auf meiner Haut. Ich machte mich an seinem T-Shirt zu schaffen und zog es ihm aus. Meine Hände strichen über seine starken Muskeln und Sixt stöhnte auf. Er schob mein Top hoch und zog es mir aus. Sein Mund wanderte zu meinen Brüsten, die er ausgiebig liebkoste. Ich stöhnte auf. Ich wanderte mit meinen Händen zu seiner Boxershorts, die ich ihm abstreifte. Sixt half mir dabei und befreite mich noch von meinem Slip. Er glitt mit seiner Hand meinen Oberschenkel entlang, bis er an meiner heißen Mitte angekommen war. Er streichelte meinen Lustpunkt und brachte mich damit zum Aufkeuchen. Meine Hand glitt zu seinem Glied und ich strich darüber. Nun stöhnte auch Sixt auf. Ich nahm sein bestes Stück in die Hand und bewegte sie auf und ab. Sixt keuchte und sein Mund krachte auf Meinen. Er nahm zwei Finger und ließ sie in mich gleiten, was mich vor Erregung erbeben ließ. Ich hielt es nicht mehr aus. Ich wollte ihn endlich in mir spüren.

„Sixt, bitte", brachte ich keuchend heraus. Er verstand sofort, was ich von ihm wollte, positionierte sich zwischen meine Beine und drang in mich ein. Unsere Lippen trafen wieder aufeinander und wir verfielen in einen leidenschaftlichen Kuss. Ich schlang meine Beine um seine Hüften und konnte ihn dadurch intensiver spüren. Ich packte seine Schultern und seine Stöße wurden schneller. Der Höhepunkt überkam uns beide und wir kamen mit einem lauten stöhnen. Erschöpft und schwer atmend ließ Sixt sich neben mir fallen und zog mich gleich in seine Arme.

„Ich liebe dich", brachte ich schwer atmend heraus.

„Ich liebe dich auch, Süße. Es tut mir leid, dass ich dich heute so lange allein gelassen habe", sagte er entschuldigend.

„Du brauchst dich dafür nicht zu entschuldigen. Es war doch

notwendig."

„Trotzdem. Morgen gehört der Abend nur uns beiden. Was möchtest du denn dann gerne machen", fragte er.

„Naja, ich würde gerne mal wieder spazieren gehen. Raus in die Natur. Aber das geht ja im Moment nicht. Es ist viel zu gefährlich", sagte ich betrübt. Ich vermisste die Natur. Ich war gerne draußen an der frischen Luft.

„Da hast du recht. Das geht nicht. Wobei wenn Sasha und Nathan mitkämen ...."

„Nein das geht nicht", fiel ich ihm ins Wort. „Ich kann nicht verlangen, dass sie ihre Freizeit für mich opfern, nur weil ich spazieren gehen möchte. Ich muss mich halt damit abfinden, dass es im Moment nicht möglich ist."

„Na gut. Aber wenn du dir es doch anders überlegst, dann sag Bescheid. Ich werde dann mal schauen, wie wir es anstellen, damit du raus in die Natur kannst."

„Mach ich", sagte ich und gab ihm einen Kuss.

„Ich verspreche dir, wenn das alles hier vorbei ist und wir Terina endlich geschnappt haben, werden wir beide einen Ausflug in die Natur machen. Nur wir beide", versprach Sixt und strich mir über die Wange.

„Okay, dann habe ich etwas, worauf ich mich freuen kann."

„Du solltest jetzt schlafen, sonst kommst du morgen früh nicht aus dem Bett", sagte er sanft und küsste mich auf die Stirn. Ich schmiegte mich eng an ihm und schlief auch wenige Minuten später ein.

In dieser Nacht schlief ich nicht gut. Ich hatte wieder einmal einen Albtraum. Sixt und ich saßen in seinem Wagen. Wir wollten gerade losfahren, aber der Motor sprang nicht an. Sixt versuchte es mehrmals, aber der Motor gab keinen Mucks von sich. Er stieg aus und öffnete die Motorhaube. Er blieb lange draußen und ich machte mir langsam Sorgen. Plötzlich hörte ich Schreie und ich sah, dass noch andere Personen am Auto standen. Die Beifahrertür wurde aufgerissen und Terina stand lächelnd vor mir. Sie zwang mich dazu, mich abzuschnallen und aus dem Auto zu kommen. Dazu benutzte sie ihre Fähigkeiten. Ich konnte mich nicht dagegen wehren und hatte keine Kontrolle über meinen Körper. Vor dem Wagen standen ihre Freunde und schlugen auf

Sixt ein, der mit einer Eisenkette gefesselt war. Einer von ihnen zog ein Messer.

„Lasst ihn in Ruhe", schrie ich sie an, doch sie hörten nicht auf mich. Ich schaute mich schnell um. Niemand war auf der Straße. Niemand konnte uns helfen. „Hilfe", schrie ich, aber mir war klar, dass uns niemand helfen würde. Ich sah zu demjenigen mit dem Messer. Er stach gerade zu. Wieder war ich am Schreien. Da packte Terina mich und zog mich zu ihrem Wagen, der einige Meter entfernt stand. Ihre Freunde kamen lachend hinterher. Ich wehrte mich.

„Sixt, Sixt", schrie ich, doch er reagierte nicht.

„Du kannst so lange nach deinem Engel rufen, wie du möchtest, aber es wird nichts bringen, denn er ist tot", lachte Terina.

Nein", schrie ich und versuchte wieder von Terina wegzukommen.

„Jamie, wach auf", hörte ich jemanden rufen. Ich öffnete die Augen und sah in Sixts besorgtes Gesicht. Ich musste im Schlaf getrampelt und geschrien haben, denn er hielt meine Arme fest.

„Es ist alles gut. Es war nur ein Traum", sagte er sanft. Ich merkte, wie mir Tränen über die Wange liefen. Schnell wischte ich sie weg und atmete tief durch. „Was hast du denn geträumt? War es wieder ein Albtraum?"

„Ach es war nur wieder Terina. Ich kann mich nur nicht mehr genau daran erinnern", versuchte ich es abzutun. Ich wollte nicht, dass er sich wieder Sorgen machte. Das hatte er in letzter Zeit schon genug getan. „Es geht schon wieder", sagte ich, drehte mich von ihm weg und schmiegte mich mit dem Rücken an seine Brust.

„Bist du dir sicher", fragte er und strich mir über das Haar.

„Ja. Es geht schon", versuchte ich es glaubwürdig klingen zu lassen. Sixt beließ es dabei und legte sich wieder hin. Mir ging es gar nicht gut. Der Traum ging mir nicht aus dem Kopf. Immer wenn ich die Augen schloss, sah ich Terina und ihre Freunde vor mir, wie sie auf Sixt eingestochen hatten und er sich nicht wehren konnte. Ich merkte, dass sich Tränen in meinen Augen sammelten und versuchte sie zurückzuhalten aber es gelang mir nicht und sie liefen die Wange hinunter. Ich wischte sie mit dem Handrücken weg und mir entrang sich ein Schluchzen. Ich hoffte, Sixt hatte es nicht gehört. Doch er war zu aufmerksam. Außerdem hatten Schutzengel ein sehr gutes Gehör.

„Jamie, was hast du", fragte er besorgt, schaltete die

Nachttischlampe ein und beugte sich zu mir herüber.

„Nichts", sagte ich und verdeckte mein Gesicht mit meinen Händen.

„Das kannst du mir nicht erzählen. Du hast doch etwas. Jamie, du brauchst vor mir nicht die Heldin zu spielen." Er zog mir die Hand vom Gesicht. „Was ist los", fragte er sanft und setzte sich auf. Dabei zog er mich mit hoch und so saß ich neben ihm. Jetzt konnte ich die Tränen nicht mehr zurückhalten und fiel ihm schluchzend um den Hals. Sanft legte er seine Arme um mich und hielt mich fest. Ich konnte nicht sprechen. Immer wieder schluchzte ich auf und die Tränen liefen weiterhin die Wangen entlang. Sixt sagte nichts. Er hielt mich nur fest und strich mir mit einer Hand immer wieder beruhigend über den Rücken. Nach einiger Zeit hatte ich mich etwas beruhigt und wischte mir die Tränen weg.

„Möchtest du mir jetzt erzählen, was los ist", fragte Sixt und schaute mich besorgt an.

„Es war der Traum. Du standest am Auto und schautest nach, warum es nicht ansprang. Terinas Freunde hatten dich mit einer Eisenkette gefesselt und auf dich eingeschlagen. Dann haben sie dich mit einem Messer erstochen. Terina hat mich aus dem Auto geholt und dann zu ihrem Wagen geschleppt. Ich habe immer wieder nach dir geschrien, aber du standest nicht auf. Es war so schrecklich", erzählte ich ihm.

„Es war nur ein Traum. Mir wird nichts passieren und dir auch nicht", versicherte er mir. „Warum hast du es mir nicht gleich gesagt?"

„Ich wollte nicht, dass du dir Sorgen machst. Und jetzt habe ich dir noch mehr Sorgen bereitet. Es tut mir so leid."

„Du brauchst dich nicht zu entschuldigen. Es ist doch klar, dass ich mir Sorgen mache, wenn es dir nicht gut geht und ich nicht weiß warum."

„Ab jetzt werde ich dir immer alles sofort sagen", versprach ich.

„Gut, dann fang gleich mal damit an. Woher weißt du das mit der Eisenkette? Ich hatte dir davon gar nichts erzählt."

„Warum eigentlich nicht?"

„Weil ich dir keine Angst machen wollte, dass es doch eine Sache gibt, womit man uns außer Gefecht setzen kann", erklärte er. „Aber du lenkst ab. Also woher", wollte er wissen und lächelte mich an.

„Von Sasha. Aber sei bitte nicht sauer auf sie", gestand ich ihm und schaute auf die Bettdecke.

„Nein bin ich nicht. Du hättest ja doch irgendwann davon erfahren."
Aber in welchen Zusammenhang hat sie dir davon erzählt", fragte
er nun neugierig. Ich wollte es ihm eigentlich nicht erzählen. Ich
wusste doch, dass es ihm wehtun würde. „Na komm raus mit der
Sprache", drängte er.

„Na gut. Also ich habe sie gefragt, wie ... Danny ... gestorben ist",
sagte ich leise. Ich traute mich nicht, ihn anzusehen. Ich wollte sein
trauriges Gesicht nicht sehen. Doch er reagierte ganz anders, als ich
es erwartet hatte. Er hob mein Gesicht an und schaute mir in die
Augen. Sie wirkten nicht traurig. Sie waren sanft.

„Warum hast du mich denn nicht gefragt", fragte er.

„Ich habe gemerkt, dass es dich traurig macht und es dir schwerfällt
über ihn zu sprechen und ich will dich nicht traurig sehen", gab ich
zu.

„Ach Süße, klar macht es mich traurig, dass er nicht mehr da ist.
Wir hätten uns bestimmt auch so kennengelernt, spätestens, wenn
ich dich in der Uni gesehen hätte. Ich hätte dich da auf jeden Fall
angesprochen und wir wären dann jetzt auch zusammen. Ich wäre
auch dein Schutzengel, da Danny mit mir bestimmt euch
Schützlinge getauscht hätte. Aber das soll dich nicht abhalten, mich
alles zu fragen. Ich werde dir alles sagen, was du wissen willst",
versicherte er mir und nahm mich in den Arm.

„Das werde ich. Aber irgendwann werden dir meine Fragen auf die
Nerven gehen und du wirst dir wünschen, mir dieses Angebot nie
gemacht zu haben", grinste ich ihn an.

„Das werden wir ja sehen. Ich habe aber eine Methode, wie ich dich
zum Schweigen bringen kann", kam es von ihm.

„Ach ja? Welche denn", fragte ich herausfordernd.

„Na die hier", erwiderte er, zog mich an sich und schon lagen seine
Lippen auf Meinen. Das war eine sehr gute Methode, die ich mir
sogar gefallen lassen würde.

267

Kapitel 17

Am nächsten Morgen wurde ich nicht vom Wecker geweckt, sondern von Sixts Küssen, die ich überall auf meinem Gesicht spürte. Ich schlug die Augen auf und schaute direkt in sein Gesicht. „Guten Morgen meine Süße. Frühstück ist fertig", sagte er. Ich setzte mich auf und sah ein Tablett mit allem, was man für ein Frühstück brauchte neben dem Bett stehen. „Du bist so süß." Ich zog ihn an mich und küsste ihn. Sixt holte das Tablett und stellte es über unsere Beine. Er hatte wirklich an alles gedacht. Sogar eine Rose stand in einer kleinen Vase auf dem Tablett. Wir frühstückten gemütlich. Immer wieder sahen wir uns an und küssten uns. Ich hätte am liebsten den ganzen Tag mit ihm zusammen im Bett verbringen können. Aber ich musste zur Uni.

Nach dem Frühstück standen wir auf und machten uns für die Uni fertig. Es klopfte an die Zimmertür und als ich sie öffnete stand Sasha mit einem Kleid davor. Ich hatte sie am Abend, bevor sie zur Jagd aufgebrochen waren, gebeten mir mein brombeerfarbiges Kleid, was ich mir bei unserem Einkaufsbummel gekauft hatte, von mir zu Hause zu holen. „Guten Morgen. Ich habe dir dein Kleid vorhin geholt und die passenden Schuhe gleich mitgebracht", sagte sie und reichte mir das Kleid und die Schuhe. „Danke. Du hast recht. Ich sollte doch öfter Kleider tragen." „Sage ich doch. Wir sehen uns dann gleich unten." „Ja bis gleich." Ich ging ins Bad, wusch mich und zog mich um. Meine Haare kämmte ich nur durch und ließ sie offen über die Schultern fallen. Anschließend holte ich meine Tasche und die Kursbücher. Ich ging die Treppen herunter ins Erdgeschoss, wo Sixt schon im Flur auf mich wartete. Als er mich sah, stockte ihm der Atem. „Wow, du siehst wunderschön aus", sagte er und küsste mich. „Sasha hatte recht. Ich sollte öfter Kleider anziehen." „Auf jeden Fall. Das steht dir richtig gut. So kann ich dich aber nicht mit in die Uni nehmen", lächelte er.

„Warum denn nicht." Ich schaute ihn verdutzt an.

„Na, wenn die anderen Jungs dich sehen ....."

„Ist da etwa jemand eifersüchtig", neckte ich ihn.

„Nein. Aber was ist, wenn einer von ihnen dich mir wegnimmt", fragte er.

„Niemals. Ich klammer mich einfach an dir fest", erwiderte ich und gab ihm einen Kuss.

„Na gut. Lass uns fahren, sonst kommen wir noch zu spät", sagte er und führte mich hinaus.

An der Uni verlief alles normal. Terina schaute zwar einige Male zu mir herüber, versuchte mich aber dieses Mal nicht zu tyrannisieren. Dafür sah ich Sixt des Öfteren anderen Jungs böse Blicke zu werfen und er hielt mich fester als sonst. Er behauptete, dass ich wirklich die Blicke der Jungs auf mich ziehen würde und er sein Revier markieren müsste. Ich konnte es mir gar nicht vorstellen. Vorher hatte mich doch auch nie ein Junge beachtet, warum sollte es jetzt nur weil ich ein Kleid trug anders sein.

„Du täuscht dich, Süße. Du ziehst öfter die Blicke der Jungs auf dich. Du hast es nur noch nie bemerkt. Ich allerdings schon. Aber ich bin froh, dass du diese Jungs ignorierst", sagte Sixt, als wir nach der Mittagspause vor meinen Kursraum standen.

„Du bist ja doch eifersüchtig", lachte ich.

„Wer wäre es nicht bei dem wunderschönsten Mädchen auf der Welt", erwiderte er. In dem Moment ging Josh an uns vorbei und schaute mich mit großen Augen an.

„Hallo Jamie", kam es von ihm.

„Hi Josh", grüßte ich zurück.

„Siehst du. Noch so einer, der dich regelrecht anstarrt", flüsterte Sixt mir ins Ohr.

„Aber du brauchst dir überhaupt keine Gedanken machen. Ich gehöre nur dir." Ich zog ihn zu mir herunter und küsste ihn.

„Das will ich hoffen", erwiderte er, zog mich enger an sich und vertiefte den Kuss.

Nach der Uni fuhren Sixt, Nathan und ich zum Laden. Nathan blieb unsichtbar vor dem Laden stehen und hielt Wache. Sixt kam mit mir in den Laden. Natürlich unsichtbar. Heute war zum Glück nicht viel los. Megan und Katie standen im Laden und unterhielten sich. Was sollten sie auch anderes tun? Auf Arbeiten hatten die beiden, wie immer keine Lust. Ich fragte mich, warum sie überhaupt in diesem Laden arbeiteten. Mrs. Evans wäre mehr geholfen, wenn sie zwei motiviertere Angestellte hätte. Ich brachte meine Tasche in den Aufenthaltsraum und ging zu ihnen. „Hi. Was ist heute zu tun", fragte ich und bekam von ihnen böse Blicke zugeworfen. Anscheinend störte ich sie gerade bei einem wichtigen Thema. Aber das interessierte mich nicht. Schließlich waren sie, so wie ich auch, hier zum Arbeiten.

„Da ist neue Ware gekommen. Sie steht noch im Lager und müsste ausgepackt werden", sagte Megan genervt.

„Gut, das mach ich dann. Kümmert ihr euch bitte um die Kunden", fragte ich.

„Ja machen wir", sagte Megan aber es klang so, als ob sie dazu gar keine Lust hatte. Ich ging ins Lager und fing an die Kartons zu öffnen. Ich holte einen Schwung Herrenhemden heraus und legte sie auf einen anderen Karton. Sixt tauchte hinter mir auf und legte seine Arme um meinen Bauch. Dann begann er, meinen Nacken zu küssen.

„Du siehst heute richtig verführerisch aus", sagte er und glitt weiter zu meinen Hals.

„Und ich kann so nicht arbeiten", protestierte ich und drehte mich zu ihm um.

„Nein", fragte er und strich mit den Lippen an meiner Wange entlang. „Hm, was machen wir denn da? Ich glaube, du machst jetzt erst einmal eine Pause." Seine Lippen legten sich auf meine und sie verschmolzen ineinander. Seine Hände glitten über meinen Rücken und ein Schauer der Erregung breitete sich in meinen Körper aus.

„Du treibst mich noch in den Wahnsinn", sagte ich, als er wieder meinen Hals küsste.

„Das ist doch schön", sagte er und lachte. Allerdings hörte er nicht auf, sondern legte seine Lippen wieder auf meine. Ich hörte, dass er schneller atmete. Auch mein Atem wurde schneller und mein Herz pochte laut. Unsere Küsse wurden drängender und leidenschaftlicher. Meine Arme lagen um seinen Hals und meine Hände griffen in seine Haare.

„Das ist doch eine absolute Frechheit", hörte ich eine Frau im Laden empört rufen und erschrak. Ich schaute Sixt verwundert an und löste mich von ihm.

„Ich muss mal nachschauen gehen, was da los ist", sagte ich und fuhr mir durch das Haar.

„Na gut. Wieso werden wir hier drin eigentlich ständig gestört", fragte er in gespielter Empörung.

„Ich weiß es doch auch nicht", erwiderte ich lächelnd und gab ihm noch einen Kuss. Ich ging in den Laden und sah eine Frau mittleren Alters, die sich aufzuregen schien.

„Was ist denn los", fragte ich und schaute von der Kundin zu Megan und wieder zurück.

„Ihre Kollegin hat gesagt, dass ich zu dick für einen Rock wäre, dabei habe ich Kleidergröße achtunddreißig", berichtete mir die Kundin aufgebracht. Ich warf Megan einen wütenden Blick zu. Megan drehte sich um und ging ins Lager.

„Ich möchte sofort ihre Chefin sprechen", forderte die Kundin.

„Es tut mir leid, aber meine Chefin kommt erst heute Abend in den Laden. Ich entschuldige mich vielmals für meine Kollegin. Ich weiß nicht, was da in sie gefahren ist", versuchte ich sie zu beruhigen.

„Darf ich Ihnen als Entschädigung einen Rabatt-Gutschein geben?"

„Ja, das wäre wenigstens etwas", erwiderte sie und wurde wieder freundlicher. Ich ging zur Kasse und gab ihr einen Gutschein, mit dem sie beim Einkauf einen Rabatt von zehn Prozent bekam.

„Wenn Sie möchten, berate ich Sie gerne weiter", bot ich an.

„Ja, das wäre nett. Wobei ich wirklich am Überlegen war, ob ich hier überhaupt noch etwas in diesem Laden kaufe."

„Das kann ich verstehen." Ich führte sie zu den Röcken und suchte ihr verschiedene Modelle heraus. Nachdem sie einige anprobiert und sie sich für einen entschlossen hatte, gingen wir zur Kasse und sie bezahlte. Natürlich hatte sie den Gutschein sofort eingelöst. Als sie aus dem Laden gegangen war, ging ich ins Lager. Megan hatte nicht weiter ausgepackt, wie ich es schon vermutet hatte. Sie saß auf einer Kiste und tippte auf ihrem Handy herum.

„Sag mal geht's noch", fragte ich und schaute sie an. „Du kannst doch nicht eine Kundin beleidigen."

„Spiel dich hier mal nicht so auf."

„Du kannst froh sein, wenn sie es niemanden erzählt. Mrs. Evans wird dich hochkant rauswerfen."

„Soll sie doch. Das ist mir egal. Ich habe sowieso keine Lust mehr auf diesen Laden. Du kannst es ihr ruhig erzählen, was ich gemacht habe", sagte sie gleichgültig.

„Das werde ich auch müssen. Sonst wird sie es von der Kundin erfahren, wenn sie noch einmal wiederkommt. Ich muss sie vorwarnen." Ich war keine Petze und ich würde normalerweise niemanden verraten. Aber Mrs. Evans würde mich fragen, ob alles in Ordnung gewesen war, wenn sie wiederkäme und ich wollte sie nicht anlügen. Insbesondere dann nicht, wenn es um ihr Geschäft und ihren Ruf ging. Schließlich ging es um die Existenz der Boutique, mit der sie ihren Lebensunterhalt verdiente. Müsste sie den Laden schließen, weil keine Kunden mehr kämen, würde auch ich meinen Job verlieren und das wollte ich nicht. Megan hatte sich es selbst zuzuschreiben, wenn sie Ärger bekäme. Sie hätte sich der Kundin gegenüber nicht so benehmen dürfen.

„Dann tu es doch", kam es schnippisch von ihr und sie ging aus dem Lager. Wütend packte ich die Sachen weiter aus. Das konnte doch wirklich nicht wahr sein. Sie sah es noch nicht einmal ein, dass sie einen Fehler gemacht hatte. Und nun blieb die ganze Arbeit wieder an mir hängen. Sixt tauchte wieder auf und nahm mich in den Arm.

„Hey komm schon. Sie ist es nicht wert, dass du dich jetzt aufregst. Komm ich helfe dir eben, dann geht es schneller", sagte er sanft und half mir beim Auspacken.

„Danke", erwiderte ich.

„Das ist doch kein Problem. Ich helfe dir doch gerne." Es dauerte nicht lange und alle Sachen waren aus den Kartons ausgepackt. Ich nahm sie auf dem Arm und ging wieder in den Laden. Ich sortierte sie in die verschiedenen Regale ein und mir fiel auf, dass Katie ganz alleine im Laden stand.

„Wo ist denn Megan", fragte ich, als ich fertig war.

„Sie ist gegangen", erwiderte sie. Das konnte doch nicht wahr sein. Jetzt ließ sie uns hier auch noch alleine.

„Wenn sie meint", sagte ich und versuchte mich nicht aufzuregen.

Endlich kam der Feierabend und Mrs. Evans kam in den Laden. Katie nahm ihre Tasche und ging um Punkt sechs Uhr aus dem Laden. Ich blieb noch und musste Mrs. Evans erklären, was passiert war.

„Und wie ist es gelaufen mit den beiden. War etwas Besonderes", fragte Mrs. Evans freundlich.

„Nun ja, Megan hat eine Kundin beleidigt. Sie hat gesagt, sie wäre zu dick für einen Rock", erzählte ich ihr. Sie schaute mich fassungslos an. „Ich habe mich bei der Kundin entschuldigt, ihr einen Rabatt-Gutschein gegeben und sie anschließend noch beraten. Sie hat dann schließlich einen Rock gekauft und den Gutschein gleich genutzt."

„Das hast du gut gemacht. Und wo ist Megan jetzt?"

„Sie ist, nachdem die Kundin weg war und ich ihr das Passende gesagt habe, gegangen und hat Katie und mich alleine gelassen."

„Das kann doch nicht wahr sein. Da werde ich mit ihr noch ein ernstes Wörtchen reden müssen. Geh du jetzt ruhig nach Hause. Du hast heute hier genug getan. Genieße morgen den Tag. Wir sehen uns ja dann Freitag."

„Ja das werde ich." Ich holte meine Tasche aus dem Aufenthaltsraum und ging zur Tür.

„Tschüss bis Freitag", sagte ich.

„Tschüss Jamie." Ich verließ den Laden und ich ging zum Wagen, wo Nathan und Sixt wieder sichtbar auf mich warteten. Wir stiegen in den Wagen ein. Sixt startete den Motor und wir fuhren los. Erschöpft ließ ich mich in den Sitz sinken.

„Ich fand, du warst vorhin super. Wie du die Kundin beruhigt hast, war einfach klasse", sagte Sixt und strich mir über den Arm.

„Danke", erwiderte ich und lächelte ihn an.

„Ich habe sie bis draußen schreien gehört", lachte Nathan.

„Was wird denn jetzt mit Megan passieren", fragte Sixt.

„Ich weiß es nicht. Ich hoffe, sie wird gekündigt. Das wurde schon längst mal Zeit. Ihr habt sie ja jetzt öfter schon gesehen. Sie tut so gut wie nichts in der Boutique, wobei Katie auch nicht anders ist. Aber nur wenn Megan da ist, sonst kann sie auch richtig arbeiten", sagte ich, dann fiel mir etwas ein. „Nathan, hast du draußen irgendwo Terina gesehen?"

„Nein, sie hat sich nicht einmal blicken lassen."

„Dann scheint unser Plan ja aufgegangen zu sein, dass ich heute in Ruhe arbeiten konnte, ohne von ihr gestört zu werden. Sie wird morgen ganz schön blöd gucken, wenn ich nicht im Laden bin. Aber ich kann jetzt nicht jedes Mal die Schicht wegen ihr tauschen. Zumal sie auch irgendwann herausfinden würde, dass ich es täte."

„Das brauchst du auch nicht. Wir hoffen mal, dass wir sie morgen schnappen können", entgegnete Sixt und bog in die Auffahrt zum Haus der Schutzengel ein.

Nach dem Essen gingen Sixt und ich in sein Zimmer. Eher gesagt auf dem Balkon und setzten uns auf die Liege. Das Wetter war noch herrlich warm und der Abend gehörte, wie Sixt versprochen hatte, nur uns beiden. Vor dem Abendessen hatte ich schon mit Leslie telefoniert, sodass ich nun den Abend mit Sixt genießen konnte.

„Geht das eigentlich, dass ihr einen Abend mal nicht nach Terina sucht", fragte ich.

„Das geht schon. Einen Abend können wir uns mal freinehmen. Nur leider kann ich dich morgen nicht überraschen. Wir sind morgen Nachmittag die ganze Zeit auf der Suche nach ihr", erwiderte er grinsend und spielte auf meine Ausrede an, warum ich meine Schicht tauschen wollte.

„Das ist mir egal. Hauptsache ihr kriegt sie endlich". Ich lehnte mich an seine Schulter.

„Das werden wir", versprach er und küsste mich auf das Haar.

„Das hoffe ich. Sonst muss ich das mal in die Hand nehmen. Ich habe am Boxsack geübt", sagte ich lachend.

„Ja das sehe ich. Man hast du Muskeln bekommen. Sie hat ja überhaupt keine Chance gegen dich", neckte er mich und fühlte an meinem Oberarm nach meinen Muskel.

„Sage ich doch. Ein Schlag und sie liegt am Boden. Siehst du, so." Ich berührte seine Schulter sanft mit meiner Faust.

„Stimmt damit haust du sie um. Aber ich kann mich auch wehren. So zum Beispiel", erwiderte er. Er setzte sich auf und kitzelte mich an den Seiten. Ich versuchte mich zu wehren, indem ich ihn ebenfalls kitzelte, aber er kniete über mir und hielt mit seinen Beinen meine Arme fest.

„Gibst du auf", fragte er grinsend.

„Nein", sagte ich und versuchte meine Arme zu befreien.

„Na gut. Ich krieg dich schon dazu aufzugeben", kam es von ihm und er beugte sich zu mir hinunter. Er küsste mich am Hals, am Schlüsselbein und wanderte mit seinen Lippen wieder zurück. Das war unfair. Er wusste genau, dass ich es nicht lange aushalten würde.

„Und wie sieht es aus", fragte er an meinem Hals.

„Nein, ich gebe nicht auf." Sixt allerdings auch nicht. Er strich mit seinen Lippen hoch zu meinem Ohr. In meinen Körper kribbelte es und mir wurde heiß.

„Und jetzt", hauchte er in meinem Ohr. Sein Duft betörte mich und ich konnte gar nicht mehr klar denken.

„Ja, ich gebe auf", ergab ich mich keuchend.

„Gut." Er ließ sich zur Seite gleiten und zog mich mit. Dann lagen seine Lippen auf Meinen und er verwickelte mich in einen langen leidenschaftlichen Kuss.

„Jetzt weiß ich, wie ich immer gewinnen kann", stellte er lachend fest, als er sich wieder von mir löste.

„Du spielst ja auch mit unfairen Mitteln. Du weißt ganz genau, dass ich dir nicht widerstehen kann", protestierte ich.

„Ich bin halt unwiderstehlich", grinsend er.

„Das kann ich nur bestätigen", erwiderte ich, gab ihm einen Kuss und legte meinen Kopf auf seine Brust. Sixt strich mit seiner Hand immer wieder über meine Haare oder meinen Rücken und ich genoss seine Berührungen in vollen Zügen. Es war so schön einfach nur mit ihm auf der Liege zu liegen, ohne Angst haben zu müssen, dass ihm wegen der Jagd auf Terina etwas passieren könnte. Wenn er vielleicht sogar getötet wurde. Das würde ich nicht ertragen. Ich schüttelte diese schlechten Gedanken ab. Ich wollte jetzt nicht daran denken. Es war unser gemeinsamer Abend und den wollte ich genießen. Einen Abend ohne Jagd, Dämonen und Terina. Deshalb dachte ich nur noch an Sixt. Wie schön die letzten Wochen mit ihm doch gewesen waren. Es waren eigentlich die schönsten Wochen, die ich je hatte und ich hoffte, dass es noch viele weitere geben würde. Was wäre gewesen, wenn Danny nicht gestorben wäre? Hätten wir uns dann wirklich kennengelernt, wie Sixt gesagt hatte, und wären jetzt zusammen? Wäre er dann auch mein Schutzengel geworden? Er hatte gesagt, er hätte dann mit Danny die Schützlinge getauscht. Wer war eigentlich sein Schützling gewesen? Und wer war denn jetzt dessen Schutzengel?

„Kann ich dich etwas fragen?"

„Natürlich Süße. Du kannst mich alles fragen. Das weißt du doch."

Ich ließ mich neben ihn auf die Seite gleiten und stützte meinen Kopf mit dem Arm auf der Liege ab, um ihn ansehen zu können.

„Wie bist du eigentlich mein Schutzengel geworden? Also ich meine, ich weiß, wie du zum Schutzengel wurdest, aber was ist aus deinem vorherigen Schützling geworden, bevor du mir zugewiesen worden bist", fragte ich ihn.

„Das ist eine sehr traurige Geschichte. Als ich ein Schutzengel geworden bin, wurde ich einem Baby zugeteilt, das gerade geboren worden war. Es war ein Junge. Er hieß Jeremie. Als er drei Jahre alt war, wurde er schwer krank. Seine Eltern sind mit ihm ins Krankenhaus gefahren, wo er von einem Arzt gründlich untersucht wurde. Es muss für die Eltern schrecklich gewesen sein, als sie von dem Arzt die Diagnose erfuhren. Jeremie war an Leukämie erkrankt. Die Ärzte haben alles versucht. Er hat Tabletten und Chemotherapie bekommen, aber nichts schlug an. Ihm ging es immer schlechter und war fast die ganze Zeit über im Krankenhaus. Das Einzige, was ihm noch helfen konnte, wäre eine Stammzellenspende gewesen, aber die Ärzte haben für ihn keinen passenden Spender gefunden. Er ist einen Tag, bevor Danny getötet wurde, gestorben", erzählte Sixt und ich sah ihm an, dass ihm das Schicksal des kleinen Jungen sehr mitgenommen hatte.

„Oh mein Gott. Der arme kleine Junge und was seine Eltern durchmachen mussten. Das muss für sie schrecklich gewesen sein, nichts tun zu können und mit der Gewissheit zu leben, wenn kein Spender gefunden wird, dass ihr Kind stirbt", sagte ich und war von dieser Geschichte zutiefst betroffen. Der kleine Junge tat mir so unendlich leid, was er in seinen jungen Jahren schon erleiden und so früh sterben musste. Dabei hatte er sein ganzes Leben doch noch vor sich gehabt. Für seine Eltern musste es sehr schwer gewesen sein. Ich wollte mir gar nicht vorstellen, wie es wäre, wenn man als Eltern sein Kind verlieren würde. Es musste schrecklich sein.

„Ja, seine Eltern haben jeden Tag um das Leben ihres Sohnes gebangt. Jeremie hat sehr gelitten, allerdings ist er bei sich Zuhause gestorben. Das war sein letzter Wunsch. Er war zwar noch zu klein, um zu wissen, was mit ihm geschehen würde, aber er wollte einfach nur nach Hause. Er mochte keine Krankenhäuser. Seine Eltern haben ihn zwei Wochen vor seinem Tod nach Hause geholt und wollten, dass er die restliche Zeit, die er noch hatte, in seinem gewohnten Umfeld wäre."

„Das kann ich verstehen. Ist er eigentlich alleine in den Himmel gegangen", fragte ich nun.

„Nein, ich habe ihn dorthin begleitet. Das ist noch so eine Aufgabe von Schutzengeln. Wir begleiten die Sterbenden in den Himmel, damit sie sich nicht allein gelassen fühlen und bringen sie dann zum Engelsrat, die sich weiter um sie kümmern", erklärte er mir.

„Naja irgendwie ist es tröstlich zu wissen, wenn man stirbt, dass man dann nicht alleine ist." Ich hatte mich schon immer gefragt, ob es ein Leben nach dem Tod gäbe. Durch Sixt wusste ich, dass das Leben danach nicht vorbei war. Auch wenn man seine Lieben nicht mehr sehen durfte, so hatte man doch die Wahl im Himmelreich zu leben oder auf die Erde als Schutzengel zurückzukommen.

„Es ist für einen Schutzengel allerdings emotional auch nicht einfach, wenn ein Mensch stirbt. Vor allem wenn man jahrelang der Schutzengel des Schützlinges war. Man baut eine Art Bindung zu ihm auf, da man viel von seinem Leben mitbekommt."

„Das kann ich mir vorstellen. Dich hat der Tod von Jeremie sehr mitgenommen."

„Ja, das hat es. Er war so ein süßer, liebevoller, aufgeweckter Junge. Ich habe gesehen, wie er durch seine Krankheit litt und es tat mir in der Seele weh, ihn so zu sehen. Als er gestorben ist und ich ihn abgeholt habe, hat er mir auf dem Weg in den Himmel jede Menge Fragen gestellt. Ich habe versucht sie ihm so gut es geht zu beantworten. Selbst den Engelsrat hat er mit Fragen gelöchert."

Sixt lächelte bei der Erinnerung und ich war froh ihn nicht traurig zu sehen.

„Ich hoffe, ihm geht es gut im Himmel."

„Ja, ihm geht es gut. Nicht nur, dass er jetzt nicht mehr durch seine Erkrankung leidet, sondern auch, weil er nun bei seinen Großeltern im Himmelreich ist", sagte Sixt und strich mir sanft über die Wange.

„Das ist gut, dass er dort jemanden von seinen Verwandten hat und nicht alleine ist." Sixt Handy klingelte. Er stand auf und ging ins Zimmer, um es zu holen.

„Ja", meldete er sich. „Hi Brian, was gibt es?" Sixt kam wieder zu mir und setzte sich neben mir auf die Liege. Er strich mir über das Haar und hörte Brian am Handy zu. „Ja, ist gut. Wir kommen sofort. Ich würde vorschlagen, dass wir uns vor der Bar treffen", sagte er nun. „Bis gleich." Sixt legte auf und sah mich entschuldigend an. „Brian und seine Freundin Anastasia haben in einer Bar Viktor und Liam gesehen. Es tut mir leid, aber wir müssen dort sofort hin. Vielleicht kommt Terina ebenfalls in die

Bar. Dann können wir sie uns schnappen und erledigen. Und falls nicht, können wir wenigstens schon einmal Viktor und Liam ausschalten."

„Dir braucht es nicht leidtun. Es ist doch notwendig. Die Hauptsache ist doch, dass du mir heil wiederkommst", sagte ich und setzte mich auf.

„Das werde ich, Süße. Und den gemeinsamen Abend holen wir nach. Versprochen."

„Wenn ihr Terina und ihre Freunde erst einmal erledigt habt, werden wir noch viele gemeinsame Abende haben."

„Das werden wir. Ich hoffe, es wird nicht lange dauern. Falls doch, dann leg dich schon mal ins Bett und schlaf. Du brauchst nicht extra wach bleiben", sagte Sixt und gab mir einen Kuss. „Ich liebe dich."

„Ich liebe dich auch", erwiderte ich und Sixt verschwand. Ich stand von der Liege auf und ging ins Zimmer. Ich setzte mich auf die Couch und schaltete den Fernseher ein. Ich schaltete gerade durch die Kanäle, als mein Handy klingelte. Ich nahm es vom Tisch und ging dran.

„Miller", meldete ich mich.

„Hallo mein Schatz", erwiderte meine Mutter.

„Hallo Mom. Wie geht es euch", fragte ich sie.

„Uns geht es gut. Ist bei euch auch alles in Ordnung?"

„Ja, es ist alles gut", versicherte ich ihr.

„Hast du denn auch ein Auge auf Leslie?"

„Ja. Ihr geht es bei Greg gut. Ich habe heute schon mit ihr telefoniert. Es ist alles gut, Mom. Wie ist denn Miami so", änderte ich das Thema.

„Es ist sehr schön. Die Stadt gefällt mir."

„Das freut mich. Überarbeitet Dad sich denn auch nicht?"

„Nein. Darauf achte ich schon. Er hat jeden Nachmittag frei und wir unternehmen viel."

„Na das ist doch schön", erwiderte ich.

„So mein Schatz. Ich muss jetzt leider auflegen. Dein Vater und ich wollen Essen gehen und wir haben einen Tisch in einem Restaurant reserviert", sagte meine Mutter entschuldigend.

„Das ist doch nicht schlimm. Macht euch einen schönen Abend und genießt die Tage."

„Das werden wir. Ach, bevor ich es vergesse. Kannst du uns bitte

am Sonntag gegen siebzehn Uhr am Flughafen abholen?"
„Ja, mache ich."
„Danke. Ich muss jetzt wirklich auflegen. Dein Vater drängelt schon."
„Okay. Grüße Dad bitte von mir. Dann bis Sonntag. Hab euch lieb."
„Mache ich. Und grüße Sixt von uns. Wir haben dich auch lieb. Tschüss mein Schatz", sagte sie und legte auf. Ich war froh, dass es meinen Eltern gut ging. Das beruhigte mich ein wenig. Ich legte mein Handy neben mir auf die Couch und schaute weiter, was im Fernsehen lief. Es klopfte an die Tür und nach einem Herein von mir wurde sie von Maya geöffnet.

„Hey Jamie, hast du Lust einen Film zu schauen", fragte sie und hielt eine DVD-Hülle, die sie in der Hand hatte, hoch. „Den habe ich mir heute gekauft. Eigentlich wollte ich ihn heute mit Timothy schauen, aber ihm kam die Dämonenjagd wahrscheinlich gerade recht, da er Liebesfilme nicht so mag. Er wollte ihn nur mir zuliebe mitgucken."

„Sixt mag auch keine Liebesfilme. Ich bin zwar auch kein Fan davon, aber ich schaue ihn mir gerne mit dir an. Vielleicht gefällt er mir ja doch. Wollen wir ihn hier oder im Wohnzimmer schauen?"

„Wie wäre es im Wohnzimmer? Dort ist die Couch größer und wir können uns dort ausstrecken."

„Stimmt. Dann lass uns runterfahren." Ich schaltete den Fernseher aus und nahm mein Handy. Wir verließen das Zimmer, gingen zum Aufzug und fuhren, nachdem wir eingestiegen waren, ins Erdgeschoss. „Legst du schon mal den Film ein? Ich hole uns dann etwas zu trinken", fragte ich Maya, als wir aus dem Fahrstuhl ausstiegen.

„Okay, mach ich", erwiderte sie und ging zum DVD-Player. Ich ging in die Küche, holte aus dem Kühlschrank zwei kleine Flaschen Cola und machte mich auf dem Weg ins Wohnzimmer. Ich stellte die beiden Flaschen auf den Wohnzimmertisch ab und machte es mir auf der Couch gemütlich. Maya legte den Film in den DVD-Player ein und nahm neben mir platz. Ich drückte auf der Fernbedienung den Play-Knopf und der Film startete.

„Und wie fandest du ihn", fragte mich Maya, nachdem der Film geendet hatte.

„Dafür, dass ich Liebesfilme nicht so mag, fand ich ihn jetzt gar nicht mal schlecht", erwiderte ich.

„Das freut mich. Na vielleicht bekehre ich dich ja noch, dass du bald Liebesfilme magst", lachte Maya und stand auf.

„Na schauen wir mal", stimmte ich in ihr Lachen mitein.

„Ich gehe mal kurz zur Toilette", sagte sie und verließ das Wohnzimmer. Ich nahm die DVD aus dem Player und legte sie zurück in die Hülle. Anschließend setzte ich mich wieder auf die Couch und schaltete mit der Fernbedienung durch die Fernsehkanäle.

„Wir sind wieder da", hörte ich Sasha rufen. „Legt ihn auf die Couch." Das war wahrscheinlich an die Anderen gerichtet gewesen. Aber wen sollten sie auf die Couch legen und warum? Ich hatte kaum die Frage zu Ende gedacht, als sie schon ins Wohnzimmer kamen. Ich erschrak, als ich sie sah, denn Timothy und Nathan stützten Sixt, der sich gekrümmt ins Wohnzimmer schleppte und beide Hände auf den Bauch drückte. War das etwa Blut auf seinem T-Shirt?

„Was ist passiert", rief ich panisch, sprang von der Couch auf und eilte zu ihnen.

„Mach dir keine Sorgen. Deinem Freund geht es gut", sagte Nathan und verfrachtete Sixt auf die Couch.

„Ich soll mir was nicht machen? Keine Sorgen? Sixt ist, so wie es aussieht schwer verletzt und du willst mir weiß machen, dass es ihm gut geht", fragte ich fassungslos.

„Süße, es geht mir gut. Wirklich. Es ist alles halb so wild", versuchte Sixt mich zu beruhigen.

„Und das soll ich dir glauben? Dein T-Shirt ist mit Blut getränkt, du hältst dir deine Hände auf dem Bauch und kannst ohne gestützt zu werden nicht alleine laufen", rief ich aufgebracht.

„Was ist denn hier los", fragte Maya, die gerade ins Wohnzimmer kam. Sie schaute erst zu Sixt und dann zu Timothy. „Oh mein Gott, was ist denn mit euch passiert", fragte sie erschrocken und eilte zu Timothy, der sehr lädiert aussah. Seine Lippe war aufgeschlagen und seine Wange war blau und angeschwollen.

„Schatz, es ist alles in Ordnung", erwiderte Timothy und versuchte sie damit zu beruhigen.

„Das wollte mir Sixt auch gerade weiß machen. Dabei ist er schwer verletzt und muss ins Krankenhaus."

„Jamie, ich bin ein Schutzengel. Ich kann nicht in ein Krankenhaus. Die Ärzte würden sich bei mir wegen meiner schnellen Selbstheilungskräfte sehr wundern. Schau, die Wunde ist bereits am Verheilen", redete Sixt auf mich ein und zog sein T-Shirt ein Stück hoch, damit ich die Wunde sehen konnte. „Morgen früh ist von der Verletzung nichts mehr zu sehen."

„Das glaube ich nicht", entkam es mir, als ich mich neben ihm setzte und mir die Wunde genauer ansah. Die Blutung hatte aufgehört und man konnte sehen, dass sich die Wunde bereits wieder schloss. „Das ist ja unglaublich."

„Siehst du, Süße. Du brauchst dir gar keine Sorgen machen. Mir geht es auch schon wieder gut", sagte Sixt und setzte sich auf.

„Mir auch", kam es von Timothy, und als ich zu ihm herübersah, bemerkte ich, dass seine Lippe schon so gut wie verheilt war. Das war wirklich kaum zu glauben. Solch eine Fähigkeit hätte ich auch gerne gehabt. Wenn ich mich verletzte zum Beispiel mit einem Schnitt in den Finger, dauerte es mehrere Tage, bis es ganz verheilt war. Bei den Schutzengeln war es innerhalb von Minuten der Fall. Nun sah ich zu Sasha und Nathan. Aber entweder waren ihre Verletzungen schon wieder verheilt oder sie hatten gar nichts abbekommen, denn ich konnte bei ihnen nichts entdecken.

„Was ist denn jetzt genau passiert", fragte ich nun.

„Wir sind zur Bar gesprungen. Brian und Anastasia haben draußen auf uns gewartet. Wir gingen unsichtbar in die Bar und belauschten Viktor und Liam. Wir hofften, dass sie vielleicht den nächsten Plan von Terina ausplaudern würden. Aber das taten sie nicht. Sie unterhielten sich über belangloses Zeug. Wir sind trotzdem die ganze Zeit bei ihnen geblieben, bis sie die Bar verlassen haben. Auf dem Parkplatz wurden wir sichtbar. Eigentlich konnten sie nicht wissen, dass wir in der Bar gewesen waren. Vielleicht hatten sie aber auch einen Verdacht, denn als wir sie uns auf dem Parkplatz schnappen wollten, wartete dort schon ihre Verstärkung auf uns. Es müssen an die zehn weitere Dämonen gewesen sein, die uns mit Viktor und Liam zusammen angriffen. Und sie hatten Waffen dabei. Wir haben uns verteidigt, so gut es ging und sind dann abgehauen", berichtete Sixt Maya und mir. Die Anderen hatten sich inzwischen ebenfalls auf die Couch gesetzt.

„Oh mein Gott. Ihr hättet von ihnen getötet werden können", rief ich entsetzt.

„Es ist aber nichts passiert. Außerdem hätten wir gewusst, dass es eine Falle ist und dort noch zehn weitere Dämonen auf uns warten, wären wir auch nicht zur Bar gesprungen", erwiderte Nathan.

„Ich frage mich aber trotzdem, wie sie wissen konnten, dass wir zur Bar kommen würden", kam es von Sasha.

„Das frage ich mich auch. Vielleicht haben sie ja auch Brian und Anastasia erkannt und vermutet, dass sie uns Bescheid geben würden, oder sie wurden von ihnen in Geistergestalt belauscht und haben dann Verstärkung gerufen. Anders kann ich es mir nicht erklären", vermutete Timothy.

„Was ist denn eigentlich mit Viktor und Liam. Konntet ihr sie trotzdem schnappen", fragte Maya nach.

„Nein leider nicht. Sie sind, als die anderen Dämonen uns angegriffen haben, einfach abgehauen. Wir waren so mit dem Kämpfen beschäftigt, dass wir ihnen nicht hinterher konnten", erklärte ihr Timothy. „Dafür haben wir aber einige der Angreifer ausschalten können."

„Was für Feiglinge. Stellen sich noch nicht einmal dem Kampf", knurrte Nathan.

„Da hast du recht. Aber die beiden werden wir uns auch noch schnappen. Nur müssen wir jetzt etwas vorsichtiger sein, bevor wir wieder in eine Falle tappen", meinte Timothy und stand auf. „Lass uns ins Bett gehen. Es ist schon spät", wandte er sich an Maya.

„Lass uns auch gehen. Ich muss vorher aber noch eben duschen", sagte Sixt und stand ebenfalls auf.

„Kannst du denn mit der Verletzung überhaupt duschen gehen? Da sollte ein wasserdichtes Pflaster drauf", entgegnete ich.

„Ach, das geht schon so. Es ist doch schon verheilt. Schau mal." Er zog sein T-Shirt hoch und zeigte mir die Wunde. Tatsächlich. Sie war schon so gut wie verheilt. Es war nur noch ein roter Strich zu sehen. Unglaublich.

„Wie ist das eigentlich passiert", fragte ich ihn.

„Einer der Dämonen hat mich, kurz bevor wir abhauen wollten, mit einem Messer angegriffen und es mir in den Bauch gerammt", erklärte Sixt mir. „Ich habe ihn nicht gesehen, sonst wäre ich ihm ausgewichen."

„Der Dämon hat den Angriff allerdings nicht überlebt", grinste Nathan. Ich schaute ihn überrascht an. „Sasha hat ihn für immer in die Hölle verbannt."

282

„Ich bin sehr geschickt mit einem Schwert. Der Dämon hatte es in einer Halterung auf seinem Rücken. Ich habe es mir geschnappt und ihn mit seiner eigenen Waffe erledigt", kam es von Sasha. „Geht es euch beiden eigentlich gut? Ich habe euch in der Aufregung durch Sixts Verletzung ganz vergessen." „Ja, uns geht es gut. Du brauchst dir keine Sorgen zu machen", versicherte mir Sasha. „Komm Jamie, lass uns jetzt hochgehen. Ich brauche eine Dusche", drängte Sixt mich. Er nahm mich in den Arm und sprang mit mir in sein Zimmer.

„Heute Abend ist das passiert, wovor ich große Angst habe", sagte ich leise, als wir im Bett lagen. Ich hatte mich eng an Sixt gekuschelt und lag mit meinem Kopf auf seiner Brust. „Ihr wurdet heute beim Kampf verletzt. Du sogar schwer. Was wäre gewesen, wenn sie Eisenketten dabeigehabt hätten? Sie hätten euch umgebracht. Und das alles meinetwegen. Nur wegen mir seid ihr doch auf der Jagd nach Terina und ihren Freunden. Wegen mir wurdet ihr verletzt. Und wenn einer von euch meinetwegen getötet werden würde, wenn du wegen mir getötet werden würdest. Das würde ich nicht verkraften", schluchzte ich und Tränen liefen an meinen Wangen entlang.

„Hey Süße, es wird niemanden etwas passieren. Wir sind ein eingespieltes Team. Heute wurden wir von den Dämonen überrascht und sind in eine Falle geraten. Aber das wird nicht mehr passieren, denn wir werden ab jetzt vorsichtiger sein. Trotzdem kannst du überhaupt nichts dafür, wenn einer von uns mal verletzt wird. Du bist nicht schuld daran, dass Terina hinter dir her ist. Aber ich werde auch nicht zulassen, dass sie dir etwas tut." Sixt zog mich zu sich hoch und schlang seine Arme um mich. Ich vergrub mein Gesicht in seiner Halsbeuge. Ich wollte einfach nur, dass er bei mir war und mich hielt.

„Ich möchte dich nie verlieren."
„Das wirst du auch nicht. Ich liebe dich, Süße."
„Ich liebe dich auch."

Am nächsten Tag gingen Sasha und ich zu unserer zweiten Vorlesung in den Saal. Es war eine Vorlesung in Rechtswissenschaften. Dieses Mal mussten wir in die dritte Reihe von oben ausweichen. Die letzte Reihe war schon belegt. Ich sah, dass Monica und Terina dort saßen. Wahrscheinlich hatte Terina es so gewollt, damit sie hinter mir saß. Ich hatte ein merkwürdiges Gefühl im Bauch, als ob sie etwas geplant hatte. Mr. Benedict betrat den Raum und begann mit seiner Vorlesung. Ich schaute nach vorne und versuchte mich auf den Unterricht zu konzentrieren. Ich fühlte mich sehr unwohl zu wissen, dass Terina mir im Nacken saß und ich sie nicht sehen konnte, um zu schauen, was sie tat. Sasha schien es ebenfalls zu beunruhigen, denn ich sah, wie sie ihr Handy aus der Tasche holte und etwas darauf tippte.

„Wem schreibst du", fragte ich sie leise.

„Sixt. Mir ist nicht wohl bei dem Gedanken, dass sie hinter uns sitzt. Ich habe das Gefühl, dass sie irgendetwas vorhat", erwiderte sie.

„Das Gefühl habe ich auch."

„Mach dir keine Sorgen. Es passiert nichts." Sie schaute wieder auf ihr Handy. „Sixt ist gleich da."

„Er soll nicht extra meinetwegen seinen Kurs schwänzen."

„Das tut er gar nicht. Sein Kurs fällt aus und er war gerade in der Bibliothek." Sie schaute kurz zur Seite und wandte sich dann wieder mir zu. „Er ist da. Er sitzt jetzt neben dir." Kaum hatte sie das gesagt, spürte ich eine kalte Berührung im Nacken und mir ging es gleich besser. Bei Sixt fühlte ich mich immer sicher und geborgen.

„Ich bin bei dir, Süße. Sie wird nicht an dich herankommen. Egal was sie geplant hat", flüsterte Sixt mir ins Ohr und ich nickte kurz, da ich nicht antworten konnte. Es wäre doch aufgefallen, wenn ich mit jemandem gesprochen hätte, den niemand sehen konnte. Im Psychologiestudium wäre so etwas bestimmt lustig geworden. Die Professoren hätten mich doch für schizophren gehalten. Ich höre Stimmen und antworte darauf auch noch. Nun konnte ich entspannt dem Unterricht folgen. Und das tat ich auch und machte mir gelegentlich Notizen zu das, was Mr. Benedict uns erzählte.

„Mir ist langweilig. Ich könnte mir jetzt etwas Besseres vorstellen, was wir beide tun könnten, statt in dieser Vorlesung zu sitzen", flüsterte Sixt mir ins Ohr und begann, meinen Hals zu küssen.

„Lass es", erwiderte ich leise und rutschte zur Seite. Doch er folgte mir und machte einfach weiter. In meinem Körper begann es zu kribbeln und ich musste mich zusammenreißen, um nicht aufzustöhnen. Das würde sehr peinlich werden. „Hör bitte auf."

„Warum?"

„Weil wir hier in einer Vorlesung sind und uns benehmen müssen. Ich möchte nicht, dass es hier irgendwer mitbekommt, was du mit mir machst", flüsterte ich und hörte Sasha neben mir kichern. „Na gut. Dann bin ich jetzt ganz brav", erwiderte er, und auch wenn ich ihn nicht sehen konnte, wusste ich genau, dass er grinste. Ich setzte mich wieder normal hin und verfolgte weiterhin die Vorlesung. Gegen Ende des Kurses landete ein zusammengefalteter Zettel auf meinen Tisch. Ich öffnete ihn und erschrak, als ich las, was dort geschrieben stand. *-Wie würde es dir gefallen, wenn ich mir deine Schwester Leslie schnappe? Sie hat doch gleich Schulschluss. Viktor ist bereits auf dem Weg zur Highschool um sie abzufangen. Ich habe mir schon etwas Schönes für sie überlegt. Das wird ein Spaß!!!-* Angst breitete sich in mir aus. Sie wollte sich tatsächlich Leslie schnappen. Das konnte doch nicht wahr sein.

„Sie will dir nur Angst machen", flüsterte Sixt, der den Zettel ebenfalls gelesen haben musste.

„Nein, sie meint es ernst. Da bin ich mir ganz sicher. Leslie ist in Gefahr", erwiderte ich und drehte mich zu Terina um. Sie grinste hämisch und ihre Augen glühten rot. Mir wurde heiß und kalt zugleich. Ich begann zu zittern und in meinen Kopf drehte sich alles. Mein Hals schnürte sich zu. Ich bekam keine Luft mehr.

„Ich muss hier raus", sagte ich zu Sasha und Sixt, stand auf, nahm meine Sachen und rannte aus dem Saal. Die beiden folgten mir.

„Was ist denn das für eine Unruhe", hörte ich Mr. Benedict sagen.

„Ihr ist schlecht. Ich begleite sie raus", erwiderte Sasha. Ich rannte einfach weiter. Den Gang entlang und aus dem Gebäude raus. Ich musste zu Leslie, und zwar sofort. Ich musste sie vor diesem Dämon retten. Viktor durfte sie nicht in die Finger bekommen. Er würde sie zu Terina bringen und ich wollte gar nicht daran denken, was sie mit ihr machen würde.

„Jamie, warte", rief Sixt hinter mir, doch ich lief einfach weiter. Ich musste einfach weiter, denn ich durfte keine Zeit verlieren. Es ging hier um das Leben von meiner Schwester. Tränen bildeten sich in meinen Augen und die Angst schnürte mir die Kehle zu. Endlich kam ich bei meinem Wagen an, mit dem wir heute zur Uni gefahren waren. Schnell wühlte ich meinen Schlüssel aus der Tasche.

„Na wen haben wir denn da", hörte ich eine Stimme direkt neben mir. Ich schaute zur Seite und erschrak, als zwei Männer direkt neben mir standen und mich mit rotglühenden Augen angrinsten. Im nächsten Moment wurde ich auch schon nach hinten gezogen und Sixt stellte sich schützend vor mich.

„Viktor", knurrte Sixt den größeren von den zwei Dämonen an. Er hatte blonde schulterlange Haare und ein breites Kreuz. Der Andere musste dann Liam sein. Er hatte schwarze kinnlange Haare, war etwas kleiner als Sixt, hatte aber dafür einen sehr muskulösen Oberkörper.

„Sixt. Du lebst noch? Wie schade. Ich habe gedacht, meine Freunde hätten dich gestern Abend erledigt. Naja ist ja auch egal. Geh zur Seite und lass uns unseren Job erledigen. Wir müssen Terina die Kleine da übergeben", erwiderte dieser und versuchte an Sixt vorbei zu kommen.

„Niemals. Ihr lasst Jamie in Ruhe."

„Das können wir leider nicht tun. Terina bezahlt uns dafür, dass wir ihr die Kleine bringen und wir erledigen immer unsere Jobs. Also los jetzt."

„Vergiss es."

„Dann eben auf die harte Tour. Du hast es ja nicht anders gewollt. Viktor holte aus und verpasste Sixt einen Schlag ins Gesicht. Durch die Wucht geriet er ins Wanken. Viktor nutzte die Chance, packte mich am Arm und zog mich zu sich.

„Lass mich los", schrie ich und versuchte mich aus seinem Griff zu befreien, doch ich schaffte es nicht.

„Halt deine Schnauze", knurrte Viktor und wirbelte mich herum. Dabei knallte ich mit dem Kopf gegen den Rahmen meines Wagens. Ich stöhnte vor Schmerz auf. Mir wurde schwarz vor Augen und ich sackte zusammen.

Als ich wieder zu mir kam, lag ich auf etwas Weichem. Ich schaute mich kurz um und bemerkte, dass ich im Haus der Schutzengel auf der Couch im Wohnzimmer lag. Was war passiert? Leslie! Ihr Name schoss mir durch den Kopf. Terina wollte sich Leslie schnappen. Ich musste zu ihr, und zwar sofort. Ich setzte mich ruckartig auf. Das war keine gute Idee gewesen, denn Schwindel überkam mich und ich ließ mich stöhnend zurück auf die Couch sinken.

„Bleib liegen, Süße", sagte Sixt und nun bemerkte ich ihn erst. Er saß auf der Lehne und schaute besorgt zu mir herunter.

286

„Ich kann nicht. Ich muss zu Leslie. Terina wird sie töten."
„Nein, das wird sie nicht. Das war nur eine leere Drohung. Sie wollte dir damit nur Angst machen. Beziehungsweise wollte sie dich in eine Falle locken. Viktor und Liam sollten dich draußen abfangen und wahrscheinlich zu ihrem Versteck bringen."
„Und was ist, wenn sie sich Leslie doch geholt haben", fragte ich panisch.
„Das haben sie nicht. Ich habe gerade mit Jesse, Leslies Schutzengel, telefoniert und er versicherte mir, dass es ihr gut geht und sie ohne irgendwelche Vorkommnisse bei Greg Zuhause angekommen ist", sagte Sixt und strich mir sanft über die Haare.
„Wie geht es dir denn?"
„Mein Kopf dröhnt etwas und mir ist schwindelig, wenn ich aufstehe."
„Das war auch ein ganz schöner Schlag, den du abbekommen hast, als du mit dem Kopf gegen das Auto geknallt bist."
„Was ist eigentlich danach passiert", fragte ich nun.
„Gleich, nachdem du ohnmächtig geworden bist, sind wir mit dir nach Hause gesprungen, um dich in Sicherheit zu bringen."
„Hey da ist ja jemand wach", rief Sasha und kam zu uns ins Wohnzimmer. „Der Arzt kommt übrigens gleich."
„Was für ein Arzt", hakte ich nach und hatte schon so eine Vorahnung.
„Wir haben einen Arzt gerufen. Er soll sich deinen Kopf ansehen", erklärte Sixt mir.
„Aber ich brauche keinen Arzt. Mir geht es schon wieder gut", sagte ich und wollte aufstehen. Doch der Schwindel war schuld, dass ich mich doch wieder hinlegte.
„Das sehe ich. Der Arzt soll dich nur mal anschauen", sagte Sixt.
„Wenn es sein muss. Ich will jetzt aber erst Leslie anrufen. Ich muss wissen, ob wirklich alles in Ordnung ist", erwiderte ich und wollte aufstehen, um aus meiner Tasche mein Handy zu holen.
„Erst der Arzt und dann kannst du anrufen", kam es von Sixt und drückte mich wieder auf die Couch.
„Ist ja gut", schmollte ich und ließ mich wieder auf die Couch gleiten.
„Süße, ich möchte nur sichergehen, dass du dich bei dem Schlag nicht schwerer verletzt hast und das kann nur ein Arzt feststellen. Timothy hat sich deinen Kopf gerade zwar angesehen, aber er will

auch auf Nummer sichergehen und deshalb haben wir den Arzt gerufen." Es klingelte an der Tür, und nachdem Sasha sie geöffnet hatte, kam sie mit einer Ärztin zusammen ins Wohnzimmer. „Guten Tag. Ich bin Dr. Grace Lee. Was ist denn passiert", fragte sie. „Meine Freundin ist draußen am Auto ausgerutscht und mit dem Kopf auf das Auto geknallt. Sie ist ohnmächtig geworden und gerade erst wieder zu sich gekommen", berichtete Sixt ihr und änderte das Geschehene etwas ab, da er ihr kaum erzählen konnte, dass ich wegen eines Dämons gegen das Auto geknallt war. Die Ärztin untersuchte mich, konnte aber keine schlimmeren Verletzungen feststellen. Ich hatte einfach nur eine leichte Gehirnerschütterung und sollte mich den Tag etwas schonen. Falls es schlimmer werden würde, sollte ich ins Krankenhaus fahren.

„Darf ich jetzt endlich Leslie anrufen", fragte ich, als die Ärztin gegangen war. „Ja natürlich, Süße. Warte", sagte Sixt und reichte mir das Telefon, was auf dem Tisch lag. Ich wählte Leslies Handynummer und wartete darauf, dass sie dranging. Aber nichts tat sich. Es klingelte, aber sie ging nicht dran. Ich rief noch einmal an. Vielleicht hatte ich auch eine Zahl bei der Nummer vertauscht. Aber wieder klingelte es nur und niemand ging dran. Ich bekam Panik. Hatte Terina sie sich etwa doch geschnappt? Was wäre, wenn sie meine Schwester doch in ihrer Gewalt hatte? „Leslie geht nicht an ihr Handy. Da stimmt etwas nicht", sagte ich und begann zu zittern. „Ich muss zu ihr fahren und schauen, ob es ihr gut geht." Ich stand auf. Der Schwindel überkam mich zwar, doch das war mir egal. Ich musste zu Leslie. Sie war jetzt wichtiger. Ich ging schwankend ein paar Schritte, doch Sixt war gleich bei mir und hielt mich auf. „Leslie geht es gut. Sie ist in Sicherheit", versuchte er mich zu beruhigen. „Das glaube ich nicht. Terina hat sie sich bestimmt geschnappt. Sie geht nicht an ihr Handy." Ich wählte noch einmal Leslies Nummer, doch wieder ging sie nicht dran. „Süße, vielleicht hat sie den Ton ausgestellt und bekommt es nicht mit, dass du sie anrufst. Warte bitte kurz. Ich rufe Jesse an und frage ihn, wo Leslie ist." Sixt nahm sein Handy und wählte die

Nummer von Leslies Schutzengel. „Jesse? Ich bin es Sixt. Ist mit Leslie alles in Ordnung", fragte er ihn. Kurze Stille, bevor er wieder sprach. „Das ist gut. Jamie konnte sie nicht auf dem Handy erreichen und dachte es wäre etwas passiert." Wieder Stille. „Ja, ich werde es ihr ausrichten. Können wir kurz vorbeikommen. Ich möchte ihr etwas zeigen." Er schaute mich an und strich mir über das Haar. „Ja okay, bis dann." Sixt legte auf und steckte sein Handy in die Tasche. „Also ich soll dir von Jesse ausrichten, dass du dir keine Sorgen machen sollst. Leslie geht es gut und sie ist gerade bei Greg Zuhause. Er passt gut auf sie auf. Aber ich möchte dir noch etwas zeigen, damit du ganz beruhigt bist", sagte Sixt.

„Was denn", fragte ich verdutzt, war aber doch schon beruhigter zu wissen, dass es ihr gutging.

„Ich werde mit dir zu ihr springen. Unsichtbar. Aber nur, wenn du mir versprichst, dich danach wieder hinzulegen und auszuruhen", kam es von ihm ernst.

„Ja, das werde ich. Versprochen. Und wir springen wirklich zu ihr und sind dann unsichtbar", hakte ich ungläubig nach.

„Ja, das werden wir. Aber das ist eine absolute Ausnahme. Normalerweise machen wir Schutzengel so etwas nämlich nicht. Das darf eigentlich nur der eigene Schutzengel. Es könnte als Spionage ausgelegt werden. Aber Jesse weiß darüber Bescheid, was ich mit dir vorhabe und er hat es erlaubt."

„Ich wusste gar nicht, dass ein Schutzengel einen Menschen mit unsichtbar machen kann."

„Stimmt, wir haben darüber noch nie ausführlich gesprochen. Wir können Menschen mit unsichtbar machen. Allerdings müssen wir den Menschen dabei die ganze Zeit berühren, sonst funktioniert es nicht. Aber wir Schutzengel können auch eine Art schalldichte Blase erzeugen, in der uns weder jemand sehen noch hören kann. Diese Blase werde ich auch gleich benutzen, damit sie uns nicht versehentlich hören."

„Na ich hoffe, wir stören sie nicht bei etwas bestimmten. Ich habe keine Lust meine Schwester bei so etwas zu erwischen", fiel mir ein.

„Nein, da brauchst du keine Angst haben. Jesse hat mir gesagt, dass die beiden gerade am Essen sind. Wollen wir dann los?"

„Ja." Sixt nahm mich in den Arm und sprang. Ich spürte das vertraute Kribbeln im Körper, welches ich immer hatte, wenn er mit mir sprang. Ich war gespannt darauf, wie es sein würde, wenn ich unsichtbar wäre. Wir tauchten in einem Zimmer wieder auf. Es musste Greg gehören. Überall hingen Poster von Sportlern und Filmen.

„Ich habe die Blase jetzt errichtet", sagte Sixt hinter mir.

„Oh okay." Ich schaute um mich herum, aber ich konnte die Blase nicht erkennen.

„Nur ich kann die Blase als eine Art Schein sehen, so wie ich auch unsichtbare Schutzengel in diesem Schein sehen kann", erklärte er mir.

„Habt ihr noch irgendwelche Fähigkeiten, von denen du mir bis jetzt noch nichts erzählt hast", fragte ich ihn.

„Nein, das waren jetzt wirklich alle. Außer, dass ich mich in einer Blase noch einmal extra unsichtbar machen kann. Wofür das gut sein soll, weiß ich allerdings auch nicht", sagte er schulterzuckend. „Ich kann es mir nur so erklären, dass man, wenn man die Blase errichtet, nicht in einer unsichtbaren Gestalt ist."

„Zumindest wäre es eine logische Erklärung dafür, dass du dich dann in der Blase noch einmal unsichtbar machen kannst." Die Zimmertür öffnete sich und ich war erleichtert, als ich Leslie sah, die gerade mit Greg ins Zimmer kam. Ihr schien es wirklich gut zu gehen und darüber war ich sehr froh.

„Das Essen war sehr lecker. Deine Mutter kann wirklich gut kochen", sagte sie und warf sich auf das Bett.

„Das wird sie freuen zu hören", erwiderte Greg. Ich wollte die beiden nicht belauschen. Mir reichte es zu wissen, dass es Leslie gutging und davon hatte ich mich selbst überzeugt.

„Wir können jetzt gerne zurückspringen. Ich möchte sie nicht belauschen", wandte ich mich zu Sixt.

„Das werden wir auch. Warte aber noch kurz. Wir bekommen gerade Besuch", erwiderte er und im nächsten Moment stand ein weiterer Schutzengel in unserer Blase.

„Andere Schutzengel können in die Blase kommen", fragte ich erstaunt.

„Ja, aber nur, wenn ich das möchte. Menschen können es allerdings nicht. Du kannst jetzt zum Beispiel die Blase auch nicht einfach so verlassen. Du würdest gegen eine unsichtbare Wand laufen. Frag mich nicht warum, ich weiß es selber nicht. Irgendetwas muss sich der Erschaffer der Schutzengel damals dabei gedacht haben", sagte er achselzuckend. „Jamie, darf ich dir vorstellen? Das ist Jesse, der

Schutzengel von deiner Schwester." Er deutete auf den anderen Schutzengel. Er war etwa so groß wie Sixt, hatte kurze hellbraune Haare und von seiner Figur her sah er sehr sportlich aus.

„Hallo", grüßte ich ihn und reichte ihm die Hand.

„Hi", erwiderte er, nahm meine Hand und schüttelte sie kurz, bevor er sie wieder losließ. „Du brauchst dir wirklich keine Gedanken zu machen. Deine Schwester ist hier in Sicherheit. Ich und die Schutzengel von Gregs Familie passen sehr gut auf sie auf."

„Danke. Ich habe nur so eine Angst, dass ihr etwas passiert. Sie ist doch meine kleine Schwester. Und als ich heute diesen Zettel von Terina bekommen habe, wo sie meinte, sie würde sich Leslie schnappen, habe ich Panik bekommen", erklärte ich ihm.

„Das kann ich verstehen. Aber du kannst ganz beruhigt sein. Wir haben hier alles im Griff und bis jetzt hat es Terina oder einer ihrer Freunde auch noch nicht versucht, deiner Schwester etwas zu tun", versicherte mir Jesse.

„Siehst du und jetzt kannst du dich beruhigt auf die Couch legen", sagte Sixt.

„Na gut, wobei es mir schon viel bessergeht. Der Schwindel ist so gut wie weg und mein Kopf dröhnt nicht mehr."

„Trotzdem wirst du dich hinlegen. Die Ärztin hat gesagt, dass du dich ausruhen sollst."

„Was ist denn passiert", fragte Jesse neugierig.

„Viktor hat sie vorhin, als er sie von Terina aus draußen abfangen sollte, gegen ihr Auto geschleudert und dabei hat sie sich am Kopf verletzt", erklärte Sixt ihm.

„Oh, na dann solltest du dich wirklich ausruhen", wandte sich Jesse mir zu.

„Das werde ich."

„Danke, dass du uns erlaubt hast, kurz vorbeizuschauen", bedankte sich Sixt bei Jesse.

„Kein Problem. Solange es geholfen hat", winkte Jesse lächelnd ab.

„Ja das hat es. Ich bin jetzt viel beruhigter zu wissen, dass es Leslie wirklich gut geht. Vielen Dank", kam es von mir.

„So dann lass uns mal wieder los, bevor deine Schwester doch noch etwas Unanständiges tut. Das möchtest du ja nicht sehen", grinste Sixt.

„Nein, das will ich wirklich nicht."

„Macht´s gut ihr beiden. Wir sehen uns", verabschiedete sich Jesse

und verschwand aus der Blase. Sixt zog mich dicht an sich und sprang mit mir wieder zurück ins Haus der Schutzengel. Im Wohnzimmer tauchten wir wieder auf.
„Vielen Dank, dass du das für mich getan hast", bedankte ich mich bei Sixt.
„Das habe ich doch gerne getan. Geht es dir jetzt besser?"
„Ja. Viel besser. Muss ich jetzt wirklich auf die Couch", fragte ich ihn, obwohl ich seine Antwort schon kannte.
„Ja, das muss sein. Ruhe dich aus, Süße. Das war heute alles etwas zu viel für dich. Ich hole dir eben noch etwas zu essen. Du hast noch gar nichts zum Mittag gegessen."
„Okay, stimmt etwas Hunger habe ich schon. Dann werde ich mich mal bedienen lassen", erwiderte ich und legte mich auf die Couch.

Am Nachmittag wollten die Schutzengel noch einmal los. Sie wollten Terina von der Uni aus verfolgen.
„Du bleibst hier auf der Couch liegen", befahl Sixt. Auch wenn ich keine Lust hatte liegen zu bleiben, blieb mir doch nichts anderes übrig. Sixt passte sehr gut auf, dass ich mich ausruhte. Mein Körper hatte die Ruhe auch bitter nötig. Der Stress und die Angst in den letzten Tagen waren zu viel für mich gewesen. Aber abgesehen davon genoss ich es doch ein wenig von Sixt bedient zu werden. Er hatte mir ein wunderbares Mittagsessen gemacht. Es war zwar nur ein Sandwich gewesen, aber es hatte köstlich geschmeckt. Dazu hatte ich zum Nachttisch einen Schokoladenpudding bekommen.
„Ja, werde ich", erwiderte ich.
„Maya passt du bitte auf", fragte Sixt sie. Maya und ich blieben alleine zu Hause, wobei ich Sixt ansah, dass er lieber bei mir geblieben wäre. Aber sie wollten Terina endlich fangen.
„Kein Problem. Ich muss zwar lernen aber das mach ich hier unten im Wohnzimmer", kam es von ihr.
„Ich muss eigentlich auch lernen. Wir schreiben morgen noch eine Klausur in Statistik", fiel mir ein.
„Ich hol dir eben deine Bücher", sagte Sixt und verschwand. Es hatte noch nicht einmal eine Minute gedauert, da war er wieder bei mir und reichte mir die Kursbücher, inklusiver Notizen und einen Stift.
„Danke."
„So, wir müssen jetzt gehen. Wir sind aber bald wieder da." Sixt

beugte sich zu mir herunter und küsste mich.

„Passt auf euch auf."

„Immer", erwiderte er grinsend. Ich nahm meine Bücher und begann im Liegen zu lernen. Meine Gedanken schweiften aber immer wieder zu Terina. Trotzdem mir Jesse versichert hatte, dass Leslie nichts passieren würde, hatte ich doch Angst das Terina sie sich schnappen könnte. Ihr war alles zuzutrauen und sie würde einen Weg finden, wenn sie wollte. Ich konnte nur hoffen, dass Sixt und die Anderen sie bald schnappen und erledigen würden. Wie lange sollte es denn noch so weitergehen? Wie lange musste ich noch um mein Eigenes und um das Leben von denen, die ich liebte bangen? Ich versuchte, die schlechten Gedanken abzuschütteln und mich auf mein Buch zu konzentrieren. Maya hatte sich auf den Boden gesetzt und ihre Unterlagen auf dem Wohnzimmertisch verteilt.

„Wie geht es dir denn", fragte sie.

„Es geht schon wieder. Der Schwindel ist weg und mein Kopf dröhnt auch nicht mehr. Aber ich kann mich nicht richtig auf das Lernen konzentrieren, weil meine Gedanken immer wieder abschweifen."

„Das kann ich verstehen. Ich habe mich sowieso gefragt, wie du das alles aushältst. Ich bin damals regelrecht zusammengebrochen, als der Dämon hinter mir her war. Nur hat er keinen Psychoterror bei mir ausgeübt, wie Terina es bei dir versucht, und hat auch nicht gedroht meiner Familie etwas anzutun."

„Und das ist halt das Schlimmste. Ich hatte heute so eine große Angst um Leslie, dass sie ihr etwas tun könnte. Aber warum muss mir das passieren? Ich verstehe es nicht. Ich habe ihr doch gar nichts getan. Und Matt hat sie doch auch bekommen. Ich kann doch nichts dafür, dass er noch Gefühle für mich hat."

„Das habe ich mich damals bei mir auch gefragt. Und ich verstehe es bis heute nicht, warum er mich töten wollte. Ich konnte genauso wenig etwas dafür, dass meine Freundin sich von ihm getrennt hat, wie du, das Matt noch Gefühle für dich hat. Mach dich jetzt nicht verrückt. Die Vier werden sie kriegen und dann ist alles vorbei."

„Das wäre schön", sagte ich.

„Wie war es eigentlich, als du mit Sixt unsichtbar bei Leslie warst", fragte sie nun.

„Es war unglaublich. Ich wusste ja gar nicht, dass Schutzengel auch

Menschen unsichtbar machen können und vor allem in der Lage sind so eine Blase zu bilden."

„Ja, das ist echt unglaublich. Timothy ist mit mir mal in so einer Blase durch die Stadt gelaufen, weil er sie mir mal zeigen wollte. Die Menschen sind sogar einfach durch uns hindurchgelaufen. Das war ein unglaubliches Gefühl", erzählte sie.

„Echt, die Leute können durch einen hindurch laufen", fragte ich verwundert.

„Ja. Timothy hat es mir so erklärt, dass die Menschen weder die Blase, noch einen selbst sehen und wahrnehmen können. In dieser Blase ist man wie, als wenn man unsichtbar wäre. Also für die Leute bist du einfach nicht da. Timothy hat es mir auch mal gezeigt, wenn man unsichtbar ist. Man kommt sich vor, wie ein Geist. Du wirst von den Leuten ebenfalls nicht wahrgenommen."

„Wahnsinn." Ich setzte mich ein Stück auf, nahm mein Glas mit Wasser vom Tisch und trank einen großen Schluck. Ich stellte es wieder auf den Tisch zurück und legte mich wieder hin.

„Sei mir nicht böse, aber ich muss jetzt leider lernen", sagte Maya entschuldigend.

„Nein, ist schon gut. Ich muss schließlich auch lernen, sonst wird das morgen mit der Klausur nichts", erwiderte ich.

„Na dann, auf ein gutes Lernen", grinste Maya.

„Ja und auf gute Noten." Ich wandte mich wieder meinem Buch zu. Auch Maya nahm sich ihr Buch und begann zu lernen. Ich las mir einen Text durch, merkte das meine Augen schwer wurden und schlief ein.

Ich war im Halbschlaf, als ich die Anderen hörte. Sie schienen zurück zu sein, doch ich wollte meine Augen nicht öffnen. Ich war zu müde dazu.

„Psst sie schläft", flüsterte Maya jemanden zu. Ich hörte, wie sie aus dem Wohnzimmer gingen und im anderen Raum über etwas redeten. Ich hörte ihnen nicht zu und schlief wieder ein. Hätte ich allerdings gewusst, dass ich wieder einen Albtraum hatte, wäre ich doch lieber wach geblieben. Ich war im Vorlesungssaal. Der Professor erzählte etwas, was ich aber nicht verstand. Ich schaute mich um. Sasha saß neben mir und redete mit ihrem Sitznachbarn. Ich schaute wieder nach vorne und sah Terina, die mich anlachte. Schnell schaute ich weg. Jedes Mal wenn ich nach vorne schaute, saß sie eine Sitzreihe näher an mir heran. Als ich das nächste Mal nach vorne sah, war sie nicht mehr da. Ich atmete erleichtert auf. In dem Moment spürte ich eine Berührung an meiner Schulter. Ich erschrak und schaute zur Seite. Terina saß genau auf den Platz neben mir. Schnell drehte ich mich zu Sasha um, aber sie redete immer noch mit ihrem Nachbarn. Sie bemerkte mich gar nicht. Auch nicht, als ich sie an der Schulter rüttelte. „Was ist los? Passt jetzt keiner mehr auf dich auf", fragte Terina. „Was machst du denn jetzt?" Sie holte ein Messer aus ihrer Tasche. „Ich werde dich jetzt töten und niemand wird dir helfen", lachte sie und ihre Augen glühten rot. Ich versuchte aufzustehen, aber sie drückte mich zurück in den Sitz. Terina kam immer näher und ich begann zu schreien. Niemand reagierte. Auch Sasha nicht. Hilfe suchend stieß ich sie an, aber sie drehte sich nicht um. Terina holte aus und stach zu. Ich spürte einen Schmerz in meinen Bauch. Sie zog das Messer raus und stach immer wieder zu. Ich hielt mir den Bauch. Das Blut floss aus den Wunden und ich schrie. Terina lachte und schaute sich das Messer an, an dem mein Blut klebte. Schreiend wachte ich auf. Ich saß auf der Couch und schnappte nach Luft. Sixt kam sofort ins Wohnzimmer gerannt und legte seine Arme um mich.

„Es war bloß ein Traum", flüsterte er mir ins Ohr. „Alles ist gut." Ich drehte mich zu ihm um und schlank meine Arme um seinen Hals. Sanft strich er mir über den Rücken. Ich sah, dass die Anderen ebenfalls ins Wohnzimmer gekommen waren und mich besorgt anschauten.

„Ich war im Vorlesungsraum und Terina war auch da. Sie hat mit einem Messer immer wieder auf mich eingestochen und niemanden hat es gestört", sagte ich leise.

„Es war nur ein Traum", versicherte Sixt mir wieder. Ich beruhigte mich und löste mich von ihm. Ich hatte gar nicht bemerkt, dass eine Decke auf mir gelegen hatte. Irgendjemand hatte mich zugedeckt. Ich schaute zu den Anderen und da fiel mir auf, dass Nathan einen Verband am Arm trug.

„Was ist passiert", wollte ich wissen.

„Ach nur ein kleiner Kampf mit einem Dämon", tat Nathan ab.

„Was", fragte ich entsetzt. Nathan kam zur Couch und setzte sich neben mich. „Was ist passiert", fragte ich noch einmal.

„Wir waren hinter Terina her. Auf einem abgelegenen Parkplatz haben wir sie umzingelt. Dann kamen Liam und Viktor und griffen uns an. Viktor hatte ein Messer und streifte mich damit. Sie konnten allerdings fliehen", erzählte er.

„Und dein Arm", fragte ich und schaute auf den Verband. „Ist nicht schlimm. Du weißt doch, dass bei uns Schutzengeln Verletzungen schneller heilen, als bei Menschen", grinste er. „Stimmt. Ist denn sonst noch jemand etwas passiert", fragte ich und schaute zu den Anderen. Bei Sixt blieb mein Blick hängen. „Nein. Niemanden", versicherte Sixt mir und strich mir über die Wange. „Wie geht es dir denn?"

„Soweit gut. Nur dadurch, dass ich geschlafen habe, kam ich nicht zum Lernen. Ich glaube, du musst mir morgen wieder während der Klausur helfen", sagte ich lächelnd.

„Mir auch. Ich kam auch noch nicht zum Lernen", rief Sasha. „Ich kann mich auch mit euch beiden gleich noch hinsetzten und lernen. Das wäre das Einfachste", schlug er vor.

„Oh, da spricht der Lehrer", lachte Sasha. „Also gut von mir aus."

Sixt schaute mich an.

„Na gut. Wenn ich dazu in der Lage bin. Ich glaube, der Schwindel ist wieder da", grinste ich und hielt mir gespielt meinen Kopf.

„Na mal schauen, wie schlimm der Schwindel wirklich ist", sagte Sixt und in seinen Augen loderte der Schalk auf. Was hatte er vor? Sixt beugte sich zu mir herüber und ehe ich mich versah lagen seine Lippen schon auf Meinen. Sein Kuss war drängend und leidenschaftlich. Ich wollte den Kuss gerade vertiefen, als Sixt sich schon von mir löste. „Und ist der Schwindel noch da", fragte er grinsend.

„Äh nein", brachte ich schwer atmend heraus.

„Gut, dann ab ins Esszimmer und dann wird gelernt", trieb er mich.

„Jawohl Herr Lehrer", lachte ich.

Donnerstag nach der Uni blieb Timothy bei mir und die Anderen gingen wieder auf die Suche. Die Klausur war gut gelaufen. Sixt hatte den ganzen Abend noch mit Sasha und mir gelernt, bis wir es verstanden hatten. Er sollte sich wirklich überlegen Lehramt zu studieren und Lehrer zu werden.

„Wo ist Maya heute", fragte ich ihn. Wir hatten uns draußen auf die Terrasse gesetzt und genossen die Sonne.

„Sie ist oben in unserem Zimmer. Eine Freundin ist zu Besuch. Es ist auch gut, dass sie hier ist, so kann ich auf euch beiden aufpassen", sagte er.

„Es tut mir so leid, dass sie sich meinetwegen nicht frei bewegen kann", sagte ich entschuldigend.

„Das braucht dir nicht leidzutun. Sie weiß, dass es nicht deine Schuld ist. So etwas hat sie schon einmal durchgemacht. Nur damals war jemand hinter ihr her. Dieses Mal ist es nur eine Vorsichtsmaßnahme."

„Das hat sie mir erzählt. Das war der Freund ihrer Freundin, der ein Dämon war, oder?"

„Ja genau", sagte er.

„Was meinst du, wie lange wird es noch dauern, bis ihr sie geschnappt habt", fragte ich ihn.

„Naja, das weiß ich leider nicht. Wir verfolgen sie ja schon ständig, nur hält sie sich immer da auf, wo viele Menschen sind. Ich weiß du willst wieder raus. Ich kann dich verstehen. Wir versuchen alles, sie so schnell wie möglich zu erwischen. Sie wird bestimmt bald einen Fehler machen und dann haben wir sie."

„Das hoffe ich", sagte ich.

„Was wollen wir denn jetzt machen", fragte Timothy lächelnd.

„Ich weiß nicht. Erzähl mir doch etwas."

„Was möchtest du denn hören?"

„Erzähl mir doch, wie du zum Schutzengel geworden bist. Das heißt nur, wenn du es möchtest. Ich kenne jetzt von jedem die Geschichte außer die von dir", erklärte ich.

„Na gut. Aber ich will dich nicht erschrecken."

„Das tust du nicht", versicherte ich ihm.

„Vor sechs Jahren, also mit achtzehn, bin ich zum Schutzengel geworden. Ich wohnte damals mit meiner Familie in Kanada. Genauer gesagt in Toronto im Bundesstaat Ontario. Wir wohnten in einem kleinen Häuschen am Rande der Stadt. Ich stand kurz vor dem Schulabschluss und jobbte in einer Tankstelle, um mein Lebensunterhalt zu finanzieren und meinen Eltern zu helfen. Meine Eltern hatten nicht genug Geld, um mir das Studium nach der Schule zu bezahlen. Ich hatte noch drei Schwestern, die sie auch noch durchbringen mussten und mein Vater verdiente nicht soviel Geld. Er war Krankenpfleger in einem Krankenhaus. Das Geld reichte gerade so, um die Familie durchzubringen. Meine Mutter konnte durch ein Bandscheibenleiden nicht mehr arbeiten gehen und so war mein Vater der Alleinverdiener Zuhause. An einem Samstagabend hatte ich die Nachtschicht in der Tankstelle, wo ich neben der Schule arbeitete. Es war nicht viel los. Zum Glück hatten wir dort einen Fernseher stehen, den wir für die Nachtschicht einschalten durften. Ich schaute irgend so einen Film, als ein Mann in den Laden kam. Er hatte eine Sturmhaube über das Gesicht gezogen und richtete eine Waffe auf mich. Er schrie, dass es ein Überfall sei und ich sollte ihm sofort das Geld geben. Ich war total erschrocken. Immer wieder schrie er mich an. Ich versuchte die Kasse zu öffnen, aber sie klemmte. Er wurde immer ungeduldiger, und als es ihm nicht schnell genug ging, drückte er ab. Einmal, zweimal, dreimal. Ich schaute an mir hinab. Er hatte mir dreimal in den Bauch geschossen und das Blut floss aus den Wunden heraus. Ich ging zu Boden und blieb liegen. Er schnappte sich das Geld aus der Kasse und flüchtete. Ich weiß nicht, wie viel Zeit vergangen war, bis ein Kunde in den Laden kam und mich fand. Er rief sofort einen Krankenwagen, aber es war schon zu spät. Ich bin noch im Laden gestorben", erzählte er.

„Haben sie den Täter denn geschnappt", fragte ich.

„Ja. Er ist, als er von der Tankstelle kam, direkt einer Polizeistreife in die Arme gelaufen. Dumm gelaufen", sagte Timothy lächelnd.

„Das ist wirklich nicht gut für ihn gelaufen. Das geschieht ihm aber recht. Ich hoffe, er kommt nie wieder auf freien Fuß."

„Das hoffe ich auch. Naja, als ich ein Schutzengel wurde, bin ich dann nach Spanien gezogen. Beziehungsweise hatte mich der Engelsrat dort hingeschickt, weil dort noch eine Wohnung frei war und ich habe dort meine Schule beendet. Ich habe dann Maya kennengelernt, als sie mein Schützling wurde. Allerdings kamen wir erst nach einem Jahr zusammen. Am Anfang waren wir nur gute Freunde. Ich hatte mich in Maya verliebt und habe mich oft hier in Portland aufgehalten, um sie besser kennenzulernen. Ich wusste nicht, wie ich ihr erklären sollte, dass ich ein Schutzengel bin. An einem Tag habe ich dann meinen ganzen Mut zusammengenommen und habe es ihr erzählt. Das ist jetzt fünf Jahre her. Als ich vor vier Jahren hörte, dass es hier in Portland ein neues Schutzengelhaus geben soll, habe ich mich beim Engelsrat für ein Zimmer beworben, denn ich wollte näher bei Maya sein. Als Begründung habe ich einfach gesagt, dass es mir in Spanien nicht gefällt und ich wieder in die USA wollte. Ich konnte ihnen nicht sagen, dass es wegen Maya war. Sixt hat dir bestimmt erzählt, dass wir keine Beziehung mit einem Menschen haben dürfen. Zu der Zeit war es schon verboten. Ich habe hier mein Studium als Informatiker, welches ich in Spanien begonnen hatte, beendet und jetzt studiere ich Medizin", sagte er.

„Und Maya ist dann letztes Jahr zu dir gezogen."

„Ja. Sie wohnte vorher schon praktisch hier. Dadurch, dass sie jeden Tag bei mir war. Und da bot es sich an, dass sie ganz zu uns zog. Na mal schauen, wie lange es bei euch dauert, bis ihr zusammenzieht."

„Ich weiß es nicht. Eigentlich wollte ich es langsam angehen lassen, aber ich liebe Sixt so sehr, dass es doch alles bei uns in der Beziehung etwas schneller geht", sagte ich. Timothy grinste und schaute in meine Richtung. Mir fiel auf, dass er mich allerdings nicht ansah. Er schaute auf etwas, was hinter mir sein musste und ich hatte so einen Verdacht, wer das sein könnte.

„Er steht hinter mir, oder", fragte ich und sprach damit meinen Verdacht aus.

„Ja."

„Und er ist unsichtbar!" Es war keine Frage, sondern eher eine Feststellung.

„Ja." Timothy war immer noch am Grinsen.

„Wie ist sein Gesichtsausdruck?"

„Er lächelt."

„Gut mal sehen, wie es gleich ist", grinste ich. „Also ich finde, Sixt ist ein ganz schlechter Autofahrer und sein Wagen ist viel zu langsam." Ich ärgerte ihn ein wenig. Was hatte er auch zu lauschen?

„Ich bin also ein schlechter Autofahrer", sagte Sixt an meinem Ohr und fing an mich an den Seiten zu kitzeln.

„Das ist unfair. Ich kann dich gar nicht sehen und mich dadurch nicht wehren", rief ich. Schnell stand ich auf und lief auf den Rasen. Ich wusste nicht, wo er war. Ich hörte Timothy nur lachen.

„Hilf mir doch mal", rief ich ihm zu und schaute mich in alle Richtungen um.

„Sorry, ich habe noch etwas zu tun", erwiderte er lachend und ging ins Haus.

„Das ist unfair. Mach dich sichtbar", forderte ich Sixt auf. Doch stattdessen hob er mich hoch. Zu meinem Pech hatte ich zu nah am

Pool gestanden und so wurde ich von Sixt hineingeworfen. Das Wasser war angenehm kühl und genau passend als Abkühlung für den warmen Tag. Als ich wieder auftauchte, kniete Sixt lachend am Beckenrand.

„Ha ha ha. Das findest du wohl witzig", rief ich mit gespielter Empörung und schwamm zu ihm herüber.

„Du hast mich zuerst geärgert." Er reichte mir die Hand, um mir herauszuhelfen. Ich ergriff sie und zog ihn mit aller Kraft zu mir ins Wasser.

„Das war aber nicht nett", sagte er, als er neben mir aufgetaucht war.

„Nein, aber die gerechte Strafe dafür, dass du mich hier hereingeworfen hast", grinste ich. Er kam zu mir und drängte mich sanft gegen den Beckenrand. Seine Arme stützte er links und rechts neben mir ab. Unsere Gesichter berührten sich fast, so nah war er.

„So und wie war das jetzt? Mein Auto ist viel zu langsam", fragte er und küsste mich am Hals.

„Ja, es gibt Schnellere", sagte ich und in meinen Körper begann es zu kribbeln.

„Bist du dir da sicher?" Er glitt hoch zu meiner Wange.

„Ja", japste ich und schnappte nach Luft. Sein Mund lag wieder an meinem Hals.

„Und jetzt", fragte er und küsste meinen Hals, mein Schlüsselbein und glitt wieder zu meinen Lippen. Er machte mich wahnsinnig. Die Erregung in meinen Körper nahm zu.

„Ich gebe auf. Du hast gewonnen", brachte ich heraus.

„Und mein Auto?"

„Das ist sehr schnell." Ich zog ihn an mich und küsste ihn. Sixt erwiderte den Kuss sofort. Ich legte meine Arme um seinen Hals. Seine Hände strichen über meine Seiten. Unsere Küsse wurden drängender. Mir wurde heiß, selbst das kühle Wasser spürte ich nicht mehr. Sein Körper war ganz nah an meinen und mein Atem ging schneller. Seine Hände glitten an meinem Rücken hinab und blieben an meinen Seiten liegen. Er löste seine Lippen von Meinen und schaute mich sanft an.

„Tut mir leid, dass ich gelauscht habe, aber es hat sich halt angeboten."

„Es ist nicht schlimm. Du hast deine Strafe ja bekommen", sagte ich lächelnd.

„Es ist für mich keine Strafe, wenn du bei mir bist", erwiderte er und gab mir noch einen Kuss. „Komm lass uns aus dem Wasser gehen." Er hielt mich fest, und anstatt wir wie jeder andere Mensch aus dem Pool kletterten, sprangen wir hinaus und tauchten in seinem Badezimmer wieder auf. Sixt nahm ein Badetuch aus dem Schrank und legte es mir um die Schultern.

„Ich liebe dich", sagte er und nahm mich in den Arm.

„Ich liebe dich auch", erwiderte ich und küsste ihn.

Kapitel 18

Am Freitagnachmittag begleiteten mich Sixt und Sasha unsichtbar in die Boutique. Megan hatte sich vom Arzt krankschreiben lassen, um nicht arbeiten zu müssen. Wie lange wollte sie das Spielchen denn spielen? Sie konnte genauso gut kündigen, wenn sie keine Lust mehr hatte, in der Boutique zu arbeiten. Ich war heute für die Kunden zuständig und Katie arbeitete im Lager und räumte die neue Lieferung aus. Ich hatte Angst, dass Terina in den Laden kommen würde. Ich wusste, dass sie am Mittwoch hier gewesen war. Aber würde sie heute noch einmal kommen? Mir wäre es lieber gewesen, wenn ich im Lager gewesen wäre, aber Katie hatte sich vorgedrängelt und wollte auch nicht die Arbeit tauschen. Das war typisch. So würde Mrs. Evans nicht mitbekommen, wenn sie sich auf einen Karton setzen würde und nichts täte.

„Keine Angst", flüsterte Sixt mir ins Ohr. „Dir wird nichts passieren. Auch wenn du sie beraten müsstest. Wir sind bei dir."

„Danke", flüsterte ich und war froh seine Nähe zu spüren. Es beruhigte mich ein wenig. In dem Moment kam Terina in den Laden. Als ich sie sah, versuchte ich angestrengt einen Kleiderständer zu sortieren. Sofort kam sie auf mich zu.

„Geh und hol Nathan", hörte ich Sixt zu Sasha sagen, die auch sofort verschwand und wenige Sekunden später mit Nathan unsichtbar wieder im Laden war.

„Na, heute musst du mich wohl doch beraten. Da wird dir nichts anderes übrigbleiben", sagte Terina und lächelte mich hämisch an. Ich atmete tief durch. Ich merkte, dass sich Sixts Arme eng um meinen Bauch legten. Ebenso wusste ich, dass Sasha und Nathan direkt neben mir standen. Theoretisch konnte mir nichts passieren. Also nahm ich all meinen Mut zusammen und schaute sie an.

„Was willst du", fragte ich und ließ es absichtlich unfreundlich klingen.

„Ich möchte nur ein neues Outfit", tat sie ganz unschuldig.

„Und was genau?"

„Fangen wir doch mal bei den Hosen an", sagte sie und ging zum

Regal. Ich drehte mich kurz zur Kasse um und sah Mrs. Evans dort mit einem Kunden reden. Langsam ging ich hinter Terina her. Sixt ließ mich nicht los. Ich konnte zwar Sasha und Nathan nicht sehen, wusste aber, dass sie bei mir waren.

„Wie würde mir die Blaue hier stehen", fragte sie und hielt eine blaue Jeans hoch.

„Wie wäre es mit Schwarz, wie deine Seele", zischte ich.

„Warum so aggressiv? Ich will doch nur einkaufen. Ich nehme die Blaue. Halt sie mal fest", sagte sie und drückte mir die Jeans in die Hand. Sie ging weiter zu den Oberteilen und suchte sich verschiedene Modelle und Farben aus. Sie ließ sich eine Menge Zeit, was sie mit Absicht tat, um mich zu quälen. Was hatte sie wirklich vor? Würde sie mich hier im Laden vor den anderen Leuten umbringen oder vielleicht mich hinauszerren? Ich bekam Panik und fing leicht an zu zittern. Sixt strich mir immer wieder mit der Hand über meinen Arm.

„Ganz ruhig wir sind da", flüsterte er, sodass Terina es nicht hören konnte. Ich spürte eine Hand auf meiner Schulter und nahm an, dass es die von Sasha war. Sie wollte mich wahrscheinlich beruhigen.

„So welches Oberteil soll ich nehmen, das oder dieses hier", fragte Terina und hielt mir ein rosafarbiges mit einem V-Ausschnitt und ein orangefarbenes mit einem weiten Ausschnitt hin.

„Keine Ahnung. Wie wäre es, wenn du gehst", versuchte ich sie loszuwerden. Ich wusste, dass es zwecklos war. Sie würde nicht eher gehen, bis sie fertig war. Egal ob mit der Kleidung oder mit mir.

„Nein. Ich brauche noch einen Rock", sagte sie und warf mir die Oberteile zu, damit ich sie ebenfalls festhielt. Sie ging zu dem Kleiderständer, an dem die Röcke hingen, und begann nach einem zu suchen. Ich schaute noch einmal zu Mrs. Evans herüber und sah, dass sie immer noch mit dem Kunden sprach. Anscheinend war sie so in das Gespräch vertieft, dass sie zum Glück gar nicht mitbekam, dass ich Terina nicht beriet, sondern nur danebenstand. Als Terina endlich einen Rock gefunden hatte, gingen wir zur Anprobe. Ich versuchte, so viel Abstand wie möglich zu ihr zu halten. An der Umkleidekabine reichte ich ihr die Sachen und sie ging hinein. Es dauerte nicht lange, da kam sie wieder heraus und hatte das erste Oberteil angezogen.

„Und? Sieht gut aus oder", fragte sie und drehte sich hin und her.

„Ja", sagte ich nur knapp. Ich wollte, dass sie endlich aus dem Laden verschwand und mich in Ruhe ließ. Sie ging wieder in die Kabine.

„Jamie, kannst du bitte mal hereinkommen? Ich brauche deine Hilfe", rief sie. Ich zögerte. Ich wollte nicht mit ihr alleine sein. „Keine Angst. Ich komme mit", flüsterte Sasha mir zu. Wir gingen zu Terina in die Kabine. Sie hatte wieder ihre eigene Kleidung an. Verdutzt schaute ich sie an.

„Wobei soll ich dir denn helfen", fragte ich sie.

„Bei gar nichts. Ich musste dich doch hier irgendwie hereinlocken." Sie kam auf mich zu und ich ging einige Schritte zurück. Ihre Hand legte sich an meine Kehle und Terina drückte mich an die Wand. Das ging so schnell, dass ich gar nicht reagieren konnte. Im nächsten Moment allerdings wurde Sasha sichtbar und zog Terina zurück. Erschrocken ließ sie mich los. Sofort standen auch Sixt und Nathan in der Kabine. Wie gut das sie groß genug war, sonst wäre es sehr eng in der Kabine geworden. Ich stand immer noch an der Wand und schnappte nach Luft.

„Was wollt ihr jetzt tun? Mich umbringen? Das wäre allerdings zu auffällig hier im Laden", provozierte Terina.

„Nein. Nicht hier. Aber denk immer daran, wir werden dich kriegen und du kannst dich nicht vor uns verstecken", drohte Sasha ihr.

„Das werden wir ja sehen. Und du kleine Schlampe, mit dir bin ich noch nicht fertig", rief Terina wütend und ihr Augen leuchteten rot auf.

„Was ist denn hier los", fragte Mrs. Evans und sofort machten sich die Schutzengel unsichtbar. Ich trat aus der Kabine heraus. Der Schreck saß mir immer noch in den Knochen und Mrs. Evans sah mir an, dass etwas nicht stimmte. Ich nutzte die Gelegenheit, um Terina aus dem Laden zu bekommen.

„Ich kann es Ihnen gar nicht richtig erklären. Die Kundin bat mich ihr zu helfen und dann fing sie an mich anzuschreien und zu beleidigen, ohne jeden Grund."

„Das darf doch wohl nicht wahr sein. Wieso beleidigen Sie meine Angestellte", fragte sie Terina, die gerade aus der Kabine kam.

„Weil sie mich nicht beraten wollte."

„Das ist kein Grund sie zu beleidigen. Sie verlassen jetzt sofort meinen Laden und werden ihn auch nie mehr betreten. Sie haben Hausverbot", sagte Mrs. Evans streng. Terina ging an uns vorbei und murmelte etwas vor sich hin, was ich aber nicht verstand. Als sie gerade zur Tür herauswollte, drehte sie sich noch einmal zu mir um und grinste mich an. Dabei ließ sie ihre Augen noch einmal rot aufblitzen. Zum Glück hatte es Mrs. Evans nicht mitbekommen. „Wolltest du sie wirklich nicht beraten", fragte sie mich. „Ungern. Aber ich habe es getan", gab ich zu. „Du kennst sie", stellte sie fest. „Ja, sie ist die Neue von meinen Ex." „Dann ist sie das also mit der er dich ....." „Ja genau", sagte ich. „Aber das ist vorbei. Ich will weder mit ihr noch mit meinen Ex mehr etwas zu tun haben. Ich bin mit Sixt glücklich und so soll es auch sein." „Ja, das sieht man dir auch an. Ehrlich gesagt, ich hätte sie an deiner Stelle auch nicht bedienen wollen", gab Mrs. Evans zu. „Kannst du dann bitte noch eben die Kabine wieder aufräumen?" „Ja natürlich", erwiderte ich. Sie verschwand wieder in den Verkaufsbereich und ich ging in die Kabine, um sie aufzuräumen. Sixt wartete dort schon auf mich. „Wie geht es dir", fragte er leise und nahm mich in den Arm. „Es geht schon wieder", versicherte ich ihm. „Wir hätten es nicht zulassen dürfen, dass du sie beraten musst", sagte er. „Was hättet ihr denn tun können? Mal ganz ehrlich, hätte Sasha dann wieder einkaufen gehen sollen, oder wärst du dieses Mal dran gewesen? Außerdem hat Terina so Hausverbot bekommen und ich kann ab jetzt in Ruhe arbeiten gehen, ohne Angst zu haben, dass sie hier in den Laden kommt." „Da hast du auch wieder recht", gab er zu und küsste mich.

Nach der Arbeit gingen wir zu Sixts Auto und stiegen ein. Nathan war, nachdem Terina weg war, wieder verschwunden. Sixt schien etwas einzufallen und wandte sich an Sasha. „Kannst du bitte Jamie nach Hause bringen? Ich muss noch mal eben weg." „Ja ist kein Problem", sagte sie und lächelte. „Ich komme gleich nach", versprach er und gab mir einen Kuss. Sasha nahm meine Hand und wir sprangen zu ihnen nach Hause. Sie lächelte immer noch, als wir im Flur sichtbar wurden. Sie wusste wahrscheinlich, was Sixt vorhatte. Aber würde sie es mir auch verraten?

„Wo muss Sixt denn hin", fragte ich sie und hoffte, dass sie es mir sagen würde.

„Ach er ist noch mal zur Uni gefahren und muss in der Bibliothek noch ein Buch für einen Kurs holen." Ich wusste, dass sie log, aber ich beließ es dabei. Sie würde es mir nicht verraten. Also musste ich einfach abwarten, bis Sixt wiederkam. Dann würde ich schließlich sehen, ob Sixt wirklich in der Bibliothek gewesen war, beziehungsweise würde ich ihn einfach fragen, wo er hingefahren war. Wir gingen ins Wohnzimmer, wo wir die Anderen vermuteten, doch hier war niemand. Stattdessen fanden wir die Drei im Spielzimmer der Jungs vor, wo Nathan, Timothy und Maya auf der Couch saßen und mit einer Spielkonsole spielten.

„Sag mal musst du eigentlich nicht mal auf deinen Schützling aufpassen, anstatt zu spielen", fragte ich Nathan grinsend, da ich ihn oft vor der Spielkonsole vorfand, wenn ich ins Haus der Schutzengel kam.

„Erstens habe ich dich vorhin schon vor deiner Freundin beschützt. Zweitens sehe ich, wenn meinem Schützling etwas passiert und drittens sollte Sixt mal besser auf dich aufpassen", erwiderte er lachend und deutete auf meinen Arm. Ich schaute ihn mir an und sah am Oberarm einen blauen Fleck.

„Ach das meinst du. Ich habe mich vorhin beim Feierabend am Türrahmen gestoßen, als ich aus dem Aufenthaltsraum wollte. Der stand mir einfach im Weg", erklärte ich lächelnd und setzte mich mit auf die Couch.

„Wo ist Sixt eigentlich", fragte Timothy.

„Er musste noch mal weg", antwortete Sasha ihm und wechselte schnell das Thema. „Was spielt ihr da?"

„Fighting. Wir wechseln uns immer ab, wobei Maya eine leichte Gegnerin ist. Sie verliert immer", erwiderte Nathan lachend.

„Ich spiele es ja auch nicht so oft wie ihr, sonst könnte ich es auch besser", verteidigte sich Maya.

„Jamie, lass uns beide mal gegeneinander spielen", schlug Nathan vor. Er dachte bestimmt, ich wäre auch ein leichter Gegner. Nur was er nicht wusste, ich kannte das Spiel schon. Ich hatte es öfter auf meinen Computer gespielt. Es war ein Kampfspiel, in dem zwei Kämpfer mit Waffen gegeneinander antraten. Es gab drei Runden. Sollte einer allerdings schon zwei Runden gewonnen haben, fiel die

Dritte aus.

„Okay", sagte ich und ließ mich darauf ein. Timothy reichte mir einen Kontroller und ich suchte mir eine Figur aus. Ich nahm eine Frau mit langen schwarzen Haaren. Ihr Kampfoutfit bestand aus einem lilafarbigen Top und einer schwarzen Hotpants. Ihr Name war Leyla. Nathan nahm einen Mann mit vielen Muskeln, blonden Haaren und einer Maske. Er trug nur eine blaue knielange Hose und sein Name war Leon.

„Können wir", fragte Nathan grinsend.

„Ja, aber lass mich gleich mal kurz testen, welche Taste für was ist."

„Klar", sagte er und das Spiel begann. Nachdem ich kurz ausgetestet hatte, wie ich steuerte, legte Nathan los. Ich wehrte mich nur ein wenig und ließ ihn mit Absicht die erste Runde gewinnen. Er freute sich riesig darüber, dass er gewonnen hatte. In der zweiten Runde legte ich dann los, womit Nathan gar nicht gerechnet hatte und gewann. Die dritte Runde wurde spannend. Es begann mit einem ausgeglichenen Hin und Her. Jeder traf mal und jeder verlor etwas von seiner Energie. Dann hatte ich die Möglichkeit den Kampf zu beenden und tat es. Ich holte zum Finalschlag aus und traf. Nathans Figur ging zu Boden und blieb liegen.

„Gewonnen", rief ich und klatschte mit Sasha und Maya erfreut ab. Nathan schaute mich ungläubig an.

„Woher kannst du das so gut", fragte er.

„Ich habe das Spiel auf meinen Laptop und spiele ab und zu, wenn ich Lust habe."

„Ich will eine Revanche", forderte er. Anscheinend konnte er es nicht akzeptieren, gegen ein Mädchen zu verlieren.

„Na gut", stimmte ich zu und wir spielten noch einmal. Auch dieses Mal gewann ich und freute mich darüber. Als Nächstes wollte Sasha gegen Timothy spielen und ich gab ihr den Kontroller.

Nachdem wir einige Zeit gespielt hatten und jeder gegen jeden mal ran durfte bemerkte ich erst, dass Sixt immer noch nicht wieder da war. Die Anderen schienen es nicht bemerkt zu haben. Ich stand auf und ging ins Gästebad zur Toilette. Als ich fertig war, vibrierte mein Handy in der Hosentasche. Ich hatte auf der Arbeit immer den Ton ausgestellt und vergessen ihn wieder einzuschalten. Ich hatte ein Bild von Terina geschickt bekommen. Was wollte die denn von mir? Und woher hatte sie meine Handynummer? Ich schaute es mir an und erschrak. Es war ein Bild von Sixt. Er saß gefesselt auf einen Stuhl und sein Kopf war gesenkt. Es stand auch ein Text darunter. *-Wenn du Sixt lebend wiedersehen willst, komm zum alten Bürogebäude in der 38. Avenue. Aber komm alleine. Terina.-* Das konnte nicht wahr sein. Terina hatte sich Sixt geschnappt. Ich geriet in Panik. Was sollte ich denn jetzt tun? In dem Moment hörte ich die Anderen laut diskutieren. Anscheinend hatten sie gerade erst gesehen, dass er in Gefahr war.

„Wir müssen es ihr sagen", hörte ich Sasha.

„Ja schon. Aber wir müssen uns auch beeilen und ihn da herausholen", sagte Nathan. Ich wusste, dass sie mich nie mitnehmen würden. Aber Terina hatte doch geschrieben, dass ich alleine kommen sollte. Wenn es eine Chance gab, ihn zu retten, dann nur, wenn ich dahinfahren würde. Aber wie? Mein Autoschlüssel lag bei Sixt im Zimmer. Es würde zu lange dauern ihn zu holen. Da kam mir eine Idee. Sashas Schlüssel lag immer auf der Kommode im Flur. Ich musste es einfach versuchen. Ich schlich mich aus dem Bad und nahm leise den Schlüssel von der Kommode. Zum Glück lag das Bad neben der Haustür und die Tür zum Spielzimmer war geschlossen. Sie hätten mich sonst bestimmt aufgehalten. Leise öffnete ich die Haustür.

„Wir brauchen einen Plan", hörte ich Timothy noch sagen. Ich schlich nach draußen und setzte mich in Sashas Wagen. Die Haustür hatte ich nur angelehnt, sonst hätte mich beim Schließen noch jemand gehört. Ich ließ den Motor an und fuhr los. Im Rückspiegel sah ich noch die erschrockenen Gesichter von Sasha und Nathan, die auf der Straße standen. Sie hatten mich also doch gehört. Ich fuhr einfach weiter. Die Panik wuchs in mir. Was wäre, wenn ich zu spät käme? Was, wenn sie ihn schon längst getötet hatten? Ich würde es nie verkraften ihn zu verlieren. Tränen stiegen mir in die Augen und ich wischte sie mit dem Handrücken weg. Ich kannte das Gebäude. Es musste auch das sein, wo sich Terinas Gefährten versteckten. Plötzlich tauchte Sasha auf dem Beifahrersitz auf und schaute mich an.

„Halt an Jamie", forderte sie mich auf.

„Nein ich kann nicht. Ich muss Sixt retten." Tränen liefen über mein Gesicht.

„Wir holen ihn da raus."

„Sie will, dass ich alleine komme."

„Wer will das", fragte sie und schaute mich verdutzt an.

„Na Terina. Hier das hat sie mir geschickt." Ich reichte ihr mein Handy und sie schaute sich mit einem Entsetzen im Gesicht das Foto an.

„Also daher weißt du es. Ich dachte, du hättest unser Gespräch mitbekommen."

„Das Foto habe ich gesehen, bevor ihr diskutiert habt. Ich habe nur die Möglichkeit selbst hinzufahren. Wenn sie euch sieht, bringt sie ihn um", sagte ich.

„Und wenn nur du da hereingehst, wird sie euch beide umbringen. Sie wird ihn nicht am Leben lassen, nur weil sie dich dann hat. Jamie, du hast keine Chance gegen sie zu kämpfen. Wir schon. Also ich bringe dich eben nach Hause und dann holen wir Sixt da raus, versprochen", versuchte sie auf mich einzureden.

„Nein! Ich komme mit." Ich ließ mich nicht so leicht abschütteln. Außerdem waren wir fast da. Das Gebäude war nur noch eine Straße entfernt.

„Nein, das wirst du nicht."

„Doch werde ich." Wir schauten uns wütend an. „Ich muss Sixt helfen. Das bin ich ihm schuldig. Außerdem ist er jetzt nur wegen mir in Gefahr."

„Du hilfst ihm aber nicht, indem du dich in Gefahr begibst." Wir kamen vor dem Bürogebäude an und ich parkte das Auto auf der anderen Straßenseite. Das Gebäude lag in einem Gewerbegebiet außerhalb der Stadt. Sashas Handy klingelte und sie ging ran. Ich sah meine Chance gekommen. Sasha war abgelenkt und würde mich nicht zurückhalten können. Ich öffnete die Tür und rannte über die Straße ins Gebäude. Ich wusste nicht, wo ich Sixt finden konnte, deshalb blieb ich erst einmal im Eingang stehen. Von hier aus gingen zwei Gänge ab und ein Treppenhaus befand sich neben dem Eingang. Die Luft im Gebäude war stickig, die Gänge waren dunkel und überall standen alte kaputte Büromöbel herum. Ich drehte mich um und sah Sasha aus dem Auto steigen. Jetzt waren auch Nathan und Timothy bei ihr. Ich musste mich beeilen, sonst fingen sie mich wieder ein. Aus dem Keller hörte ich Geräusche. Ich ging ins Treppenhaus und die Stufen zum Keller hinunter. Das Treppenhaus war mit großen Milchglasscheiben versehen, wobei einige schon kaputt waren und Scherben auf den Treppen herumlagen. Mir wurde es etwas mulmig, aber ich musste Sixt retten. Er würde sonst sterben. Terina würde ihn umbringen. Also nahm ich meinen ganzen Mut zusammen. Im Keller war es dunkel. Nur das Licht vom Treppenhaus schien herein. Ich ging vorsichtig den Gang entlang, da ich nicht sehen konnte, ob etwas auf dem Boden lag, und versuchte herauszufinden, woher diese Geräusche kamen. Es hörte sich nach einem Stöhnen an. War es Sixt, der dort stöhnte? Was hatte Terina mit ihm gemacht? War er verletzt? Der Gang hatte viele Türen und ich lauschte an jeder, ob daher diese Geräusche kamen. Endlich hatte ich die richtige Tür gefunden. Sie lag am Kopf des Ganges. Die Geräusche kamen aus dem Raum, der sich hinter der Tür befand. Was würde mich dahinter erwarten? Von oben hörte ich Geschrei und laute Schläge. Terinas Stimme war deutlich zu erkennen. Also war sie nicht in diesem Raum. Etwas erleichtert öffnete ich die Tür. In diesem Raum war es dunkel, nur das dämmernde Licht von draußen schien durch ein kleines Fenster herein. Ich betrat den Raum und schaute mich nach Sixt um. Da sah ich ihn. Er saß in einer Ecke auf einen Stuhl und hatte immer noch den Kopf gesenkt. Er schien Schmerzen zu haben und stöhnte bei jeder Bewegung auf. Ich ging auf ihn zu und wäre fast über etwas oder eher gesagt jemanden gestolpert, der auf dem Boden lag. Ich schaute genauer hin und erkannte Liams lebloses Körper. So sah es also aus, wenn ein Dämon sein Körper verließ. Zumindest nahm ich es an, denn ich glaubte nicht, dass er tot war. Er musste als Geist durch das Gebäude schweben und war vielleicht schon auf der Suche nach mir. Ich ging vorsichtig um ihn herum und lief zu Sixt.

„Sixt", rief ich, als ich fast bei ihm war. Er hob seinen Kopf und schaute mich gequält an.

„Was machst du denn hier", fragte er erschrocken, als er mich erkannt hatte.

„Ich will dich hier herausholen."

„Du musst sofort verschwinden. Terina wird dich töten, wenn sie dich kriegt."

„Ich gehe nicht ohne dich", sagte ich fest entschlossen und schaute mir an, wie ich ihn vom Stuhl befreien könnte. Es war diese Eisenkette, von der mir Sasha und Sixt erzählt hatten, mit der er gefesselt war. Ein Schloss hing daran, aber der Schlüssel fehlte.

„Sei vernünftig. Ich schaffe das schon. Wissen die Anderen, wo du bist", fragte Sixt.

„Ja. Sie sind ebenfalls hier. Ich bin ihnen nur abgehauen, sonst hätten sie mich doch nicht gehen lassen."

„Was ja auch richtig gewesen wäre."

„Wie kriege ich das Schloss auf", fragte ich und schaute mich nach dem Schlüssel um.

„Den Schlüssel hat Liam in seiner Hosentasche", sagte er und deutete auf den Dämon, der auf dem Boden lag. „Du musst ihn erst töten, sonst kommst du nicht an den Schlüssel heran."

„Was? Wie denn", fragte ich entsetzt. Ich sollte wirklich einen Dämon töten?

„Da vorne steht ein Besen. Du musst ihm den Stab ins Herz stoßen. Am Besten brichst du den Besenstiel durch, dann kannst du mit der abgebrochenen Seite zustoßen", erklärte er mir.

„Das kann ich nicht. Man darf doch nicht töten. Ich werde dafür in die Hölle kommen."

„Nein, das wirst du nicht. Natürlich darf man nicht töten, aber bei Dämonen sieht die Sache etwas anders aus. Sie sind grundlegend böse. Abgesehen davon zählen sie nicht als Lebewesen. Sie sind von dem Bösen schlechthin erschaffen worden. Du wirst dafür nicht in die Hölle kommen. Der Einzige, der da gleich hinkommen wird, ist Liam. Dort lebt er bei seinem Beschaffer weiter, kann aber nicht mehr auf die Erde zurückkehren. Du brauchst dir also keine Gedanken zu machen. Na los. Du schaffst das." Sixt hatte recht. Gott würde mich nicht dafür bestrafen, wenn ich einen Dämon töten würde. Ich holte mir den Besen, der in der Ecke gegenüberstand, und stellte mich vor Liams lebloses Körper. Ich stellte den Besen quer und sprang auf den unteren Teil des Stieles, damit er brach. Ich brauchte zwei Anläufe, bis ich es geschafft hatte und ich den Stiel in zwei Hälften hatte.

„Beeil dich. Wenn er merkt, dass jemand an seinem Körper steht, ist er sofort wieder da", warnte mich Sixt. Ich drehte den Besenstiel um, damit sich die abgebrochene Seite unten befand. Ich zielte genau auf die Stelle, wo Liams Herz sein musste, und atmete tief durch.

„Jamie, beeil dich. Nun mach schon. Er wird gleich hier sein", sagte Sixt drängend. Ich hob den Besenstiel an und stieß ihn mit aller Kraft ins Herz. Ein lauter greller Schrei ertönte und ich sah Sixt erschrocken an.

„Das war nur der Geist von ihm. Er ist tot", beruhigte er mich. Ich kniete mich hin und suchte in der Hosentasche den Schlüssel. Als ich ihn gefunden hatte, lief ich zu Sixt zurück und öffnete das Schloss. Schnell befreite er sich von der Kette und nahm mich in den Arm. „Wir müssen hier verschwinden. Terina hat garantiert den Schrei gehört und wird gleich hier sein." Sixt sah mich seltsam an. Ich sah die Anstrengung in seinem Gesicht und wie er sich dann verblüfft umsah. „Was ist los", fragte ich ihn. „Ich kann nicht springen. Es funktioniert nicht. Überhaupt funktionieren meine Fähigkeiten nicht. Ich kann uns auch nicht unsichtbar machen oder die Blase entstehen lassen. Ich weiß nur nicht warum", sagte er und versuchte es weiter. Aber es schien wieder nicht zu funktionieren, denn wir standen immer noch in dem Raum. In dem Moment wurde die Tür geöffnet und Terina kam herein. Als sie mich sah, lächelte sie hämisch. Sofort zog Sixt mich hinter seinem Rücken. „Wie süß, das Liebespaar ist wieder vereint. Übrigens deine Schutzengelfähigkeiten funktionieren in diesem Raum nicht. Ich habe die Wände aus dem gleichen Material verkleiden lassen, aus der die Eisenkette ist. Ich hatte mir schon gedacht, dass du versuchen würdest zu verschwinden, falls du dich befreit hättest. So könnt ihr mir nicht entkommen", erklärte sie ihm. Also das war der Grund, warum Sixt seine Fähigkeiten nicht einsetzen konnte. Das Material, wie das in der Eisenkette, verhinderte es. „Wen soll ich von euch beiden denn zuerst töten", fragte sie und schaute uns an. Sasha hatte recht. Sie hätte Sixt nie gehen lassen. „Wie wäre es, wenn ich zuerst dich töte, Jamie", fragte sie nun und ihr Blick blieb an mir hängen. Ich zuckte zusammen. „Nein. Ich glaube, ich bringe erst deinen Freund um. Ich will dich schließlich leiden sehen, wenn er stirbt." Die Angst stieg in mir hoch und ich begann zu zittern. Viktor kam in den Raum und stellte sich neben Terina. „Gut, das du kommst. Hol mir Jamie her", befahl sie ihm. Ich zuckte zusammen. Viktor kam auf uns zu und versuchte von verschiedenen Seiten an mich heranzukommen. Sixt breitete seine Arme aus und versuchte mich damit zu schützen. Sein Gesicht war wutverzehrt und seine Augen funkelten. Er sah so furchterregend aus, wie an dem Abend, als Terina mich mit dem Messer im

Hinterhof der Boutique bedroht hatte. Jetzt kam Terina dazu. Es gab keinen Ausweg. Sie kam immer näher und ihre Augen glühten rot. In der Hand hielt sie eine Eisenkette. Da Sixt sich allerdings auf Viktor konzentrierte, sah er nicht, das Terina mit der Kette ausholte. „Sixt, pass auf", schrie ich, doch es war zu spät. Terina hatte ihm die Kette bereits um seinen Körper geschlungen. Er versuchte sich zu befreien, bekam aber immer wieder kleine Stromschläge. Ich sah den Schmerz in seinen Augen. Ich wollte ihm helfen. Ich musste ihn irgendwie von dieser Kette befreien und versuchte, sie von seinem Oberkörper zu zerren, sodass er die Arme freibekommen konnte. Doch sie saß fest. Ich schaute über Sixts Schulter und sah, dass Terina die Eisenkette an der anderen Seite festhielt. Sie lachte hämisch, als sie bemerkte, was ich machte. Zwei große Hände packten meine Arme und zogen sie von der Kette weg. Ich drehte meinen Kopf zur Seite und sah, dass Viktor hinter mir stand. Er zog mir die Arme schmerzhaft auf den Rücken. Ich schrie auf und versuchte mich zu befreien, aber Viktor war stärker, als ich und zog mich von Sixt weg in Richtung Tür. Ich versuchte weiterhin mich aus dem Griff zu befreien, doch es gelang mir nicht. „Lass mich endlich los", schrie ich ihn an, aber er lachte nur. Ich stand mit dem Rücken zu ihm und konnte Sixt und Terina sehen. In Sixt Blick, der fest auf mir lag, konnte ich eine Mischung aus Verzweiflung und Wut sehen. „Lass ihn gehen. Du hast doch mich. Er hat nichts damit zu tun. Du willst doch nur mich", schrie ich Terina an. Sie drehte sich zu mir um und grinste mich an. „Das könnte dir so passen. Nein, ihr werdet beide sterben", sagte sie und hielt die Kette ganz fest. Ich trat so fest, wie ich konnte, immer wieder gegen Viktors Bein. Es schien ihm gar nichts auszumachen. Er verzog noch nicht einmal sein Gesicht. Dann kam mir eine Idee. Ich musste es einfach versuchen. Ich winkelte mein Bein an und trat genau zwischen seine Beine. Das saß. Viktor ließ mich los und schrie auf. Das war meine Chance und ich nutzte sie. Ich rannte aus dem Raum heraus in den Gang. Ich wollte die Anderen finden und Sixt helfen. „Nathan Hilfe. Sasha. Timothy." Ich hoffte, sie konnten mich hören. „Hilfe. Wir sind hier unten im Keller." Viktor kam hinter mir hergerannt, packte mich am Arm und zog mich zurück. Durch die Wucht knallte ich mit dem Rücken auf dem Boden. Ich stöhnte auf, als ein Schmerz mir durch den Rücken schoss. Viktor interessierte es nicht im Geringsten. Er zog mich hoch und führte mich zurück in den Raum.

„Nathan, Hilfe", schrie ich wieder. „Sasha, Timothy." Ich schrie immer wieder nach den Dreien.

„Halt die Klappe", rief Viktor und schlug mir ins Gesicht, sodass mein Kopf durch die Wucht des Schlages zur Seite flog. Etwas benommen von dem Schlag schüttelte ich meinen Kopf, damit ich wieder klar denken konnte. Doch in dem Moment überkam mich eine Art Nebel und ich konnte mich nicht mehr bewegen. Viktor musste seine Fähigkeiten einsetzen und ich bemerkte, dass er mich nur noch mit der Hand an der Schulter berührte. Theoretisch hätte ich wieder versuchen können abzuhauen, aber es ging nicht. Mein Körper reagierte einfach nicht auf mich. Meine Beine wollten sich einfach nicht bewegen. Ich sah zu Sixt herüber. Seine Augen funkelten vor Wut.

„Lass sie los", knurrte Sixt und versuchte aus der Kette herauszukommen. Die Schmerzen schien er zu unterdrücken. Terina schnürte die Kette fester zusammen. Sixt drehte sich in der Kette zu Terina um und versuchte sie niederzuschlagen. Sie lachte darüber nur laut. Ihr würde das Lachen noch vergehen. Spätestens dann, wenn die Anderen da wären, würde ihr letztes Stündlein schlagen. Das hoffte ich zumindest. Oder hatten Terina und Viktor es etwa geschafft die Drei zu töten? Nein, daran wollte ich nicht denken. Sie waren am Leben. In den oberen Räumen waren die Wände bestimmt nicht mit diesem Material verkleidet und sie konnten ihre Fähigkeiten im Kampf gegen die beiden einsetzen. Terina hatte sich höchstwahrscheinlich nicht die Mühe gemacht das ganze Gebäude mit dem Material verkleiden zu lassen. Das wäre viel zu aufwendig gewesen. Sasha und die Anderen waren bestimmt auf der Suche nach uns. Ich musste stark bleiben. Ich durfte die Panik in mir nicht aufsteigen lassen. Sixt brauchte mich. Wir mussten es beide schaffen, uns zu befreien. Ich versuchte wieder gegen Viktors Fähigkeit anzukommen und meinen Körper zu befehlen wieder mir zu gehorchen. Ich konzentrierte mich auf meine Beine und versuchte zu laufen, aber es funktionierte einfach nicht. Sixt schaffte es einen Arm aus der Kette zu befreien, holte aus und schlug Terina mit der Faust ins Gesicht. Damit hatte sie anscheinend nicht gerechnet. Sie wankte, fiel zu Boden und ließ die Kette dabei los. Sixt befreite sich nun ganz von der Eisenkette und schleuderte sie in den Gang, damit Terina nicht so schnell wieder an sie herankam. Nun ging er auf Viktor los und schlug auf ihn ein. Er riss den Arm, mit dem Viktor mich an der Schulter festhielt, von mir weg und ich hörte ein Knacken. Das musste ein Knochen gewesen sein. Ich schauderte bei dem Gedanken. Endlich war ich frei und konnte mich wieder bewegen. Ich wich ein Stück von ihm weg, damit mich Viktor nicht wieder zu fassen bekam. Ich wusste nicht, was ich tun sollte und stand unsicher herum, während Sixt weiterhin auf Viktor einschlug. Terina lag immer noch benommen am Boden. Ich wollte Sixt helfen. Wenn ich es schaffen würde, Terina zu töten, wäre nur noch Viktor da. Ich ging zu Liam hinüber und zog ihm den Besenstiel aus der Brust. Blut klebte am unteren Ende und tropfte auf dem Boden. Ich ging zu Terina hinüber. Ich zielte auf ihr Herz und holte mit dem Stiel aus. In dem Moment sprang Terina auf, griff mich an und drückte mich mit ihrer Hand an meiner Kehle gegen die Wand. Das alles ging so schnell, dass ich gar nicht reagieren konnte.

„Du wolltest mich töten", spottete sie und lachte. Dabei drückte sie noch fester zu. Ich röchelte und schnappte nach Luft. „Weißt du, ich glaube, ich töte dich jetzt auf der Stelle. Du gehst mir nämlich langsam auf die Nerven." Sie sah mich mit rotglühenden Augen an. Ich versuchte mich aus ihrem Griff zu befreien und wandt mich hin und her. Ich überlegte, was ich tun könnte und schielte zu dem Stiel, den ich noch immer in der Hand hielt, hinunter. Terina stand zu dicht an mir heran, sodass ich ihn ihr nicht in den Körper rammen konnte. Also hob ich mein Bein und rammte ihr mit all meiner Kraft das Knie in den Bauch. Sie krümmte sich und ließ mich los. Ich nutzte die Gelegenheit, um von der Wand wegzurücken und nach Luft zu schnappen. Nathan, Timothy und Sasha kamen in den Raum gerannt. Endlich war Hilfe da. Terina raffte sich auf und wollte mich gerade wieder angreifen, als Sasha zu uns kam und sie mit einem Faustschlag ins Gesicht wieder zu Boden brachte. Ich sah zu Sixt herüber, dem Nathan und Timothy zu Hilfe kamen und Viktor von ihm herunterzogen.

„Danke. Kümmert euch bitte um Viktor. Ich habe mit Terina noch ein Hühnchen zu rupfen", sagte Sixt und kam zu uns herüber. „Geht es dir gut", fragte er mich besorgt.

„Ja, es geht schon", versicherte ich ihm.

„Du bleibst schön hier", hörte ich Sasha knurren und schaute zu ihr und Terina herüber, die gerade versuchte aus dem Raum zu kommen. Doch sie wurde von Sasha festgehalten. „Oh wer will denn da flüchten", fragte Sixt grimmig und ging auf sie zu. Im nächsten Moment holte Sixt aus und schlug ihr gegen den Kopf. Als Nächstes folgte ein Schlag in den Magen. „Hör auf", keuchte Terina. „Lasst mich gehen. Ich verspreche, ich werde Jamie in Ruhe lassen. Ich ... ich werde in eine andere Stadt ziehen oder besser in ein anderes Land. Ihr werdet mich nie wiedersehen. Versprochen", stammelte sie, aber ich glaubte ihr kein Wort. Das war doch nur ein Trick. Sie hatte Angst, dass die Schutzengel sie nun töten würden.

„Wieso glaube ich dir nicht? Du wirst Jamie nicht in Ruhe lassen. Du willst sie schließlich töten. Dein Freund Matt hat doch noch Gefühle für sie. Vielleicht liebt er sie sogar mehr als dich und deshalb möchtest du sie aus dem Weg schaffen", provozierte Sixt sie.

„Ja er liebt sie. Er liebt sie sogar wirklich mehr als mich und das ertrage ich nicht. Dieses Miststück muss sterben, damit Matt nur mich liebt", erwiderte sie und wurde immer lauter, bis sie die letzten Worte regelrecht schrie. Mit einem hasserfüllten Blick schaute sie mich an. Nun glühten ihre Augen wieder rot vor Wut und sie versuchte, sich aus Sashas Griff zu befreien.

„Siehst du? Genau deswegen können wir dich nicht gehen lassen", zischte Sasha ihr zu und hielt sie weiterhin fest. Doch Terina gab nicht auf und schaffte es, nachdem sie Sasha mit dem Ellenbogen im Gesicht erwischt hatte, sich zu befreien. Sofort stürmte sie auf mich zu, wurde aber von Sixt abgefangen und gegen eine Wand geschleudert. Dabei knallte sie mit dem Kopf gegen die Wand und sackte bewusstlos zusammen.

„Jamie, komm her", rief Sixt und winkte mich zu sich. Ich tat, was er sagte und ging zu ihm. „Wenn du möchtest, darfst du ihr den Todesstoß verpassen."

„Ich soll sie töten", hakte ich nach.

„Ja. Nur wenn du möchtest. Sieh es als eine Art Befreiungsstoß an. Damit bekommst du deine Freiheit wieder", sagte Sixt.

„Da hast du recht." Ich holte mit dem abgebrochenen Besenstiel aus, den ich immer noch in der Hand hielt, und stach in Terinas

Herz. Sie schrie noch einmal auf, bevor sie leblos zusammensackte. Hinter mir hörte ich noch einen Schrei. Ich drehte mich erschrocken um und sah, dass Timothy und Nathan Viktor getötet hatten.

„Ist ... sie ... tot", fragte ich und schaute wieder zu Terina.

„Ja. Jetzt brauchst du keine Angst mehr zu haben. Sie kann dir nie wieder etwas tun", sagte Sixt und nahm mich in den Arm. Überglücklich, dass niemand von uns verletzt wurde und vor allem, dass Sixt noch lebte, schlang ich meine Arme um seinen Hals, stellte mich auf Zehenspitzen und küsste ihn. Endlich war der ganze Stress vorbei. Die Schutzengel mussten nicht mehr auf die Jagd und Maya und ich hatten unsere Freiheit wieder.

„Wie geht es deiner Wange", fragte Sixt und schaute sie sich an. Ich hatte den Schlag von Viktor schon ganz vergessen gehabt.

„Gut. Mir tut nichts weh", versicherte ich ihm.

„Hast du dir beim Sturz etwas getan?"

„Nein. So schlimm war er nicht."

„Geht es euch allen gut", fragte Timothy und kam zu uns herüber.

„Ja, alles in Ordnung. Was machen wir denn jetzt mit den Dreien", fragte Sixt die Anderen.

„Oh, ich habe da schon eine Idee", grinste Nathan. „Wir fahren Terinas Auto gegen die Wand, setzen die Drei in den Wagen und zünden ihn an. Die Polizei und die Feuerwehr werden denken, dass sie einen Unfall gehabt haben und dabei ums Leben kamen."

„Das ist eine gute Idee. Na dann mal los. Ich will hier endlich weg", kam es von Sasha. Nathan, Timothy und Sixt schnappten sich jeder einen Dämon und schleppten sie aus dem Raum. Im Flur nahm Sasha meine Hand und sprang mit mir aus dem Gebäude. Die Anderen folgten uns. Timothy legte Liam auf dem Boden ab und machte sich daran Terinas Wagen gegen die Wand des Gebäudes fahren zu lassen. Er holte den Wagen und stellte ihn quer auf die Straße, sodass er auf die Hauswand zufahren würde. Er setzte Terina auf dem Fahrersitz. Liam wurde von Nathan auf den Beifahrersitz gesetzt und Viktor legten er und Timothy auf die Rückbank. Timothy startete den Motor, legte den Gang ein und stellte Terinas Fuß auf das Gaspedal. Nathan setzte sich mit auf dem Rücksitz und löste die Handbremse. Der Wagen schoss los und Nathan sprang schnell aus dem Wagen, damit er nicht bei dem vorgetäuschten Unfall verletzt wurde. Es krachte, als der Wagen

317

gegen die Hauswand knallte. Die Vorderfront war komplett zerstört. Timothy ging zu dem Wagen und zündete ihn an. Sofort ging das Auto in Flammen auf.

„Komm wir gehen nach Hause", sagte Sixt liebevoll und legte einen Arm um meine Taille.

„Und was ist mit dem Feuer", fragte ich.

„Timothy ruft gerade die Feuerwehr. Die werden sich darum kümmern." Sasha kam auf uns zu.

„Können wir", fragte sie lächelnd. „Die Feuerwehr sagt, wir brauchen hier nicht zu warten. Sie sind gleich da. Jamie, tu mir bitte einen Gefallen und bring dich nie wieder selbst in Gefahr."

„Das werde ich nicht. Versprochen. Es tut mir auch leid, dass ich einfach abgehauen bin", entschuldigte ich mich bei ihr.

„Ist schon gut", sagte sie und umarmte mich. Nathan und Timothy kamen zu uns und zusammen gingen wir zu Sashas Wagen, in den wir einstiegen. Sasha fuhr und Nathan saß neben ihr. Ich saß hinten auf dem Rücksitz in der Mitte und Sixt und Timothy je an einer Seite. Sixt hatte mir den Arm um die Schulter gelegt und ich lehnte mich bei ihm an. Die ganze Fahrt nach Hause sagte niemand etwas. Alle waren froh, dass es endlich vorbei war. Ich besonders. Endlich hatte ich meine Freiheit wieder und durfte alleine raus, ohne jemanden fragen zu müssen, ob mich jemand begleiten könnte.

Als wir ins Haus hineingingen, kam Maya sofort angerannt und fiel Timothy gleich in die Arme.

„Es ist vorbei. Sie sind tot", sagte Timothy und strich ihr sanft über den Rücken.

„Wirklich", hakte sie nach.

„Ja. Terina und ihre zwei Gefährten sind bei einem schrecklichen Unfall ums Leben gekommen. So wird es morgen bestimmt in der Zeitung stehen", grinste Nathan. Wir gingen ins Wohnzimmer und ließen uns auf die Couch fallen. Sixt lehnte sich an die Couchlehne an und zog mich auf seinen Schoß. Wir schauten uns tief in die Augen und küssten uns immer wieder. Ich war so froh, dass ihm nichts passiert war. Soweit ich sehen konnte, hatte er noch nicht einmal einen Kratzer abbekommen. Oder waren seine Verletzungen etwa schon verheilt?

„Ich glaube, da ist jetzt mal ein Glas Sekt fällig", rief Nathan und kam mit einer Flasche ins Wohnzimmer. Sasha holte die Sektgläser aus der Vitrine. Nathan kippte, nachdem er die Flasche geöffnet hatte, die Gläser voll und reichte jedem ein Glas Sekt.

„Auf unseren erfolgreichen Sieg gegen eine hartnäckige Dämonin", rief er und wir stießen an. Ich trank einen Schluck und stellte mein Glas auf dem Tisch ab.

„Was ist denn jetzt eigentlich genau passiert", wollte Maya wissen.

„Ja genau Sixt. Wie hat sie es geschafft dich zu schnappen", fragte Nathan.

„Ich wollte gerade in mein Auto einsteigen, als Terina mit Viktor und Liam plötzlich neben mir standen und mich eingekreist hatten. Ich wollte springen aber Viktor schlug mir von hinten auf dem Kopf. Ich kam erst wieder im Keller an dem Stuhl gefesselt zu mir. Liam sollte wohl auf mich aufpassen, aber stattdessen lief er lieber als Geist durch die Gegend", berichtete Sixt. „Und dann stand Jamie schon im Raum. Wie kam es dazu", wollte er wissen und schaute die Anderen an.

„Naja, Terina wusste anscheinend nicht, dass wir sehen konnten, dass du in Gefahr bist, und hat Jamie ein Bild geschickt, wo du gefesselt auf dem Stuhl gesessen hast. Jamie schlich sich raus, nahm meinen Wagen und wir sind hinter ihr her. Ich sprang in meinen Wagen, aber sie wollte nicht umkehren. Du bist ganz schön dickköpfig, weißt du das", wandte Sasha sich zu mir.

„Ich weiß", erwiderte ich grinsend.

„Als wir vor dem Gebäude standen, hat Nathan mich angerufen. Jamie nutzte die Gelegenheit und haute ab", fuhr sie fort.

„Jamie, wo bist du eigentlich hingelaufen", fragte Timothy.

„Ich bin gleich runter in den Keller gelaufen. Ich habe von dort Geräusche gehört und bin ihnen gefolgt. Wo wart ihr eigentlich? Ich dachte, ihr kommt mir hinterher."

„Als wir ins Gebäude kamen, trafen wir auf Terina und Viktor. Erst haben sie uns mit Büromöbeln beworfen und sind dann eine Etage höher gerannt und wir sind sofort hinterher. Wer hat denn eigentlich Liam ausgeschaltet", fragte Nathan.

„Das war Jamie", sagte Sixt und wandte sich dann mir zu. „Das war einfach klasse. Ich wusste gar nicht, dass du soviel Kraft hast."

„Ehrlich gesagt wusste ich es auch nicht. Ich glaube, wenn man Angst hat, entwickelt man unglaubliche Kräfte."

„Ja, das habe ich gesehen, als du dich mit Viktor angelegt hast", erwiderte er grinsend.

„Sie hat was", fragte Nathan ungläubig. „Das gibt es doch nicht. Erst schlägt sie mich heute zweimal beim Fighting und dann legt sie sich mit einem Dämon an."

„Du hast ihn beim Fighting geschlagen", fragte mich Sixt. „Ja. Er dachte, ich könnte das Spiel nicht. Aber ich habe es selbst zu Hause auf dem Laptop", sagte ich grinsend.

„Klasse gemacht", erwiderte Sixt und küsste mich.

„Was ist denn jetzt mit Viktor", fragte Nathan ungeduldig. Anscheinend wollte er nichts von seiner Niederlage hören. Die Anderen schauten mich gespannt und mit großen Augen an.

„Naja, ich dachte mir, was bei Menschen klappt, müsste auch bei Dämonen funktionieren. Als Viktor mich an beiden Armen festhielt, habe ich erst einige Male gegen das Bein getreten. Das hat ihn gar nicht gestört. Und dann habe ich ausgeholt und zwischen seine Beine getreten. Das saß dann halt. Ich bin dann in den Flur gerannt. Nur leider war Viktor wieder auf den Beinen und fing mich wieder ein."

„Dafür haben wir ihn hinterher getötet. Und du hattest dein Vergnügen bei Terina", grinste Nathan.

„Ich bin mir immer noch nicht sicher, ob ich dafür nicht in die Hölle komme. Schließlich habe ich Liam und Terina getötet", erwiderte ich.

„Süße, ich habe dir doch schon gesagt, dass es etwas anderes ist, einen Dämonen zu töten. Du kommst dafür nicht in die Hölle", versicherte mir Sixt.

„Und wenn doch, hast du dort unten schon eine Freundin. Terina wird dich sicher herzlich empfangen", lachte Nathan.

„Nein danke. Auf so eine Freundin kann ich wirklich verzichten", entgegnete ich. „Ich bin nur froh meine Freiheit wieder zu haben."

„Ich auch. Und du hast wirklich Terina getötet", fragte mich Maya erstaunt.

„Naja die Vorarbeit haben Sixt und Sasha geleistet. Terina war bewusstlos, als ich ihr den Todesstoß verpasst habe", erklärte ich ihr.

„Du wirst noch mal zu einer richtigen Kämpferin. Vor dir muss man wirklich Angst haben", grinste Maya mich an.

„Das kommt alles vom Boxsacktraining. Das kann ich nur empfehlen", grinste ich zurück.

„Dann sollte ich damit auch mal beginnen. Habt ihr die Drei

eigentlich verbrannt", wollte Maya wissen.

„Ja in Terinas hübschen Auto." Deshalb wird morgen bestimmt etwas über einen tragischen Unfall, bei dem ein Auto von der Straße abkam und gegen ein Gebäude fuhr, in der Zeitung stehen", sagte Timothy.

„Sag mal, warum bist du mit Jamie eigentlich nicht gesprungen, als du von der Eisenkette befreit warst", wollte Sasha von Sixt wissen.

„Das ging nicht. Terina hat den Raum mit dem Höllenmaterial, aus dem die Eisenketten sind, verkleiden lassen, sodass meine Fähigkeiten nicht funktioniert haben", erklärte er ihr.

„Ach deswegen konnten wir nicht zu euch in den Raum springen. Ich habe mich schon gewundert, warum das nicht funktioniert hat", entgegnete Timothy. Es klingelte an der Tür und Nathan sprang von der Couch auf.

„Wer ist das denn jetzt noch", fragte Sasha.

„Das ist der Pizzabote. Ich habe gerade noch Pizza bestellt. Wir haben doch noch nichts gegessen und kochen wollte ich nicht mehr", erwiderte Nathan und ging zur Haustür.

Als Sixt und ich in dieser Nacht im Bett lagen, kuschelte ich mich eng an ihm und musste kichern.

„Was ist denn so witzig", wollte Sixt wissen.

„Ich habe gerade mal darüber nachgedacht, wenn das, was heute passiert ist, in der Zeitung stände. Die Überschrift würde lauten *„Schützling rettet seinen Schutzengel!"* Hört sich irgendwie komisch an."

„Da hast du recht", stimmte Sixt lächelnd zu und wurde dann ernst. „Aber bringe dich bitte nie wieder meinetwegen oder sonst irgendjemanden in Gefahr."

„Aber du tust es doch für mich auch."

„Ja, aber das ist etwas anderes. Ich bin dein Schutzengel. Ich muss so etwas tun, um dich zu retten oder zu beschützen."

„Na gut, überredet," gab ich nach. Ich war viel zu müde, um mit ihm jetzt zu diskutieren.

„Aber danke, dass du mich von der Eisenkette befreit und somit gerettet hast", sagte er sanft an meinem Ohr. „Du warst so mutig dich mit Dämonen anzulegen."

„Ich glaube, es war eher die Angst dich verlieren zu können, was mich so mutig gemacht hat", gestand ich.

„Du wirst mich nie verlieren. Ich bleibe für immer bei dir und dagegen kannst du auch nichts tun."

„Das will ich auch gar nicht", flüsterte ich und drehte mich zu ihm um. Ich zog seinen Kopf zu mir heran und schon lagen unsere Lippen aufeinander. Es war ein sehr langer und leidenschaftlicher Kuss.

„Gute Nacht meine Prinzessin. Schlaf gut", sagte Sixt sanft und strich mir über die Wange.

„Das werde ich."

Kapitel 19

Am Samstagmorgen klingelte mein Handy und weckte mich. Naja Morgen konnte man es irgendwie nicht mehr wirklich nennen, denn es war schon elf Uhr. So lange hatte ich schon lange nicht mehr geschlafen. Halb verschlafen ging ich ans Handy. „Miller", meldete ich mich und setzte mich auf. „Miss Miller, hier ist Kommissar Gibson", sagte er. „Oh hallo, gibt es etwas Neues in der Ermittlung", fragte ich und schaute zu Sixt herüber, der neben mir lag und mich liebevoll anschaute. „Ja, und zwar haben wir die Täterin, die sie von der Straße gedrängt hat, gefunden. Es war Terina Shawn. Mr. Summers hatte schon die Vermutung, dass sie es sein könnte und so ist es auch. Wir nehmen an, dass sie es mit dem Schlafmittel ebenfalls gewesen ist. Allerdings ist sie tot. Sie ist anscheinend im Gewerbegebiet mit ihrem Wagen von der Straße abgekommen und gegen ein Gebäude gefahren. Das Auto begann zu brennen und wir konnten nur noch ihre Leiche und die von zwei Männern, die wir aber noch nicht identifizieren konnten, bergen. Somit ist der Fall eingestellt. Ich wollte Sie darüber nur eben in Kenntnis setzen, dass die Ermittlungen damit beendet sind", berichtete er. „Oh, naja wenigstens kann sie mir jetzt nichts mehr tun. Aber wie sind Sie darauf gekommen, dass es Terina gewesen ist?" „Sie war die Einzige, die kein wasserdichtes Alibi für den Abend hatte, als wir sie vernommen haben und wir haben an ihrem Wagen an der rechten Seite Spuren von Schrammen gefunden, die darauf hindeuten, dass sie mit einem anderen Wagen zusammengestoßen ist. Dazu kamen noch weiße Lackspuren eines anderen Wagens und Ihr Wagen ist doch weiß, oder", fragte er nach. „Ja, das ist er." „Naja wir haben den weißen Lack untersuchen lassen und festgestellt, dass es der gleiche, wie an Ihrem Wagen ist. Dafür haben wir uns von Ihrer Werkstatt ein Gutachten schicken lassen, da an Ihrem Wagen ebenfalls eine andere Lackspur gefunden wurde. Und es war der Lack von Miss Shawns Wagen.

„Oh, an so etwas habe ich gar nicht gedacht. Ich frage mich aber warum sie mich versucht hat zu töten. Ich habe ihr doch gar nichts getan", versuchte ich im ernsten Ton zu sagen, was gar nicht so einfach war, da ich, während er mir den Vorfall berichtete, grinsen musste.

„Das kann ich Ihnen leider auch nicht sagen. Wir haben schon ihren Freund befragt, aber er konnte uns dazu auch nichts sagen. Er wusste gar nicht, was Miss Shawn getan hatte und war sehr geschockt darüber. Natürlich auch über ihren Tod. Ich wünsche Ihnen auf jeden Fall alles Gute."

„Danke. Das wünsche ich Ihnen auch", sagte ich und wir legten auf.

„Na wer war denn da dran", fragte Sixt grinsend. Er konnte es sich schon denken, wer mich angerufen hatte.

„Das war Kommissar Gibson, der mir mitteilen wollte, dass sie Terina zwar gefunden haben, sie aber tot ist. Sie schließen die Ermittlungen damit ab", erzählte ich ihm und kuschelte mich in seine Arme. „Allerdings war es gar nicht so leicht ernst zu bleiben und nicht zu lachen, weil ich mit dabei war und ich sie getötet habe."

„Ja, das habe ich gesehen."

„Sag mal, kann es sein, dass Terina auch Matt beeinflusst hat, damit er sich auf sie einlässt", fragte ich ihn. Ich hatte schon länger darüber nachgedacht, ob es vielleicht möglich gewesen wäre, dass er sich nur auf sie eingelassen hatte, weil sie ihn beeinflusst hatte.

„Das ist schwer zu sagen. Es kann sein. Vielleicht nicht die ganze Zeit, aber am Anfang, als er mit ihr fremdgegangen ist, wird sie bestimmt ihre Fähigkeit eingesetzt haben, damit sie ihn bekommt."

„Naja, das ist eigentlich auch egal. Ich habe mit ihm abgeschlossen und ich will nie wieder etwas mit ihm zu tun haben. Er ist Vergangenheit und du bist meine Zukunft", sagte ich lächelnd und schaute ihn an. „Ich liebe dich."

„Ich liebe dich auch, Süße." Er beugte sich zu mir herüber und küsste mich. „Was möchtest du heute an deinem ersten Tag in Freiheit denn machen", fragte er, als er sich von mir gelöst hatte.

„Wenn es geht, würde ich gerne raus in die Natur", sagte ich.

„Kein Problem. Dann habe ich ja schon das Richtige geplant", grinste Sixt.

„Was hast du denn geplant", fragte ich und schaute ihn an.

„Das ist eine Überraschung. Komm wir gehen erst einmal etwas frühstücken und dann können wir los", sagte er und zog mich aus dem Bett. Ich fragte mich, was es für eine Überraschung sein sollte. Ich wusste allerdings, dass er es mir nicht verraten würde.

Nachdem wir ausgiebig gefrühstückt hatten, ging ich nach oben um mich fertigzumachen. Sixt blieb noch unten, da er, so sagte er, noch etwas erledigen musste. Ich wusste nicht, ob es irgendwas mit dieser Überraschung zu tun hatte. Ich ging in Sixts Zimmer und suchte mir etwas zum Anziehen aus meiner Reisetasche. Es war schon Ende September aber das Wetter war immer noch sehr schön und warm. Die Temperaturen lagen jetzt noch bei mindestens 26 Grad Celsius. Wahrscheinlich lag es daran, weil wir so einen kalten Sommeranfang hatten. Mir sollte es recht sein. Ich liebte das warme Wetter. Ich entschloss mich, mein neues dunkelblaues Kleid anzuziehen. Dazu holte ich noch meinen trägerlosen BH aus der Tasche, damit man bei dem Kleid die Träger nicht sah und meine schwarzen Ballerinas. Ich nahm die Sachen und ging ins Badezimmer. Als Erstes stellte ich mich unter die Dusche. Das warme Wasser war sehr angenehm auf meiner Haut. Nachdem ich fertig war, trocknete ich mich ab und putzte mir die Zähne. Anschließend zog ich mich an. Das Kleid saß perfekt und der BH war auch nicht zu sehen. Ich föhnte mir noch schnell die Haare und ließ sie offen über die Schultern fallen. Schnell schminkte ich mich noch dezent und legte einen Spritzer meines Lieblingsparfüms auf. Als ich mit allem fertig war, brachte ich mein Schlafzeug zurück ins Zimmer und packte es in meine Reisetasche. Sixt stand auf dem Balkon und rief etwas zu Nathan herunter, der im Garten stand, als er sich zu mir umdrehte und mich mit großen Augen ansah.

„Du siehst umwerfend aus, so verführerisch", sagte er und kam zu mir.

„Danke", erwiderte ich lächelnd. Sixt nahm mich in den Arm und küsste mich.

„Ich muss nur noch eben ins Bad und dann können wir los." Kaum hatte er das gesagt, war er auch schon verschwunden. Ich nahm meine Tasche, packte mein Handy hinein und setzte mich auf die Couch, um auf Sixt zu warten.

„So wir können", sagte Sixt, als er nach nur wenigen Minuten im Bad fertig war und kam zu mir. Ich stand auf, nahm meine Tasche und zusammen sprangen wir ins Erdgeschoss. „Wir sind dann weg", rief er den Anderen im Haus zu und wir verließen das Haus. Wir gingen zu seinem Wagen, den er vor der Garage abgestellt hatte. Sixt hielt mir die Beifahrertür auf und ich stieg ein. Er setzte sich auf dem Fahrersitz und fuhr los.
„Wohin fahren wir eigentlich", fragte ich neugierig.
„Das wirst du gleich schon sehen", antwortete er grinsend, nahm meine Hand und verschränkte unsere Finger miteinander. Während der Fahrt unterhielten wir uns und hörten dabei Musik. Sixt drückte ganz schön auf das Gaspedal. Er liebte einfach das Rasen, und obwohl ich immer mal wieder aus dem Fenster sah, wusste ich nicht, wohin wir fuhren. Sixt fuhr auf einen Parkplatz und erst jetzt erkannte ich, wo wir waren. Es war der kleine Wald mit der Lichtung an der Klippe, wo wir am ersten Tag, als wir ein Paar wurden, hingefahren waren. Wir stiegen aus dem Wagen aus. Sixt kam auf meine Seite und verband mir mit einem Tuch die Augen.
„Muss das sein", fragte ich.
„Ja. Keine Angst, ich führe dich. Beziehungsweise werden wir springen", sagte er, nahm mich in den Arm und sprang mit mir. Als wir wieder auftauchten, spürte ich etwas Weiches unter den Schuhen. Es konnte Gras gewesen sein. Auf jeden Fall standen wir nicht mehr auf dem Asphalt. Sixt trat hinter mir und nahm mir die Augenbinde ab. Ich schaute mich um. Wir standen genau auf der kleinen Lichtung, die ich so mochte. Vor mir lag eine Decke ausgebreitet im Gras und ein Picknickkorb stand daneben.
„Aber wie ... woher ... kommt das denn jetzt", fragte ich erstaunt und schaute ihn an.
„Die guten Geister waren hier", lachte Sixt und führte mich auf die Decke. Er setzte sich hin und zog mich in seine Arme. „Du wolltest raus in die Natur und hier sind wir jetzt. Gefällt es dir?"
„Ja. Ich fand den Ort schon immer richtig schön und mit dir ist er noch viel schöner", erwiderte ich und gab ihm einen Kuss. Ich schmiegte mich in seine Arme und schaute hinaus auf das Meer. Es war ein ruhiger Seegang und nur die Boote, die ab und zu auf dem Wasser vorbeifuhren, schlugen Wellen. Der leichte Wind wehte die salzige Meerluft herüber und ich atmete tief ein. Ich mochte den Geruch und ich liebte das Meer. Wir blieben eine ganze Weile so

sitzen und niemand sagte etwas. Ich streichelte Sixts Arm und er küsste mich ab und zu auf das Haar. Wir genossen einfach unsere Zweisamkeit.

„Hast du Hunger", fragte Sixt und beugte sich zum Korb hinüber. „Ein bisschen. Was haben die guten Geister denn so alles eingepackt", fragte ich grinsend. Ich wusste, wer diese guten Geister waren. Es konnten doch nur Sasha, Nathan und Timothy gewesen sein.

„Einiges. Ich glaube, sie dachten, dass wir hier mehrere Tage verbringen", lachte er. „Wie wäre es mit Obst?"

„Hört sich gut an", erwiderte ich. Sixt holte zwei Schälchen mit Erdbeeren und Melonenstückchen aus dem Korb und stellte sie auf die Decke. Dann nahm er eine Erdbeere und führte sie zu meinem Mund. Ich biss ein bisschen davon ab und er aß den Rest.

„Daran könnte ich mich gewöhnen", sagte ich lächelnd nahm eine Erdbeere und führte sie zu seinem Mund. Er biss hinein, allerdings ließ er den Rest nicht los. Ich biss ins andere Ende, bis unsere Lippen sich trafen und wir uns küssten.

„Mhhh, du schmeckst echt gut", sagte er und küsste mich wieder. Danach fütterten wir uns gegenseitig. Mal mit Melone und mal mit Erdbeeren. Als die Schälchen leer waren, schmiegte ich mich wieder an seine Brust.

„Ich habe noch ein Geschenk für dich", sagte Sixt und drehte mich so, dass ich mit dem Rücken zu ihm saß. „Bleib so und schließe die Augen", befahl er und holte etwas aus seiner Tasche. Ich schloss meine Augen und war gespannt, was es für ein Geschenk war. Er legte mir etwas um den Hals. Es schien eine Kette zu sein. Zumindest nahm ich es an. „Du kannst die Augen jetzt öffnen", sagte er sanft. Ich tat es und schaute an mir herunter. An meinem Hals hing an einer silbernen Kette ein ebenso silbernes herzförmiges Medaillon. Ich nahm es in die Hand und öffnete es. An einer Seite war „*Für immer dein*" eingraviert und auf der anderen Seite war ein Bild von uns beiden. Ich war sprachlos und wusste gar nicht, was ich sagen sollte. So etwas Schönes hatte mir noch nie jemand geschenkt.

„Gefällt es dir", fragte Sixt schließlich, als ich immer noch nichts gesagt hatte.

„Es ist wunderschön. Danke", sagte ich leise und küsste ihn. „So etwas Wunderschönes habe ich doch gar nicht verdient."

„Doch das hast du", erwiderte er und hob mein Kinn, sodass ich ihn in die Augen sehen musste. Sein Blick hatte wieder dieses hypnotische, anziehende und das Eisblau in seinen Augen strahlte. „Du bist das wunderschönste, liebevollste und klügste Mädchen auf der ganzen Welt. Ich liebe dich so sehr."

„Ich dich auch", erwiderte ich und schon lagen unsere Lippen aufeinander. Ich schlank meine Arme um seinen Hals und er zog mich fest zu sich heran. Unsere Küsse wurden immer drängender. Sixt streichelte meinen Rücken und fuhr mit seiner Hand hinunter zu meinem Bein. Er löste sich von meinen Lippen und begann meinen Hals zu küssen. In meinen Körper kribbelte es vor Verlangen. Ich löste meine Hände aus seinen Nacken und wanderte seinen Rücken hinunter. Ich fasste sein T-Shirt und wollte es ihm ausziehen, doch Sixt hielt mich zurück.

„Warte Süße. Ich will eben die Blase errichten, damit wir ungestört sind, falls jemand hier vorbeikommt." Er schloss die Augen und konzentrierte sich, dann sah er mich wieder grinsend an. „So jetzt sind wir ganz unter uns." Ich war froh, dass Sixt die Blase errichtet hatte. So konnten wir uns ungestört unserer Liebe hingeben, ohne Angst haben zu müssen, dass uns jemand dabei sah. Ich setzte mein Vorhaben fort, wobei Sixt mich unterbrochen hatte und zog ihm sein T-Shirt aus. Ich küsste erst seinen Hals und glitt weiter bis zu seiner Schulter. Ich hörte, wie sein Atem schneller ging. Seine Hände glitten von meinen Beinen an den Seiten hoch zu meinen Schultern, schoben die Spaghettiträger, von dem Kleid, zur Seite und er zog es mir aus. Liebevoll schaute er mich an.

„Habe ich dir heute schon gesagt, wie wunderschön du bist", fragte er leise.

„Hm, ich kann mich nicht daran erinnern", log ich lächelnd. Wieder küssten wir uns und ich wurde immer erregter. Langsam ließen wir uns auf die Decke gleiten, sodass Sixt über mir gebeugt war. Ich strich mit meiner Hand über seinen Oberkörper, zeichnete die Muskeln auf seiner Brust und seinem Bauch nach, was ihn zum Stöhnen brachte. Meine Hände glitten weiter hinunter zu seiner Hose und öffneten sie. Sixt half mir dabei sie abzustreifen und befreite sich davon inklusive seiner Socken. Nun waren wir beide nur noch in Unterwäsche. Sixt küsste meinen Hals und strich mit seinen Lippen weiter zu meinem Schlüsselbein. Mein Herz pochte laut und mein Atem ging schneller. Sixts Hände glitten zu meinen

Rücken und er öffnete meinen BH, den er mir abstreifte und zur Seite warf. Nun beugte er sich hinunter und küsste sich von meinen Brüsten zu meinem Bauch. Ich stöhnte leise auf. Sixt schmunzelte und glitt mit seinem Mund nun noch weiter hinunter. Langsam zog er mir den Slip aus. Mit seiner Hand streichelte er an meinem Bein entlang. Erst die Außen- und dann die Innenseite. Wieder entkam mir ein leises Stöhnen. Ich zog ihn zu mir hoch und küsste ihn. Ich griff seine Boxershorts und ich zog sie ihm aus. Anschließend ließ ich meine Hand zu seinem Glied wandern und streichelte ihn, was Sixt zum Aufstöhnen brachte. Er blieb nicht untätig und glitt mit seiner Hand über meine heiße Mitte. Ich keuchte auf, als er zwei Finger in mich gleiten ließ und sie in mir bewegte.

„Sixt bitte. Ich will dich. Jetzt", keuchte ich. Er reagierte sofort. Er spreizte meine Beine und legte sich dazwischen. Mit seinen Händen stützte er sich neben meinem Kopf ab und drang in mich ein. Wir stöhnten beide auf und Sixt begann sich, in mir zu bewegen. Unsere Lippen fanden sich und wir verfielen gleich in einem gemeinsamen Rhythmus. Das Kribbeln in meinem Körper nahm immer weiter zu und ich merkte, dass ich bald so weit war. Sixt schien es ähnlich zu gehen, denn seine Stöße wurden schneller. Es dauerte nicht lange und ich kam stöhnend zu meinem Orgasmus. Sixt folgte mir gleich darauf und ließ sich schwer atmend neben mir fallen. Nachdem ich mich beruhigt hatte, drehte ich mich so, dass wir Gesicht an Gesicht lagen. Sixt nahm das freie Stück von der Decke und legte es über uns. Ich war zwar erschöpft aber trotzdem überglücklich und lächelte ihn an. Sanft strich er mir über die Wange und küsste mich.

„Ich liebe dich", flüsterte er und streichelte meinen Rücken.

„Ich liebe dich auch", erwiderte ich leise. Sanft zeichnete ich die Konturen seiner Muskeln auf dem Oberkörper nach, schaute ihn dabei aber immer noch an. Ich konnte meinen Blick nicht von ihm wenden. Sixt beugte sich zu mir herüber und nahm wieder meine Lippen in Beschlag.

„Hast du schon mal einen Sonnenuntergang am Meer gesehen", fragte er mich, nachdem wir uns ein weiteres Mal geliebt hatten.

„Nein bis jetzt noch nie", gestand ich.

„Komm, ich zeige dir einen." Sixt setzte sich auf und zog mich auf seinen Schoß. Er deckte uns mit der Decke zu. Zusammen schauten wir uns den Sonnenuntergang an und ich kuschelte mich eng an ihn. Es sah so schön aus, wie die Sonne im Meer verschwand. Vielleicht war es nur Einbildung, aber ich glaubte das bekannte Zischen zu hören, als die Sonne das Meer berührte. „Das ist so schön", sagte ich und griff nach meiner Tasche. „Was suchst du", fragte Sixt, als ich in die Tasche griff. „Mein Handy. Ich möchte ein Foto mit der Handykamera vom Sonnenuntergang machen. Meine Digitalkamera habe ich nicht dabei." Ich holte mein Handy aus der Tasche und fotografierte den Sonnenuntergang. Sixt nahm mir das Handy aus der Hand und machte Fotos von uns beiden. Anschließend zogen wir uns wieder an und Sixt ließ die Blase verschwinden. Es wurde so langsam kühl und es begann zu dämmern. Wir legten die Decke zusammen und packten sie in den Korb.

„Komm, wir müssen noch auf eine Party", sagte Sixt, schnappte sich den Korb, legte mir einen Arm um die Taille und führte mich den Weg zurück zum Auto.

„Was denn für eine Party", fragte ich verdutzt.

„Deine Schwester schmeißt eine und da sind wir alle eingeladen."

„Wieso weiß ich davon denn nichts", fragte ich.

„Na, weil es ein weiterer Teil meiner Überraschung für dich war. Du sahst am Flughafen so traurig aus, dass es wegen Terina keine Party geben könnte. Jetzt wo sie nicht mehr da ist, steht doch einer Feier nichts im Wege", erklärte er. Wir waren am Auto angekommen und stiegen ein. Sixt startete den Motor und wir machten uns auf den Heimweg.

„Da hast du recht. Was meintest du eigentlich damit, dass wir alle eingeladen sind", fragte ich ihn.

„Mit alle meinte ich nicht nur wir, sondern auch Nathan, Sasha, Maya und Timothy." Ich schaute ihn überrascht an.

„Naja, ich habe heute Mittag, als du im Bad warst, mit Leslie gesprochen, ob sie eine Party machen möchte. Eure Eltern kommen ja erst morgen Abend zurück, also genug Zeit zum Aufräumen", grinste er. „Ich habe ihr dann Maya und Sasha vorbei geschickt, die immer ganz heiß darauf sind Partys vorzubereiten und habe ihr aber auch erzählt, was ich mit dir vorhabe. Sie hat sich wahnsinnig gefreut, dass es eine Party geben wird." Er schaute mich an. Ich strahlte über das ganze Gesicht. Nicht nur, dass es eine Party gab, sondern auch weil meine neuen Freunde mit dabei waren und vor allem Sixt.

„Danke, du bist echt der Beste", sagte ich freudestrahlend, beugte mich zu ihm herüber und küsste ihn.

„Für dich tu ich alles", erwiderte er und legte einen Arm um meine Schulter. Ich lehnte mich glücklich bei ihm an und schaute mir das Medaillon an.

„Es ist wirklich wunderschön", sagte ich.

„Das freut mich, dass es dir gefällt."

„Sag mal woher ist denn eigentlich das Foto", fragte ich ihn.

„Das hat Maya auf unserer kleinen Grillfeier gemacht". Jetzt fiel es mir wieder ein. Maya hatte an dem Abend einige Bilder mit ihrer Digitalkamera von uns allen gemacht.

„Warst du deswegen gestern noch weg, weil du die Kette besorgen musstest?"

„Ja genau. Nur Terina und die anderen beiden waren nicht eingeplant gewesen."

Wir bogen in unsere Straße ein. Einige Autos standen schon vor dem Haus und wir parkten vor der Garage. Als wir aus Sixts Wagen ausstiegen, dröhnte schon Musik aus dem Haus. „Eigentlich müsste ich mich noch umziehen", sagte ich und wollte gerade zu meinem Haus gehen. Sixt hielt mich am Arm fest und zog mich zu sich.

„Das brauchst du nicht. Du siehst wunderschön aus." Sanft strich er mir über die Wange und küsste mich. „Los lass uns hereingehen." Er nahm meine Hand und wir gingen zusammen ins Haus. Es waren viele von Leslies Freunden da. Allerdings sah ich auch Claire, Josh und Dave. Wer hatte die denn eingeladen? Naja Hauptsache Monica war nicht hier. Sasha, Maya und Leslie hatten gute Arbeit geleistet. Im Wohnzimmer waren die Möbel zur Seite gerückt und die Sofagarnitur mit Laken abgedeckt worden, damit es keine Flecken gab. Schließlich mussten wir vorsichtig sein, damit unsere Eltern nichts bemerkten. Außerdem hatten sie die Treppe nach oben versperrt und dort die Musikanlage aufgestellt, wo Nathan den DJ spielte. Die Treppe versperrten wir immer, damit niemand nach oben in die Zimmer ging. Da hatte auch niemand etwas zu suchen. Auf der anderen Seite des Raumes war ein langer Tisch mit Getränken aufgestellt worden, wo Maya mit Timothy stand und uns zuwinkte. Ich wollte gerade zu ihr herübergehen, als Leslie auf mich zugerannt kam und mir um den Hals fiel. „Da bist du ja endlich. Haben wir das nicht super hingekriegt? Erst dachte ich ja, wir schaffen es nicht, weil es so kurzfristig war, aber dann haben wir doch alles erledigt", sprudelte es aus ihr heraus. „Ja, es ist einfach super. Es tut mir leid, dass ich dir nicht helfen konnte. Ich wusste ja davon gar nichts." „Ich weiß und es ist auch nicht schlimm. Dafür hatte ich nette Helfer. So ich muss dann mal wieder zurück. Greg wartet", sagte sie und verschwand wieder in der Menge. „Deine Schwester redet, ohne Luft zu holen", stellte Sixt fest. „Ich weiß, aber nur wenn sie aufgeregt ist. Das war jetzt noch harmlos. Wenn sie erst einmal richtig loslegt, musst du sie wirklich ermahnen, dass sie atmen soll", lachte ich. „Das glaube ich gern", erwiderte Sixt und stimmte in mein Lachen mit ein. „Möchtest du etwas trinken?" „Ja gerne." „Ich hole dir eben etwas", sagte er und ging zum Tisch, wo die Getränke standen. Ich ging zu Maya und Timothy herüber. „Hi ihr beiden." „Na wie war euer Ausflug", fragte Maya lächelnd. „Er war richtig schön", sagte ich strahlend. „Hätte ich aber gewusst, dass es eine Party geben soll, hätte ich euch geholfen." „Es war nicht nötig. Sasha und ich sind echte Party-Asse und deine Schwester ist auch nicht schlecht im Ausrichten." Sixt kam mit den Getränken zu uns, reichte mir eine kleine Flasche Cola und legte einen Arm um meine Schulter. Ich trank einen Schluck und schaute mich etwas um. An der Terrassentür sah ich Sasha und winkte ihr zu. Sie kam zu uns herüber und stellte sich neben mich. „Ich glaube, du hast einen Verehrer", stellte sie fest. „Wer denn", fragte ich verdutzt. „Na, Josh schaut die ganze Zeit zu dir herüber." Ich drehte mich um und es war tatsächlich so, wie Sasha es gesagt hatte. Josh schaute mich an. Naja schaute er wirklich oder starrte er vielleicht schon. So genau konnte ich es nicht sagen. Aber es war mir auch egal. Ich wandte mich wieder zu meinen Freunden. Für mich gab es nur den einen. „Ich weiß. Sixt hat auch schon behauptet, dass er Konkurrenz hätte. Dabei gibt es gar keine Konkurrenz", sagte ich und schaute

zu Sixt hoch. „Du bist derjenige dem mein Herz gehört." Ich zog
seinen Kopf zu mir herunter und küsste ihn.
„Immer diese Knutscherei. Schluss jetzt damit", hörte ich Nathan
hinter uns rufen. Ich drehte mich um und schaute ihn an.
„Musst du dich nicht um die Musik kümmern", fragte ich neckend.
„Auch DJs haben sich mal eine Pause verdient. Greg vertritt mich
gerade am DJ-Pult. Komm Mausi, lass uns tanzen gehen", sagte er
und zog Sasha mit sich.
„Mausi", fragte Sasha irritiert.
„Ja, ich dachte mir, ein neuer Kosename wäre doch nicht schlecht.
Außerdem klingt Schatz langweilig und jeder Zweite wird so
genannt. Ich kann dich auch Pupsebärchen oder Hasilein nennen,
wenn du möchtest", grinste Nathan.
„Nein, bitte nicht. Da ist mir Mausi doch schon viel lieber. Lass uns
jetzt lieber tanzen gehen, bevor dir noch mehr solcher Namen
einfallen." Jetzt war sie diejenige, die ihn mit sich zog. Wir sahen
ihnen hinterher und lachten über ihre kleine Unterhaltung.
„Hm, ich habe auch noch keinen Kosenamen für dich. Nathan hat
da gerade ein paar prima Vorschläge gemacht", grinste ich Sixt an.
„Vergiss es. Du wirst mich nicht Pupsebärchen oder so nennen,
sonst suche ich mir für dich einen anderen Namen aus. Wie wäre es
mit Schnurzelpurzel", grinste er zurück.
„Ach nein, lass mal. Das gefällt mir nicht", erwiderte ich lachend.
„Also mir gefällt Schatz", sagte Maya und schaute Timothy lächelnd
an.
„Du bist ja auch mein größter Schatz", kam es von ihm, beugte sich
zu ihr herunter und küsste sie.
„Wie sieht es aus? Möchtest du auch tanzen", fragte Sixt mich.
„Ja, sehr gerne."
„Kommt ihr auch mit", wandte er sich an Timothy und Maya.
„Natürlich." Die Tanzfläche war mitten im Wohnzimmer.
Allerdings tanzte niemand. Wahrscheinlich traute sich keiner. Die
Leute standen einfach nur am Rand der Tanzfläche und
unterhielten sich. Nathan und Sasha waren als Erstes auf der
Tanzfläche und legten los. Sixt und ich folgten ihnen und begannen
ebenfalls zu tanzen. Dabei schauten wir uns immer wieder verliebt
in die Augen. Nun füllte sich die Tanzfläche und immer mehr
Partygäste trauten sich zu tanzen. Greg ließ noch einige schnelle
Lieder laufen und legte anschließend ein ruhiges auf. Ich legte

meine Arme um Sixts Hals und er zog mich näher an sich heran. Wir bewegten uns zum Takt der Musik und schauten uns dabei tief in die Augen.

„Danke für den wunderschönen Tag", sagte ich lächelnd.

„Kein Problem und es werden noch sehr viele schöne Tage folgen."

„Das hoffe ich."

„Ich liebe dich", sagte er.

„Ich liebe dich auch", erwiderte ich. Dann lagen unsere Lippen aufeinander und wir küssten uns.

Ally Trust
The Hell – Hol mich hier raus!

ISBN: 9783744898553
E-Book ISBN: 9783746083063
416 Seiten
Verlag: BoD – Books on Demand

„Ich habe keine Angst vor der Hölle. Ich lebe in einer. Mein Leben ist die Hölle".

Cheyenne erlebt nach dem Tod ihrer Mutter regelrecht die Hölle zu Hause. Ihr Vormund Steve Bozman, ein angesehener Mann, macht ihr das Leben zur Hölle, missbraucht und schlägt sie. Cheyenne lernt den charmanten und gutaussehenden Nicolai kennen, der an der Universität als Player bekannt ist, in den sie sich verliebt. Kann er sie aus dieser Hölle retten? Wird sie ein ruhiges Leben haben, oder wird sie um ihr Leben fürchten müssen?